묻히지 못한 자들의 노래

묻히지 못한 자들의 노래

제스민 워드 장편소설

황근하 옮김

위즈덤하우스

내가 첫 숨을 들이마시기 전부터 나를 사랑해준

어머니 노린 엘리자베스 데도에게.

내 인생의 모든 순간

어머니는 그 사랑을 보여주고 있다.

누구를 찾고 있나, 누구를 찾고 있나?
에퀴아노를 찾고 있네.
강으로 갔나? 돌려보내주오.
농장으로 갔나? 돌려보내주오.
우리는 에퀴아노를 찾고 있네.

_아프리카 소년 에퀴아노의 실종에 관한 콰어(語) 주문

기억은 살아 있는 생물. 그리하여 또한 움직이는
것이다. 하지만 그 순간 기억되는 모든 것은 합쳐
지며, 살아 있다. 오래된 것과 새것이, 과거와 현재
가, 산 자와 죽은 자가.

_유도라 웰티, 『작가의 시작(One Writer's Beginnings)』 중에서

만(灣), 납처럼 무디게 빛난다. 텍사스 해안
금속 테처럼 번쩍인다. 내겐 집이 없다
제 머리끝까지 달아오른 여름이

주님의 이름으로 끓어오를 때까지
채찍과 불길만이 복음인 그들의 머리 위로
불탄이 수북이 쏟아져 내리는 그날까지

영원히 이어질, 영문 모를 죽음

_데렉 월컷, 『만(The Gulf)』중에서

• 일러두기
본문 중 괄호 속 주석은 모두 옮긴이 주입니다.

차 례

나는 내가 죽음이 뭔지 안다고 생각한다. 그것은 내가 똑바로 바라볼 줄 아는 무엇이라고 생각한다. 아빠가 내게 도와달라고 말하고 아빠 허리춤에 그 검은 칼이 꽂혀 있을 때면, 나는 집 밖으로 아빠를 따라나서면서 등을 곧게 펴고 어깨는 옷걸이처럼 반듯하게 만들려고 노력한다. 꼭 아빠의 걸음걸이처럼. 이건 평범하고 지루한 일이라는 듯 보이려고 노력한다. 내가 13년이란 시간 동안 이 일에 능숙해진 것처럼 보이도록. 그래서 내가 뽑아야 할 것들을 뽑고, 근육에서 장기를, 배 속에서 내장을 떼어낼 준비가 됐다는 것을 깨닫도록. 내가 손에 피를 묻힐 수 있다는 걸 아빠가 알았으면 좋겠다. 오늘은 내 생일이다.

나는 문이 쾅 닫히지 않도록 문을 붙잡았다가 문설주 위에 슬며시 놓았다. 우리 둘 다 없는 집에서 엄마와 케일라가 깨게 하고 싶지 않았다. 둘은 자는 게 더 낫다. 내 어린 동생 케일라는 레오니가 일하러 나가 들어오지 않는 밤이면, 한 시간마다 깨어 침대에 앉아 악을 쓰며 울기 때문에 자는 게 낫다. 내 할머니인 엄마도 자는 게 낫다. 화학 치료가 엄마의 수분을 다 빼앗아가서 바람과 햇볕에 시달린 흑참나무처럼 속을 텅 비게 만들었기 때문에. 아빠는 어린 소나무처럼 곧고 호리호리한 갈색 몸으로 나무들 사이를 누비고 다녔다. 아빠는 바싹 마른 붉은 땅 위에 침을 뱉었고, 바람은 나무들을 흔들어놓았다. 추웠다. 올봄은 고집스럽다. 웬만해선 온기에 길을 내주려 하지 않는다. 물이 잘 안 빠지는 욕조의 물처럼 한기가 머물러 있었다. 나는 후드티를 내가 잔 레오니 방 바닥에 놓고 왔고, 티셔츠는 얇았지만, 팔을 문지르지 않았다. 이대로 추위에 지면 나는 조금 있다가 염소를 볼 때도 아빠가 그 목을 따는 걸 보고 움찔하거나 얼굴을 찡그릴 것이라는 걸 안다. 그리고 아빠는, 아빠니까, 그걸 볼 것이다.

"아기는 자게 둬라." 아빠가 말했다.

우리 집은 아빠가 직접 지었다. 부지의 나무들을 베지 않으려고 정면이 좁은 대신 기다랗게, 도로에 가깝게 지었다. 아빠는 나무들 사이 조그만 공터들에 돼지우리와 염소 축사와 닭장을 세웠다. 염소 축사로 가려면 돼지우리를 지나쳐 가야 했다. 땅은 똥 때문에 검은색으로 질척거렸다. 내가 여섯 살 때 신발을 신지 않고 돼지우리 주변을 뛰어다녀서 아빠에게 매를 맞은 후로 두 번 다시는 여기에 맨발로 온 적이 없었다. 기생충이 생길 수 있어, 아빠는 말했다. 그날 늦은 밤, 아빠는 아빠의 누이와 형제 이야기를 들려줬다. 어렸을 적에 신발이 한 켤레씩밖에 없었고, 그건 교회에 갈 때만 신는 것이었기 때문에, 그들은 맨발로 놀았다고 했다. 다들 기생충이 생겼고, 변소에 가면 똥구멍에서 기생충을 뽑아냈다고 했다. 아빠에게 말하지는 않았지만, 맞은 것보다 그 이야기가 더 효과가 컸다.

아빠는 그날의 운 없는 염소를 골라 목에 올가미처럼 밧줄을 매, 축사에서 데리고 나왔다. 나머지 녀석들이 매애 울어대며 아빠에게 달려들었다. 다리를 들이받고 바지 자락을 물었다.

"가! 가!" 아빠가 외치며 녀석들을 쫓아냈다. 나는 염소들이 서로의 마음을 이해하고 있다고 생각했다. 사납게 머리로 들이받고, 아빠 바지 자락을 물어 휙 잡아당기는 모습에서 그게 보였다. 그 느슨한 밧줄이 그 염소의 목에 걸리는 게 무슨 의미인지 녀석들은 아는 것 같았다. 검은 털이 얼룩덜룩 섞인 하얀 염소가 자기가 어디로 가게 될지 눈치를 채기라도 했는지,

이쪽저쪽으로 경중거리며 버텼다. 아빠가 녀석을 데리고 돼지 우리를 지나쳐 가자, 돼지들이 울타리로 달려들어 밥을 달라고 꿀꿀거렸다. 헛간으로 이어지는 샛길을 따라 내려가면서 우리는 집 쪽으로 더 가까워졌다. 나뭇잎들이 내 어깨에 부딪혔고, 살을 할퀴며 팔에 얇고 흰 선들을 남겼다.

"왜 나무를 더 베지 않아요, 아빠?"

"공간이 충분하지 않다." 아빠가 대답했다. "내가 여기에 뭘 갖고 있는지 누가 볼 필요도 없고."

"소리는 앞에서도 들리잖아요. 도로에서도요."

"그리고 누구라도 내 동물들에 손대려고 여기로 들어오면 이 나무들 사이로 지나오는 소리를 내가 들을 수 있잖니."

"우리 동물들이 그렇게 순순히 잡혀갈 거라고 생각하세요?"

"아니. 염소는 교활하고 돼지는 네가 생각하는 것보다 똑똑하지. 사납기도 하고. 저 돼지들은 늘 밥 주던 사람이 아니라면 누구든 콱 물어버릴 거다."

아빠와 나는 헛간으로 들어갔다. 아빠는 염소를 당신이 직접 땅에 박아 세운 기둥에 묶었다. 염소가 아빠를 보고 울어댔다.

"동물을 버젓이 죄다 풀어놓는 사람도 있다더냐?" 아빠가 말했다. 그 말이 맞다. 부아 소바주에서는 아무도 동물을 들판이나 자기 집 앞마당에 풀어놓지 않았다.

　염소가 고개를 좌우로 흔들며 뒷걸음질쳤다. 밧줄을 벗어 버리려고 했다. 아빠는 그 위에 걸터앉아, 녀석의 주둥이 밑으로 한 팔을 둘렀다.

　"빅 조지프요." 내가 말했다. 이 말을 하면서 헛간 바깥을 내다보고 싶었지만, 고개를 돌려 춥고 환한 초록색 풍경을 내다보고 싶었지만, 나는 기어코 아빠에게서, 목이 들려 올라가 죽어가는 염소에게서 눈을 떼지 않았다. 아빠는 코웃음을 쳤다. 나는 그 이름을 말하고 싶지 않았다. 빅 조지프는 내 백인 할아버지고, 아빠는 내 흑인 할아버지다. 나는 태어나서부터 쭉 아빠와 살고 있고, 백인 할아버지는 딱 두 번 본 적이 있다. 빅 조지프는 통통하고 키가 크고 아빠와는 비슷한 구석이 하나도 없다. 그는 심지어 호리호리하고 문신투성이인 내 아버지 마이클과도 닮은 데가 없었다. 마이클은 부아 소바주에서, 바다에서 일했을 때는 배 위에서, 그리고 감옥에서 타투이스트 흉내를 내는 작자들에게 기념품을 사듯 문신 시술을 받았다.

　"자, 이제 간다." 아빠가 말했다.

　아빠가 마치 사람을 상대하듯 염소와 드잡이를 했고, 염소의 무릎이 꺾였다. 녀석은 땅에 얼굴을 박고 쓰러졌고, 고개를 옆으로 돌려 헛간의 마른 흙과 피투성이가 된 바닥에 뺨이 쏠리는 채로 나를 쳐다봤다. 염소는 아련한 눈길을 보냈지만, 나는 눈을 피하지 않고 깜빡이지 않았다. 아빠가 배를 갈랐다. 염소가 외마디 비명을 질렀지만, 비명 소리는 피가 뿜어져 나오는 소리에 묻혀버렸고, 사방은 금방 피와 진흙 천지가 됐다. 염소의 다리가 힘이 하나도 없이 풀렸다. 아빠는 더 이상 힘을 쓰지 않고 있었다. 아빠가 벌떡 일어나 염소의 발목에 밧줄을 묶어 서까래에 걸린 갈고리에 걸었다. 그 눈은, 아직도 촉촉했다. 제 목을 딴 사람이 마치 나라는 듯, 피를 뽑아낸 게 나라는 듯 온통 시뻘겋게 피투성이가 된 얼굴로 나를 보고 있었다.

"준비됐니?" 아빠가 물었다. 그러고는 나를 흘긋 봤다. 나는 고개를 끄덕였다. 나는 인상을 잔뜩 쓰고 있었다. 아빠가 염소의 다리를 자르고, 가랑이에 옆구리에, 곳곳에 칼집을 내는 동안 나는 침착하려 애썼다.

"여기를 잡아라." 아빠가 말했다. 아빠가 염소 배에 그은 선을 가리키기에, 나는 그 안에 손가락을 집어넣고 꽉 붙잡았다. 아직 따뜻하고, 축축했다. 놓치지 마, 나는 속으로 말했다. 놓치지 마.

"당겨라." 아빠가 말했다.

나는 잡아당겼다. 염소는 안팎이 완전히 뒤집어졌다. 사방에 점액과 냄새, 며칠은 씻지 않은 남자에게서 나는 것 같은 퀴퀴하고 코를 찌르는 냄새가 진동했다. 가죽은 바나나처럼 벗겨졌다. 일단 당기기 시작하면 가죽이 얼마나 쉽게 벗겨지는지, 나는 매번 놀랐다. 아빠가 맞은편에서 힘껏 잡아당긴 다음, 발께에서 가죽을 베어 잘라냈다. 나는 염소의 다리에서 발까지 가죽을 잡아당겼지만, 아빠처럼 벗겨내지 못해 결국 아빠가 잘라냈다.

"다른 쪽." 아빠가 말했다. 나는 심장 쪽 칼집이 난 데를 붙잡았다. 이 부분이 훨씬 더 따뜻해서, 나는 공포에 질린 심장이 너무 빨리 뛰어 가슴 쪽이 더 뜨거운 걸까 궁금해졌지만, 그러고서 아빠를 보니 아빠는 벌써 염소 발끝에서 가죽을 벗겨 잘라내고 있었다. 나는 이런 생각 때문에 내가 뒤처졌다는 걸 알아차렸다. 나는 아빠가 내 느림을 두려움과 약함으로, 내가 어른 남자들처럼 죽음을 응시할 수 있을 만큼 아직 크지 않았다는 뜻으로 읽기를 바라지 않았기 때문에, 손아귀에 힘을 주고 잡아당겼다. 아빠가 염소 발에서 가죽을 잘라내자 염소는 이제 커다란 분홍색 근육 덩어리가 되어, 천장에 매달려 흔들리고 있었다. 어스름한 빛을 받으며 어둠 속에서 번들거렸다. 이제 염소에게서 남은 것이라고는 털이 난 얼굴뿐이었는데, 왜인지 아빠가 목을 따기 전보다 이게 훨씬 더 나쁜 것 같았다.

"양동이를 갖고 와라." 아빠 말에 나는 헛간 뒤쪽 선반에서 금속 들통을 가져와 염소 아래로 끌어다 놓았다. 나는 벌써 뻣뻣하게 굳어가는 가죽을 집어 들어 들통 안에 넣었다. 네 장이었다.

아빠가 배 가운데를 가르자, 내장이 밖으로 나와 통 속으로 들어갔다. 아빠가 칼질을 계속하는 동안 냄새가 질펀한 돼지 똥처럼 진동을 했다. 빽빽한 숲속에서 죽어 썩어가는, 남은 흔적이라고는 악취와 그 위를 맴도는 독수리들뿐인 포식 동물의 냄새 같았다. 도로 위에서 판판하게 짓뭉개진 주머니쥐나 아르마딜로가 아스팔트 위 열기 속에서 썩어가는 악취 같았다. 그러나 더 심했다. 이 냄새는 더했다. 이것은 죽음의 냄새였다. 방금 전까지 살아 있던 무언가, 피와 생명으로 뜨거웠던 무언가가 부패하는 냄새. 나는 케일라가 짓는 '구린내 표정'을 짓고 싶어 인상을 썼다. 그건 케일라가 화가 나거나 못 참겠을 때 짓는 표정인데, 다른 사람들 눈에는 뭔가 고약한 냄새를 맡은 얼굴로 보여서 그렇게 불렀다. 그 초록색 눈을 가늘게 뜨고, 코는 들창코처럼 만들고, 갓난쟁이의 자그마한 이 열두 개가 다 보이도록 입을 벌리는 얼굴. 나는 콧잔등을 찡그려 냄새를 막아내면 좀 낫지 않을까 싶어, 그러면 저 죽음의 악취를 좀 막을 수 있을까 싶어 그 표정을 짓고 싶었다. 그게 그저 위와 창자라는 것을 알고 있었지만, 내 눈앞에는 오로지 케일라의 구린내 표정과 염소의 아련한 눈빛만 아른거렸다. 결국 더 이상 꾹 참고 지켜보기가 힘들어져서, 헛간 문 밖으로 뛰쳐나가 풀밭 위에 속을 게워내고 말았다. 얼굴은 몹시 뜨거운데 팔은 차가웠다.

아빠는 손에 갈빗대 하나를 쥐고 헛간 밖으로 나왔다. 내가 입가를 닦고 아빠를 바라봤지만, 아빠는 내가 아니라 집 쪽을 보면서 고개를 끄덕이고 있었다.

"아기 우는 소리가 들린 것 같은데. 가서 좀 확인해봐라."

나는 주머니에 손을 집어넣었다.

"제가 안 도와드려도 돼요?"

아빠가 고개를 저었다.

"다 했다." 아빠는 말하고서 그제야 나를 바라봤는데, 그 눈은 더 이상 엄격하지 않았다. "어서 가봐." 그러고서 아빠는 뒤를 돌아 헛간으로 다시 들어갔다.

케일라가 깨지 않은 걸 보니 아빠가 잘못 들은 것이 틀림없었다. 케일라는 속바지와 노란색 티셔츠 차림으로 고개를 옆으로 돌리고, 허공을 껴안으려는 듯 두 팔을 활짝 펴고 다리도 쫙 벌린 채 바닥에 누워 있었다. 파리 한 마리가 케일라의 무릎에 앉았기에 쫓아줬고, 파리를 쫓으면서 내가 아빠와 헛간에 있던 내내 같이 있던 파리는 아니기를 바랐다. 파리는 썩은 것을 먹고 산다. 내가 더 어렸을 때, 아직 레오니를 엄마라고 불렀던 때, 레오니는 내게 파리는 똥을 먹는다고 말해줬다. 그때는 나쁜 것보다 좋은 게 더 많던 시절이었고, 아빠가 앞마당 피칸 나무에 매단 그네에서 레오니가 나를 밀어주던 시절이었다. 혹은 소파에 나와 나란히 앉아 내 머리를 쓰다듬어주며 같이 티브이를 보던 시절이었다. 그녀가 여기에 있는 것보다 밖에 나가 있는 시간이 더 많아지기 전. 그녀가 으깬 알약을 코로 들이마시기 시작하기 전. 그녀가 내게 퍼부은 온갖 나쁜 말들이 모이고 모여 까진 무릎 속의 모래알처럼 박혀버리기 전. 내가 아직 마이클을 아빠라고 불렀던 시절. 그때는 그가 빅 조지프의 집으로 살러 들어가기 전에 우리와 함께 살 때였다. 3년 전 경찰이 그를 데려가기 전, 케일라가 태어나기 전.

레오니가 내게 성질을 부릴 때마다, 엄마는 나를 가만두라고 말했다. 그냥 애랑 노는 거야, 레오니는 대답했고, 그럴 때마다 활짝 웃으면서 손을 이마로 가져가 가닥가닥 염색한 그 짧은 머리카락을 쓸어 넘겼다. 내 피부색을 튀게 만들어줄 색깔을 골라야지, 그녀는 엄마에게 말했다. 내 짙은 색 피부가 빛나 보이게. 그러고는 덧붙였다. 마이클이 좋아하니까.

나는 케일라의 배 위로 담요를 끌어 올려 덮어주고 그 옆에 같이 누웠다. 케일라의 조그만 발이 내 손안에서 따뜻했다. 케일라는 아직 잠들어 있으면서도 담요를 차버리고 내 팔을 붙잡아 자기 배 위로 끌고 갔다. 나는 케일라를 안은 채로 다시 자세를 잡았다. 케일라의 입이 벌어졌고 나는 손을 흔들어 파리를 쫓았다. 케일라가 조그맣게 코를 골았다.

· · ·

헛간으로 다시 가보니 아빠가 벌려놓은 것을 벌써 다 치운 뒤였다. 아빠는 냄새 고약한 내장은 숲속에 묻고, 우리가 앞으로 몇 달 동안 먹을 고기는 비닐봉지에 싸서 구석에 있는 조그만 냉동고에 집어넣었다. 아빠가 헛간 문을 잠그고 같이 축사를 지나쳐 가는 동안 나는 나무 울타리로 달려들어 울어대는 염소들을 피할 수밖에 없었다. 나는 녀석들이 내 협조 속에서 죽은 자기들 친구에 대해 묻고 있다는 것을 알았다. 그 염소는 지금 아빠가 조각조각 내어 들고 가고 있었다. 부드러운 간은 엄마 것으로, 아빠는 엄마가 먹을 때 피가 입가에 흘러내리지 않도록 불에 슬쩍 구워 나에게 가져다 드리라고 건넬 것이다. 뒷다리는 내 것으로, 아빠는 몇 시간을 푹 끓이고 훈제한 다음에 바비큐로 구워서 내 생일상에 올릴 것이다. 염소 몇 마리가 돌아다니며 풀을 뜯었다. 수놈 두 마리가 서로를 쫓아 날쌔게 달리더니 한 마리가 다른 놈을 머리로 들이받았고 둘은 싸우기 시작했다. 수놈 한 마리가 절뚝거리며 떨어져 나오고, 싸움에서 이긴 꾀죄죄한 흰색 녀석이 조그만 잿빛 암컷을 올라타려고 하며 괴롭히기 시작했을 때, 나는 팔을 소매 속으로 집어넣었다. 암컷이 수컷을 차버리고 매애 울었다. 아빠가 내 옆에 와 서더니 파리가 앉지 않도록 신선한 고기를 허공에서 흔들었다. 수컷이 암컷의 귀를 물자 암컷이 그르렁 소리를 내며 휙 튀어 올랐다.

"늘 저런 식인 거예요?" 내가 아빠에게 물었다. 나는 말들이 앞발을 들어 올리고 서로에게 올라타려고 하는 것을, 돼지들이 진흙탕에서 발정이 나는 것을 본 적이 있었고, 살쾡이들이 새끼를 만드느라 밤에 비명을 지르고 그르렁거리는 소리를 들은 적이 있었다.

아빠는 고개를 젓고 내 앞에 싱싱한 고기를 들어 보였다. 어색한 미소에 한쪽 입꼬리가 칼처럼 휘었다가 이내 사라졌다.

"아니." 아빠가 말했다. "항상은 아니고. 가끔은 이렇기도 하지."

암컷이 외마디 비명을 지르며 수컷의 목을 향해 박치기를 했다. 수컷이 잽싸게 달아났다. 나는 아빠 말을 믿는다. 정말로 믿는다. 엄마 옆에 있는 아빠를 보아왔으니까. 그러나 마이클이

우리를 떠나 빅 조지프와 같이 살러 들어갔다가 곧바로 감옥에
가기 전, 마지막으로 대판 싸우던 레오니와 마이클이 내 앞에
있는 듯 선명하게 보였다. 마이클은 운동복 티셔츠와 군복 바지
와 조던 농구화를 커다란 검은색 쓰레기봉투에 던져 넣었고, 그
런 다음 내 얼굴에 자기 얼굴을 바싹 들이대서 내 눈에 보이는
것이라고는 소나무처럼 푸른 그의 눈동자와 얼룩덜룩 붉어진
얼굴뿐이었다. 그 뺨, 입, 그리고 피부 아래로 혈관이 조그만 붉
은 시냇물처럼 뻗어 있던 코끝. 그는 두 팔을 내 등 뒤로 둘러 한
번, 두 번 두드렸는데, 그 토닥거림은 너무 약해서 포옹으로 느
껴지지 않았다. 그저 그의 얼굴 어딘가가 피부 속에 양면테이프
를 붙여놓은 것처럼 이상하게 잡아당겨졌을 뿐. 울음이라도 터
뜨릴 것처럼. 레오니는 그때 케일라를 임신 중이었고, 벌써 케
일라라고 이름도 지어서, 원래 내 것이었던 카시트에 매니큐어
로 이름도 써놓은 상태였다. 레오니의 배는 점점 더 불러오고
있어서 티셔츠 안에 농구공을 집어넣은 것 같았다. 그녀는 내
가 마이클의 그 미풍같이 약한 두 번의 토닥거림을 느끼며 아
직 서 있던 포치로 나와, 그를 끌어당겨 따귀를 갈겼다. 얼마나
세게 쳤던지 철썩 소리가 났다. 그는 몸을 돌려 그녀의 팔을 붙
잡았고, 둘은 고함을 지르고 숨을 몰아쉬면서 포치 여기저기서
서로를 밀쳤다 끌어당겼다. 그들은 엉덩이며 가슴이며 얼굴이

며 서로 너무 달라붙어 있어서 모래 위에서 볼썽사납게 버둥거리는 소라게처럼 한 몸 같았다. 그러고서 서로에게 바싹 기대어서서 말을 했는데, 그 소리가 꼭 신음처럼 들렸다.

"알아." 마이클이 말했다.

"당신은 쥐뿔도 몰라." 레오니가 말했다.

"왜 나를 이렇게 미는 거야?"

"가고 싶은 데로 가버려." 레오니는 이렇게 말하며 울고 있었고, 둘은 키스하다가 빅 조지프의 차가 우리 집 지저분한 진입로로 들어서 멈추었을 때에야, 그의 트럭이 길에서 벗어나 마당에 들어섰을 때에야 겨우 떨어졌다. 빅 조지프는 경적을 울려대지도 손을 흔들지도 않았고, 아무것도 하지 않고 그저 차 안에서 마이클을 기다렸다. 그리고 그때 레오니가 마이클에게서 떨어져 나와 문을 쾅 닫고 집 안으로 사라졌다. 마이클은 발치를 내려다보았다. 신발을 신는 것도 잊어버려 발가락이 빨갰다. 그가 숨을 몰아쉬면서 짐 꾸러미를 집어 들자, 하얀 등의 문신들이 움직였다. 어깨의 용이, 팔뚝의 기다란 대낫이. 두 어깨뼈 사이의 사신(死神)이. 목뼈 끝, 내 아기 적 발 도장 사이의 내 이름, 조지프가.

"돌아올게." 그가 말하고는, 고개를 내저으며 쓰레기봉투를 들쳐 메고 포치에서 뛰어내렸다. 그의 아버지, 내 이름을 단

한 번도 불러준 적 없는 빅 조지프가 기다리는 트럭 쪽으로 걸어갔다. 그가 진입로를 빠져나갈 때 그에게 야유를 퍼붓고 싶은 마음도 들었지만, 그랬다가는 마이클이 트럭에서 뛰쳐나와 나를 때릴까 겁이 났기 때문에 그렇게는 하지 않았다. 그 당시 나는 마이클이 나를 신경 쓰다가도 쓰지 않는다는 걸, 때로는 내가 눈에 보였지만, 또 어떤 때는 며칠 아니 몇 주나 내가 안중에도 없었다는 것을 깨닫지 못했다. 그 순간 내가 그에게 얼마나 아무것도 아니었는지를. 마이클은 포치에서 뛰어내린 다음 뒤돌아보지 않았고, 짐을 픽업트럭 짐칸에 던져 넣고 앞좌석으로 가면서도 고개조차 들지 않았다. 그는 아직도 제 빨간 맨발에만 온통 신경이 가 있는 것 같았다. 아빠가 남자는 상대의 얼굴을 똑바로 바라봐야 한다고 말했기 때문에, 나는 거기 서서 트럭을 후진시키는 빅 조지프를, 무릎을 내려다보고 있는 마이클을, 그들이 진입로에서 빠져나가 큰길로 들어설 때까지 바라보았다. 그러고는 아빠가 하듯 침을 뱉고, 포치에서 뛰어내려 집 뒤 숲속 비밀의 방에 있는 동물들에게로 내달렸다.

"가자, 아들." 아빠가 말했다. 아빠가 집 쪽으로 걷기 시작하자 나는 따라가면서 집 밖에서 싸우던 레오니와 마이클의 기억을, 축축하고 쌀쌀한 날의 안개처럼 떠다니는 그 기억을 떨쳐내려 애썼다. 그러나 그것은 따라왔다. 아빠가 땅 위에 뚝뚝 떨어뜨리며 가는 핏자국, 헨젤이 숲속에 뿌려놓았던 빵 부스러기만큼이나 분명하게 사랑을 가리키고 있는 그 자국을 따라가는 바로 그 순간에도.

아빠가 먼저 베이컨 기름을 몇 방울 떨어뜨렸는데도 팬에서 구워지는 간 냄새에 목구멍 깊은 데서 욕지기가 올라왔다. 아빠가 간을 접시에 올렸을 때도 냄새는 여전했지만, 아빠가 직접 만들어서 그 위에 듬뿍 뿌린 그레이비소스가 고기 주위에서 조그만 하트 모양을 그리며 고인 것을 보고, 나는 아빠가 일부러 그렇게 만든 것일까 궁금해졌다. 내가 접시를 엄마 방으로 가져갔을 때 엄마는 아직 잠들어 있었고, 그래서 내가 음식을 다시 부엌으로 갖고 나왔을 때 아빠는 식지 말라며 그 위에 키친타월을 덮었다. 그런 다음 나는 아빠가 고기를 깍둑 썰어 내 눈을 따갑게 하는 마늘과 셀러리와 피망과 양파로 양념하고 불에 올리는 것을 바라봤다.

레오니와 마이클이 싸웠던 그날 엄마와 아빠가 여기 있었다면 말렸을 것이다. 애한테 그런 꼴 보이지 마라, 아빠는 말했을 것이다. 아니면 네 아이가 네가 사람을 그렇게 대한다고 생각했으면 좋겠니, 엄마는 말했을지도 모른다. 그러나 그들은 거기 없었다. 그렇게 흔한 일은 아니었다. 두 분이 거기 없었던 건, 엄마가 암에 걸렸다는 걸 알게 되어서 아빠가 엄마를 병원에 데리고 다니던 중이었기 때문이다. 내가 기억하기로 두 분이 나를 레오니에게 맡긴 것은 그게 처음이었다. 마이클이 빅 조지프와 함께 떠나고 난 뒤, 레오니 맞은편 식탁에 앉아 감자튀김 샌드위치를 만들어 먹고 있자니 어색했다. 레오니는 허공을 뚫어져라 바라보면서 다리를 꼬아 맞은편 의자에 올려놓고, 엄마 아빠가 집 안에서 담배 피우는 걸 질색했는데도 담배를 피우고 있었다. 담배 연기가 입술 사이로 흘러나와 머리를 베일처럼 휘감았다. 그녀와 단둘이 있었다. 그녀는 다 마신 콜라 캔에 담뱃재를 털고 꽁초를 넣어버렸다. 그리고 내가 샌드위치를 덥석 물었을 때 말했다.

"추잡해 보여."

마이클과 싸우면서 흘린 눈물은 닦아냈지만, 눈물이 흘러내린 자국이 얼굴에 말라붙어 아직도 번들거렸다.

"아빠도 이렇게 먹어요."

"아빠가 하는 건 다 해야 되겠니?"

나는 그녀가 원하는 대답 같아서 고개를 저었다. 그러나 나는 아빠가 하는 건 거의 다 좋았다. 서서 말하는 모습이나, 내가 교과서에서 읽은 촉토족이나 크리크족 인디언처럼 머리칼을 빗질로 깨끗하게 쓸어 넘겨 단정하게 만드는 것도 좋았고, 나를 무릎에 앉혀 트랙터로 뒷마당을 도는 것도 좋았고, 차분하고 빠르고 깔끔하게 먹는 것도 좋았다. 잠들기 전에 내게 이야기를 들려주는 것도 좋았다. 내 나이 아홉 살 때 아빠는 뭐든 최고였다.

"꼭 똑같이 구네."

나는 대답 대신 입안에 든 걸 꿀꺽 삼켰다. 감자는 짜고 뻑뻑했고, 마요네즈와 케첩이 너무 적어 목에 걸렸다.

"그 소리까지 추잡해." 레오니가 말했다. 그녀는 담배꽁초를 버린 콜라 캔을 샌드위치를 먹고 있는 내 쪽으로 밀었다. "갖다 버려."

레오니는 거실로 걸어가서 소파에 몇 개 남아 있던 마이클의 야구 모자 하나를 집어 들고 깊숙이 눌러썼다.

"나갔다 올게." 그녀가 말했다.

손에 샌드위치를 든 채로 나는 종종걸음으로 그녀를 따라갔다. 문이 쾅 닫혔고 나는 문을 밀었다. 여기 나 혼자 두려고요? 묻고 싶었지만, 샌드위치가 덩어리져 목구멍을 막고 있었다. 배 속에서부터 차오르는 공포심에 목은 더 막혀버렸다. 나는 집에 혼자 있어본 적이 한 번도 없었다.

"엄마 아빠 곧 오실 거야." 레오니는 차 문을 세게 닫으면서 말했다. 그녀는 엄마 아빠가 고등학교 졸업 선물로 사준 연자

주색 쉐보레 말리부에 시동을 걸었다. 진입로에서 빠져나가면서 바람을 쐬려는 건지 내게 손을 흔들려는 건지 한 손을 창밖으로 뻗었고, 그렇게 가버렸다.

　너무 조용한 집 안에 혼자 있으려니 왜인지 겁이 나서 잠깐 포치에 앉아 있었는데, 그때 어떤 남자의 노랫소리가 들렸다. 높은 목소리로 같은 구절을 틀린 음으로 반복해 불렀다. "오 스태그-올-리, 왜 진실해질 수 없나?" 기다란 지팡이를 들고 다니는 아빠의 큰형, 스태그였다. 그는 때에 절어 번들거리는 옷을 입고, 지팡이를 도끼처럼 휘둘렀다. 그가 무슨 말을 하는지 나는 매번 한 마디도 알아들을 수 없었다. 분명 영어가 맞는데 꼭 외국어로 말하고 있는 것 같았다. 그는 노래를 부르고 지팡이를 휘두르면서 부아 소바주 구석구석을 매일같이 돌아다녔다. 아빠처럼 등을 꼿꼿하게 세우고 당당하게 걸어 다녔다. 코도 아빠와 똑같았다. 그러나 그것 말고는 비슷한 구석이 전혀 없었다. 마치 아빠가 물걸레처럼 비틀어 짜져 잘못된 모양으로 건조된 것 같았다. 그것이 스태그였다. 한번은 엄마에게 그에게 무슨 일이 있었던 거냐고, 왜 늘 아르마딜로 같은 냄새가 나냐고 물었더니, 엄마는 얼굴을 찌푸리며 말했다. 머리에 병이 났단다, 조조. 그러고는 덧붙였다. 아빠에게는 이런 거 묻지 마.

　나는 그의 눈에 띄고 싶지 않았기 때문에 포치에서 뛰어내려 뒷마당으로 내뺐다. 돼지들이 꿀꿀거리고 염소들이 풀을 뜯어 먹는 소리를 들으며 닭들이 뭔가 쪼고 긁어대는 것을 보고 있자니 편안했다. 내가 그렇게 어리거나 혼자라는 느낌이 들지 않았다. 나는 풀밭에 쪼그리고 앉아 동물들을 바라보면서, 그들이 내게 뭐라고 하는지 꼭 들리는 것 같다고, 그들이 나누는 이야기가 들리는 것 같다고 생각했다. 가끔 내가 옆구리에 검은 반점이 있는 뚱뚱한 돼지를 볼 때면 녀석은 꿀꿀거리며 귀를 펄럭였는데, 나는 녀석이 꼭 이렇게 말하려는 것 같다는 생각이 들었다. 여기를 긁어라, 꼬마야. 염소들이 내 손을 핥고 내게 머리통을 들이밀면서 내 손가락을 깨물고 매애 울 때면, 나는 이런 소리를 들었다. 소금은 정말 알싸하고 맛있어. 소금 더 줘. 아빠가 돌보는 말이 고개를 주억거리면서 온몸을 털고 흔들며 껑충 뛰어올라 그 옆구리가 미시시피의 붉은 진흙처럼 반짝거릴 때면, 나는 이렇게 알아들었다. 나는 네 머리 위를 뛰어 넘어갈 수 있어, 꼬마, 그렇게 내가 달리고 또 달리면 네 눈엔 다른 건 보이지 않을 거야. 나는 너를 떨게 만들 수 있어. 그러나 그들의 말을 알아듣는다는 것, 그들의 말이 들린다는 것은 무서웠다. 스태그도 그랬으니까. 스태그는 가끔 길 한가운데 서서 동네의 텁수룩한 검은 개 캐스퍼와 무슨 이야기를 길게도 나누었다.

그러나 동물들을 보면 곧바로 그들의 말이 이해가 되어 알아듣지 않을 방법도 없었으니, 그것은 어떤 문장을 보고 그 말 뜻을 이해하는 것처럼 내게는 동시에 일어나는 일이었다. 그래 서 레오니가 집을 나가고 난 뒤 나는 한동안 뒷마당에 앉아 돼 지와 말 들의 소리를, 그리고 매섭게 몰아치다 뚝 끊기는 바람 처럼 침묵 속으로 잦아드는 늙은 스태그의 노랫소리를 들었다. 나는 동물 우리를 여기저기 옮겨 다니는 동안, 해를 바라보면서 레오니가 집에서 나간 지 얼마나 됐는지, 엄마 아빠가 나간 지 는 얼마나 됐는지, 얼마나 있으면 그들이 와서 내가 집 안으로 들어갈 수 있을지 가늠해보았다. 그때 돌 위로 타이어 굴러가는 소리에 귀를 쫑긋 세운 채 고개를 젖히고 걷고 있었기 때문에 땅에 박혀 있던 삐죽빼죽한 깡통 뚜껑을 보지 못하고 그 위로 발을 내디뎠다. 깡통이 깊숙이 파고들었다. 나는 비명을 지르면 서 다리를 붙잡고 나동그라졌다. 그때 동물들 역시 나를 이해한 다는 것을 알 수 있었다. 저리 가, 커다란 이빨! 저리 가!

발이 욱신거리며 피가 흘렀다. 나는 말 우리 앞에 주저앉아 울음을 터뜨렸고, 목구멍 깊은 데서 케첩과 위산 맛을 느끼며 발목을 움켜쥐었다. 내가 너무 겁이 나서 깡통 뚜껑을 빼내지 못하고 있는데, 그때 차 문이 닫히는 소리가 들리더니 잠깐 조 용하다가 날 부르는 아빠의 목소리가 들렸다. 내가 대답을 했 고, 아빠는 땅바닥에 앉아 숨을 몰아쉬면서 얼굴이 눈물 콧물 범벅이 되어 훌쩍이고 있는 나를 찾아냈다. 아빠가 내 곁으로 와서 말편자를 살피듯이 내 다리에 손을 얹었다. 그는 순식간에 깡통 뚜껑을 빼냈고, 나는 비명을 질렀다. 아빠가 뭔가 좋지 않은 짓을 했다고 생각한 건 그게 처음이었다.

레오니는 그날 밤 집에 왔을 때 아무 말도 하지 않았다. 아빠가 그녀에게 제길, 레오니!라고 몇 번이고 고함을 칠 때까지는 내 발을 눈치도 채지 못한 것 같았다. 나는 진통제 때문에 졸리고 항생제 때문에 가렵고 발에는 흰 붕대를 동여맨 채로, 아빠가 제길, 레오니!라고 외치며 벽을 치는 모습을 바라보았다. 그녀는 움찔하면서 아빠에게서 물러나더니, 작은 목소리로 말했다. 쟤 나이일 때 아빠는 부둣가에서 굴 껍질 깠잖아요, 엄마는 기저귀 갈았고. 그러고는 덧붙였다. 쟤도 다 컸다고요. 그녀는 말했다. 너 괜찮지? 그렇지, 조조? 나는 그녀를 쳐다보았고, 대답했다. 아뇨, 레오니. 새로웠다. 두 손을 문지르며 뭐라고 말을 쏟아내는 그녀의 입속 그 삐뚤빼뚤한 이를 바라보는데, 내 머릿속에서 엄마가 아니라 레오니, 그녀의 이름이 들리다니 새로운 일이었다. 내가 그 이름을 입 밖으로 뱉었을 때 그녀는 웃었는데, 안에서 단단한 삽이 푹 떠낸 듯 불쑥 터져 나온 소리였다. 아빠는 그녀의 따귀를 갈기고 싶은 것 같았지만 마음을 바꾸어, 농작물을 망쳤을 때나 암퇘지 한 마리가 다 죽은 새끼를 낳았을 때 그러듯이 콧방귀를 뀌었다. 그러니까 실망했을 때 그러듯이. 그는 거실 소파 두 개 중 내가 있는 곳으로 와 앉았다. 아빠가 엄마를 침대에서 혼자 자게 한 것은 그날이 처음이었다. 나는 2인용 소파에서 잤고, 아빠는 긴 소파에서 자는데, 엄마가 점점 더 아프면서 아빠는 쭉 거기서 자게 됐다.

염소는 끓이니 소고기 냄새가 났다. 솥 안에서 색이 짙어지고 힘줄이 다 드러난 게 심지어 모양새도 그래 보였다. 아빠가 물렀는지 확인하려고 숟가락으로 고기를 찔러보고 뚜껑을 비스듬하게 덮어두자 김이 위로 솟아올랐다.

"아빠, 아빠하고 스태그 큰할아버지 이야기 좀 다시 해주실래요?" 내가 물었다.

"무슨 이야기?" 아빠가 물었다.

"파치먼(미시시피주에 실재하는 미시시피주립교도소의 별칭. 대규모 농장형 감옥으로 수감자에게 목화 농작 등 노역을 시킨 것으로 유명하며, 또 대부분 흑인인 수감자들을 노예처럼 다룬 열악한 실태로 잘 알려져 있다)이요." 내가 말했다. 아빠가 팔짱을 꼈다. 몸을 기울여 염소 고기 냄새를 맡았다.

"전에 이야기해주지 않았던?" 아빠가 물었다.

나는 어깨를 으쓱 들어 보였다. 가끔 나는 내 코와 입이 스태그 큰할아버지와 닮았다는 생각이 들었다. 큰할아버지와 아빠. 난 두 분이 다르다는 말이 듣고 싶었다. 우리 모두 다 다르다는 말이. "네, 그런데 그래도 듣고 싶어요." 내가 말했다.

이건 아빠가 나와 단둘이 있을 때, 거실에서 밤늦게까지 안 자고 있을 때나 마당이나 숲속에 있을 때 나에게 해주는 것이었다. 아빠는 이야기를 들려줬다. 아빠의 아버지가 습지에서 가져온 부들을 먹었던 이야기. 아빠의 엄마와 식구들이 스페인 이끼를 모아다가 매트리스 속을 채웠던 이야기. 때로는 같은 이야기를 세 번, 심지어 네 번도 들려줬다. 아빠가 해주는 이야기를 듣고 있으면 나는 그 목소리가 나를 향해 뻗은 손 같고, 아빠가 내 등을 문질러주고 있는 것만 같아서, 내가 절대 아빠처럼 당당하고 자신감 있게 클 수 없으리라는 느낌을 전부 떨쳐버릴 수 있었다. 이야기를 들으려고 나는 땀을 흘리면서도 부엌 의자를 떠나지 않고 있었던 것이다. 부엌은 염소 고기를 끓이느라 너무 더워져서 이제 창문에 뿌옇게 김이 서렸다. 온 세상이 아빠와 내가 있는 이 공간으로 좁아들었다.

"들려주세요." 내가 말했다. 아빠는 남은 고기를 끓는 솥에 집어넣기 전에 부드럽고 연하게 만들려고 두드리고 있다가 헛기침을 했다. 나는 팔꿈치를 식탁에 대고 귀를 기울였다.

나와 스태그 형, 우리는 아버지가 같다. 우리 아버지가 젊어서 돌아가셨기 때문에 다른 형제하고 누이 들은 아버지가 다 달라. 아마 40대 초반 즈음에 돌아가셨나. 우리 아버지 연세가 몇이었는지는 나도 모른단다. 아버지도 당신 나이를 모르셨으니. 우리 아버지 부모님은 인구 조사원들을 피하고, 묻는 말에 맞게 대답하지 않고, 애들 숫자를 바꾸고, 출생신고를 한 명도 하지 않으셨다고 해. 그 사람들이 우리를 통제하고 마소처럼 가둬두려고 돌아다니면서 정보를 캐내려고 했대. 그래서 우리 아버지의 부모님은 그런 공식적인 것에는 일절 응하지 않고, 그저 옛날식대로 사셨다고 해. 그런 것을 아버지는 돌아가시기 전에 우리에게도 조금 가르쳐주셨다. 사냥하는 법과 동물을 뒤쫓는 법, 동물 다루는 법, 균형에 대한 것, 삶에 대한 것들을. 나는 열심히 들었지. 늘 귀담아들었어. 하지만 스태그 형은 귀담아듣는 법이 없었다. 어렸을 때조차 형은 만날 개들과 같이 뛰어다니거나 물웅덩이에 수영하러 가 있었기 때문에, 가만히 앉아 귀담아들을 수가 없었어. 좀 크면서는 선술집에 가 있었지. 아버지는 형이 너무 잘생겼다고 했어. 여자처럼 예쁘게 태어났다고, 그래서 사는 게 너무 힘들어졌다고 말했지. 사람들은 예쁜 걸 좋아하거든. 모든 게 형에게는 너무 쉽게 왔다는 거야. 아버지가 그런 말을 하면 어머니는 그런 말 말라고 하셨지. 스태그는 그저 세상을 너무 많이 느끼는 것일 뿐이라고, 그게 전부라고 하셨어. 그래서 가만히 앉아서 생각하는 게 그에게는 어려운 거라고. 나는 두 분에게 말하지는 않았지만, 두 분 모두

틀렸다고 생각했다. 나는 스태그 형이 속이 죽은 것 같다고, 그래서 가만히 앉아서 누구 말도 귀담아들을 수 없었던 거라고 생각했어. 그래서 나랑 같이 강으로 수영하러 갔을 때 가장 높은 벼랑으로 올라가서 물속으로 곤두박질칠 수밖에 없었던 거라고. 바로 그래서 형이 열여덟, 열아홉이 됐을 때 주말만 되면 그 망할 선술집으로 가서 술을 마신 거라고, 신발 양쪽에 칼을 차고 또 양팔 소매에도 집어넣고 다닌 거라고, 그래서 베였고 그렇게 자주 베인 채로 집에 왔던 거라고. 더 살아 있다고 느끼기 위해 그런 게 필요했던 거라고 생각했어. 그리고 그 해군 남자가 거기 나타나지만 않았더라면 형은 계속 그렇게 할 수 있었을 거다. 십아일랜드(Ship Island, 미시시피만 연안 일부를 가리키는 용어)에 주둔해 있던, 저 위에서 온 백인 무리 중 하나였지. 유색인들하고 좋은 시간을 보내고 싶었던가본데, 바에서 스태그 형과 마주쳤고, 둘이 시비가 붙었고, 그 남자가 스태그 형의 머리에 대고 병을 깨뜨렸어. 그러자 형이 그를 칼로 찔렀는데, 죽기까지는 아니고 운신이 느려질 정도로만 만들어서 형은 도망을 칠 수 있었지만, 그의 친구들이 형을 따라와서 두들겨 패버렸지. 그가 돌아왔을 때 집에는 나혼자였다. 어머니는 여동생을 돌보러 다른 동네에 가 있었고 아버지는 밭에 나가 계셨어. 그 백인들은 스태그 형을 잡으러 와서는, 우리둘을 다 묶어서 큰길로 데리고 나갔다. 네놈들 노동이 뭔지 알게 될거다, 그들은 말했지. 하느님과 사람의 법에 따라 의를 행하는 게 뭔지를 알게 해주마, 그들이 말했어. 네놈들은 파치먼에 가게 될 거야.

나는 열다섯이었다. 하지만 내가 막내는 아니었지. 아빠가 말했다. 막내는 리치였어.

케일라가 갑자기 잠에서 깨서, 몸을 굴려 두 팔로 딛고 상체를 일으키더니 웃었다. 머리칼은 소나무에 걸린 덩굴처럼 다 엉켜 산발이었다. 케일라의 눈동자는 마이클처럼 초록색이었고, 머리칼은 건초 색깔이 약간 섞인 것이 레오니와 마이클의 중간 어디쯤 됐다.

"조조 오빠?" 케일라가 물었다. 침대에서 레오니가 바로 옆에 누워 있을 때조차 케일라 입에서 나오는 말은 늘 그거였다. 내가 더 이상 아빠와 함께 거실 소파에서 잘 수 없게 된 것도 그 때문이었다. 케일라는 갓난아기였을 때부터 내가 한밤중에 젖병을 들고 들어오는 것에 너무 익숙했다. 그래서 나는 레오니 침대 옆 바닥에서 잤고, 레오니가 집에 거의 들어오지 않았기 때문에 케일라는 결국 대부분 나랑 같이 바닥 매트에서 자게 되었다. 케일라의 입가에 끈적거리는 게 묻어 있었다. 내가 티셔츠 가장자리에 침을 묻혀 케일라의 볼을 문지르자, 케일라는 내 손을 털어버리고는 내 무릎으로 기어 올라왔다. 케일라는 키가 작은 세 살배기라서, 내 안으로 파고들 때면 발이 내 무릎에도 닿지 않았다. 케일라에게서 햇볕에 잘 마른 건초 냄새, 따뜻한 우유 냄새, 베이비파우더 냄새가 났다.

"목말라?" 내가 물었다.

"응." 케일라가 속삭였다.

케일라는 물을 다 마시자 아기용 빨대 컵을 바닥에 떨어뜨렸다.

"노래 불러줘." 케일라가 말했다.

"무슨 노래 불러줄까?" 케일라는 이 질문에 대답하는 법이 없는데도 나는 물었다. 내가 아빠가 들려주는 이야기를 몹시 좋아하는 것처럼 케일라는 내가 노래 불러주는 것을 무척 좋아했다. 「버스 바퀴」 어때?" 내가 말했다. 나는 헤드스타트(저소득층 아동 대상의 정부 지원 교육 프로그램)에서 배웠던 그 노래를 기억하고 있었다. 가끔 동네 수녀님들이 통기타를 사냥용 소총처럼 등에 메고 학교로 찾아와서 우리에게 그 노래를 불러줬다. 나는 엄마를 깨우지 않을 정도의 낮은 목소리로, 비록 낮게 내려가 갈라지고 긁히는 소리가 났지만 노래를 불렀다. 케일라는 팔을 앞뒤로 흔들며 방을 여기저기 씩씩하게 걸어 다녔다. 아빠가 고기 끓이던 솥을 떠나 거실로 나왔을 즈음, 나는 팔이 욱신거리며 숨을 쉴 수도 없을 지경이었다. 나는 헤드스타트의 또 다른 인기곡 「반짝반짝 작은 별」을 부르면서, 케일라를 저기 높은 천장에 닿을 정도로 힘껏 던져 올렸다가 받기를 계속

하고 있었다. 케일라가 꺅꺅 소리를 지르는 아이였다면 분명 엄마를 깨우게 됐을 테니 이렇게 하지 않았을 것이다. 그러나 버터에 양파와 마늘, 피망과 셀러리 볶는 냄새가 진동하는 가운데 케일라는 팔다리를 흔들며, 두 눈을 반짝이며, 입으로는 금방이라도 소리를 지를 듯 함박웃음을 지으며 그저 올라갔다 내려오고만 있었다.

"더." 케일라가 숨차했다. "더." 내가 다시 던져 올리려고 케일라를 받자 케일라가 끙 소리를 냈다.

아빠는 고개를 내저었지만 나는 케일라를 계속 던져 올렸다. 행주에 두 손을 닦고 문설주에 기대 있는 모습을 볼 때 아빠가 이걸 싫어하지 않는다는 걸 알 수 있었으니까. 그 아치형 문설주는 아빠가 직접 대패질하고 못을 박아 만든 것이었다. 아빠는 천장을 3.6미터로 일부러 높게 만들었는데, 그건 바닥에서 천장까지 공간이 넓으면 집이 더 시원할 거라고 엄마가 부탁했기 때문이었다. 아빠는 내가 케일라를 다치게 하지 않으리라는 것을 알았다.

"아빠." 케일라가 내 두 팔이 아니라 가슴팍에 앉아버렸을 때 나는 헉헉거리고 있었다. "고기를 훈제기에 집어넣으러 가기 전에 나머지 이야기 들려주실 거죠?"

"아기 있잖니." 아빠가 말했다.

나는 케일라를 붙잡아서 휙 돌려 앉혔다. 케일라는 내가 자기를 바닥에 내려놓고 소파 밑에서 전에 내 것이었던 피셔프라이스 장난감 세트를 끄집어내자 입술을 비죽거렸다. 나는 먼지를 불어 날리고 그것을 케일라 쪽으로 내밀었다. 세트에는 소가 한 마리, 닭이 두 마리 있었고, 빨간색 외양간은 문 하나가 부서져 있었지만, 케일라는 그래도 어느새 바닥에 납작 엎드려 플라스틱 동물들을 폴짝폴짝 뛰게 하고 있었다.

"봤어, 조조 오빠?" 케일라가 묻더니 염소를 들어 올렸다. "매애, 매애." 케일라가 입으로 소리를 냈다.

"자긴 괜찮대." 내가 말했다. "우리한테 관심 없대."

아빠가 케일라 뒤에 앉아서 남아 있는 외양간 문을 손가락으로 튕겼다.

"끈적거리네." 아빠가 말했다. 그러고는 천장의 움푹 들어간 데를 올려다보더니 한숨처럼 한 문장, 다시 한 문장을 내뱉었다. 아빠는 다시 이야기를 들려주고 있었다.

리치, 사람들은 그렇게 불렀지. 진짜 이름은 리처드였고, 고작 열두 살밖에 안 된 아이였어. 먹을 걸 훔치다 3년 형을 받고 거기 들어온 거였다. 소금에 절인 고기였다지. 다들 가난하고 배곯던 시절이라 먹을 걸 훔치다 거기 들어와 있는 이들이 많았고, 사람을 공짜로 부려먹을 수는 없는 법인데도 백인들은 하여튼 갖은 수를 써가며 일은

40

시켜먹고 돈은 주지 않았지. 리치는 내가 파치먼에서 본 사람들 중에서 가장 어렸어. 각각 구역으로 나뉜 그 드넓은 교화 농장에는 일하는 남자들이 수천 명이었다. 족히 5만 에이커는 됐지. 파치먼은 벽이 없어서 처음 보면 감옥이 아니라고, 그렇게 나쁘지만은 않겠다고 착각하게 되는 그런 곳이야. 당시에는 수용소가 열다섯 개였고, 모두 철조망으로만 둘러싸여 있었어. 벽돌도 없고, 돌도 없었지. 수감자들은 모범수 사수들의 감시를 받으며 일했기 때문에 총받이라고 불렀다(실제로 파치먼 교도소에는 수감자들의 등급을 나누어 관리하는 '위탁 관리 시스템'이 있었다. 그들 중 '모범수 사수'를 선발해 감독의 권한을 주어, '총받이', '선발대', '선창자' 등으로 구성된 일반 수감자들을 관리하게 했다). 그 사수들도 수감자들이었지만, 교도소장이 우리 나머지 수감자들을 감시하라고 그들에게 총을 쥐여줬어. 모범수 사수들은 방 안으로 들어오면 가장 먼저 입을 여는 작자들이었지. 자기한테 주의를 끌려는 자들. 자기들이 때리고 찌르고 죽인 짓들을 큰 소리로 떠벌려서 그런데서 세 보이려고 하는 치들. 그래야 자기들이 더 커 보일 테니까. 남들이 두려워해야 진짜 남자가 된 것처럼 느껴질 테니까.

처음 파치먼에 들어가서 나는 씨앗을 심고 잡초를 뽑고 작물을 수확하며 들판에서 일을 했어. 파치먼은 그 자체로 실제 농장이었어. 우리가 일했던 그 노지는 누구든 볼 수 있었지. 안에서도 철조망 너머가 훤히 보였어. 발을 디디고 피투성이 손으로 철조망을 붙잡고 설

수도 있었지. 나무를 죄 베어내서 부지 끝까지 훵하게 트여 있었어. 그럼 넌 생각하지. '마음만 먹으면 여기서 나갈 수 있겠다. 별을 보고 남쪽으로 쭉 가기만 하면 집으로 갈 수 있겠어.' 그러나 그렇게 생각하는 건 모범수 사수들을 못 봤기 때문이다. 감독관도 몰라서 하는 소리지. 감독관은 너를 밭 가는 말 다루듯, 사냥개 다루듯 다루도록 교육받은 사람들 중에서 뽑혀. 심지어 네가 그렇게 다뤄지는 걸 좋아하게 만들 수도 있다고 교육받은 자들이고, 수많은 작업 감독들 중에서 뽑히지. 모범수 사수들은 선술집의 드잡이 따위보다 훨씬 극악한 짓을 저질러서 거기 와 있다는 걸 몰라서 하는 말이야. 사실상 간수 역할을 맡은 모범수 사수들이 거기 보내진 건 그들이 죽이는 걸 좋아하기 때문이라는 것을, 그것도 갖은 끔찍한 방법으로 그렇게 하기 때문이라는 것을 말이다. 남자들뿐만 아니라 여자들에게도 그리고……

나와 스태그 형은 서로 다른 수용소를 배정받았단다. 형은 폭행죄로 들어갔고, 나는 도망자 은닉죄로 들어갔지. 나는 전에도 농장일을 해본 적이 있었지만, 그렇게 해본 적은 없었어. 목화밭에서 해가 뜰 때부터 질 때까지 그런 더위 속에서 일을 해본 적은. 거기 위쪽은 참 힘들다. 그 더위. 바람을 불러와 한 김 식혀줄 비가 오지 않고, 그래서 열기가 머물러 있으니 찌는 듯하지. 축축한 오븐 같아. 곧 내 손마디는 굵어졌고 발은 딱딱하게 갈라지며 피가 났어. 나는 그 들판의 밭이랑 속에 있을 때는 생각을 하지 말아야 한다는 걸 깨달았다. 아버지나 스태그 형이나 감독관이나 모범수 사수나 개들, 들판 가장자리에서 침을 흘리며 짖어대는 개들, 우리 발꿈치로, 목으로 달려드는 공상을 하는 개들에 대해서 생각하지 않아야 했다. 나는 그 모든 걸 잊어버리고 몸을 숙였다가 서고 숙였다가 서면서 어머니 생각만 했어. 어머니의 긴 목, 단정한 손을. 비뚤어진 이마 선을 가리려고 머리를 앞으로 땋아 내렸던 것을. 어머니 꿈은 추운 밤 다 타들어간 장작불의 온기와 같았지. 따뜻하고 포근했어. 그것만이 유일하게 내가 내 영혼을 풀어내어, 저 들판의 연처럼 높이 날아가게 할 수 있는 방법이었단다. 그래야 했어. 그러지 않았다면 나는 5년 동안 그 감옥에 갇혀 있으면서 그 땅 위에 고꾸라져 죽었을 거야.

리치는 그렇게까지 길게도 가지 않았지. 열다섯 살짜리에게도 그렇게 힘든데, 그 꼬마에게는 어땠겠니? 고작 열두 살인데. 리치는 내가 거기 간 지 한 달하고 몇 주 있다가 왔어. 수용소로 울면서 들어왔지만, 흐느낌도 없는 숨죽인 울음이었지. 눈물이 볼을 타고 흘러내려 얼굴이 번들거릴 뿐이었어. 양파처럼 머리통이 커다랬는데, 몸에 비해 머리가 너무 큰 부류였지. 몸은 뼈와 가죽만 앙상했어. 귀는 나뭇가지에서 솟아나온 이파리처럼 머리통에서 쭉 뻗어 나와 있고, 얼굴에서는 눈만 덩그랬다. 그 애는 눈을 깜빡이지 않았어. 빨랐고. 빨리 걸었어. 수용소에 처음 올 때 대부분이 그러듯 발을 질질 끌며 걷지 않았고, 말처럼 무릎을 허공으로 높이 들어 올리며 걸었어. 그들이 리치 손을 풀어주어 숙소로, 침상으로 들여보냈는데, 난 어둠 속에서 내 옆에 온 그 애가 계속 울고 있다는 걸 알 수 있었단다. 그 작은 어깨가 땅에 내려와서도 아직 파닥이고 있는 새의 날개처럼 굽어 있었으니까. 하지만 그 애는 여전히 아무 소리도 내지 않았어. 그날 밤에는 숙소 문을 지키는 간수들이 쉬러 갔었고, 만일 울보처럼 군다면 어둠 속에서 열두 살짜리 소년에게는 어떤 일인가 벌어질 수 있었으니까.

어둑한 아침에 일어났을 때 그 애는 더 이상 울고 있지 않았지. 나를 따라 야외 변소에 갔다가 아침을 받아, 내 옆 땅바닥에 앉더구나.

"여기 있기엔 너무 어린데. 몇 살이냐? 여덟 살?" 내가 물었지.

그 애는 모욕을 당한 얼굴이었어. 인상을 쓰며 입을 떡 벌렸지.

"빵 맛이 왜 이래요?" 묻고는 손으로 입을 가렸어. 빵을 뱉으려나 보다 했는데, 꿀꺽 삼키고는 말하더구나. "열두 살이에요."

"그래도 여기 있기엔 너무 어려."

"훔쳤어요." 어깨를 으쓱 들어 보이더구나. "내 솜씨가 좀 좋았죠. 여덟 살 때부터 훔쳤으니까. 먹을 걸 달라고 늘 징징대는 동생들이 아홉 있었거든요. 등이 아프다, 입이 헐었다, 아파서도 울었고요. 손발에 온통 시뻘건 발진도 났어요. 얼굴에 발진이 너무 많이 나서 피부가 보이지 않을 지경일 때도 있었어요."

그 애가 말하는 병이 뭔지 알았어. 우리는 그걸 '홍염'이라고 불렀지. 난 어떤 의사가, 그 병은 대부분 가난한 사람들, 그러니까 고기와 곡물과 당밀밖에 먹을 게 없는 사람들이 걸린다고 말하는 걸 들었지. 난 그렇게 먹을 수 있다면 운 좋은 사람들이라고 의사에게 말해주고 싶었어. 델타에서는, 흙으로 패티를 빚었다는 이야기도 들었으니까. 리치는 결국 잡혀 들어왔으면서도 자기가 한 짓을 내게 자랑스럽게 이야기하더구나. 몸을 앞으로 숙이고는, 말을 마친 다음에 마치내가 인정해주길 기다리는 듯 나를 살피는 모습에서 알 수 있었어. 그때 나는 그 아이를 떼어버릴 수 없으리라는 걸 알았단다. 무엇보다나를 졸졸 따라다니고 잘 때도 내 옆에서 잤으니까. 다른 사람들 아무도 못 주는 것을 내가 줄 수 있다는 듯이 나를 쳐다봤으니까. 해가나무들 사이로 떠오르며 하늘을 새로 피운 불처럼 밝히고 있었고, 그열기가 벌써 내 어깨와 등과 팔뚝에서 느껴졌단다. 빵에서 뭔가, 아드득 씹혔지. 나는 얼른 삼켰다. 생각을 않는 게 최선이었으니까.

"네 이름이 뭐냐, 꼬마?"

"리처드. 다들 줄여서 리치라고 불러요. 농담처럼요." 그가 눈썹을 들어 올리며 얼굴에 미소를 약간 머금고 나를 보았는데, 미소라야하얗고 오밀조밀한 이가 겨우 보일 만큼 입을 조금 연 것에 불과했지. 내가 뭐가 농담인지 알아듣지 못하니까, 그는 어깨를 축 늘어뜨리고는 숟가락을 든 채로 설명했어. "내가 훔치니까. 그러니까 부자라고요."

　나는 내 손을 내려다보았어. 빵 부스러기 하나 없이 깨끗했고 속은 여전히 아무것도 안 먹은 듯했지.

　"농담이라니까요." 그가 말했어. 그래서 나는 리치에게 원하던 걸 줬단다. 그 앤 그저 꼬마였으니까. 나는 소리 내어 웃어주었어.

　가끔 나는 다른 건 다 이해해도 레오니만큼은 이해할 수 없다는 생각을 한다. 그녀는 식료품이 든 종이봉투를 안아 든 채로 문 앞에 서서, 덧문을 발로 걷어차서 연 다음 열린 틈을 비집고 들어왔다. 문이 쾅 소리를 내면 케일라는 서둘러 내 쪽으로 와, 자기 빨대 컵을 와락 낚아채 빨며 내 귀를 짓이겼다. 그 조그만 손가락으로 꼬집고 살을 미는 건 아플 지경이었지만 그건 케일라의 버릇이었기 때문에, 나는 케일라를 들어 올려 내 품에 앉히고 계속 치대게 두었다. 엄마는 케일라가 젖을 먹은 적이 한 번도 없어서 안정을 찾으려고 그렇게 하는 것이라고 했다. 불쌍한 것, 엄마는 매번 한숨을 쉬었다. 레오니는 엄마와 아빠가 케일라를 나처럼 케일라라고 부르기 시작하자 질색을 했다. 걔 이름 있어요, 걔 아빠가 지어준 이름이라고요, 레오니는 말했다. 케일라가 더 잘 어울리잖니, 엄마가 말했지만, 레오니는 케일라를 그렇게 부른 적이 한 번도 없었다.

"안녕, 미카엘라 아가." 레오니는 말했다.

나는 부엌 문간에 서서 레오니가 종이봉투에서 하얀색 작은 상자를 꺼내는 것을 보고서야 이제 엄마가 내 생일 케이크를 만들어주지 못한다는 것을 깨달았다. 너무 늦은 깨달음에 죄책감이 들었다. 아빠는 음식을 만들 테지만, 엄마는 그럴 수 없다는 걸 알아차려야 했다. 엄마는 늪지의 탁한 물이 달과 함께 올라갔다가 내려가는 것처럼 꾸준하게 암이 찾아왔다 떠나가기를 반복하면서 더 아파졌다.

"네 케이크 사 왔다." 마치 내가 너무 멍청해서 그 상자 안에 뭐가 들었는지도 모를 거라는 듯 레오니가 말했다. 그녀는 내가 멍청하지 않다는 것을 안다. 학교 선생님이 전에 내 행동 상담을 한다며 그녀를 불렀을 때, 직접 자기 입으로 말했다. 아이가 학교에서 말을 한 마디도 안 하는데, 그렇다고 집중하고 있는 것도 아니에요. 선생님은 학교 버스를 기다리느라 애들이 전부 자리에 앉아 있는 앞에서 그렇게 말했었다. 선생님은 교실에서 가장 앞자리, 교탁에서 가장 가까운 책상에 나를 앉혔다. 그러고는 5분마다 집중하고 있는 거니? 라고 물었고, 그건 내가 무엇을 하고 있었든지 나를 방해할 수밖에 없었기 때문에 집중이란 건 불가능했다. 그때 나는 열 살이었고, 다른 아이들이 보지 못하는 것들을 벌써 보기 시작했었다. 가령 선생님이 손톱을 피가 나도록 물어뜯는 것이라든지, 가끔 누군가에게 맞아서 멍든 것을 가리려고 눈 화장을 아주 짙게 하는 것까지도. 가끔 싸우고 난 다음이면 마이클과 레오니의 얼굴 모두 그랬기 때문에 나는 그게 무엇인지 알고 있었다. 선생님에게도 그녀만의 마이클이 있는 것이 아닌지 생각해보지 않을 수 없었다. 학부모 상담 날에 레오니는 화가 난 듯 눌러 말했다. 얘 멍청하지 않아요. 조조, 가자. 그리고 나는 그녀가 "않아요"라고 말하며 자기도 모르게 선생님 쪽으로 몸을 기울였을 때 멈칫했다. 선생님은 레오니의 어깨에서 팔꿈치로, 주먹으로 타고 내려오는 잠재된 폭력에 눈을 깜빡이며 한 걸음 물러났다.

엄마는 내 생일에 언제나 레드벨벳 케이크를 만들어줬다. 내가 한 살 때부터 쭉 그랬다. 네 살 때는 이미 나에게도 당연한 일이 되어 내가 먼저 만들어달라고 하기도 했다. 나는 마트 판매대 위의 그림을 가리키며 빨간 케이크라고 말하고는 했다. 레오니가 사 온 케이크는 내 두 주먹을 합친 크기 정도로 조그맸다. 파란색과 분홍색 파스텔 톤의 스프링클이 케이크 윗면에 뿌려져 있었고, 옆면에는 조그만 파란색 신발 두 개가 붙어 있었다. 레오니가 코를 훌쩍 들이마시고 그 앙상한 팔뚝으로 입을 막고 기침을 한 다음, 차가운 껌 같은 식감의 싸구려 반 갤런짜리 아이스크림 한 통을 꺼냈다.

"생일 케이크는 남은 게 없더라고. 신발이 파란색이라, 잘 어울리기도 하고."

나는 그제야 레오니가 열세 살짜리 아들에게 주려고 임신 축하 케이크를 사 왔다는 것을 깨달았다. 나는 소리 내어 웃었지만 조금의 감동도, 어떠한 기쁨도 느껴지지 않았다. 웃어도 웃는 게 아니었고, 얼마나 어색했던지 케일라가 고개를 돌려 내가 반칙이라도 했다는 듯 쳐다보았다. 케일라가 울기 시작했다.

대개 내 생일날 내가 가장 좋아하는 부분은 생일 축하 노래 부르기다. 촛불로 모든 게 금빛으로 보이고, 엄마 아빠 얼굴이 환하게 빛나면서 레오니와 마이클처럼 젊어 보이기 때문이었다. 두 분은 내게 노래를 불러줄 때마다 늘 웃고 있었다. 더듬거리면서 따라 부르는 걸 보면 케일라 역시 그걸 가장 좋아하는 것 같았다. 지금은 울음을 터뜨린 케일라가 레오니의 쇄골을 밀어내며 내 쪽으로 손을 뻗는 바람에 케일라를 내가 안아야 했다. 결국 레오니는 인상을 쓰고 한마디 던지며 케일라를 내게 넘겼다. "옜다." 올해는 노래가 내 생일의 하이라이트가 될 수 없었다. 우리 모두 부엌이 아니라 엄마 방에 비좁게 들어가 있었고, 레오니가 좀 전에 케일라를 안고 있던 자세처럼 케이크도 곧 떨어뜨릴 듯 가슴팍에서 멀찌감치 들고 있었기 때문이다. 엄마는 깨어 있었지만, 실제로 깨어 있는 것으로 보이지 않았다. 초점 없이 반쯤만 뜬 눈은, 나와 레오니와 케일라와 아빠를 다 지나쳐 저 너머 어딘가를 보고 있었다. 땀을 흘리고 있었는데, 엄마의 피부는 한여름 몇 주째 비가 오지 않아 횅하게 바싹 말라버린 진흙 웅덩이처럼 창백하고 건조해 보였다. 그리고 내 머리 위를 날아다니고 귓속을 들락거리면서 나를 물려고 약을 올리는 모기가 한 마리 있었다.

생일 축하 노래가 시작됐을 때 노래를 부르는 건 레오니뿐이었다. 레오니의 목소리는 매끄러웠는데, 낮은 음에서는 듣기 좋았지만 고음으로 올라가면 약간 갈라졌다. 아빠는 노래를 부르고 있지 않았다. 사실 단 한 번도 노래를 부르는 일이 없었다. 내가 더 어렸을 때는 엄마, 레오니, 마이클 온 가족이 노래를 불러줬기 때문에 알 수 없었다. 그러나 올해 엄마가 아파서 노래를 부를 수 없고 케일라는 멜로디에다 가사를 만들어서 갖다 붙이고 있고 마이클은 없으니, 나는 아빠가 노래를 부르고 있지 않다는 것을 알 수 있었다. 입술만 달싹일 뿐 소리는 전혀 나오지 않았으니까. 레오니의 목소리는 '사랑하는 조지프'에서 갈라졌고, 촛불 열세 개에서 나오는 빛은 오렌지 빛이었다. 케일라 말고는 아무도 젊어 보이지 않았다. 아빠는 빛에서 너무 멀찌감치 떨어져 서 있었다. 엄마의 눈은 그 백악질 같은 얼굴에서 가느다란 틈처럼 감겨 있었고, 레오니의 이는 양쪽 입꼬리에서 검은색으로 보였다. 여기 행복이란 없었다.

"생일 축하한다, 조조." 아빠가 말했지만, 그렇게 말할 때 나를 보고 있지 않았다. 아빠는 엄마를, 양옆으로 늘어뜨린 엄마의 두 손을 보고 있었다. 죽은 듯 위를 향해 있는 손바닥. 내가 촛불을 불려고 몸을 앞으로 숙였을 때 전화가 울렸고, 레오니가 펄쩍 뛰는 바람에 케이크도 그녀와 같이 튀어 올랐다. 불꽃이 흔들리며 내 턱 밑에서 더 뜨겁게 느껴졌다. 촛농들이 아기 신발 위로 흩뿌려졌다. 레오니는 케이크를 든 채로 몸을 돌려 부엌 조리대 위 전화기를 바라보았다.

"애가 촛불 좀 끌 수 있게 해주겠니, 레오니?" 아빠가 물었다.

"마이클일지도 몰라요." 레오니가 말한 순간 케이크가 모습을 감췄다. 레오니가 케이크를 든 채 부엌으로 가서 조리대 위 검은 유선 전화기 옆에 놓았기 때문이다. 불꽃이 밀랍을 먹어들어가고 있었다. 케일라가 울음을 터뜨리며 고개를 뒤로 젖혔다. 내가 레오니를 따라 부엌으로, 내 케이크 앞으로 가자 그제야 케일라는 웃었다. 케일라는 촛불을 향해 손을 뻗었다. 엄마 방에 있던 모기가 우리를 따라 나와, 내 머리통 주변을 맴돌면서 내가 촛불이나 케이크라도 된다는 듯 말했다. 정말 따뜻하고 맛있겠다. 나는 손을 휘저어 모기를 쫓았다.

"여보세요?" 레오니가 말했다.

나는 케일라의 팔을 붙잡고 촛불 쪽으로 몸을 숙였다. 케일라는 옴짝달싹 못하는 채로 버둥거렸다.

"그래."

나는 촛불을 불었다.

"자기."

촛불 절반이 펄럭거리며 꺼졌다.

"이번 주에?"

나머지 절반은 바닥까지 밀랍이 녹아들어갔다.

"정말이야?"

나는 다시 한 번 불었고, 케이크는 깜깜해졌다. 모기가 내 머리통에 앉았다. 너무 맛있겠는걸, 모기는 그러고는 나를 물었다. 모기를 후려치자 손바닥에 피가 묻어 나왔다. 케일라가 손을 뻗었다.

"우리가 같게."

케일라는 케이크 장식을 한 움큼 움켜쥐었다. 코에선 콧물이 흘러내렸고, 금발 아프로 머리는 부스스하게 솟아 있었다. 케일라는 손가락들을 입안으로 넣었다. 나는 입을 닦아줬다.

"괜찮아, 자기. 괜찮아."

수화기 저편 콘크리트와 철창으로 된 요새 뒤에 있는 마이클은 동물이었다. 그의 목소리가 수백 마일의 전선과 전기회로, 햇볕에 색이 바랜 전신주들을 타고 들려왔다. 겨울에 남쪽으로 끼루룩거리며 날아가는 새들처럼, 다른 여느 동물들처럼 나는 그가 뭐라고 말하고 있는지 알았다. 나 집으로 가.

02. 레오니

어젯밤 마이클의 전화를 끊고, 나는 글로리아에게 전화해 야간 근무를 하루 더 신청했다. 글로리아는 내가 일하는 저 산속 시골 술집의 주인이다. 콘크리트 블록과 합판으로 대충 만들고 초록색 페인트로 칠한 싸구려 술집. 거길 처음 본 것은 마이클과 같이 강으로 차를 몰고 올라가던 길에서였다. 우리는 강을 가로지르는 도로의 고가 밑에 차를 세우고, 수영하기 좋은 데가 나올 때까지 걷고 있었다. 저게 뭐야? 내가 손가락으로 가리켰다. 나무 밑에 낮게 자리 잡고 있긴 했지만 집이라고는 생각되지 않았다. 땅바닥이 다 드러난 풀밭에 주차된 차들이 너무 많았다. 콜드드링크야, 대답하는 마이클에게선 딱딱한 배 냄새가 났고 그의 눈동자는 건물 외관처럼 초록색이었다. 바크스(미국의 탄산음료)나 콜라 같은 거? 내가 물었다. 어. 마이클은 자기 엄마가 그 술집 주인과 학교 동창이라고 했다. 나는 몇 년 뒤 마이클이 감옥에 가고 나서 그의 엄마에게 전화를 걸었는데, 전화를 받은 게 빅 조지프가 아니라 그녀여서 천만다행이었다. 빅 조지프였다면 제 아들의 아이를 낳은 검둥이라면서 나와 말을 섞지도 않고 면전에서 전화를 끊어버렸을 것이다. 나는 마이클의 엄마에게 일자리가 필요하다고 말하고, 그 가게에서 일할수 있게 주인에게 말을 좀 잘 해줄 수 있겠냐고 부탁했다. 우리가 나눈 총 네 번째 대화였다. 우리는 마이클과 내가 데이트를 시작했을 때 처음으로 대화를 했고, 조조가 태어났을 때 두 번째, 미카엘라가 태어났을 때 세 번째 대화를 했다. 그녀는 알겠다고 했다. 그러고는 내가 거기 외진 곳, 킬(Kill)까지 갔다 와야 한다고 했다. 마이클과 자기들 부부의 고향이자 그 술집이 있는 곳까지 가서 글로리아에게 인사를 하고 와야 한다고 했다. 그래서 나는 그렇게 했다. 글로리아는 나를 수습으로 석 달 썼다. 일 한번 열심히 하네, 그녀는 큰 소리로 웃으면서 말하고, 나를 계속 쓰겠다고 했다. 그녀는 아이라이너를 짙게 그리고 다녔고, 웃을 때면 양 눈가가 정교하게 만든 부채같이 접혔다. 미스티보다 더 열심히 하네, 그녀가 말했다. 미스티는 여기 완전 코앞에 살지. 그러고는 어서 가서 일하라고 손을 내저었다. 나는 쟁반을 들었고, 석 달은 삼 년이 됐다. 콜드드링크에서 일한 둘째 날부터, 나는 미스티가 왜 그렇게 일을 열심히 하는지 알게 됐다. 그녀는 매일 밤 약에 취했다. 로탭, 옥시콘틴, 코카인, 엑스터시, 필로폰.

어젯밤 내가 콜드드링크에 출근하기 전에, 미스티는 분명 좋은 것을 장만해놓은 게 틀림없었다. 아니나 다를까, 걸레질을 하고 정리하고 가게 문을 닫은 다음 그녀가 허리케인 카트리나 이후로 살고 있는 분홍색 정부 임대주택으로 가자, 미스티는 에이트볼(3.5그램 분량의 코카인을 가리키는 속어)을 꺼냈다.

"그래서 그가 집에 오는 거야?" 미스티가 물었다.

미스티는 창문을 전부 열고 있었다. 그녀는 내가 약에 취했을 때 바깥 소리가 들리는 걸 좋아한다는 것을 알았다. 나는 그녀가 혼자 약에 취하기 싫어한다는 것을, 그래서 나를 자꾸 초대하는 것이고, 축축한 봄밤이 안개처럼 집 안으로 스며드는데도 창문을 연다는 것을 알았다.

"어."

"행복하겠네."

마지막 창문이 활짝 젖혀졌다. 나는 미스티가 탁자에 앉아 약을 뜯어 나누기 시작하는 동안 창밖을 빤히 내다보았다. 나는 그저 어깨를 들어 보였다. 전화를 받았을 때, 내가 몇 달, 몇 년을 상상해온 그 말을 하는 마이클의 목소리를 들었을 때 나는 너무 행복했고, 너무나 행복해서 배 속에서 올챙이 천 마리가 우글거리는 기분이 들었다. 그러고서 집에서 나오려는데, 조조가 아빠와 거실에 앉아 사냥 프로그램 같은 것을 보다가 고개를 들어 나를 올려다보았다. 그 순간 조조의 얼굴빛, 일그러지던 눈, 코, 입은 꼭 그 최악의 싸움이 끝났을 때의 마이클 같았다. 실망한 얼굴. 내가 가는 것에 심각해진 얼굴. 그 얼굴이 떨쳐지지 않았다. 그 표정이 야간 근무 내내 떠나지 않아, 버드와이저 대신 버드라이트를, 쿠어스 대신 미켈롭을 집어 들게 했다(버드라이트와 미켈롭은 도수가 약한 맥주다). 조조가 계속 마음에 걸렸다. 내가 깜짝 선물을 준비했을 거라고, 급조한 케이크 말고 사흘 뒤에도 사라지지 않을 어떤 '물건'을, 농구공, 책, 단벌 운동화 대신 여벌로 신을 수 있는 나이키 농구화 같은 것을 준비했을 거라고 기대한 걸 알았기 때문이었다.

나는 탁자로 몸을 숙였다. 들이마셨다. 뼛속까지 스며드는 시원한 따끔거림, 그리고 잊어버렸다. 내가 사지 않은 신발을, 녹아버린 케이크를, 전화 통화를. 혹시 내가 집에 들어와서 바닥으로 내려가게 할까봐 아기는 내 침대에서 자게 하고 자기는 방바닥에서 자는 아들을. 빌어먹을.

"죽인다." 나는 천천히 말했다. 음절들을 내뱉었다. 기븐이 나타난 건 바로 그때였다.

학교에서 애들은 이름을 가지고 기븐을 놀렸다. 하루는 버스에서 그 일로 싸움이 붙었고, 기븐은 군복을 입고 있던 빨간 머리 덩치와 함께 의자에서 굴러떨어졌다. 그는 분이 안 풀린 채로 입술이 퉁퉁 부어 집에 돌아와서는 엄마에게 물었다. 왜 이런 이름을 지어줬어? 기븐(Given)? 이상하잖아. 엄마는 쪼그려 앉아 오빠의 두 귀를 쓸어주고 말했다. 네 아빠 이름, 리버랑 운이 잘 맞아서 기븐이지. 그리고 내 나이 마흔에 널 가졌기 때문에 기븐 이란다. 네 아빠는 쉰이었지. 아이를 못 가질 거라고 생각했는데, 네 가 우리에게 말 그대로 주어진 거야. 그는 나보다 세 살 위였다. 그와 군복 남자가 버스 좌석 위에서 엎치락뒤치락할 때, 나는 내 책가방을 군복에게 집어 던지고 뒤통수를 갈겼다.

어젯밤, 그는 나를 보고 웃고 있었다. 이 기븐 아닌 기븐, 이제 죽은 지 15년이 되는 기븐, 내가 코카인 가루를 들이마시고 알갱이를 삼킬 때마다 찾아오는 기븐. 그는 탁자 맞은편 빈자리 두 개 중 하나에 우리와 같이 앉아서 팔꿈치를 탁자에 괴고 몸을 숙였다. 늘 그랬듯이 나를 유심히 보고 있었다. 그에게 엄마 얼굴이 있었다.

"세다, 그치?" 미스티가 콧물을 들이마셨다.

"어."

기븐이 빡빡 민 머리통을 문질렀다. 나는 생전의 기븐과 이 화학 작용의 허구 사이에 또 다른 점이 있다는 것을 알아챘다. 기븐 아닌 기븐은 숨을 제대로 쉬지 않았다. 그는 전혀 숨을 쉬지 않았다. 입고 있는 검은 티셔츠는 모기가 들끓는 고인 물웅덩이처럼 움직임이 없었다.

"마이클이 달라졌으면 어쩔래?" 미스티가 물었다.

"아닐 거야." 내가 말했다.

미스티가 탁자를 닦았던 키친타월 뭉치를 던졌다.

"뭘 보고 있는 거야?" 그녀가 물었다.

"아무것도."

"지랄."

"가만히 앉아서 이렇게 휑한 데를 그렇게 오래 노려보는 사람은 없어. 그건 뭔가를 보는 거지." 미스티는 코카인에 대고 손짓을 하면서 나를 보고 눈을 찡긋했다. 그녀는 남자친구의 이니셜로 넷째 손가락에 문신을 했는데, 잠시 그것이 글자로 보였다가 벌레로 보였다가 다시 글자로 보였다. 그녀의 남자친구는 흑인이었고, 어떻게 보면 피부색을 뛰어넘은 이 사랑 때문에 우리가 그렇게 빨리 친구가 된 것이기도 했다. 그녀는 자기네 둘은 벌써 결혼한 거나 다름없다고 내게 자주 말했다. 자기는 엄마에게 버림받았기 때문에 그가 필요했다고 했다. 미스티는 열 살이던 초등학교 5학년 때 생리를 시작했는데, 자기에게 무슨 일이 일어나는 건지, 왜 몸이 이러는지 알 수가 없어서 바지 엉덩이 부분에 기름 자국처럼 퍼지는 붉은 점을 내버려둔 채 반나절 내내 걸어 다녔다고 했다. 이 일로 학교 주차장에서 엄마에게 맞았을 때는 너무나 수치스러웠다고. 교장은 아동학대라며 경찰을 불렀다. 내가 엄마 실망시킨 게 어디 그뿐이겠어, 미스티가 말했다.

"그냥 느끼고 있었어." 내가 말했다.

"네가 거짓말한다는 거 내가 어떻게 아는지 알아?"

"어떻게?"

"너는 죽은 듯이 멈춰버려. 사람들은 늘 움직이거든, 늘. 말할 때, 말이 없을 때, 심지어 잘 때도. 눈길을 돌리고, 상대를 바라보고, 웃고, 찡그리고, 뭐든. 거짓말할 때 너는 죽은 듯이 미동도 없어. 무표정, 팔은 축 늘어뜨리고. 빌어먹을 시체같이. 난 그런 건 일찍이 본 적이 없다."

나는 어깨를 들어 보였다. 기분 아닌 기분도 어깨를 들어 보였다. 거짓말하는 거 아냐, 그가 입 모양으로 말했다.

"너도 뭔가를 봐?" 내가 말했다. 미처 생각하기도 전에 튀어나온 말이었다. 하지만 그 순간 그녀는 내 단짝이었다. 유일한 친구였다.

"무슨 말이냐?"

"취했을 때." 나는 좀 전에 그녀가 손짓을 했던 것처럼, 이제는 탁자 위 조금 처량맞은 먼지 더미로 보이는 코카인에 대고 손을 흔들어 보였다. 두어 줄(코카인 가루를 코로 흡입하기 위해 가느다란 줄 모양으로 만들어놓은 것)은 더 만들 수 있을 양이었다.

"그래서 그런 거야? 너 뭘 봐?"

"그냥 선들. 네온사인 같은 거. 허공에."

"애쓴다. 손도 움직거리고 제법 노력했네. 그래, 정말로 뭘 보는데?"

나는 그녀의 얼굴에 주먹을 날리고 싶었다.

"말했잖아."

"에, 또 뻥치시네."

하지만 나는 여기가 그녀의 집이라는 것을 알고 있었다. 결국에 나는 흑인이고 그녀는 백인이었고, 우리가 드잡이하는 소리를 듣고 누군가 경찰에 전화한다면 감옥에 가는 쪽은 나일 것이었다. 그녀가 아니라. 단짝이라 해도.

"기분." 내가 말했다. 속삭임에 가까운 그 말을 들으려고 기븐은 몸을 앞으로 숙였다. 탁자 맞은편에서 손을, 그 마디가 굵은 기름한 손을 내 손 쪽으로 뻗었다. 내 편을 들어주고 싶다는 듯이. 몸을 입고 살아날 수 있다는 듯이. 내 손을 잡고 나를 여기서 데리고 나갈 수 있다는 듯이. 같이 집으로 갈 수 있다는 듯이.

미스티는 뭔가 시큼한 것을 먹은 표정이었다. 그녀는 몸을 앞으로 기울여 한 줄을 더 코로 들이마셨다.

"내가 전문가도 뭣도 아니지만, 네가 고작 이 정도로 뭘 보면 안 된다는 건 확실히 안다."

그녀는 의자 등받이에 몸을 기대 머리칼을 한 움큼 쥐어서 어깨 뒤로 넘겼다. 비숍이 이걸 너무 좋아해, 그녀는 전에 한 번 남자친구 이야기를 했다. 내 머리칼에서 아주 손을 못 떼. 머리카락을 갖고 노는 건 그녀가 전혀 인식하지 못하고 하는 행동이었다. 얼마나 여유롭게 그렇게 하는지 늘 자신은 까맣게 모르고 있었다. 빛을 받아 반들거리는 머리칼. 여유 넘치는 아름다움. 난 그 머리칼이 못 견디게 싫었다.

"애시드(LSD를 가리키는 속어), 그럴 수 있지." 그녀는 계속했다. "필로폰도 아마. 하지만 이건? 아니지."

기븐 아닌 기븐이 얼굴을 찡그렸고, 10대처럼 머리채를 획획 젖히는 그 행동을 흉내 내고는 입 모양으로 말했다. 지가 뭘 알아? 그의 왼손이 아직 탁자 위에 있었다. 나는 내 안의 모든 것이 손을 뻗어 그 손을 잡기를 원하는데도, 그의 살갗을, 그의 몸을, 그 건조하고 딱딱한 손을 만져보고 싶어 하는데도, 그렇게 할 수 없었다. 어렸을 때 그는 버스에서, 학교에서, 동네에서 날 위해 셀 수도 없이 많이 싸워줬다. 애들은 아빠가 허수아비 같다고, 엄마가 마녀라고 나를 놀렸다. 나도 아빠랑 똑 닮아서, 너덜거리는 누더기를 걸친 불쏘시개 같다고. 굴 속 동물이 잠들기 전에 안락함과 온기를 느끼려고 뒤척이듯 배 속이 자꾸자꾸 뒤틀렸다. 나는 담배에 불을 붙였다.

"진짜야." 나는 말했다.

조조의 생일 케이크는 오래가지 않았다. 다음 날, 케이크는 하루가 아니라 닷새 지난 맛이 났다. 종이 죽 같은 맛이었지만 그래도 계속 먹었다. 멈출 수가 없었다. 입안에 침도 없고 목구멍은 삼키지 않으려 하는데도, 우적우적 내 이는 움직였다. 코카인 때문에 어젯밤부터 계속 이렇게 뭔가를 씹지 않으면 견딜 수가 없었다. 아빠가 내게 말을 하고 있었지만 머릿속에는 내 턱 생각뿐이었다.

"그 먼 데를 애들까지 데려갈 필요는 없잖니." 아빠가 말했다.

대체로 아빠는 더 젊은 사람이었다. 마찬가지로 내게 조조는 여전히 다섯 살이었다. 나는 아빠를 볼 때 그를 구부러뜨리고 주름지게 한 세월을 보지 않았다. 이가 하얗고 등이 곧고 눈동자가 머리칼처럼 검고 빛나는 그를 보았다. 내가 한번은 엄마에게 아빠가 머리를 염색한 줄 알았다고 하니까 엄마는 나를 흘겨보며 소리 내어 웃었다. 아직 소리 내어 웃을 수 있을 때였으니까. 그게 네 아빠란다, 엄마가 말했다. 케이크는 너무 달아서 쓰게 느껴질 정도였다.

"필요해요." 내가 말했다.

미카엘라만 데려갈 수도 있다는 건 나도 알았다. 그 편이 더 쉬울 테지만, 우리가 교도소에 도착해 마이클이 건물 밖으로 나왔는데 조조가 거기 없으면 마이클은 내심 실망할 것이다. 조조는 갈색 피부에 새카만 눈, 발뒤꿈치로 퉁기듯 걷는 걸음걸이, 뭐든 곧게 뻗은 것하며, 벌써부터 나와 아빠를 너무 많이 닮아가고 있었다. 조조가 마이클을 기다리면서 거기 우리와 같이 서 있지 않는다면, 음, 그건 옳지 않았다.

"학교는 어쩌려고?"

"그래봤자 이틀이에요, 아빠."

"중요한 거다, 레오니. 남자애들은 배워야 해."

"걔는 똑똑해서 이틀 빠져도 괜찮아."

아빠는 얼굴을 찡그렸고, 순간 나는 아빠 얼굴에서 나이를 보았다. 엄마에게 그랬듯이 아빠를 가차 없이 끌어내리고 있는

64

그 선들을. 노화로, 침대로, 땅으로, 그리고 무덤으로. 이렇게 무너져 내리고 있었다.

"나는 너 혼자 애들 둘을 데리고 그 먼 길을 가는 게 내키지 않는다, 레오니."

"직진만 하면 되는 길이에요, 아빠. 쭉 올라갔다 내려오는 거라고."

"앞일은 모르는 거야."

나는 이를 악물고 말했다. 턱이 아팠다.

"아무 일 없을 거예요."

마이클이 감옥에 들어간 지 이제 만 3년이었다. 3년 하고도 두 달. 그리고 열흘. 그들은 조기 출소 가능성을 열어두고 5년을 쳤다. 그 가능성이 이제 사실이 됐다. 현실이었다. 배 속이 뒤틀렸다.

"너 괜찮니?" 아빠가 물었다. 아빠는 가축들이 어딘가 탈이 났을 때 들여다보는 얼굴로, 말이 절뚝거려 말굽을 갈아야 할 때나 닭이 이상하게 굴며 날뛰기 시작했을 때 들여다보는 얼굴로 나를 보고 있었다. 그는 어딘가 잘못된 것을 보면 무슨 수를 써서라도 고쳤다. 말의 연한 발굽에 편자를 박았다. 이상한 닭을 격리시켰다. 그 목에 철사 줄을 묶었다.

"어." 내가 말했다. 머릿속에 배기가스가 가득 찬 것 같았다. 머리가 삥 돌며 뜨거웠다. "괜찮아."

가끔은 내가 왜 약에 취했을 때 기른 아닌 기른을 보는지 알 것도 같았다. 첫 생리를 했을 때 엄마는 아빠가 일하는 동안 나를 식탁에 앉혀놓고 입을 열었다. "말해줄 게 있다."

"뭔데?" 내가 대꾸하자, 엄마는 나를 날카롭게 쏘아보았다. "네, 엄마." 나는 나오던 말을 삼키고, 대신 그렇게 말했다.

"내가 열두 살이었을 때, 산파 마리 테레즈 아주머니가 막내 여동생을 받으러 집에 오셨단다. 부엌에 앉더니 나에게 물을 끓이라고 시키고 당신은 싸가지고 온 약초들을 풀고 있었지. 그런데 손가락으로 하나하나 가리키면서 그 말린 풀 꾸러미가 무엇인 것 같냐고 내게 묻더구나. 가만 들여다보니 알겠어서 내가 말했지. 이건 태가 나오도록 돕는 거고요, 이건 지혈할 때 쓰는 거고요, 이건 진통제, 이건 젖을 줄일 때 쓰는 거요. 누군가 내 귀에 대고 중얼중얼하면서 효능을 말해주는 것만 같았지. 그랬더니 그 아주머니가 나한테 재능이 있다고 하시는 게 아니겠니. 건넌방에서는 엄마가 숨을 몰아쉬고 있는데, 마리 테레즈 아주머니는 아랑곳 않고 내 가슴에 손을 얹고는 어머니 신들께, 마미 와타(아프리카에서 숭앙하는 물의 정령)께, 하느님의 어머니 동정 성모마리아께 기도를 올렸어. 내가 봐야 하는 것이 무엇이든 그것을 볼 수 있을 만큼 오래 살게 해달라고."

엄마는 말하면 안 되는 것을 말한 것처럼 손으로 입을 가렸다. 한 말을 주워 담을 수 있다는 듯이, 목구멍으로 도로 밀어넣어 배 속으로 집어넣을 수 있다는 듯이.

"그래서 봐요?" 내가 물었다.

"보냐고?"

내가 고개를 끄덕였다.

"그렇단다." 엄마가 말했다.

뭘 보는데요? 나는 묻고 싶었다. 그러나 묻지 않았다. 입을 꾹 다물고 엄마가 더 말하기를 기다렸다. 나를 볼 때는 뭐가 보이냐고 물으면 엄마가 뭐라고 할지 겁이 났는지도 모른다. 일찍 죽을까? 사랑도 한번 못 해볼까? 혹은 산다면 등이 휘도록 고되게 일만 하며 힘들게 살까? 삶이라는 잔치에서 내게 주어진 것의 그 씁쓸한 맛에, 맵싸한 채소와 떫은 감, 상실과 지켜지지 않은 약속의 그 얼얼한 맛에 입을 일그러뜨리며 늙어갈까?

"너에게도 있을 수 있어." 엄마가 말했다.

"정말이요?" 내가 물었다.

"그건 아마 강물의 지류처럼 피를 타고 흐르는 것 같구나. 물속에 가라앉은 나무도 타고 넘고 굽이굽이 돌며 흘러 내려와 쌓이는 것 같아." 엄마는 손가락을 물결처럼 움직였다. "몇 세대를 거쳐 내려오다 물 위로 솟아오르는 거지. 우리 엄마는 그런 능력이 없었지만, 로잘리 이모에게는 있었다고 엄마가 말하는 걸 들었어. 자매 사이에서 자식에게로, 사촌으로 건너뛴다고. 그렇게 나타난다고. 그리고 그 능력을 쓰게 된다고. 대개 첫 생리를 할 때 그 능력이 만개한다고 하셨지."

엄마는 손톱으로 입술을 뜯다가 식탁을 톡톡 두드렸다.

"마리 테레즈 아주머니도 그런 소리를 들을 수 있었지. 어떤 여자를 보면 노랫소리가 들리는 거야. 만일 그 여자가 임신을 했다면 언제 아기를 낳을지, 남자애일지 여자애일지를 말해줄 수 있었지. 문제가 좀 있을지 어떨지, 또 어떻게 하면 그걸 피할 수 있는지도 말해줄 수 있었어. 어떤 남자를 보면 그가 간이 다 망가졌는지, 아니면 소시지 같은 그의 내장이 다 나았는지 아닌지도 말해줄 수 있었어. 누런 눈이나 손 떨림을 보고 말이야. 그리고 그뿐만이 아니라고 아주머니는 말했지. 사실 살아 있는 모든 것에서 울려 퍼지는 수많은 목소리들을 들을 수 있고, 그중에서 가장 큰 목소리, 가장 그럴듯한 것을 고른다고 했어. 뒤죽박죽 잡음 속에서도 가장 선명한 목소리가 들려온다고. 잡화점의 어떤 여자 얼굴에서는 이런 소리가 들렸다는구나. 플립은 내가 세드랑 춤췄다고 내 얼굴을 칼로 그었지. 그 가게를 운영하던 다리 하나뿐인 남자에게서는 이런 노래가 들렸고. 피가 검게 변하며 고였고, 발가락이 썩어 들어갔어. 암소의 배 속에서는 이런 소리가 들렸지. 송아지가 발부터 나오고 있어. 아주머니는 사춘기에 접어들었을 때 그 목소리들이 처음으로 들렸다고 했어. 그리고 아주머니가 그렇게 설명했을 때, 나는 나도 목소리들을 듣고 있었다는 걸 깨달았단다. 내가 어렸을 때 우리 엄마가 위에 궤양이 생겼다고 하소연을 하신 적이 있었어. 그런데 그게 나에게는 이런 소리로 들리는 거야. 우리는 먹는다, 먹는다, 먹는다. 나는 헷갈려서 엄마에게 배가 고프냐고 몇 번을 물었지. 마리 테레즈 아주머니는 나를 훈련시키고, 아는 걸 내게 전부 가르쳐주셨단다. 네 아빠와 결혼했을 때 그건 내 일이 되어 있었어. 나는 쉴 틈 없이 아기를 받았고 사람들을 치료해주고 수호 부적 주머니(작은 주머니 안에 여러 물건들을 넣은 것으로, 우리나라의 부적과 같은 기능을 한다. 아프리카 원주민의 전통이다)를 만들어줬지." 엄마는 손을 씻듯 두 손을 문질렀다. "하지만 지금은 둔해졌어. 늙은이들 말고는 아무도 나에게 치료해달라고 오지 않아."

"엄마가 아기를 받았다고요?" 내가 물었다. 부적 주머니 같은 다른 이야기는 입에 오르지도 못한 채 식탁 위 버터 접시나 설탕 통처럼 그대로 놓여 있었다. 엄마는 눈을 깜빡였고 말없이 웃고 고개를 저었는데, 그 모든 건 한 가지 뜻이었다. 그래. 그 순간, 엄마는 그냥 우리 엄마, 어머니 신들께 꼭 기도하고 자거라, 라며 내게 자기 전에 늘 묵주기도를 외우게 했던 사람이 아니었다. 내가 발진이 났을 때 수제 연고를 발라주던 엄마, 내가 아플 때 특별한 차를 주던 엄마는 단순한 엄마 노릇을 하고 있었던 게 아니었다. 그 어색한 미소는 엄마 인생의 비밀을, 엄마가 배우고 말하고 보고 살아낸 그 모든 것들을, 내가 너무 어려 이해할 수 없던 시절 엄마가 기도를 바쳤던 성인과 영 들을 가리키고 있었다. 그 어색한 미소는 기븐이 문으로 들어설 때 찡그림으로 변했다.

"아들, 집 안으로 들어올 때 그 흙투성이 부츠는 벗으라고 몇 번을 말했니?"

"미안, 엄마." 그는 씩 웃고는 몸을 숙여 엄마에게 입을 맞추고, 다시 몸을 일으켜 문 쪽으로 뒷걸음질치며 갔다. 덧문 너머에서 발가락으로 까치발을 서고 신발을 벗고 있는 그가 그림자로 보였다. "네 오빠는 내가 하는 말도 듣지를 못하는데, 하물며 세상이 하는 노래야 말해 뭐하겠니. 하지만 넌 또 모른단다. 혹시 뭔가가 들리기 시작하거든 내게 말해다오." 엄마는 말했다.

기븐은 계단에 쭈그리고 앉아 신발을 나무에 대고 탁탁 털었다.

"레오니." 아빠가 말했다.

그가 나를 다르게 불렀으면 싶었다. 내가 더 어렸을 때 아빠는 나를 딸이라고 불렀다. 닭 모이를 주고 있을 때면, 딸, 옥수수 알갱이를 더 멀리 던질 수 있잖니. 채소 텃밭을 솎아주다 내가 등이 결린다고 투덜거리면, 넌 아직 결리는 게 뭔지 몰라, 딸. 그렇게 유연하면서. 내가 C보다 A와 B가 더 많은 성적표를 갖고 왔을 때는, 넌 똑똑한 아이다, 딸. 날 그렇게 부르며 소리 내어 웃었고, 때로는 말없이 미소 지었고, 때로는 무표정하게 말했지만 그게 질책으로 느껴진 적은 단 한 번도 없었다. 이제 그는 내 이름 말고는 달리 무엇으로도 나를 부르지 않는다. 그럴 때마다 그게 꼭 내 뺨을 후려치는 소리로 들렸다. 나는 조조의 생일 케이크를 쓰레기통에 버리고, 아빠를 보지 않으려고 유리잔에 수돗물을 가득 받아 들이켰다. 물을 목구멍으로 넘길 때마다 턱에 경련이 느껴졌다.

"그 녀석한테 잘하고 싶어서 가서 데려오려고 한다는 거 안다. 거기서 버스 태워 보낸다는 거 너도 알지 않니."

"그 사람은 내 애들 아버지예요, 아빠. 꼭 가서 데려와야 해요."

"그쪽 엄마 아빠는? 그쪽이 데리러 나와 있으면 어쩔 거나?"

나는 그 생각은 해보지 않았다. 나는 빈 잔을 개수대에 내려놓고 그대로 두었다. 아빠는 내가 사용한 그릇을 씻지 않았다며 뭐라고 할 테지만, 보통은 나와 한 번에 하나씩만 가지고 싸웠다.

"그쪽에서 데리러 나온다면 그 사람이 나한테 말했을 거예요. 하지만 그런 말 없었어."

"확신하지 말고 그 녀석이 다시 전화할 때까지 기다릴 수도 있잖니."

나는 나도 모르게 뒷목을 주무르고 있다가 멈췄다. 온몸이 쑤셨다.

"아뇨. 난 그렇게 못 해요, 아빠."

아빠는 나에게서 물러나 부엌 천장을 올려다봤다.

"출발하기 전에 네 엄마와 이야기하고 하거라. 간다고 말해."

"이게 그렇게 심각한 거예요?"

아빠는 부엌 의자를 붙잡더니 몇 센티미터쯤 잡아끌었다 제자리에 갖다 놓았고, 그러고는 미동도 없이 서 있었다.

기븐 아닌 기븐은 그날 밤 미스티의 집에서 내내 함께 있었다. 심지어 밖에 있던 차까지 따라 나와서, 문을 통과해 들어와 조수석에 앉았다. 내가 미스티의 집 진입로에서 도로로 빠져나왔을 때 기븐은 정면을 똑바로 보고 있었다. 집으로 절반쯤 왔을 때, 그 칠흑같이 어두운 2차선 시골 도로 위, 아스팔트가 얼마나 벗겨졌는지 타이어 갈리는 소리에 비포장도로 아닌가 싶은 생각이 들던 찰나, 나는 주머니쥐를 치지 않기 위해 핸들을 세게 꺾어야 했다. 주머니쥐는 전조등 불빛 속에서 얼어붙어 등을 둥그렇게 말았는데, 맹세컨대 나는 그것이 뭐라고 욕하는 소리를 들었다. 가슴이 좀 가라앉고 더 이상 뜨거운 핀을 잔뜩 꽂은 쿠션처럼 느껴지지 않았을 때 조수석을 돌아보았다. 기븐은 없었다.

"난 가야 돼. 우리가 가야 돼요."

"왜?"라고 말하는 아빠의 음성이 온화하게 들리기까지 했다. 걱정하는 마음에 아빠의 목소리가 한 옥타브 낮아져 있었다.

"우린 그 사람 가족이니까." 나는 말했다. 어젯밤 느꼈던 그 느낌이 한 줄기, 발가락에서 배로, 뒷골로 찌릿하게 타고 올라왔다. 그러고서 사라졌고, 나는 붙박인 듯 정지 상태가 됐다. 우울감. 아빠의 양 입꼬리에 힘이 들어갔다. 아빠는 낚싯바늘에, 줄에, 자신보다 훨씬 더 큰 무엇인가에 걸려 파닥이는 물고기였다. 이내 그것은 사라졌고, 아빠는 나를 보고 눈을 깜빡이다 시선을 돌렸다.

"마이클한테는 우리 말고도 가족이 있잖니, 레오니. 애들에게도 마찬가지고." 아빠는 내게서 멀어지면서 조조를 불렀다.

"아들." 아빠가 말했다. "아들, 이리 좀 오너라."

뒷문이 쾅 닫혔다.

"아들, 어디 있니?"

그 소리가 어루만짐처럼, 노래처럼 들렸다.

"마이클이 내일 나올 거예요."

엄마가 두 손바닥으로 침대를 짚고 어깨에 힘을 주면서 엉덩이를 들어보려고 애썼다. 엄마는 얼굴을 찡그렸다.

"나오니, 이제?" 엄마의 목소리는 약했다. 숨소리에 가까울 만큼.

"어."

엄마는 다시 침대로 털썩 몸을 뉘었다.

"네 아빠는 어디 계시니?"

"조조랑 뒷마당에."

"아빠 좀 오시라 해라."

"나 가게 나가봐야 돼. 나가는 길에 들어오시라 할게요."

엄마는 머리를 긁고 한숨을 쉬었다. 엄마의 눈이 가는 선처럼 감겼다.

"누가 마이클을 데리러 가니?"

"나."

"또?"

"애들."

엄마는 다시 나를 보고 있었다. 그 찌릿하게 타고 올라오는 느낌을 다시 느끼고 싶었지만, 이미 다 지나가고 허무한 느낌만 남아 있었다. 텅 비고 건조한. 다 빼앗긴 듯한.

"네 친구는 같이 안 가?"

미스티를 말하는 것이었다. 우리 둘의 남자들이 같은 교도소에 있어서, 우리는 넉 달에 한 번씩 같이 면회를 다녀왔었다. 그건 물어볼 생각도 하지 못하고 있었다.

"안 물어봤어."

여기 시골에서의 삶은 내게 몇 가지를 가르쳐줬다. 생명의 첫 만개가 지나고 나면 시간이 모든 걸 먹어치운다는 것을. 기계를 녹슬게 하고, 동물은 나이 들어 털이 다 빠지게 하고, 식물은 시들게 한다는 것을. 한두 해에 한 번씩, 그런 사실을 아빠에게서도 확인했다. 나이가 들수록 점점 더 여위었고, 힘줄은 더욱 단단하고 뻣뻣하게 튀어나왔다. 인디언같이 높은 광대뼈도 더욱 불거져 나왔다. 하지만 엄마가 앓아누운 뒤로 나는 고통 또한 그렇게 할 수 있다는 것을 알게 됐다. 뼈와 가죽과 그 아래 얄따란 혈관만 남을 때까지 한 사람을 집어삼킬 수 있다는 것

75

을. 사람 속을 다 파먹어 몸을 이상하게 부풀려놓을 수 있다는 것을. 이불 밑 엄마의 발은 터지기 직전의 물 풍선 같았다.

"물어봐야지."

엄마가 애를 쓰는 걸로 보아 모로 누우려고 하는 줄 알았는데, 결국에는 고개를 옆으로 돌려 벽을 바라보는 게 전부였다.

"선풍기 좀 틀어다오." 엄마의 말에 나는 아빠 의자에서 일어나, 창문에 끼워져 있는 환풍기를 켰다. 온 방 안에서 웅웅 소리가 울렸다. 엄마가 고개를 돌려 나를 보았다.

"궁금하지……." 엄마가 말을 하려다 멈췄다. 입술이 굳게 닫혔다. 내가 가장 많이 보던 곳이었다. 언제나 통통하고 보드랍던, 특히 어렸을 때 내 관자놀이에 입을 맞춰줄 때는 더 보드라웠던 엄마의 입술. 내 팔꿈치에도. 내 손에도. 가끔은 씻고 나오면 내 발가락에도. 이제 그 입술은 엄마의 푹 꺼진 얼굴 속에서 그저 색깔 있는 피부에 지나지 않았다.

"……내가 왜 뭐라고 안 하는지."

"조금." 내가 말했다. 엄마는 당신 발가락을 보고 있었다.

"아빠는 고집이 세. 너도 그렇고."

엄마가 숨을 발게 쉬었다. 나는 그게 웃음소리라는 걸 깨달았다. 약한 웃음.

"두 사람은 언제나 투덜투덜할 거야." 엄마가 말했다.

엄마는 다시 눈을 감았다. 머리숱이 너무 없어서 두피가 다 보였다. 창백하고, 푸른 혈관이 도드라지고, 텅 비고 움푹움푹 패여, 옹기장이의 그릇처럼 불완전해 보였다.

"너도 이제 다 컸다." 엄마가 말했다.

나는 팔짱을 끼고 앉아 있었다. 그렇게 하고 있으니 가슴이 툭 불거져 나와 보였다. 열 살, 가슴이 조그만 바위처럼 봉긋하게 솟아오르던 때의 공포가 떠올랐다. 그 살점 덩어리에 얼마나 배신감이 들던지. 누군가 내게 앞으로의 삶에 대해 거짓말이라도 했다는 것처럼. 엄마가 내가 어른이 될 거라고 말해주지 않았다는 것처럼. 어른이 되어 엄마의 몸이 될 거라고. 어른이 되어 엄마가 될 거라고.

"네가 사랑하는 사람 사랑해야지. 하고 싶은 대로 해야지."

엄마가 나를 본 그 순간, 예전처럼 동그란 엄마의 눈만 커다랗게 보였다. 몸을 기울여 가까이 다가가서 보면, 끝에 물기가 맺힌 개암나무 같은 녹갈색으로 보이는 엄마의 눈. 시간이 잡아먹지 않은 유일한 한 가지.

"넌 갈 거야." 엄마가 말했다.

나는 알 수 있었다. 엄마가 기븐을, 너무 늦게 와 너무 일찍 떠난 아들을 따라가고 있다는 걸 알았다. 내 엄마가 죽어가고 있다는 걸 알았다.

죽은 해 가을, 고등학교 졸업반이었던 기븐은 굳은 일념으로 미식축구를 했다. 지역 대학과 주립 대학에서 나온 선발관들이 그의 경기를 보러 매주 찾아왔다. 오빠는 큰 키, 다부진 근육질 몸에, 일단 공을 잡았다 하면 발이 땅에 닿지 않았다. 오빠는 축구에 열중하긴 했어도, 연습을 하지 않거나 경기를 뛰지 않을 때는 사람들과 곧잘 어울렸다. 한번은 아빠에게 자기 팀원은 백인이든 흑인이든 자기에겐 형제나 다름없다고 말했다. 금요일 밤마다 자기 팀이 전쟁에 나가는 것이고, 그렇게 힘을 합치면 다른 뭔가, 자기들보다 더 큰 무언가가 되는 것 같다고 했다. 아빠는 발끝을 내려다보고는 씹는담배의 갈색 물을 땅 위에 뱉었다. 오빠가 백인 팀원들과 같이 킬에서 열리는 파티에 갈 거라고 하자 아빠는 조심하라고 주의를 줬다. 그들은 너를 볼 때 다른 걸 본다, 아들. 네 눈에 보이는 건 아무 의미 없어. 그들이 어떻게 행동하는지가 중요한 거야. 아빠는 그렇게 말하고 씹고 있던 담배를 다 뱉었다. 기븐은 눈을 한 번 치켜뜨더니 아빠와 같이 고치고 있던 77년산 노바의 후드에 몸을 기댄 후 말했다. 알았다고요, 아빠. 그리고 나를 한 번 올려다보고 눈을 찡긋했다. 나는 아빠가 나를 안으로 들여보내지 않아서 고마울 따름이었고, 둘에게 연장을 건네주고 물을 갖다 주고 일하는 걸 지켜볼 수 있어서 좋았다. 엄마가 내게 그 식물 수업을 또 받으라고 할지 몰라서 집에 들어가기가 싫었다. 엄마는 내가 일곱 살이 되던 해에 말했다. 약초와 약에 대해서 엄마가 가르쳐줄 수 있단다. 나는 누군가, 빅 헨리나 쌍둥이 중 한 명이 거리에서 걸어오거나 풀숲에서 갑자기 나타나서 이야기할 사람이 더 생기기만을 바라고 있었다.

기븐은 아빠 말을 듣지 않았다. 2월, 그해 겨울이 끝나갈 무렵, 그는 백인 남자애들과 킬로 사냥을 가기로 했다. 돈을 모으더니 고급 사냥용 활과 화살을 샀다. 그리고 마이클의 사촌에게, 자기는 그가 총을 뽑으려고 손을 뻗기도 전에 활로 수사슴을 죽일 수 있다고 큰소리를 쳤다. 마이클의 사촌은 카우보이 부츠에 맥주 티셔츠를 교복처럼 입고 다니는, 사팔눈에 땅딸막한 남자로, 30대 초반인데도 고등학생들하고 데이트하고 어울려 다니는 부류였다. 기븐은 아빠와 함께 연습했다. 숙제를 해야 할 시간에 뒷마당에서 몇 시간이고 활을 쐈다. 한동안 그렇게 몸의 모든 선을 활처럼 팽팽하게 긴장시키며 서서 연습을 하더니 이내 아빠처럼 등을 곧게 펴고 걷기 시작했고, 결국 50야드 거리의 소나무 두 그루 사이에 매어둔 캔버스 천의 정중앙에 화살을 꽂을 수 있었다. 동이 터오던 어느 춥고 흐린 겨울날 아침, 그는 그 내기에서 이겼다. 그의 실력이 아주 뛰어나기 때문이기도 했고, 또 모두들, 그와 함께 축구를 하고 로커룸에서 몸싸움을 하고 경기장에서 같이 비 오듯 땀을 흘렸던 남자애들이 전부 다 기쁜이 질 거라 생각해 그날 아침 맥주를 오렌지 주스처럼 들이켜고 있었기 때문이기도 했다.

그때 나는 마이클을 알지 못했다. 한 번도 빗질을 한 적이 없어서 언제나 잔뜩 엉켜 있던 그 두껍고 곱슬거리는 금발을 학교에서 두어 번 본 게 전부였다. 그는 팔꿈치며 손이며 다리에 거뭇하게 때가 껴 있었다. 마이클은 그렇게 일찍 일어나고 싶지 않아서 그날 아침 사냥에 나가지 않았지만, 낮에 그의 작은아버지가 빅 조지프에게 왔을 때 그 소식을 들었다. 그의 사촌은 취기가 싹 가셔 있었다. 겨울 추위에 벽 사이로 들어갔다가 쥐약을 먹고 죽은 쥐만큼이나 고약한 뭔가를 냄새 맡은 얼굴이었다. 얘가 검둥이를 쐈어. 이 미친 새끼가 내기에서 자기를 이겼다고 검둥이를 총으로 쐈어. 어떡하지? 그때 빅 조지프는 몇 년째 보안관을 하고 있었다. 마이클의 엄마는 경찰에 신고하라고 말했다. 빅 조지프는 그 말을 듣지 않았고, 다 같이 숲속으로 올라갔다. 한 시간 뒤 그들은 검은 피를 흥건하게 흘리며 솔잎 위에 미동도 없이 길게 누워 있는 기븐을 발견했다. 주위에는 남자애들이 던진 맥주 캔 천지였다. 그들은 마이클의 사촌이 그 시력 나쁜 눈으로 조준하여 방아쇠를 당기고 총성이 크게 울리자 모두 달아났다. 불을 켜면 혼비백산해서 흩어지는 바퀴벌레들처럼. 마이클의 작은아버지는 아들의 뺨을 한 번, 그리고 두 번 세게 후려갈겼다. 이 새끼야, 그는 말했다. 지금은 옛날 같지 않단 말이야. 그러자 마이클의 사촌은 두 팔을 치켜들고 웅얼거렸다. 걔가 졌어야 맞지, 아빠. 거기서 100야드 떨어진 곳에 화살이 목에 하나, 배에 또 하나 꽂혀 있는 수사슴 한 마리가, 내 오빠처럼 온몸이 차갑고 딱딱하게 굳어 옆으로 누워 있었다. 그들의 피가 엉기고 있었다.

사냥하다 벌어진 사고였어, 다들 집으로 돌아와 탁자에 둘러앉았을 때 빅 조지프가 한 손에 전화기를 쥐고 그렇게 말했다. 그러자 제 아들만큼이나 작지만 눈은 멀쩡한 마이클의 작은아버지가 경찰에 전화를 걸었다. 사냥하다 벌어진 사고였습니다, 그는 커튼 사이로 들어오는 추운 한낮의 햇살을 받으며 수화기에 대고 말했다. 사냥하다 벌어진 사고였습니다, 사팔눈 사촌도 잘 보이는 한쪽 눈을 빅 조지프에게 고정한 채 법정에서 말했다. 빅 조지프는 정찬용 접시처럼 움직임 없는 굳은 얼굴로 변호사 뒤에 앉아 있었다. 하지만 사촌의 사팔눈은 지방 검사 뒤에 일렬로 앉은 나와 내 아빠와 엄마 쪽을 향해 흔들렸다. 지방검사는 파치먼에서의 3년 복역과 집행유예 2년을 선고하기로 양형 거래를 마쳤다. 나는 엄마가 그 사팔눈에서도 노랫소리를 들었을까, 그 흔들리는 눈빛에서 무슨 후회의 감정을 느꼈을까 궁금했다. 하지만 엄마는 내내 하염없이 눈물을 흘리며 그를 뚫어져라 볼 뿐이었다.

기븐이 죽은 이듬해, 엄마는 그를 위해 나무를 한 그루 심었다. 매해 기일마다 하나씩, 엄마의 목소리가 고통으로 갈라졌다. 내가 오래 산다면 여긴 숲이 되겠구나. 바람과 꽃가루와 죽은 딱정벌레 무더기에 대해 속삭이는 숲이. 엄마는 말을 멈추고 땅속에 나무를 심고는 뿌리 주위 흙을 다지기 시작했다. 그 주먹질 사이로 나는 들었다. 마리 테레즈 아주머니를 가르친 여자, 그 여자라면 볼 수 있겠지. 망할 놈의 백인처럼 보이던 노파. 밴지 대모. 그 여자라면 죽은 사람을 볼 수 있겠지. 마리 테레즈 아주머니에게는 그런 재능이 없었어. 나도 그렇고. 엄마는 붉은 주먹을 흙 속에 파묻었다. 꿈을 꾼다. 기븐을, 부츠를 신고 그 문으로 들어오는 기븐을 다시 보는 꿈을 꿔. 하지만 그때 깨어나지. 그러면 볼 수가 없어. 엄마는 울기 시작했다. 난 걔가 거기 있다는 걸 알아. 그 장막 바로 너머에. 엄마는 눈물이 그칠 때까지 그렇게 무릎을 꿇고 앉아 있다가 몸을 일으켜 얼굴을 문질렀다. 얼굴이 피와 흙 범벅이 됐다.

3년 전 코카인을 하고서 기븐을 처음으로 보았다. 코카인을 한 게 그게 처음은 아니었지만, 마이클이 막 감옥에 들어간 때였다. 나는 약을 더 자주 하기 시작했다. 하루걸러 한 번씩 탁자 위로 몸을 수그리고, 가루를 한 줄로 만들고, 들이마시고 있었다. 그러면 안 된다는 것을 알고 있었다. 임신 중이었으니까. 그러나 코카인이 내 코를 타고 들어가 뇌로 직진해서, 마이클 없는 슬픔과 절망을 모조리 태워주는 그 느낌을 포기할 수가 없었다. 처음 기븐이 나타났을 때 나는 킬에서 열린 파티에 있었고, 오빠는 가슴에 혹은 목에 총구멍이 없는 모습으로, 언제 나처럼 그 긴 팔다리로, 멀쩡하게 그곳을 돌아다니고 있었다. 그러나 실실 웃고 있지를 않았다. 웃통은 벗었고 달리기를 하다 온 것처럼 목과 얼굴이 빨갰지만, 가슴만은 돌처럼 미동도 없었다. 마이클의 사촌이 그를 쏜 뒤에 꼭 그랬을 것처럼 움직임이 없었다. 나는 엄마의 작은 숲이, 엄마가 오빠 기일마다 점점 큰 원으로 심어나간 나무 열 그루가 생각났다. 나는 잇몸이 시리도록 이를 갈며 기븐을 노려보았다. 잡아먹을 듯이 노려보았다. 그는 내게 말을 걸려고 했지만 내겐 들리지 않았고, 점점 더 답답해했다. 그는 내 맞은편에, 코카인이 놓인 거울 같은 탁자 바로 앞에 앉아 있었다. 나는 그의 무릎에 얼굴을 묻지 않고는 다시 코카인 쪽으로 고개를 숙일 수 없었고, 그래서 우리는 서로를 노려보며 거기 앉아 있었다. 난 내 친구들에게 미친 것처럼 보이지 않기 위해서 아무 반응도 하지 않으려 애썼다. 친구들은 컨트리 음악을 따라 부르고 있었고, 10대들처럼 구석에서 질척한 키스를 하고 있었고, 어둠 속에서 어깨동무를 한 채 휘청거리고 있었다. 기븐은 어렸을 적 아빠가 준 새 낚싯대를 내가 부러뜨렸을 때와 똑같은 눈빛으로 나를 보고 있었다. 죽여버릴 것처럼. 진정이 됐을 때 나는 뛰다시피 내 차로 갔다. 몸이 너무 떨려서 차 키를 꽂을 수도 없었다. 기븐은 차에 올라타 조수석에 앉더니, 고개를 돌려 돌 같은 얼굴로 나를 보았다. 끊을게. 나는 말했다. 이제 절대 안 해, 맹세해. 그는 집까지 내 차를 타고 갔다. 해가 떠올라 하늘이 가장자리부터 밝아지는 동안 나는 그를 조수석에 남겨둔 채 차에서 나왔다. 나는 엄마 침실로 살금살금 들어가 잠든 엄마를 바라보았다. 그러고는 엄마의 성전에 쌓인 먼지를 손으로 털었다. 거기엔 묵주가 드리워진 성모상이 있었고, 그 주변으로 청회색 초들과 강가의 돌멩이들, 말린 부들 세 개와 참마 하나가 있었다. 기븐 아닌 기븐을 처음으로 본 날, 나는 엄마에게 아무 말도 하지 않았다.

마이클 부모님에게 전화 한 통만 하면 알고 싶은 걸 전부 알 수 있으리라. 수화기를 들고 번호를 누르고 제발 마이클의 엄마가 수화기를 들기만을 바라면 될 일이었다. 이번이 다섯 번째 통화가 될 것이고, 나는 말할 것이다. 안녕하세요, 래드너 부인. 알고 계시는지 모르겠지만 마이클이 내일 출소할 건데, 저와 애들과 미스티가 데리러 갈 거라서 두 분은 걱정하실 필요 없어요.

전혀요. 그럼 안녕히 계세요. 하지만 빅 조지프가 전화를 받는 건 싫었다. 내가 수화기를 들고 숨만 쉬고 아무 말도 하지 않는데 그도 아무 말 하지 않다가 그냥 전화를 끊어버리는 것은 원하지 않았다. 그래도 그러고 나면 내가 다시 걸었을 때 그는 전화를 건 게 누구든 래드너 부인이 전화를 받게 할 것이었다. 장난 전화든, 공과금 계산원이든, 잘못 걸려온 전화든, 자기 손자의 흑인 엄마든. 하지만 난 다 싫었다. 대화가 끊겼다 이어졌다 하며 마이클의 엄마와 통화하는 것도, 빅 조지프의 무거운 침묵을 견디는 것도. 바로 그래서 내가 트렁크에 물을 몇 통씩 싣고, 아기 물티슈와 옷 가방들과 침낭을 싣고 킬까지 차를 몰고 가려는 것이었다. 그들의 집 진입로 맨 끝에 있는 우편함에 단숨에 쓴 쪽지를 한 장 남길 것이다. 마침표도 없이 급하게 휘갈겨 쓴 쪽지를. 끝에는 서명이 되어 있을 것이다. 레오니라고.

마이클은 그 전엔 내게 말을 건 적이 한 번도 없었다. 기븐이 죽은 이듬해, 어느 날 점심시간에 마이클은 잔디밭에서 내 옆에 앉더니, 내 팔을 한번 툭 치고 말했다. 내 사촌이 멍청한 새끼야, 미안하게 됐어. 그게 다라고 생각했다. 마이클이 사과한 후 일어서서 걸어가고 다시는 내게 말을 걸지 않을 거라고. 하지만 그렇지 않았다. 그는 몇 주 뒤 내게 같이 낚시를 가겠냐고 물었다. 나는 좋다고 말하고 자리에서 일어났다. 부모님은 아직도 거미줄에 붙들린 것처럼 슬픔에 꽁꽁 싸여 있었지만, 난 더 이상 피해 다닐 필요가 없었다. 첫 데이트 때, 우리는 낚싯대를 가지고 해변 선착장으로 갔다. 내 손엔 예전에 기븐이 무슨 하사품처럼 내 앞에 내밀었던 낚싯대가 들려 있었다. 우리는 각자의 가족에 대해, 그리고 그의 아버지에 대해 이야기했다. 아버진 늙었어. 늙다리야. 나는 그가 더 말하지 않아도 그게 무슨 뜻인지 알 수 있었다. 아버지는 내가 너랑 여기 나와 있는 걸 알면 펄쩍 뛸 거야. 오늘 밤이 지나기 전에 내가 너에게 키스할 거라는 걸 알면. 혹은 더 짧은 문장이었는지도 모른다. 아버지는 흑인을 깜둥이로 봐. 나는 그의 아버지의 증오를 꿀꺽 삼켜 저 밑으로 흘려보내기로 했다. 아버지는 아들이 아니니까, 나는 생각했다. 왜냐하면 선착장 맨 끝에 있는 정자 안으로 조금씩 내려앉는 어둠 속에서 마이클 안에 있는 빅 조지프의 그림자가 보였기 때문이다. 세월이 그의 긴 목과 팔, 근육질의 날씬한 상체, 갈비뼈의 세세한 홈들을 그의 아빠처럼 둥글게 만들어놓을 것이 보였기 때문이다. 땅 위에 집이 자리 잡듯 그 커다란 체구에 살집이 단단히 자리 잡을 것이 보였기 때문이다. 나는 되뇌어야 했다. 그들은 같지 않아. 마이클은 우리 둘의 낚싯대 위로 몸을 기울였고 그의 눈동자는 거대한 폭풍이 오기 전 하늘의 층적운처럼 색깔을 바꾸었다. 가장 짙은 파란색에서 물빛 잿빛, 늦여름의 초록으로. 그는 키가 무척 커서 그가 나를 안자 그의 턱이 내 정수리에 닿았고, 나는 그 밑에 파묻혔다. 내가 그의 것인 것 같았다. 마이클의 입이 내 입에 포개지기를 원했으니까. 잔디밭을 가로질러 학교 표지판 그늘 아래 앉아 있는 내게 걸어오던 그를 내가 처음 본 바로 그 순간부터, 그는 나를 보았으니까. 커피색 피부와 검은색 눈동자, 자두색 입술 그 너머를 보았으니까, 그 너머의 나를 보았으니까. 걸어 다니는 상처였던 나를 보고, 내 연고가 되려고 내게 왔으니까.

빅 조지프와 마이클의 어머니는 언덕 꼭대기에, 옆면은 하얗고 셔터는 초록색인 낮은 시골집에서 살았다. 집은 커 보였다. 진입로에 세워진 신형 픽업트럭 두 대가 각진 부분을 날카롭게 번쩍이며 떨어지는 햇살을 튕겨내고 있었다. 하나는 빨간 트럭, 하나는 하얀색. 말 세 마리가 집 건물에 바로 면해 있는 들판에서 뛰어다녔다. 암탉 한 무리가 마당을 종종거리며 가로질러 트럭 밑으로 들어가더니 뒷마당으로 사라졌다. 나는 우편함 근처 갓길에 차를 세웠다. 갓길은 풀이 무성한 데다 그리 넓지도 않고 엉덩이 높이의 도랑까지 흐르고 있어서, 우편함 바로 옆에 차를 세웠는데도 쪽지를 그 안으로 밀어 넣을 수가 없었다. 차에서 내려 걸어야 했다. 비가 오지 않은 지 며칠째였다. 우편함으로 걸어가는데 마른 풀이 바스락거리는 소리가 났다. 이 길에 다른 차는 없었다. 그들은 막다른 도로 끝, 드넓게 펼쳐진 들판에 집과 트레일러밖에 없는 여기 윗동네 킬에 살았다.

우편함 문을 막 열려고 하는데 윙 소리가 들렸다. 소리는 점점 가까워지며 커지더니 곧 한 남자가 집 옆쪽에서 트랙터만큼이나 큰 고가의 제초기를 몰고 나타났다. 강철 데크가 달린 그것은 값이 내 차만큼 나가는 물건이었다. 나는 쪽지를 우편함 틈새에 끼웠다. 남자는 목초지 북쪽 끝까지 갔다가 왼쪽으로 튼 다음 도로 쪽으로 오고 있었다. 제초기를 깔끔하게 직진으로 몰면서 위에서부터 아래로 제초를 하려는 것 같았다.

내가 손을 뻗어 차 문을 여는데 날카로운 삐거덕 소리가 났다.

"젠장."

남자가 고개를 들어 올려다보았다. 나는 차 안으로 들어갔다.

제초기가 속력을 냈다. 나는 차 열쇠를 돌렸다. 차가 털털거리다 멈췄다. 나는 다시 열쇠를 돌렸고, 그렇게 하면 차가 출발하기라도 한다는 듯 대시보드를 한참 노려봤다. 어쩌면 기도를 하고 있었는지도 모른다.

"젠장, 젠장, 젠장."

나는 다시 열쇠를 돌렸다. 엔진이 울리다 시동이 걸렸다. 그 남자, 이제 빅 조지프라는 게 훤히 보이는 그 남자는 마당 위쪽을 먼저 제초하겠다는 계획을 버리고, 마당을 대각선으로 가로지르며 나와 우편함 쪽으로 오고 있었다. 그가 손가락으로 어딘가를 가리켰고, 나는 우편함 근처 나무에 박아놓은 표지판을 보았다. 무단 침입 금지.

그는 액셀을 밟았다.

"빌어먹을!"

기어를 넣고 고개를 돌려 도로를 확인해보니 회색 SUV 한 대가 다가오고 있었다. 두려움이 어깨로, 목으로 차올라 숨이 막혔다. 무엇이 두려웠는지 모르겠다. 내게 욕 말고 그가 무엇을 할 수 있겠는가? 그가 무엇을 할 수 있단 말인가? 나는 그의 집 진입로에 있지 않았다. 도로 갓길은 카운티 소유가 아닌가? 하지만 그가 빠르게 제초기를 몰고 오는 모습에서, 그가 나무를 손가락으로 가리키는 모습에서, 그 스페인 참나무가 빽빽한 진초록 이파리와 검은색에 가까운 나뭇가지를 넓고 높게 드리우며 도로까지 뻗어 나와 있는 모습에서, 그가 내게 가까워지는 모습에서 나는 폭력을 볼 수밖에 없었다. 나는 액셀을 밟으며 급하게 도로로 진입했다. 뒤에 있는 차가 급선회하면서 경적을 울렸지만 상관하지 않았다. 자동변속기가 쉿소리를 내며 기어를 바꾸었다. 나는 도망치듯 속력을 높였다. 회색 SUV가

진입로로 들어섰지만 운전자가 창밖으로 먼저 가라고 손짓을 했고, 그사이 빅 조지프는 그 나무 아래를 지나 내가 방금 줄행 랑친 우편함 앞에 멈춰 서서, 제초기 시동을 끄고 우편함 쪽으로 성큼성큼 다가가고 있었다. 그는 제초기에서 꺼낸 것을 손에 들고 있었는데, 제초기 옆면에 꽂아두었던 라이플총이었다. 숲을 헤집고 다니는 멧돼지 때문에 거기 둔 것이었지만, 지금 은 돼지 때문이 아니었다. 나 때문이었다.

그를 지나쳐 가면서 나는 왼팔을 창밖으로 내밀었다. 주먹 을 쥐었다. 가운뎃손가락을 치켜들었다. 생전에 찍은 마지막 사진 속 오빠가 보였다. 열여덟 살 생일에 찍은 그 사진 속에서 오빠는 부엌 조리대에 기대어 있고, 나는 그가 가장 좋아하는 고구마 피칸 케이크를 그의 얼굴 곁에 바짝 대고 서 있었다. 그 가 촛불을 끄기 쉽도록. 그는 팔짱을 끼고서 새카만 얼굴에 하 얀 미소를 보이고 있었다. 우리 모두 웃고 있었다. 내가 액셀을 너무 빨리 밟아서 타이어가 돌며 고무 타는 냄새가 났다. 구름 같은 연기가 솟아올랐다. 나는 빅 조지프에게 호흡곤란이 오기 를 바랐다. 그가 질식사하기를 바랐다.

03.

조
조

오늘 아침은 그레이비소스를 뿌린 차가운 염소 고기와 쌀밥이
었다. 내 생일이 이틀이나 지났지만 솥은 아직 반이나 차 있었
다. 잠에서 깨어보니 레오니가 내 위로 넘어가고 있었다. 어깨
에 가방을 메고 케일라를 붙들고 있었다. "일어나." 레오니는
나를 보고 말하는 대신, 잠에서 깨며 칭얼대는 케일라를 향해
얼굴을 찡그렸다. 나는 일어나 이를 닦고 농구 반바지와 티셔
츠를 걸쳤다. 그리고 차로 가져갈 가방을 꺼냈다. 레오니는 조
금 낡아서 가장자리가 나달거리긴 했지만 면과 캔버스 천으로
만들어진 진짜 가방을 갖고 있었다. 내 것은 장 볼 때 주는 비닐
봉지였다. 나는 여행용 가방을 쓸 일이 한 번도 없었기 때문에

레오니는 그런 걸 사준 적이 없었다. 지금 레오니와 함께 저 북쪽 교도소까지 가는 이번 여행이 나에게는 첫 여행이었다. 나는 염소 고기를 작은 갈색 전자레인지로 데워서 뜨겁게 먹고 싶었다. 그 전자레인지는 안쪽의 에나멜이 물감처럼 벗겨지고 있어서 아빠는 우리가 먹는 음식에 발암 물질이 들어간다고 했다. 아빠는 그것으로는 아무것도 데우려 하지 않았고, 레오니는 새것을 살 수 있는 돈을 반도 아빠에게 주려 하지 않았다. 내가 고기를 전자레인지에 넣는데 레오니가 지나가면서 말했다. "우리, 시간 없다." 그래서 나는 내 남은 생일 음식을 일회용 용기에 넣고 엄마 방으로 살금살금 들어가 잠든 엄마에게 입을 맞추고 차로 갔다. 엄마는 잠결에 우리 애기들이라고 웅얼거리며 뒤척였다.

아빠는 우리를 기다리고 있었다. 풀 먹인 카키색 바지와 꼭 본인처럼 회색과 갈색이 섞인 반소매 남방 차림이었다. 낮게 드리워진 하늘과 잘 어울렸다. 물이 가득 찬 회색 체 같은 하늘에서는 벌써 빗방울이 떨어지고 있었다. 레오니는 가방을 뒷좌석에 던지고 다시 집 안으로 성큼성큼 걸어갔다. 미스티가 자동차 라디오를 눌러보고 있었고 차에는 벌써 시동이 걸려 있었다. 아빠가 나를 보고 얼굴을 찡그려서 나는 아빠 앞에서 멈칫거렸다. 내 발을 내려다봤다. 내가 신은 농구화는 마이클 것이

었다. 레오니 침대 밑에 버려져 있던 걸 내가 찾아냈는데, 내게
는 너무 크고 낡은 운동화였다. 상관없었다. 조던 농구화니까
그냥 신었다.

"올라가다 보면 비가 많이 올지도 모른다."

나는 고개를 끄덕였다.

"타이어 어떻게 갈아 끼우는지 알지? 기름이랑 냉각제도
확인했니?"

나는 다시 고개를 끄덕였다. 아빠는 그런 걸 내가 열 살 때
다 가르쳐줬다.

"그래."

나는 가고 싶지 않다고, 케일라와 집에 있겠다고 아빠에게
말하고 싶었다. 아빠가 그렇게까지 화난 것처럼 보이지 않았다
면, 입가와 미간이 움푹 패도록 찡그리고 있지 않았다면, 그때
하필 레오니가 케일라를 데리고 나오지 않았다면, 그렇게 말할
수 있었을지도 모른다. 케일라는 어스름한 빛에 억지로 잠이
깨 눈을 비비며 울고 있었다. 아침 일곱 시였다. 나는 내가 할
수 있는 말밖에 할 수 없었다.

"괜찮아요, 아빠."

아빠의 찡그린 얼굴이 잠깐 펴졌고 한참 있다가 아빠가 입
을 열었다. "잘들 보살펴라."

"그럴게요."

레오니가 뒷좌석 카시트에 케일라를 앉혀 벨트를 매주고 몸을 일으켰다.

"자. 가자."

나는 한 걸음 다가가 아빠를 껴안았다. 언제 마지막으로 그렇게 했는지 기억이 나지 않았지만, 지금은 꼭 그렇게 해야 할 것 같았다. 내 팔을 아빠에게 두르고 내 가슴이 그의 가슴에 닿도록 해야 할 것 같았다. 등을 한 번, 두 번, 손끝으로 토닥이고 놓아주어야 할 것 같았다. 우리 아빠야. 나는 생각했다. 우리 아빠야.

아빠는 내 어깨에 손을 얹고 꽉 움켜쥐었다. 그러고는 내 코를, 귀를, 머리칼을, 마지막으로 내가 한 발 물러날 때 내 눈을 바라보았다.

"넌 이제 남자다. 알아듣니?" 아빠가 말했다. 나는 고개를 끄덕였다. 다시 내 어깨를 꽉 쥐는 아빠의 눈길이 잊고 있었던 내 신발에 머물렀다. 이제 아빠의 작업용 워커 옆에 있으니 내 것은 고무같이 흐물거리고 우스워 보였다. 아빠의 눈길은 레오니의 차가 들락날락하는 바람에 풀이 얼마 남아 있지 않은 진입로 땅으로, 또 우리 모두를 내리누르고 있는 하늘로 옮겨 갔다. 나와 말이 통한다고 생각했던 동물들은 몰려드는 비구름 아래 납작 엎드려 조용했다. 내 앞에 유일하게 보이는 동물은 아빠, 곧은 어깨와 기다란 등의 아빠뿐이었다. 간곡히 부탁하는 듯한 그 눈빛이 그 순간 내게 들려오는 유일한 말이었다. 말없이 말한 말. 사랑한다, 아들. 사랑한다.

이제 비가 오고 있어 빗물이 폭포수처럼 차체로 쏟아져 내렸다. 케일라는 한 손에는 납작해진 카프리썬을, 다른 손에는 치토스를 한 움큼 쥐고 주황색 범벅이 된 얼굴로 자고 있었다. 케일라의 옅은 갈색 아프로 머리가 엉켜 있었다. 미스티가 머리를 말아 올려 묶고서 라디오에서 나오는 노래를 흥얼거리며 따라 했다. 목 뒤로 머리카락 몇 가닥이 빠져나와 있었다. 땀에 젖어 색이 짙어진 머리카락. 차 안은 더웠고, 나는 축축하고 땀이 맺힌 그녀의 목덜미를, 그리고 빗물처럼 목을 타고 흘러내려 티셔츠 속으로 사라지는 땀방울들을 바라보았다. 갈수록 더 더워졌고, 목선이 옆으로 길게 파인 미스티의 헐렁한 티셔츠도 더욱 늘어져 브라 끈이 살짝 보였다. 나는 키가 컸기 때문에 뒷좌석에서 대각선으로 보면 그게 보였다. 새파란 끈이었다. 창문에 김이 서리기 시작했다.

"덥지 않아?" 미스티는 자동차 앞좌석 사물함에서 꺼낸 종이로 부채질을 하고 있었다. 레오니의 위조된 자동차 보험증서 같았다. 미스티는 사람들에게 20달러씩 받고 보험증을 만들어 거기에 그들의 이름을 집어넣어줬다. 카운티 경찰에게 걸렸을 때 자동차 보험에 든 것처럼 보일 수 있도록.

"조금." 레오니가 말했다.

"알지, 나 더운 거 못 참는 거. 알레르기 올라온단 말이야."

"미시시피에서 나고 자란 몸이 누구더라."

"어쨌든."

"더운 게 싫으면 여기 살지 말아야지."

미스티의 머리칼은 금발이었지만 뿌리는 짙은 색이었다. 어깨에 반점이 있었다.

"알래스카로 이사 가야 할까 보다." 미스티가 말했다.

우리는 내내 샛길로만 가고 있었다. 레오니는 내가 뒷좌석에 탔을 때 내 무릎으로 지도를 던지며 말했다. "읽어봐." 지도에는 도로를 따라 펜으로 표시가 되어 있었다. 펜 선이 북쪽으로 올라가는 2차선 고속도로를 따라 뒤엉켜 있고, 군데군데 레오니가 손가락으로 문지른 부분이 번져 있었다. 도로 이름과 글자, 숫자는 짙은 색 펜 자국에 가려져 읽을 수 없었다. 하지만 감옥 이름은 보였다. 아빠가 있었던 곳. 파치먼. 가끔 나는 그 바싹 말라버린 남자(교도소 이름 파치먼parchman은 '바싹 마르게 하다'라는 뜻의 parch와 '남자'를 뜻하는 man이 결합된 것)가 누구였을지, 물이 없어 죽은 그 남자, 마을과 교도소 이름까지 따서 짓게 만든 그 남자가 궁금했다. 아빠처럼 자세가 꼿꼿하고 붉은 기운이 도는 갈색 피부의 사람이었을지, 아니면 나처럼 어중간한 색이었을지, 아니면 마이클처럼 우유색이었을지 궁금했다. 그 남자가 타들어가는 목으로 죽기 전에 뭐라고 말했을지 궁금했다.

"나도야." 레오니가 말했다. 어제 레오니는 부엌에서 머리카락에 스트레이트파마 약을 바르고 개수대에서 헹구었다. 그래서 이제 미스티처럼 착 가라앉은 생머리가 되어 있었다. 미스티는 몇 주 전에 레오니의 머리칼 끝을 자기처럼 금발로 염색해줬다. 그래서 어제 레오니가 두피에 물이 닿자 신음 소리를 내며 머리를 헹구었을 때, 축 늘어진 그 주황색 금발은 꼭 자기 머리가 아닌 것 같았다. 난 나중에 봤지만 레오니의 두피에는 염색약 때문에 동전만 한 화상 딱지들이 앉아 있었다. 이제 그녀의 머리칼은 다시 부풀어 곱슬곱슬해지고 있었다.

"난 좋은데." 내가 말했다. 둘은 무시했다. 정말이었다, 나는 더운 게 좋았다. 나는 고속도로가 숲 사이로, 구릉 위로 북쪽을 향해 굽이굽이 뻗어 있는 것이 좋았다. 나무들이 양옆으로 쭉 늘어서 있는 것이 좋았다. 여기 위쪽 소나무는 폭풍의 매질을 받아 홀쭉하고 연약해진 해안 소나무와는 달라서 더 두껍고 높았다. 하지만 그렇다고 해서 여기 사람들이 나무를 자르지 않는 것은 아니었다. 사람들은 폭풍이 올 때 집을 보호하려고 혹은 자기들 지갑을 두둑하게 하려고 나무를 벴다. 숲속에서는 아주 많은 일들이 벌어질 수 있었다.

"차 세워야겠다." 레오니가 말했다.

"왜?"

"기름." 레오니가 말했다. "목도 마르고."

"나도요." 내가 말했다.

레오니는 작은 주유소 앞 돌길에 차를 대고, 미스티가 오늘 아침 차에 탈 때 건넨 30달러를 나에게 주면서 내 말은 못 들었다는 듯이 나를 보았다.

"기름 25달러 채우고, 나 먹을 콜라 하나 사고, 잔돈은 가져와."

"나도 하나 마셔도 돼요?" 나는 밀어붙였다. 달콤하게 끓어오르는 그 짙은 색 거품이 상상됐다. 한 모금 삼키면 목구멍이 찍찍이 테이프를 붙였다 뗀 것 같을 것이다. 목이 말라 죽어간 그 남자 심정을 나는 알 것만 같았다.

"잔돈 가져오라고."

나는 아무 데도 가고 싶지 않았다. 미스티의 티셔츠 속을 계속 내려다보고 싶었다. 그녀의 새파란 브라가 다시 번쩍거렸다. 마이클이 멕시코만 깊은 바다에서 석유 시추 일을 할 때 찍었던 사진 속에서만 본, 그런 파란색이었다. 그 사진 속에서 바다는 마이클을 둘러싸고 있는 젖은 평원이었고, 하늘이 담긴 거대한 파란 대접이었다.

가게 안은 어둑어둑한 바깥보다 훨씬 더 어두침침했다. 계산대 뒤에 여자가 앉아 있었는데 미스티보다 예뻤다. 새카만 아프로 곱슬머리에, 에어컨 때문에 자줏빛이 된 입은 뒤집어놓은 U자 모양이었다. 나와 같은 피부색의 그 여자는 미스티보다 풍만했다. 내 안에서는 일말의 갈망이, 잘린 전선에서 막 튀려고 하는 불꽃처럼 튀어 올랐다.

"어서 오세요." 그녀는 그렇게 웅얼거리고는 계속 핸드폰을 들여다봤다. 벽면에는 철제 선반이 빽빽하게 들어차 있었고, 선반에는 먼지가 잔뜩 쌓여 있었다. 나는 전에 여기 와본 적 있는 것처럼, 내가 원하는 게 무엇이고 그게 어디 있는지 알고 있는 것처럼 더 어둑한 안쪽으로 들어갔다. 어른 남자가 걷는 것처럼. 아빠가 걷는 것처럼. 나는 눈을 정신없이 굴린 끝에 가게 앞쪽에서 음료수 냉장고를 찾아냈다. 탄산음료가 얼마나 시원하고 톡 쏠지 상상하면서, 바싹 마른 목구멍으로 침을 삼키면서 그 냉장고 유리 너머를 노려봤다. 목구멍이 가뭄 든 돌투성이 강바닥 같았다. 침이 치약 같았다. 뒤를 돌아보니 점원 역시 나를 보고 있어서 나는 가장 큰 콜라를 하나 집었다. 주머니에 슬쩍 하나 더 넣을 생각은 하지도 못했다. 나는 앞으로 걸어갔다.

"1달러 30." 여자가 말했다. 그때 하늘이 쪼개지듯 천둥이 치면서 비가 건물 양철 지붕으로 쏟아져 내려서 나는 말소리를 듣기 위해 앞으로 몸을 숙여야 했다. 한 차례의 꽝음. 가게를 나가 빗속에 서 있을 때, 나는 직접 볼 수는 없었던 그 여자의 티셔츠 속은 어떨까 생각했다. 마치 그렇게 하면 비를 피할 수 있다는 듯 나는 티셔츠 뒤쪽을 끌어 올려 머리에 쓰고 있었지만, 흠뻑 젖기는 마찬가지였다. 젖은 땅 냄새와 함께 석유 냄새가 매캐하게 풍겼고, 쏟아지는 빗줄기에 아무것도 보이지 않았다. 빗물이 코를 타고 줄줄 흘러내려 숨을 쉴 수 없을 것만 같았다. 바로 그때 문득 떠올라 고개를 뒤로 젖히고, 숨을 참으며, 빗물을 목구멍 안으로 흘려보냈다. 삼키니 얇은 칼 같은 시원함이 느껴졌다. 한 번. 두 번. 빗줄기 펌프가 너무 느려 세 번까지만. 어쩔 수 없이 꼭 감은 눈 위로 빗줄기가 사정없이 내리쳤다. 속삭이는 소리, 휙 지나가는 말소리를 들은 것 같았지만, 기름이 다 차고 주유기 호스가 느슨해지자 소리는 사라졌다. 차 안은 후텁지근했고 케일라는 자고 있었다.

"그 정도로 목이 말랐으면 내가 음료수 하나 사줄 걸 그랬어." 미스티가 말했다. 나는 어깨를 으쓱했고, 레오니는 차를 출발시켰다. 나는 젖은 수건처럼 무거워진 티셔츠를 벗어 차바닥에 두고 가방을 뒤적여 새 티셔츠를 찾았다. 내가 티셔츠를 다 입었을 때, 앞좌석 햇빛 가리개에 붙은 거울을 보며 립글로스를 덧바르던 미스티가 나를 곁눈질했다. 그녀의 입술은 건조한 분홍색에서 윤기 나는 복숭아색이 되어 있었다. 나와 눈이 마주치자 미스티는 눈을 찡긋했다. 나는 몸서리쳤다.

. . .

엄마가 처음 그 이야기를 한 것은 내가 열한 살 때였다. 그즈음 엄마는 너무 아파서 매일 오후 두어 시간은 침대에 누워 있어야 했다. 얇은 이불을 허리에 둘둘 말고 자다가 깜짝 놀라 깨곤 했다. 꼭 더위를 피해 헛간이나 그 옆 별채에 숨어 있는 우리 집 동물들 같았다. 하지만 그날 엄마는 자고 있지 않았다.

"조조." 엄마의 목소리는 맥없이 던져진 낚싯줄이었다. 그래도 낚추는 내 가슴속으로 깊이 가라앉았다. 나는 밖에서 일하고 있는 아빠에게 가려고 뒷문으로 향하다 말고 엄마 방으로 들어갔다.

"네?" 내가 말했다.

"아기는?"

"자요."

엄마는 침을 삼켰는데, 그것조차 힘겨운 것 같아서 나는 물을 한 잔 갖다 드렸다.

"앉아봐라." 엄마가 말했다. 나는 엄마가 깨어 있어서 내심 행복해하면서 침대 바로 옆에 있는 의자를 끌어왔다. 엄마가 얇고 널찍한 책을 들어 펼치자, 거기 내가 그때까지 본 것 중에 가장 당황스러운 그림이 있었다. 축 늘어진 페니스와 카람볼라(단면이 별 모양인 열대 과일)처럼 생긴 난소였다. 엄마는 내게 인체 해부학과 섹스에 대해 설명해주기 시작했다. 콘돔 이야기를 시작했을 때는 침대 밑으로 기어 들어가 죽고만 싶었다. 다행히 엄마가 책을 최대한 벽 가까이, 나에게서 먼 곳에 내려놓았을 때도 내 얼굴과 목과 등은 여전히 후끈후끈했다.

"나를 보렴." 엄마가 말했다.

암을 앓으면서 생긴 주름이 코 양옆에서 입가까지 패어 있었다. 엄마가 희미하게 웃었다.

"내가 너를 당황스럽게 만들었구나."

나는 고개를 끄덕였다. 부끄러워서 목소리가 나오지 않았다.

"너도 크고 있잖니. 알아야지. 네 엄마에게도 얘기했단다." 엄마의 시선이 내가 아니라 내 등 뒤 문간으로 향해서, 나는 아빠나 낮잠에서 너무 일찍 깨 짜증을 내면서 비틀거리며 오는 케일라가 있나 하고 돌아보았다. 부엌에서 들어와 발판으로 떨어지는 빛 외에는 아무것도 없었다. "네 삼촌 기븐도 그랬어.

기븐은 너보다 얼굴이 더 빨개졌지."

그럴 리 없었다.

"아빠는 얘기를 단도직입적으로 할 줄을 몰라. 왜 있잖니, 시작은 해놓고 끝은 얘기해주지 않는 거. 아니면 중간에 중요한 부분을 빼먹는다든지. 아니면 왜 그런 이야기를 하는지 설명도 없이 불쑥 꺼내기부터 하는 거. 늘 그런 식이었지."

나는 고개를 끄덕였다.

"말해준 것들을 조각조각 이어 붙여야 전체 그림을 이해할 수 있었지. 퍼즐처럼 한 단락 한 단락 끼워 맞춰야 했어. 나랑 막 사귀기 시작했을 때는 더 심했지 뭐니. 네 아빠 리버가 젊은 시절 몇 년 멀리 가 있었다는 거, 그러니까 파치먼에 있었다는 건 나도 알고 있었단다. 들으면 안 됐는데 우연히 듣게 되어서. 리버가 붙잡혀 갔을 때 나는 고작 다섯 살이었지만, 술집에서 싸움이 있었고 그 뒤로 그와 그의 형 스태그가 자취를 감췄다는 건 알고 있었지. 그는 몇 해 동안 보이지 않다가 돌아온 뒤에는 우리 집으로 와서 내 아버지와 어머니의 소일거리를 돕기 시작했단다. 허드렛일을 한참을 하고서야 나한테 자기를 소개하더구나. 나는 열아홉, 그는 스물아홉이었지. 어느 날, 우리 어머니 아버지가 앉는 현관 포치에 같이 앉아 있었는데, 저기 멀리 길에서 스태그의 노랫소리가 들렸단다. 그러자 리버가 말했어. 사람을 움직이는 것들이 있어요. 마음속 물살 같은 것. 자기가 어찌할 수 없는 것. 나이를 먹을수록 그게 맞는 말 같아요. 스태그 형 안에 있는 건 너무 깊고 검어서 바닥이 안 보이는 물 같아요. 스태그는 이제 소리 내어 웃고 있었지. 그러자 네 아빠가 이러더구나. 파치먼은 내 안에도 똑같은 게 있다는 걸 가르쳐줬어요, 필로멘. 그가 무슨 말을 하려고 했는지는 며칠 뒤에야 이해가 됐단다. 어른이 된다는 건 그 물살을 탈 줄 알게 되는 거라는 말이었어. 언제 꽉 붙들고 버텨야 하는지, 언제 닻을 내려야 하는지, 또 언제 그냥 힘을 빼고 휩쓸려가야 하는지. 그건 섹스처럼 단순한 것일 수도 있고, 사랑에 빠지는 것처럼 복잡한 것일 수도 있고, 아니면 보호하겠다는 생각으로 형과 함께 감옥에 가는 것일 수도 있었지." 환풍기가 웅웅거렸다. "내가 하는 말 알아듣겠니, 조조?"

"네, 엄마." 나는 말했다. 사실은 아니었다. 엄마가 가도 된다고 해서 마당으로 나와보니 아빠가 돼지들 밥을 주고 있었다. "그 이야기 또 해주실래요?" 내가 물었다. "무슨 일이 있었어요, 아빠? 감옥에 있었을 때요." 양동이를 들고 있던 부드러운 곡선이 멈칫했다. 아빠는 손을 놓고 이야기를 들려줬다.

전에 말했던 그 열두 살짜리 남자애 있잖니. 리치라고. 그들은 그 아이를 긴 밭고랑에 세웠다. 해가 뜰 때부터 질 때까지 우리는 그 들

판에서 괭이질을 하고 돌을 고르고 작물을 심고 뽑았지. 그 지경이
되면 사람은 생각을 할 수가 없어. 느낄 뿐이지. 움직임을 멈추고 싶
다는 느낌. 배 속이 타들어가는 것 같다는 느낌과 먹고 싶다는 마음.
머릿속에 목화솜이 가득 찬 것 같다는 느낌과 자고 싶다는 마음. 목
구멍이 달라붙은 것 같고 팔다리에서 불이 나는 것 같고 심장이 밖으
로 튀어나올 것 같다는 느낌과 도망치고 싶다는 생각. 하지만 달아나
는 사람은 없었단다. 우리는 그 빌어먹을 모범수 사수들의 총구 아래
서 일하는 총받이들이었으니까. 우리에겐 그게 세상의 전부였지. 그
긴 밭고랑이 말이야. 온 들판에 줄지어 선 남자들, 밭 둘레를 활보하
는 사수들, 노새에 탄 선발대나 해를 보고 노동요를 목이 터져라 부
르는 선창자. 꼭 그물 같았지. 우리는 걸려 파닥거리고 있었고. 예전
에 아빠 할머니가 당신 증조할머니 이야기를 해준 적이 있었단다. 바
다 건너에서 납치되어 팔려 오셨다고 했지. 증조할머니는 마을 사람
들 모두 밥이 아니라 두려움을 먹었다고 말씀하셨어. 입안에 든 음식
이 모래로 변한 것 같았다고. 해변으로 이어지는 죽음의 행렬을 모두
가 알고 있었고, 그들이 남자고 여자고 배 안으로 쑤셔 넣는다는 말
이 돌았다고 했지. 배가 출발하면 저 멀리로 가서 가라앉아버리니 더
끔찍하다고도 했어. 배가 수평선을 넘어갈 때 영락없이 그렇게 보였
던 거야. 배가 멀리로 가면서 조금씩 물속으로 가라앉는 것처럼 말이
지. 증조할머니는 사람들이 밤에는 절대로 밖에 나다니지 않았고, 심

지어 낮에도 처마 밑에만 있었다고 했어. 그런데도 그들이 증조할머니를 잡으러 왔다고 했지. 대낮에 집에서 납치해 갔다고 했어. 그렇게 여기로 왔고, 증조할머니는 흰 귀신들이 모는 배가 가라앉지 않는다는 것을 알게 됐단다. 그 배에서는 정박할 때까지 내내 나쁜 일들이 일어난다는 것도 알게 됐지. 살이 파이도록 사슬에 묶여 있어야한다는 것을. 입에 입마개가 채워진다는 것을. 작열하는 눈부신 하늘아래서, 그 똑같은 하늘 아래서 저 멀리 다른 세계에서는 나머지 가족들이 살고 있는데 자신은 짐승이 되어가고 있다는 것을. 그거, 짐승이 되어간다는 게 뭔지 나도 알고 있었다. 그 아이가 밭고랑으로나오기 전까지는, 내가 다시 생각이라는 걸 하고 있다는 걸 깨닫기전까지는 말이야. 내가 그를 걱정하고 있다는 걸 깨닫기 전까지는.냄새 흔적을 잃어버린 개미처럼 굽은 몸으로 뒤처져 있는 그를 내가곁눈질로 보고 있다는 걸 깨닫기 전까지는.

· · ·

내가 그걸 본 건 한 시간이 지나서, 후텁지근한 차 안에서이제 티셔츠가 말랐겠지 생각하고 있던 때였다. 손바닥에 쏙들어올 만큼 작은 주머니가 내 옷 무더기 속에 파묻혀 있었다.달걀노른자 한가운데 핀처럼 얇게 박혀 있는 핏방울처럼. 생명이 될 수 있었지만 그러지 못한 생명처럼. 만져보니 매끄럽고 따뜻하고 보드라웠다. 가죽 재질 느낌이 났고, 튼튼한 가죽끈에 묶여 있었다. 난 흘긋 올려다보았다. 미스티는 앞좌석에서 화들짝 몸을 일으켰다가 이내 고개를 떨어뜨리며 졸고 있었다. 레오니는 두 손을 운전대에 올려놓고 라디오 음악에 맞춰 손가락을 까딱거리고 있었다. 내가 싫어하는 컨트리음악이었다. 차 안에 있은 지 두 시간이 조금 지났으니, 흑인 여자가 있던 해안가 주유소를 떠난 것은 적어도 한 시간 전일 것이다. 레오니는 그렇게 매만지면 곧게 펼 수 있다는 듯 한 손으로 뒷목의 머리카락을 매만지고는 다시 손가락을 까딱거렸다. 나는 몸을 숙이고, 시야가 가려지도록 문 쪽으로 몸을 돌려 몸과 문 사이에 작게 공간을 만들었다. 끈을 당겼다. 느슨해진 매듭을 풀어 주머니를 열었다.

내 새끼손가락보다 작은, 끝은 파랗고 검은색 사선이 나 있는 하얀 깃털이 들어 있었다. 얼핏 보면 조그만 흰색 사탕 조각 같은 것도 있었는데, 집어 들어 들여다보니 동물 이빨이었다. 개의 송곳니처럼 뾰족하고, 씹을 때 파였는지 검은 줄이 가 있었다. 피 맛을 알고 짱짱한 근육을 뜯어 헤칠 줄 아는 동물의 이빨이었다. 그리고 완벽한 반구 모양의 조그만 회색 조약돌이 있었다. 주머니 속에 검지를 넣고 더듬거려보니 손톱처럼 얇

게 돌돌 말린 종이 한 조각이 있었다. 꺼내서 펼치자 삐뚤빼뚤
하고 비스듬하게 기운 파란색 글씨로 이렇게 쓰여 있었다. 이걸
꼭 지니고 다녀라.

아빠 아니면 엄마 글씨였다. 벽에 걸어놓은 성당 달력에서,
또한 냉장고 옆 부엌 수납장 안쪽에 압정으로 꽂혀 있는, 레오
니 이름부터 시작되는 전화번호 목록에서 늘 봐왔던 글씨. 레
오니가 너무 바쁘거나 집에 없을 때 내 학교 허가서와 성적표
에 서명한 글씨. 엄마는 몇 주째 침대에서 나오지도 못했고 펜
을 쥘 수도 없었기 때문에, 나는 그 쪽지를 쓴 사람이 아빠라는
것을 알았다. 깃털과 이빨과 조약돌을 모은 사람은, 가죽을 꿰
매 주머니를 만든 사람은, 이걸 꼭 지니고 다녀라라고 쓴 사람은
아빠였다.

앞좌석 뒷면에 내 무릎이 부딪혔다. 어쩔 수 없었다. 나는
키가 커서 레오니의 해치백 뒷좌석이 좁고 꽉 꼈다. 레오니가
백미러를 흘긋 봤다.

"의자 차지 마."

나는 내 무릎 위에서 조그만 무더기를 이루고 있는, 아빠가
준 것들을 두 손으로 덮었다.

"일부러 그런 거 아니에요." 내가 말했다.

"죄송해요, 라고 해야지." 레오니가 말했다.

나는 레오니가 전에 교도소에 갈 때도 아빠가 주머니를 만들었을지가 궁금했다. 레오니가 자고 있는 아침 아홉 시, 혹은 열 시에 조용히 나와서 작은 물건들을 담은 주머니를 차 안에 몰래 숨겨두었을까. 미시시피 북부로 가는 그녀를 당신 대신 지켜달라는 뜻으로. 학교 친구 몇몇은 저 위 클라크스데일이나 그린우드 외곽에 사는 사람들을 알았다. 그 애들은 말했다. 여기 아래쪽이 나쁜 것 같지? 그러고는 얼굴을 찡그렸다. 이런 뜻이었다. 저기 위? 델타? 거긴 더 나빠.

　고개를 들어보니 도로 양옆 나무들이 가늘어지고 있었고, 불쑥불쑥 입간판들이 나타났다. 그중 하나에는 자궁 속 신생아가 그려져 있었다. 피부가 젤리처럼 투명해서 그 속에 있는 얇은 혈관들이 다 비치는, 발그레한 올챙이 같았다. 생명을 지켜주세요. 그 간판에는 그렇게 쓰여 있었다. 나는 깃털과 돌과 이빨을 도로 주머니에 넣었다. 아빠가 준 쪽지도 지푸라기만큼 얇게 돌돌 말아 넣고, 주머니를 단단히 묶어 내 농구 반바지 허리춤에 있는 조그만 호주머니에 집어넣었다. 레오니는 더 이상 나를 보고 있지 않았다.

　"죄송해요." 나는 말했다.

　그녀는 혀를 찼다.

　나는 친구들이 무슨 의미로 미시시피 북부에 대해 그렇게 말했는지 알 것 같았다.

아빠는 리치의 이야기 시작 부분은 셀 수도 없이 많이 들려
줬다. 무법자 영웅 키니 와그너와 악한 '돼지턱'이 나오는 중간
부분은 딱 두 번 들었다. 끝은 한 번도 들은 적이 없다. 가끔은
적어보려고도 했는데, 중간중간을 빼먹은 형편없는 시가 됐다.
말을 훈련시켰다. 다음 줄. 무릎을 베었다. 아빠가 그러는 게 지겨
울 때도 있었다. 아빠는 처음엔 우리 둘 다 밤에 거실에서 깨어
있을 때 이야기를 들려줬다. 하지만 몇 달이 지나자 다른 걸 할
때도 매번 리치 이야기를 했다. 붉은 콩과 밥을 먹을 때도, 점심
식사 후 포치에 앉아 이쑤시개로 이를 쑤실 때도, 오후에 거실
티브이 앞에 앉아 서부영화를 볼 때도. 아빠는 화면 속 카우보
이의 대사도 끊고 파치면 이야기를 했다. 그건 학살이었지. 대량
학살. 아빠가 허리춤에 늘 지니고 다니는 조그만 주머니에 대
해 말해준 때는 매우 추운 어느 주말이었다. 집에 석유가 다 떨
어져 아빠가 거실 난로에 넣을 장작을 패고 있었다. 엄마는 코
바늘로 뜨개질한 담요와 조각보와 겉 침대보와 속 침대보까지
집 안에 있는 덮을 것은 다 덮고 있었는데도 끙끙 앓았다. 온몸
이 쑤셔. 엄마는 두 손을 꽉 비틀어 쥔 채 턱 밑에 괴고 있었고,
피부는 내가 한 시간마다 로션을 발라주는데도 거칠거칠 하얗

게 일어났다. 너무 춥구나. 엄마의 이가 딱딱 부딪혀 입안에 주사위가 든 것 같은 소리가 났다.

"모든 것에는 힘이 있단다."

아빠가 장작을 내리쳤다.

"우리 증조할아버지가 그렇게 가르쳐주셨지."

장작이 쪼개졌다.

"모든 것에는 영이 깃들어 있다고 하셨어. 나무에도, 달에도, 해에도, 동물에게도. 해가 가장 중요하다면서 이름을 지어주셨지. 아바(Aba)라고. 하지만 균형이 맞으려면 전부 다, 만물에 깃들어 있는 그 영혼들이 다 필요하다고 하셨어. 그래야 작물이 자라고, 동물이 새끼를 낳고, 그게 우리가 잡아먹을 수 있을 만큼 살도 찐다고."

아빠는 그루터기에 장작을 하나 더 올렸고, 나는 귀까지 덮이는 털모자가 있으면 좋겠다고 속으로 바라면서 모은 두 손안에 입김을 불어 넣었다.

"또 이렇게 말씀하셨어. 내리 해만 비치고 비가 충분히 오지 않으면 작물이 말라 죽고, 비가 너무 많이 오면 작물이 땅에서 썩는다고."

아빠가 다시 도끼를 휘둘렀다.

"영혼엔 균형이 필요하고, 몸도 똑같다고 증조할아버지는 말씀하셨지."

장작이 쪼개지며 그루터기에서 떨어졌다.

"이런 거야. 난 힘이 세. 그래서 장작을 팰 수 있어. 그런데 나한테 수돼지의 힘이 약간 더 생긴다면, 옆구리에 멧돼지 어금니 같은 것이 작게나마 생긴다면, 멧돼지의 영혼을 아주 조금이라도 나눠 받는다면……." 아빠는 숨을 몰아쉬었다. "이걸 더 잘하겠지. 조금은 쉬워질 거야. 힘이 더 세질 테니까."

아빠는 장작을 하나 더 쪼갰다.

"하지만 내가 감당할 수 있는 그 이상은 받으면 안 되지. 멧돼지가 너무 많이 주게 되면, 내가 너무 받게 되면, 버려지는 게 생겨. 버려지는 건 썩어. 어느 한쪽이든 너무 과하면 균형이 깨져." 아빠는 도끼를 땅에 내려놓았다. "하나 더 올려라."

나는 통나무 더미에서 가져온 나무를 그루터기에 올려놓고 아주 정확하게 균형을 맞췄다.

"하물며 딱따구리도 나눠줄 게 있단다. 화살 만드는 데 쓰일 깃털이라도."

도끼날이 얼마나 가까이까지 왔는지 손가락이 저릿했다.

"아빠 바지 주머니 안에 있는 게 그런 거예요?" 내가 물었다. 나는 아빠의 작은 파우치를 네 살인가 다섯 살에 발견한 뒤로 그 안에 뭐가 들어 있느냐고 묻곤 했다. 아빠는 한 번도 말해준 적이 없었다.

아빠는 말없이 웃었다.

"그렇지 않아. 하지만 비슷했다."

그다음 장작이 쪼개졌을 때, 나는 아빠를 올려다보며 몸을 떨었다. 야구공 같은 내 무릎과 방망이 같은 내 척추와 글러브 같은 내 두개골 안에서 그 쪼개짐이 느껴졌다.

나는 아빠가 준 주머니를 만지작거리며 등받이에 머리를 기댔다. 균형을 맞추기 위한 물건들이 차곡차곡 든 조그만 주머니를 아빠가 다른 사람에게도 준 적이 있을지 상상해보았다. 스태그 큰할아버지? 엄마? 기븐 삼촌? 아니면 리치라는 소년에게? 그때 아빠의 목소리가 들렸다.

리치는 일을 할 수 있는 체격이 아니었어. 사실 너무 어려서 뭔들 할 수 있는 형편이 아니었지. 괭이를 다룰 줄도 몰랐고, 아직 팔에 근육도 생기지 않았고, 땅을 갈아엎을 줄도 몰랐고, 줄기에서 목화솜 꼬투리를 깨끗하게 따낼 힘조차 없었지. 목화솜을 반만 뜯어내 하얀 솜뭉치를 줄기에 그대로 남겨뒀어. 그 아이는 너 같지 않았단다. 너는 벌써 어깨도 떡 벌어지고 다리도 길고 다부진 몸이잖니. 너는 나나 우리 아버지와 같은 체격이야. 타고났지. 하지만 그 아이 아버지는, 틀림없이 비썩 마른 약골이었을 게다. 키도 작았을 테고. 그 아이는 일꾼으로선 형편없었다. 나는 도우려고 했어. 그 애가 괭이질을 할 때면 그쪽 이랑으로 넘어가서 조금 더 깊이 파줬다. 목화솜을 딸 때면 팔을 뻗어서 솜을 깔끔하게 뜯어내줬어. 그쪽 이랑의 잡초를 뽑았지. 그리고 내 것도 뽑고. 얼마간, 두어 달은 소용이 있었다. 나는 그 애를 구할 수 있었고 그 애가 맞지 않게 막아줄 수 있었어. 얼마나 열심히 일했는지 몸이 침대에 닿기도 전에 잠이 들었지. 쓰러지듯 잠이 들었어. 나는 땅에서 눈을 떼지 않았다. 하늘과 사방의 탁 트인 공간은 못 본 체했어. 그걸 보면 몸을 부풀리며 울어대는 두꺼비처럼 가슴속에서 두려움이 차올랐으니까. 그런데 어느 일요일 그 아이와 빨래를 하고 있을 때였다. 비누가 워낙 조악해서 그걸로 빨아봤자 악취가 조금 옅어질 뿐 옷에는 퀴퀴한 냄새가 남았지. 그때 키니 와그너가 개들을 데리고 말을 타고 지나갔어.

키니는 수감자 중에서도 개를 관리하는 사람이었단다. 그는 그때도 이미 전설이었지. 나는 키니가 누구인지 알았다. 모두가 알았지. 테네시 시골 마을에서도, 저 아래 델타에서도, 저 남부 해안가에서도 모두 그를 칭송했단다. 그는 밀주를 팔고 싸움을 벌이고 훔치고 죽였지. 내가 본 최고의 명사수였다. 그가 파치먼은 물론 그렇게 뚫기 어렵다는 테네시의 어느 감옥도 탈옥한 적이 있는데도, 그들은 그에게 개를 맡겼단다. 그가 곤란하게 만든 보안관이 한둘이 아니었는데도 말이야. 온 남부의 가난한 백인들이 그 때문에 그를 사랑했지. 법의 얼굴에 대고 침을 뱉었으니까. 법을 무용지물로 만들었으니까. 국경 지역보다 더 심한 무법천지였던 남부에서도 최고의 무법자였으니까. 구약에나 나올 법한 곳에서 다윗처럼 우뚝 서 있었으니까. 파치먼이 생기기 전 100년 동안, 남부의 법은 쭉 이거였단다, 조조. 눈에는 눈. 이에는 이. 손에는 손. 발에는 발. 내가 보기엔 감독관들조차 그를 우러러봤어. 아무튼, 키니와 그가 조수로 고른 남자들 몇이 개들에게 냄새 훈련을 시키려고 가는 길이었단다. 그런데 개를 데리고 가던 남자 하나가 뒤처지고 있었어. 아마 몸이 아팠던가봐. 채찍질을 당했을 수도 있고. 모르겠다. 아무튼 그 키 작은 남자가 쓰러졌는데, 풀려난 개들이 흙투성이 얼굴에 배가 움푹 꺼진 주인을 버려두고 나에게 달려오더구나. 커다란 토끼들처럼 내 주위를 경중경중 뛰며 짖어댔지. 혀를 길게 늘어뜨리고 말이야. 키는 1미터 90센티미터에 몸무게는 130킬로그램도 더 나갔을 거구의 백인 키니가 웃더구나. 그는 땅바닥에 무릎을 꿇고 엎드려 있는 흑인 남자에게 말했지. '깜둥이, 너는 네 값어치보다 말썽을 더 많이 일으키는군.' 그러더니 그 소시지 같은 손가락 하나로 나를 가리키며 말했어. '넌 적당히 말랐구나.' 나는 비틀어 짜고 있던 바지를 빨랫줄에 널고 그에게로 갔다. 될 수 있는 한 최대로 시간을 끌었어. 그는 내가 달려가기를 기대하는 부류였으니까. 제 크고 건장한 백인 체구를 감탄하며 바라보기를 원하는 사람이었으니까. 내가 가자 개들도 귀를 펄럭거리고 커다란 검은 눈동자를 굴리며 따라왔단다. 똥 위에서 뒹구는 돼지들처럼 행복해하면서 말이야. '이봐, 뛸 수 있나?' 키니가 물었지. 나는 그를 올려다봤어. 그의 말은 커다랗고 짙은 갈색이었지. 하지만 붉은 기가 돌았어. 그 갈색 거죽 밑에서 끓는 피가, 살갗에 둘러싸이고 근육과 뼈에 묶여 있는 피의 강줄기가 보일 것 같았지. 나는 늘 그런 말을 갖고 싶었어. 나는 키니 옆에 꽤 가까이 서 있었기 때문에 그 말은 나를 의식하고 있었겠지만, 나는 말이 날 차버리지 못할 만큼은 멀리 떨어져 있었단다. '네.' 나는 말했지. 키니는 또 한 번 크게 웃었는데 칼을 숨긴 웃음이었어. 그러고 나서 그 파란 눈으로 날 보며 말했으니까. '하지만 넌 네 주제를 아나?' 라이플총을 잽싸게 움직여 총구를 내게 겨누더구나. 키클롭스의 커다란 검은 눈 같았지. 나는 그가 내 주제를 뭐라고 생각하든 관심 없었지만, 말했단다. '네, 압니다.' 그러고 나서 조금은 내가 싫어지더구나. 개 한 마리가 내 손을 핥자 키니가 말했어. '개들이 너를 좋아해. 개를 맡을 모범수가 하나 더 필요한데 말이야.' 나는 아무 말 하지 않았다. 동물들은 언제나 내게 왔지. 어머니가 내가 아주 어렸을 때, 한 달도 채 안 됐을 때의 일을 말씀해주신 적이 있었어. 나를 이불에 말아 바구니에 넣어 뒷마당의 닭 잡는 그루터기에 올려두고, 숫돌을 가지러 집 안으로 들어갔다 나왔더니, 염소 한 마리가 내 얼굴과 손을 핥아주고 있더라고. 마치 나를 아는 것처럼. 난 그저 키니의 얼굴을, 그 텁수룩한 금발을 쳐다봤다. 그는 내 목덜미를 보더니 말했어. '가지.' 그러고는 말을 돌려 말 옆구리를 차고 출발했지.

한번은 늪으로 10마일 정도 들어가서 버려진 오두막에서 총받이 하나를 잡아냈는데, 나는 키니가 200야드 거리에서 도망치는 그 총 받이 머리통에 총알을 박는 것을 보았다. 총받이의 두개골이 터졌지. 그때는 이미 해가 지고 있어서 우리는 개울가에서 야영을 하기로 했 어. 구름이 몰려들어 밤은 두 배로 어두워지고 모기가 들끓었지. 불 을 피우니 개들은 물론 수감자들도 전부 불 쪽으로 모여들었어. 나와 키니만 빼고 말이지. 나는 도움이 좀 될까 싶어 몸에 진흙을 발랐다. 연기에 가려 그의 얼굴이 하나도 보이지 않았지만, 그래도 어둠 속에 서 그가 나를 지켜보고 있는 게 느껴졌어. 그가 가장 최근 탈옥 때 아 칸소에서 여자 보안관에게 잡혀서 파치먼으로 돌아온 이야기를 하 다가 멈추었을 때 알았지. 그가 말했어. '내가 여자는 절대 해치지 못 하거든. 그자들이 그걸 알았던 거야.' 그리고 그의 눈길이 내게 머물 렀지. 나도 그를 똑바로 쳐다보았단다. '누구에게나 기준이 하나씩 있지. 그게 그들을 망가뜨려.' 그가 말했어. 나는 괭이를 들고 땅 위를 기어 다니고 있을 리치를 생각했다. '누구에게나.' 키니는 그러고는 불 속으로 씹는담배를 뱉었다.

잠에서 깼을 때는 이미 오전 나절이었다. 레오니는 고속도 로를 벗어나 있었다. 지도를 보면 49번 고속도로를 따라 쭉 올라가서 미시시피 중심부로 들어갔다가 그다음에 고속도로에서 벗어나 교도소 가는 길로 들어서야 했다. 그러나 레오니가 검은색 별 모양으로 표시까지 해놓았는데도 우리는 더 이상 지도를 따라가고 있지 않았다. 우리는 식료품점과 푸줏간을 지났다. 목재 도매라고 쓰여진 빛바랜 간판이 달린 다 쓰러져가는 건물을 지났다. 건물이 드물어지고 나무가 빽빽해지더니 급기야 나무밖에 없는 곳의 멈춤 표지판 앞에 다다랐다. 교차로에서 차를 돌리자 땅과 바위만 있는 길로 바뀌었다.

"가는 길 알고 있는 거 맞아?" 레오니가 미스티에게 물었다.

"당연하지." 미스티가 말했다. 비가 그쳤고 공기는 안개로 꿉꿉했다. 미스티는 창문을 내려 핸드폰을 창밖으로 내밀었다. 차의 엔진 소리와 타이어 소리를 제외하면 사위는 조용했다. 나무들은 고요하고 높았다. 차 왼쪽으로는 갈색 몸통의 건강한 나무들이 있었고, 그 밑으로는 듬성듬성 관목들이 있었다. 오른쪽 숲은 최근에 불에 탄 것 같았다. 나무들 몸통이 검게 그을려 있고 아래쪽에는 연초록 관목이 무성했다. 그 거대한 고요는 놀라웠다. 그 속을 헤집고 다니는 동물은 우리뿐이었다.

"제길, 여긴 아닌 것 같은데." 레오니가 말했다.

"신호가 잡히면 그쪽에 전화해서 널 좀 안심시킬 수 있을 텐데, 우리가 너무 외진 데 있네." 미스티가 티셔츠로 전화기를 문질러 닦고 주머니에 넣었다. "나 비숍하고 전에 여기 왔었어. 어디로 가고 있는지 알아."

"어디로 가고 있는데요?" 내가 앞좌석에 대고 물었다. 레오니가 고개를 반쯤 돌렸다. 미스티를 보고 찡그리던 그 얼굴은 곧 다시 앞으로 향했다.

"잠깐 어디 들를 거야. 친구들 좀 만나게." 미스티가 어깨 너머로 말했다. "그러고 다시 출발할 거야."

커브를 돌자 숲속에 공터가 나왔다. 우리는 별안간 작은 부락 한가운데 있었다. 집 몇 채에는 엄마 아빠 집처럼 미닫이문이 달려 있었고, 다른 몇 채에는 단열지만 붙어 있을 뿐 미닫이문은 없었다. 한참 전에 망가졌는지 등나무가 윗면을 뒤덮다 못해 이제는 옆으로까지 뻗어 내려온 캠핑카도 있었다. 차에 초록색 머리털이 난 것 같았다. 닭들이 무리 지어 뛰어다녔고, 청회색 핏불 한 마리가 입을 크게 벌린 채 그것들을 쫓아다녔다. 닭들이 흩어졌다. 네 살쯤 되어 보이는 남자아이가 벽널 없는 집 앞 땅바닥에 앉아, 막대기로 진흙을 쑤시고 있었다. 아이는 꼭 끼는 티셔츠 같은 유아용 점프슈트에 노란색 팬티를 입고 있었고 발은 맨발이었다. 레오니가 차를 세우고 시동을 끄자, 아이가 한 손으로 얼굴을 쓸어내려 얼굴이 멀건 우유색에서 검은색이 됐다.

"어디로 가는지 안다고 했잖아." 미스티가 말했다. "경적을 눌러."

"뭐?"

"경적 누르라고. 개가 저렇게 풀려 있는데 내가 차 밖으로 나갈 방법이 없잖아." 레오니가 경적을 누르자, 닭들을 쫓아다니던 개가 차로 다가와 타이어 냄새를 한번 맡고는 오줌을 누고 짖기 시작했다. 개가 뭐라고 하는지 나는 알았다. 꺼져. 숨을 들이쉬고. 꺼져! 숨을 들이쉬고. 침입자, 꺼져! 케일라가 깨서 울기 시작했다.

"풀어줘라." 레오니의 말에 나는 케일라의 안전벨트를 풀었다.

그 백인 꼬마가 막대기를 들고 휘두르더니 이내 그걸 두 손으로 붙들고 라이플총처럼 겨눴다. 산발이 된 금발 머리칼이 애벌레처럼 꼬마의 눈 쪽으로 말려 있었다. "빵, 빵." 꼬마가 외쳤다. 우리를 쏘고 있었다.

레오니가 시동을 걸었다.

"꼭 이렇게까지 할 필요는 없잖아."

"아니, 있어. 시동 꺼. 다시 경적 눌러."

레오니는 타협을 봤다. 시동을 끄지는 않았지만, 다시 경적을 울렸다. 길고, 크게 한 번. 케일라가 더 크게 울며 내 품으로 파고들었다. 내가 달래보려 했지만 개 짖는 소리, 꼬마의 총 쏘는 소리 속에서 케일라는 내 소리를 듣지 못했다. 무엇보다 소나무 숲 그 공터의 침묵, 다른 소리들만큼이나 크고 둔중하지만 시끄럽지 않은 그 소리 때문에. 케일라를 데리고 차 밖으로 뛰쳐나가고 싶었다. 저 꼬마와 개와 가짜 총을 피해 달아나고 싶었다. 둘이 그냥 집까지 걸어가고 싶었다. 마음 같아서는 싸우고만 싶었다.

백인 여자 한 명이 벽널 없는 그 집에서 나와 얼굴에 흙 묻은 꼬마를 지나쳐 걸어왔다. 둘의 머리칼은 똑같이 붉은 기가 도는 금발에 곱슬이었다. 여자는 머리칼이 허리까지 내려왔고, 얼굴에서 부풀어 올라 벌겋게 탄 것 같은 코만 빼면 미스티보다 더 예뻤다. 그녀도 맨발이었다. 발가락이 분홍색이었다. 그녀는 목청을 긁는 소리가 나도록 기침을 하고 차로 걸어왔다. 개가 뛰어올랐지만 그녀는 무시했다. 개는 이제 짖지 않고 있었다. 미스티가 차 문을 열고 문을 붙잡은 채로 상체를 내밀었다.

"어머, 이년아!" 미스티는 마치 애칭인 듯 말했다. 여자는 미소 지으면서 동시에 기침을 했다. 엷은 안개가 여자의 머리칼에 이슬처럼 하얗게 내려앉고 있었다. "우리가 온다고 했지." 꼬마는 개가 얼굴을 핥고 있는데도 그 막대기 총으로 아직도 우리를 쏘고 있었다. 나는 집으로 달려가고 싶었다. 레오니는 오른쪽 귀 뒤로 손을 넣어 머리를 긁었다. 초조할 때 보이는 버릇이었다. 너 그러다 피 난다. 엄마가 주의를 준 적도 있었지만, 레오니는 아마 실제로 피가 나도 모를 것이다. 어찌나 세게 긁는지 못으로 캔버스 천을 긁는 소리가 났다. 여자는 미스티와 포옹을 하는 와중에도 차 안을 뚫어지게 보고 있었다. 레오니가 차 문을 열고 나가 인사했지만 케일라의 울음소리에 묻혀 그 소리는 들리지도 않았다. 레오니는 다시 머리를 긁었다. 꼬마는 콘크리트 계단을 폴짝폴짝 뛰어올라 집 안으로 사라졌다. 레오니가 여자에게 다가갔고 셋은 다 같이 이야기를 나누기 시작했다. 레오니의 두 손은 양 옆구리에 느슨하게 얹혀 있었다.

벽널도 없는 이 집은 바닥이 평평하지 않았다. 방 가운데 부분이 솟아올라 있고 어두컴컴한 네 구석으로 가면서 비뚜름하게 기울어졌다. 집은 포치에서부터 이미 어두침침했다. 집 안에 상자들이 가득해 남은 공간이라고는 거실로 이어지는 좁은 길뿐이었고, 거실 역시 어두침침하고 상자들로 발 디딜 틈이 없었다. 거실에는 긴 소파 두 개와 1인용 소파 하나가 있었고, 총 쏘던 꼬마가 1인용 소파를 차지하고 앉아 있었다. 꼬마는 셔벗을 먹고 있었다. 티브이 장 대신 상자 위에 얹혀 있는 티브이에서 섬을 사서 리조트를 짓는 사람들이 나오는 리얼리티 쇼 같은 게 나오고 있었다.

"이리로." 여자가 뒤따라오는 미스티와 레오니에게 말했다. 레오니는 한 팔을 들어 나를 거실에서 멈춰 세웠다.

"너흰 여기 있어." 레오니는 몸을 숙여 케일라의 코를 검지로 살짝 건드리고 싱긋 웃었다. 케일라의 얼굴은 아직 눈물로 축축했지만, 이제는 코를 훌쩍이며 내 목에 매달려서 할 말이라도 있는지 총 쏘던 꼬마를 뚫어지게 보고 있었다. 그래서 나는 케일라를 내려놓았다. "안 그럼 혼난다." 레오니는 말하고 여자와 미스티를 따라 부엌으로 들어갔다. 부엌은 집 안에서 가장 환한 곳으로, 전구가 잔뜩 달린 샹들리에에서 빛이 나오고 있었다. 여자는 부엌 입구에 달린 커튼을 절반 정도 치고는 기침을 하며 미스티와 레오니에게 식탁에 앉으라는 손짓을 했다. 여자는 냉장고를 열었다. 나는 1인용 소파에 있는 총 쏘던 꼬마와 이제 꼬마 앞에 멀찍이 쪼그리고 앉아 있는 케일라를 지켜볼 수 있도록 긴 소파 맨 끝에 앉았다. 거기서는 부엌에 앉아 있는 여자들도 커튼 틈으로 보였다.

"안─녕." 케일라가 목소리를 한껏 올렸다 내리며 각각 다른 두 단어를 말하듯 소리를 길게 뺐다. 케일라는 매일 아침 일어나면 가장 먼저 아기 인형에게 그렇게 인사했다. 말과 돼지와 염소와 닭에게도 그렇게 인사했고, 레오니와 아빠에게도 그렇게 인사했다. 그러나 엄마에게는 말을 걸려고 하지 않았다. 미동도 없이 누워 있는 엄마를 보려고 케일라를 안고 엄마 방으로 들어가면, 케일라는 기를 쓰고 내 품으로 파고들었다. 결연한 얼굴로 엄마에게서 멀어지려고 버둥거리면서 손가락을 입술에 갖다 대고 쉬이이라고 했다. 그렇게 5분 정도가 지나면 말했다. 나가. 케일라는 나에게는 한 번도 안녕이라고 말한 적이 없다. 그냥 앉아 있거나 나에게 기어 와서 내 목에 팔을 두르고 싱긋 웃었다.

꼬마가 케일라를 제 개를 보듯 바라보았고 케일라는 더 가까이 폴짝 뛰어갔다.

"안녕." 케일라가 다시 말했다. 꼬마의 얼굴에는 콧물이 벌레처럼 기어 나와 있었다. 꼬마는 펄쩍 뛰어서 소파 위에 서더니 뭔가 결심을 했는지 싱긋 웃었다. 이에는 썩지 않게 하려고 전부 은이 씌워져 있었다. 꼬마가 소파가 트램펄린인 양 뛰기 시작하자 옆에 쌓여 있던 상자가 몇 개 흔들거렸다.

"거기 올라가지 마, 케일라." 둘 다 떨어질 것이었다. 틀림없었다. 케일라가 내 말을 무시하고 한쪽 다리를 차올리며 소파로 올라갔고, 둘은 이야기를 나누면서 방방 뛰기 시작했다. 낱말들이 귀에 들려왔다. 소파, 티브이, 사탕, 하나도 없어, 움직여. 나는 두 손으로 귀를 막고 부엌에 있는 여자들의 입 모양을 바라보며 알아들으려 애썼다.

"자고 있었어. 그래서 처음에 아무 소리도 못 들은 거야. 우리 다들 아팠거든."

"날씨 때문에 그래." 미스티가 말했다. "그렇게 춥다가도 다음 날은 26도라니. 빌어먹을 미시시피의 봄."

여자는 고개를 끄덕였고 플라스틱 컵에 든 무언가를 마시고는 헛기침을 했다.

"프레드는 어디?" 미스티가 물었다.

"뒤에. 일해."

"장사는 아직 잘되고?"

"장난 아니지." 여자가 말하고는 다시 기침을 했다.

레오니는 두 손으로 식탁을 괜히 만지작거리고 있었다.

"날이 풀릴수록 더 잘돼."

"나 줄 것도 있고?" 미스티가 말했다.

여자는 고개를 끄덕였다.

"뭐라도 마실 것 좀 줄까?" 여자가 물었다.

"탄산음료 있어?" 미스티가 물었다. 여자는 미스티에게 스프라이트를 건넸다. 나는 내가 얼마나 목이 마른지가 다시 생각났지만 아무 말도 하지 않을 것이다. 그랬다간 레오니가 나를 죽일 테니까.

"난 괜찮아요." 레오니가 말했다. 레오니의 목소리가 너무 낮아서 입술 모양과 고갯짓을 보고 그렇게 말했다는 것을 알았다.

"정말이야?" 미스티가 물었다.

레오니는 정말이라는 뜻으로 다시 고갯짓을 하며 말했다.

"얼른 다시 출발해야지."

탄산음료 묶음들이 벽에 쌓여 있었다. 콜라, 닥터페퍼, 바크스, 환타. 한 집에 뭐가 이렇게 많이 있을 수 있다고는 상상도 해본 적 없었다. 이 집에는 모든 게 꽉꽉 들어차 있었다. 먹을 것도 물건도 너무 많고 뭐든 몇 상자씩 있었다. 수프, 크래커, 화장실용 화장지와 키친타월, 아직 상자에 들어 있는 전자레인지 세 대, 밥솥들, 와플 기계들, 냄비들. 식품 상자는 너무 많아서 거실 천장까지 닿았고, 가전제품도 얼마나 많은지 부엌 조명에 닿을 정도로 쌓여 있었다. 나는 배가 고프고 목이 말랐다. 목구멍은 꽉 움켜쥔 손처럼 옥죄었고 배는 불에 타는 주먹이었다. 그런데 지금 식탁에 앉은 레오니가, 누가 먹을 걸 줄 때 우리가 받든 말든 보통은 상관하지 않는 레오니가, 원래 무엇이든 남이 주는 건 두 손 벌려 받고 보는 레오니가, 괜찮다고 말했다. 내가 먹은 염소 고기와 쌀밥이 장 속에서 벌써 소화되고 없는 지금 말이다.

여자는 팔짱을 끼고 얼굴을 찡그리며 참으려고 애쓰는 것 같았지만 자꾸 기침을 토해냈다. 그러고는 고개를 저으며 레오니를 쳐다봤는데, 나는 그 눈이 뭐라고 말하는지 알 수 있었다. 버릇없네.

아빠가 여기 있었다면 이 꼬마를 장난꾸러기라거나 말썽쟁이라고 하지 않았을 거다. 당연히 얘야라고 부르지도 않았을 거다. 못된 녀석이라고 했을 거다. 왜냐면 그게 사실이니까. 꼬마는 케일라와 잡기 놀이 하는 게 지루해졌는지 뛰다가 멈추었다. 티브이 앞에 쭈그리고 앉더니 비디오게임 하나를 켜서 게임을 하기 시작했다. GTA(Grand Theft Auto. 자동차 절도 범죄를 모티브로 한 비디오게임. 폭력적이고 선정적인 것으로 유명하다)였고 꼬마는 게임하는 법을 몰랐다. 중앙선을 넘어 달리고 가게 안으로 돌진하고 빨간불에도 무조건 내달렸다. 케일라는 지루해했다. 내쪽으로 와서 무릎에 앉더니, 내 티셔츠를 한 주먹 말아 쥐고는 주스와 통밀 크래커가 먹고 싶다고 진지하게 말하기 시작했다. 그래서 나는 여자들을 잘 볼 수 없었다. 레오니는 뭔가를 억지로 강요받고 있는지 물을 한 잔 마시고 있었고, 미스티와 여자는 서로에게 몸을 기울여 속닥거리며 식탁 위에 손가락으로 그림 같은 걸 그리고 있었다.

꼬마가 티브이에 대고 소리를 질렀다. 비디오게임 화면이 정지되어 있었다.

"안 돼! 안 돼!" 꼬마가 코에 콧물이 꽉 찬 소리로 고함을 쳤다.

꼬마의 차는 낭떠러지 커브 길을 질주하다가 가드레일을 뛰어넘는 와중에 화면이 멈춰버렸다. 한가운데 흰색 줄무늬가 있는 빨간색 차였다. 꼬마는 조이스틱의 버튼을 세게 눌러댔지만 화면에는 아무런 변화가 없었다.

"꺼." 여자가 식탁에서 소리쳤다.

"싫어!"

"새로 시작해." 여자가 말하고 미스티 쪽으로 다시 몸을 숙였다.

꼬마는 조이스틱을 티브이에다 던졌다. 조이스틱은 화면에 부딪히며 바닥으로 떨어졌다. 꼬마가 쪼그리고 앉아 게임기 버튼을 마구 눌러봐도 달라지는 건 아무것도 없었다.

"내 위치 없어진단 말이야!" 꼬마가 소리쳤다.

여자는 무시했다.

케일라가 내 무릎에서 일어나 바닥에서 제 두 주먹을 합친 것만 한 파란색 플라스틱 공을 집어서 놀기 시작했다.

"꺼도 네 위치 안 없어져. 저장될 거야." 내가 말했다.

내가 그걸 아는 건 나한테 게임기가 있어서는 아니었다. 마이클이 같이 살 때 마이클 것으로 게임을 해봐서 작동법을 알

뿐이었다. 마이클은 떠날 때 게임기를 갖고 갔다. 꼬마는 내 말을 무시하고 울음소리 같기도 하고 그르렁 소리 같기도 한, 옹알이인지 칭얼거림인지 모를 소리를 냈다. 게임기 앞으로 다가갔지만 일어서지도 않았고 뒤를 돌아 다시 케일라와 놀지도 않았다. 바닥에 있는 까만 공이나 초록 공이나 빨간 공, 그 많은 공들 중 하나를 집어 들어 우리 쪽으로 굴리지도 않았다. 꼬마는 일어나더니 티브이를 주먹으로 쳤다. 오른손 주먹으로, 다음은 왼손 주먹으로. 다시 오른손 주먹을 풍차처럼 휘두르자, 그 작은 주먹이 화면에 세게 부딪치며 뭔가 부서지는 소리가 났다. 실제로 부서지고 있었다. 꼬마의 주먹이 다시 날아가자 화면 속 차에서 희고 노랗고 빨간 불꽃이 터졌다. 꼬마가 왼손으로 한 번 더 쳤을 때는 아무 일 없었지만, 다시 오른손 주먹을 날리자 차에서 또 한 번 불꽃이 터졌다. 그리고 멈췄다.

"너 뭐 하는 거야?" 여자가 부엌에서 소리를 지르며 식탁에서 반쯤 일어섰다. "너 그거 또 망가뜨리면 혼날 줄 알아!"

꼬마는 왼손을 다시 휘둘렀다. 화면은 그대로였다.

"내 말 안 들려!" 여자가 고함을 쳤고 이제 여자는 완전히 일어나 있었다. 꼬마는 바닥에 있던 유아용 야구 방망이를 집어 들더니 휘둘렀다. 커다란 퍽 소리, 유리와 플라스틱이 깨지는 소리가 났고, 순간 자동차가 번쩍 폭발하면서 티브이 화면이 먹통이 됐다. 화면 속에는 아무것도 없었지만, 화면 앞에는 여자와 꼬마가 있었다. 여자가 성큼성큼 걸어와 티브이 앞의 꼬마를 막아선 것이다. 케일라는 달려와 내 무릎에 앉아서 두 손으로 내 티셔츠를 꼭 쥐었다. 꼬마가 방망이를 겨누더니 여자의 왼쪽 다리를 후려쳤다.

"씨팔!" 여자가 기침 섞인 비명을 내지르며 꼬마의 방망이를 붙잡았다. 여자는 한 팔로 꼬마를 들어 올리고 다른 팔로는 방망이를 쥐고 소리 질렀다. "너 이게 무슨 짓이야?" 한 마디에 한 대씩이었다. 방망이에 맞을 때마다 꼬마는 발버둥쳤다. 비명을 질렀다. "너 이게 무슨 짓이야!"

꼬마의 다리는 여자의 방망이가 닿는 곳마다 붉은색이 됐다. 꼬마는 회전목마처럼 여자 주위를 빙빙 돌았고, 얼굴도 꼭 그랬다. 벌어진 입, 찡그린 얼굴, 일그러진 미소. 여자의 매질이 계속되자 꼬마는 비명도 지르지 못하고 입만 벌리고 있었다. 꼬마가 뭐라고 하는지 나는 알았다. 아파, 제발, 아픈 거 그만, 제발. 여자는 방망이와 꼬마의 팔을 동시에 떨어뜨렸다. 방망이가 바닥으로 곤두박질치고 꼬마는 물건 더미 위로 쓰러졌다.

"아빠가 창고에서 나올 때까지 기다려. 널 아주 죽여놓을 거니까."

레오니가 거실을 가로질러 와 나한테서 케일라를 데려갔

다. 그리고 커튼을 붙잡고 아직 부엌 문간에 서 있는 미스티를 보며 말했다.

"우리 진짜 출발해야 돼."

"우리 남편 곧 올 텐데." 여자가 숨을 몰아쉬었다.

"화장실 있어요?" 내가 물었다.

"고장 났어." 여자가 말했다. 여자는 땀을 흘리며 얼굴에서 머리칼을 쓸어 넘기고 있었다. "우리는 창고에 있는 화장실 쓰는데, 오줌 마려운 거면 그냥 마당에서 눠라."

내가 밖으로 나올 때 꼬마는 소파에서 몸을 둥글게 말고 큰 소리로 울고 있었다. 내가 문을 열자 케일라가 내게 손을 뻗었지만, 레오니는 케일라를 꽉 안고 다시 부엌으로 들어갔다. 울고 있는 꼬마와 박살난 티브이로부터 케일라를 보호하겠다는 듯이. 여자는 벌써 부엌으로 가서 고개를 내저으며 탄산음료를 마시고 있었다. "쟤가 저 짓 해서 이렇게 된 게 벌써 두 번째야." 그녀는 말했다. "그러게 피임을 했어야지." 미스티가 말했다. 여자가 기침을 했다.

앞마당은 여전히 안개에 싸여 텅 비어 있었다. 개는 어디로 가고 없었는데도 나는 차로 달려갈 때 아프도록 주먹을 꽉 쥐고 있었다. 그 이빨이 무서워서 식은땀이 줄줄 흘렀다. 차까지 아무것도 나를 따라오지 않았고, 나는 운전석 차 문을 열고 그걸 방패 삼아 바로 그 옆에서 오줌을 눴다. 내심 레오니가 이걸 밟았으면 싶었다. 지퍼를 올리고 차 문을 조심조심 닫고 나니, 이 조그만 부락에 사는 사람들은 대체 다 어디에 있는지 궁금해졌다. 집 건물들을 흘긋거리며 닫힌 현관문을 유심히 살펴봤지만 아무도 나타나지 않았다. 살금살금 집 뒤쪽으로 가봐도 마찬가지였다. 뒷마당에는 짙은 색 주석 지붕의 갈색 창고가 하나 있었다. 집처럼 단열지로 도배가 되어 있을 뿐 벽널이 대어져 있지 않았다. 창문은 죄다 알루미늄 호일로 막혀 있었는데 어느 창틈으로 빛이 새어 나오고 있었다. 안에서 누가 컨트리음악을 듣고 있었고, 눈을 틈새에 갖다 대자 웃통을 벗은 수염 난 남자가 보였다. 마이클처럼 문신을 한 남자는 머리를 다 밀어 머리카락이 없었다. 유리 비커와 튜브가 놓인 탁자들이 있고 땅바닥엔 5갤런들이 양동이와 빈 탄산음료 페트병들이 있었다. 나는 이 광경을 본 적이 있었다. 그 냄새도 알고 있었다. 마이클이 엄마 아빠 집 뒤편 숲에 창고를 지었을 때 딱 이런 모습, 이런 냄새였기 때문이다. 그와 레오니가 싸운 이유, 그가 떠난 이유, 그가 감옥에 간 이유였다. 남자는 요리 같은 걸 하고 있었다. 주방장처럼 여유 있고 자신 있게 움직였지만 거기 먹을 것이라고는 없었다. 내 위는 타들어가는 듯했다. 나는 바지 호주머니 속에 있는, 아빠가 준 작은 주머니를 만지작거리며 발소리를 죽여 다시 앞마당으로 나왔다. 주머니 속 이빨이라쿤의 이빨일지 궁금했다. 이 주머니가 나를 조용하고 날쌔게 만들어 집을 한 바퀴 돌고 이제 조심조심 집 안으로 들어가는데도 개가 내 소리를 듣지 못하는 것일까 궁금했다.

15분 뒤 그 집을 떠날 때 나는 떨리지도, 땀을 흘리고 있지도 않았다. 미스티는 팔을 기다란 자처럼 쭉 펴서 옆구리에 붙인 채, 종이봉투가 든 비닐봉지를 끼고 있지 않은 척하려 애썼지만, 걸을 때 봉지 부스럭거리는 소리가 났다. 레오니는 사방을 두리번거리면서도 미스티만은 쳐다보지 않았다. 레오니는 케일라를 내려놓지 않고 품 안에 꽉 끌어안고 있었다. 사람들이 집 밖으로 나오지 않는 그 비루한 동네에서 벗어나자 미스티가 몸을 숙여 차 발판을 만지작거렸고, 봉지는 자취를 감췄다. 나는 그 집에서 훔친 크래커 한 봉지와 오렌지 주스 두 병을 내 비닐봉지 안에 슬쩍 집어넣었다. 소나무들이 반쯤 타버린 그 도로를 벗어나 다시 고속도로로 들어섰을 때 레오니는 전에 없이 라디오를 크게 틀었다. 나는 훔친 주스 병을 하나 따서 순식간에 비우고, 하나 더 따서 절반을 케일라의 주스 컵에 따라 줬다. 크래커 하나를 케일라에게 건네고, 하나는 내 입속에 밀어 넣었다. 우리는 그렇게 먹었다. 나 하나, 케일라 하나. 나는 바사삭 소리가 나지 않도록 크래커를 혀 위에 올려놓고 눅진거리게 만든 다음 씹어서 삼키면서, 소리 없이 숨죽이고 있었다. 앞좌석의 여자들은 우리에게 조금도 관심이 없었다. 난 이렇게 맛있는 것은 평생 먹어본 적이 없었다.

04. 레오니

조조의 생일날 밤, 미스티가 말했다. 우리 이거 하면 이번 여행 경비 뽑는 거야. 그리고 덧붙였다. 너와 마이클이 살 집 보증금까지 나오고도 남지. 둘이 살 데를 구할 수도 있다고. 만날 부모들 때문에 문제라며. 너네 부모님은 같이 살아서 문제고, 그쪽 부모는 개새끼들이라 문제고. 미스티가 그렇게 말했을 때 기분은 더욱더 돌처럼 굳어버렸다. 미스티 집의 비좁은 부엌 창문으로 나무 꼭대기가 벨벳 같은 짙은 회색에서 오렌지색으로, 옅은 오렌지색에서 내 입속 같은 분홍색으로 변해가는 것이 보였다. 비숍을 보러 갔다 오는 이 여행 경비를 내가 어떻게 댈 거 같아? 팁으로? 그녀는 고개를 젓고 코웃음을 쳤다. 기회를 이용하는 게 좋을걸.

차 안으로 들어가는데 그 네 마디가 자꾸 떠올랐다. 나는 미스티가 발판 밑에 그 꾸러미를 밀어 넣는 것을 바라봤다. 기회를 이용하는 게 좋을걸. 미스티는 그 결정에 아무런 결과도 따르지 않는다는 듯 말했다. 물론 미스티에게는 더 쉬울 것이다. 이용하는 게 좋을걸, 하는 그 말투에 나는 그녀를 한 대 후려치고 싶었다. 그 주근깨, 얇은 분홍 입술, 금발 머리칼, 뼛속 깊이 하얀 우윳빛 피부. 저 사람에겐 세상과 친하게 지내기가 평생 얼마나 쉬웠을까?

마이클은 감옥에 가기 전에 내 차 바닥에 외피를 만들었다. 차를 잭으로 들어 올리고 용접 연장을 갖고 그 밑으로 들어가 차 바닥을 네모반듯하게 잘라내고, 경첩이 달린 쇠판을 한 장 밀어 넣고 경첩을 고정시킨 다음 다시 용접해버렸다. 문이 두 개지, 그는 말하고 내게 두 번 키스했다. 하나는 갖고 있을 때, 하나는 버릴 때. 필요할 경우에. 마이클이 석유 시추 일을 하다 집에 온 지 여섯 달째, 우리는 엄마 아빠 집으로 들어가야 될 상황이었다. 마이클이 모아둔 돈은 퇴직금까지 다 쓴 상태였다. 그는 딥워터 호라이즌(미국 멕시코만 부근에서 굴착 작업을 했던 석유 시추선 이름으로, 시추 시설이 폭파되면서 사상 최악의 석유 유출 사고를 냈다)에서 굴착기 용접 기사로 일했다. 시추선이 폭파되고 난 뒤 퇴직금을 들고 돌아왔는데, 악몽도 함께였다. 그때 나는 우리의 새 아파트에 더블 사이즈 침대를 들여놓자고 마이클을 구슬리고 있었다. 아무리 움직여도 꼭 붙어 잘 수 있게 말이야, 내가 말했다. 그가 자다가 발길질을 하거나 움찔거리거나 웅얼거리거나 두 팔을 들어 올리며 버둥거릴 때마다 나는 자다가 깼다. 사고가 터지고 나서 나는 날마다 조조와 같이 CNN 뉴스를 보았다. 바다로 솟구쳐 흐르는 그 기름을 보면서 내가 보고 싶었던 건 그게 아니라서 죄책감을 느꼈다. 그 망할 놈의 펠리컨 따위에는 관심도 가지 않아서 죄책감을 느꼈다. 내가 보고 싶었던 건 마이클의 얼굴, 그의 어깨, 그의 손가락이었기 때문에, 내 관심은 오로지 마이클뿐이었기 때문에 죄책감을 느꼈다. 사건이 뉴스에 보도된 지 얼마 되지 않아 마이클은 전화를 했다. 자기는 무사하다고 말했지만 목소리는 작디작았고 기계 잡음 속에서 비현실적으로 들렸다. 내가 아는 사람들이었어. 열한 명 다. 같이 먹고 자고 했는데. 그가 말했다. 그가 집에 왔을 때 나는 행복했다. 그는 아니었다. 우리 이제 어떻게 하냐? 그가 물으며 옥수수 죽을 두 입 떠먹고 숟가락을 놓았다. 생각해보자, 내가 말했다. 그가 비썩 말라가기 시작했을 때 나는 그게 악몽 때문이라고 생각했다. 그의 광대뼈가 바닷속 암초처럼 얼굴에서 불거져 나오기 시작했을 때 난 그가 돈 때문에 스트레스를 받아서 그런 거라고 생각했다. 척추뼈가 등가죽에서 손가락 마디처럼 한 줄로 도드라져 나왔을 때 나는 그게 슬픔 때문이라고, 그리고 그가 미시시피나 앨라배마나 플로리다, 루이지애나, 멕시코만 어디서도 다른 용접 일자리를 구하지 못하고 있기 때문이라고 생각했다. 하지만 나중에 진실을 알게 됐다. 나중에야, 나는 그가 다 생각해놓은 게 있었다는 것을 깨달았다.

"그렇게 떨 거 없어." 미스티가 말했다.

"안 떨어."

"나 이거 처음 아냐."

"알아."

"비숍이랑도 했었어."

미스티는 친구 집에서 가져온 탄산음료를 홀짝이고 있었다. 그 여자의 이름은 칼로타였고, 그녀의 남편이자 우리가 받은 그 봉지에 든 것을 마련해준 사람은 프레드였다.

"처음 해본 건 전 남친 소니 면회 갈 때였어."

"그때 저 사람들을 알게 된 거야?"

"응. 처음엔 무서워서 죽을 것 같더라고. 너처럼. 하지만 그 다음부터는 한 번씩 할 때마다 더 편해지더라."

나는 백미러를 흘긋 봤다. 미카엘라가 푸른 공을 입안에 쑤셔 넣고는 오빠를 보고 뭐라 조잘거렸고, 조조는 구슬려서 공을 빼내려 애쓰고 있었다. 제 얼굴을 동생 얼굴에 바싹 갖다 붙이고 심각한 듯 목소리를 깔고 말했다. "아니야, 그거 입에 넣지 마, 케일라. 그거 더러워. 바닥에 있던 거야." 미카엘라는 씩 웃고 오빠 손에 공을 뱉어내고는 손뼉을 치며 말하기 시작했다. "더러워, 그거 더러워." 조조는 온 신경을 미카엘라에게 쏟고 있는 것처럼 보였지만, 그게 아니란 걸 나는 알았다. 몸을 기대고 있는 폼이, 미카엘라에게 연신 같은 말을 하는 게 어딘가 수상했다. "그 바닥 더러워." 그 말에 나는 조조가 안 그런 척 애쓰지만 우리가 하는 이야기를 듣고 있었다는 걸 깨달았다. 차에 탈 때부터 이미 미스티와 나는 입을 맞췄다. 봉지 안에 든 것들을 이름으로 부르지 않기로, 우리가 북쪽으로 뭘 몰래 가져가는지 눈치채게 할 만한 단어는 절대 쓰지 않기로. 메스, 크리스털, 크랭크(필로폰을 가리키는 속칭들). 우리는 그것들을 돌려 말하기로 했다. 들큰한 술 냄새와 디젤 냄새를 풍기면서도 내가 지나갈 때면 계속 내 손을 붙잡고는 한 잔만 더, 이쁜 흑인 언니, 하며 같잖은 말을 지껄이는 진상 손님 피하듯이. 그것들을 다른 이름으로 불러야 할 때는 조조가 관심을 싹 끊을 만큼 최대한 당황스러운 단어로 말하기로 했다.

"차 대라 그래서 댔는데 경찰이 그 망할 탐폰을 찾아내면, 미스티, 내가 널 죽여버릴 거야."

이런 식으로 말하면 조조는 더 이상 엿듣지 않을 것이다. 말도 안 되는 말이라는 생각은 하지도 못할 거고. 생리는 사내아이인 조조가 애써 모른 척하고 싶어 하는 신체 관련 주제니까. 딱석, 여드름, 종기, 암처럼.

"조조, 그 지도 줘봐."

내가 맞았다. 탐폰이라는 말에 움찔한 조조는 더듬더듬 지도책을 찾아 좌석 너머로 내밀고는 백미러로 내 눈치를 살폈다. 그 갈색 눈이 내 검은 눈을 맞추지 못해 미스티가 지도를 건네받았다. 조조는 뒷좌석으로 다시 몸을 기대면서도 여전히 바닥을 보고 있었다. 미카엘라가 "조조." 하고 부르자 다시 동생 쪽으로 몸을 기울였다.

"여기 어디야?" 내가 물었다.

"찾고 있어." 미스티가 웅얼거렸다.

나는 도로변 마일 표지를 찾고 있었다. 우리가 들렀던 칼로타와 프레드의 집은 포레스트 카운티 북부, 해티즈버그 바로 위에 있었다.

"멘든홀. 여기 멘든홀이야." 미스티가 말했다. 앞에 빨간불이 들어와 나는 속도를 늦추었다. 미스티는 지도를 보고 있지 않았다.

"어떻게 알아?"

미스티가 손가락으로 가리키는 곳에 입간판이 있었다. 멘든홀. 미시시피에서 가장 아름다운 법원 청사의 본고장.

"가보고 싶다."

신호가 초록불로 바뀌었고 나는 액셀을 밟았다.

"난 아닌데."

"왜? 진짜로 예쁘면 어쩔래?"

뒷좌석에서 조조는 뭔가를 씹는 듯 입을 우물거리고 있었다. 미카엘라에게서 눈을 돌려 나를 올려다보는데 그 눈은 내 눈처럼 어두웠다. 그 나이 때 나는 더 작고 말랐고 뼈도 관절도 더 약했었다. 조조는 기븐을 똑 닮았지만 농담은 절대로 하지 않았다. 때로 조조가 미카엘라와 놀고 있을 때, 아니면 엄마 방에서 엄마 손을 쓰다듬거나 엄마가 침대에서 돌아누울 수 있게 거들고 있을 때면, 나는 그에게서 배고픈 소녀를 봤다.

"장담하는데 커다란 기둥이랑 별거 다 있을 거야. 아마 보부아(Beauvoir, 미국 정치인 제퍼슨 데이비스의 생가 및 기념관)보다도 훨씬 클걸." 미스티가 말했다.

"싫어." 나는 그렇게 대꾸하고 더 말하지 않았다.

마이클은 편지에 감옥에서 일어나는 폭력에 대해 한 번도 쓴 적이 없었다. 밤 사이에 일어나는 죽음, 어두운 구석과 문 잠긴 방에서 벌어지는 그런 일들에 대해서는. 칼부림과 교살과 약물 과다 복용과 구타에 대해서는. 하지만 나는 말해줘야 한다고 고집을 부렸다. 나는 편지에 썼다. 무슨 일이 일어나고 있는지 말해주지 않으면 난 최악을 상상하게 돼. 그다음 편지에서 마이클은 샤워실에서 뛰었다가 피멍이 들도록 두들겨 맞은 사람 이야기를 해줬다. 그다음 편지에서는 자기 감방 동료 한 명이 여자 간수와 놀아난다는 이야기를, 그들이 감옥 안을 몰래 돌아다니며 번식기의 쥐처럼 등을 구부린 채 섹스한다는 이야기를 해줬다. 그다음 편지에서 그는 다섯 살 여자아이를 유괴해 캠핑카에서 목 졸라 죽여서 수감된 열여덟 살 청년을 간수들이 두들겨 팼다고 이야기해줬다. 청년의 비명이 들리다 이내 아무 소리도 나지 않았고, 나중에 그가 자기 감방에서 돼지처럼 피를 흘리다 죽었다는 말이 돌았다고 했다. 난 미스티에게 말하고 싶었다. 네가 예쁘다고 하는 법원 청사가 바로 그런 데야. 하지만 아무 말도 하지 않았다. 나는 내 앞에 커다란 검은 리본처럼 펼쳐진 도로를 바라보며 마이클이 집에 온다고 말하기 전에 보낸 마지막 편지를 떠올렸다. 여기는 사람 살 데가 못 돼. 백인이든 흑인이든. 여긴 죽은 자를 위한 곳이야.

미카엘라가 아프다. 그 집에서 나오고 나서 한 시간은 조용했지만, 이내 기침을 시작하더니 기침이 목에 걸렸는지 헛구역질까지 했다. 아까부터 30분째 계속 울면서 안전벨트에서 빠져

나오려고 몸부림을 치고 있었다. 나는 냅킨을 한 움큼 조조에게 건넸고, 백미러를 들여다볼 때마다 조조는 미카엘라에게 몸을 기울이고 인상을 쓰며 침이 흥건한 아기의 입가를 닦아주고 있었다. 냅킨은 순식간에 푹 젖었다. 우리는 원래 오후 내내 운전해 가서 교도소 근처 도시에 사는 마이클과 비숍의 변호사네 집에 머무를 계획이었다. 하지만 미카엘라가 내내 울어대는 통에 누가 내 뇌를 갈수록 더 세게 쥐어짜는 느낌이 들었다. 숨을 쉴 수가 없었다. 미카엘라가 다시 기침을 하고 헛구역질을 하기에 뒤를 돌아보니, 아이 가슴팍이 온통 연보라색과 오렌지색 범벅이었다. 소화가 되어 질척하게 불어터진 치토스며 야금야금 베어 먹은 햄 샌드위치를 다 게워낸 것이다. 고기는 더 이상 노르스름한 분홍빛이 아니라 다른 무언가로 변해 있었다. 조조는 두 손에 냅킨을 쥔 채 얼어붙어 있었다. 겁먹은 얼굴이었다. 미카엘라가 더 크게 울었다.

"차 세워야겠어." 내가 차를 갓길에 대며 말했다.

"아, 썅." 미스티가 각다귀를 쫓듯이 코앞에서 손을 휘저으며 말했다. "저 냄새 때문에 토하겠네."

이 비좁은 차 안에서 강렬하게 코를 찌르는 위산 냄새에 나도 속이 메스꺼웠지만, 그래도 미스티의 따귀를 한 대 후려갈기고 싶었다. 고함을 치고 싶었다. 썅년아, 겨우 이깟 것도 못 참으면서 그 술주정뱅이들 사이는 어떻게 걸어 다니냐? 하지만 나는 그러지 않았다. 차를 세우고 조조에게서 낚아챈 냅킨으로 뚝뚝 떨어지는 토사물을 닦아내고 있자니 울렁거림을 넘어, 배 속에서 꼬마가 트램펄린을 뛰듯 속이 뒤틀렸다. 조조는 이제는 겁먹은 것 같지 않았다. 그는 미카엘라의 가슴팍으로 쏟아져 내린 토사물 속으로 손을 집어넣어 아기 안전벨트를 풀었다. 미친 듯이 발버둥을 치던 미카엘라가 멈칫하더니 그 작은 가슴팍을 앞으로 내밀고 고맙다는 듯이 한번 울어젖혔다. 그리고 조조더러 빨리 풀어달라는 뜻으로 무릎 버클을 잡아당기기 시작했다. 조조가 인상을 썼다. 그가 마지막 버클을 풀어 미카엘라를 꺼내주자, 내가 미처 "조조"라고 쏘아붙이며 질책할 새도 없이 미카엘라가 조조의 품으로 달려들어 그 작은 두 팔을 다시 조조의 목에 둘렀다. 온몸을 오빠에게 기대고 덜덜 떨며 우는 소리를 냈다. 조조는 나직이 속삭이고 있었다. "괜찮아, 케일라. 괜찮아, 케일라. 오빠가 안았다. 오빠가 안았다. 내가 안았어. 쉬이."

"다 했어?" 미스티가 끈끈한 햄버거 포장지를 뒤로 던질 때처럼 뒷좌석으로 겨우 고개만 돌려 물었다.

"진짜 이 짓거리도 지겹다." 나는 말했다. 왜 그렇게 말했는지 모르겠다. 운전이 지겨워서, 내 앞으로 끝도 없이 펼쳐진 도로가 지겨워서 그랬는지도 모른다. 아무리 가도, 아무리 운전해 가도 마이클이 계속 저 반대편 끝에 있다는 것이 지겨웠는지도 모른다. 마음 한편에서는 미카엘라가 내게 달려들기를 바랐는지도 모른다. 예전에 그 조그만 황갈색 몸이 내 몸을 찾았던 것처럼, 언제나 내 몸을 찾았던 것처럼, 우리의 심장 사이에 숨을 들이쉬고 내쉬는 얄따란 새장 같은 갈비뼈밖에 없었고, 피가 같은 속도로 돌았던 그때처럼 나를 찾기를 바랐는지도 모른다. 그 오렌지색 토사물을 내 티셔츠에 묻혀주기를, 구해달라고 제 오빠가 아니라 내 품에 파고들기를 바랐기 때문인지도 모른다. 조조가 제 품에 몸을 맡긴 그 조그만 사람에게만 신경을 쏟을 뿐 나는 쳐다보지도 않았기 때문인지도 모른다. 이 와중에도 나는 마음이 다른 데 가 있었기 때문인지도 모른다. 심지어 지금도 내 마음은 반쪽짜리였다.

나는 의자에 남은 끈적거리는 토사물을 마저 훔쳐 냅킨을 아스팔트로 던져버리고, 물티슈를 몇 장 뽑아 의자를 벅벅 문질러 닦았다. 위산과 꽃향기 비누 냄새가 났다.

"그나마 좀 낫네." 미스티가 말했다. 미스티는 상체를 아예 차 밖으로 빼고, 아까 부채질하던 손으로 이제는 코를 마스크처럼 감싸 쥐고 있었다.

다음 주유소까지는 한참을 달려야 했다. 구름 사이로 새어 나온 햇살을 받으며 달리다가 주유소 주차장으로 들어섰을 때, 주유소 나무 건물 앞 포치에서 담배를 피우며 앉아 있는 종업원이 보였다. 피부색이 불에 탄 나무판자처럼 갈색이라 기대고 있는 벽과 한 몸으로 보였다. 종업원이 나를 위해 문을 열어주고 나를 따라 들어오자 문에 달린 은종들이 짤랑거렸다.

"힘든 날이죠." 그녀는 계산대 뒤로 미끄러져 들어가며 말했다. 비썩 마른 게 우리 엄마만큼이나 앙상했다. 몸에 걸친 작업용 남방이 빨랫줄에 널어놓은 침대보 같았다.

"네." 나는 말하고 뒤편의 음료 냉장고 쪽으로 터덜터덜 걸어갔다. 파워에이드 두 개를 집어 계산대 위에 올려놓았다. 여자가 웃어 보였는데 앞니 두 개가 없었고 이마에는 기다랗게 긁힌 상처가 보였다. 그저 이가 안 좋은 건지, 아니면 이마에 그 상처를 낸 누군가가 앞니도 박살내버린 건지 궁금했다.

미스티가 신호를 잡으려 핸드폰을 머리 위로 들고 주차장을 걸어 다니고 있었다. 차는 문이 다 열려 있고, 조조가 그의 목에 얼굴을 부비며 칭얼거리고 있는 미카엘라를 안고 뒷좌석에 비스듬히 걸터앉아 있었다. 조조가 아이 등을 문질러주는데 꼭 둘의 머리통이 붙어 있는 것처럼 보였다. 나는 파워에이드 절반을 미카엘라의 주스 컵에 붓고 팔을 뻗었다.

"이리 줘."

"가, 케일라." 조조가 말했다. 조조는 나나 꿈꿉한 풍경이나 텅 빈 도로가 아니라, 미카엘라를 보고 있었다. 미카엘라는 그 작은 손마디가 하얗게 되도록 오빠의 티셔츠를 더 세게 그러쥐며 울음을 터뜨렸다. 내가 앞좌석에 앉아 자기를 내 무릎 위에 앉히자, 미카엘라는 턱을 가슴팍에 묻고 그 밑에 두 주먹을 괸 채로 눈을 꼭 감고 흐느꼈다.

"미카엘라." 내가 말했다. "그만, 아가. 뭣 좀 마시자." 조조가 호주머니에 손을 찔러 넣고 선 채 미카엘라를 내려다보고 있었다. 미카엘라는 내 말이 들리지 않는지 딸꾹질을 하며 목 놓아 울었다. "미카엘라, 아가."

내가 주스 컵의 빨대를 물리려 했지만, 미카엘라는 이를 악물고는 고개를 홱 돌렸다. 내가 아기를 가만히 있게 하려고 더 세게 붙잡자, 그 젖비린내 나는 작은 근육들이 내 손아귀 안에서 물 풍선처럼 맥없이 휘어졌다. 미카엘라는 일어섰다 앉았다 몸을 젖혔다 비틀었다 하며 나와 실랑이를 하는 동안 내내 이 두 어절만 반복했다.

"싫어. 조조."

더는 못 할 것 같았다.

"제기랄, 미카엘라! 네가 애 좀 먹일래?" 내가 조조에게 물었다.

조조가 고개를 끄덕였고 나는 벌써 아기를 넘겨주고 있었다. 아기가 없어지니 내 두 팔은 무중력 상태가 된 것 같았다.

미카엘라는 컵에 든 걸 4분의 1만 마시고는 조조의 어깨 위로 푹 쓰러져, 한 팔을 조조의 목에 두르고 그의 등을 문질렀다. 15분을 기다렸다가 다시 출발하려고 미스티가 운전석에서 벨트를 맸을 때, 미카엘라가 또 속을 게워냈다. 밝은 금속성 파랑, 파워에이드 색깔이었다.

"그거 끌러야 할지도 모르겠다." 내가 미스티에게 말했다. 미스티는 눈을 한번 치켜뜨고 벨트를 풀더니 주차 공간 그늘로 가서 쪼그려 앉아 담배를 피웠다. "아무래도 우리 여기 좀 더 있어야 될 것 같은데."

내가 앞에 앉아 벨트를 맸는데 또다시 미카엘라가 뒷좌석에서 토하는 건 싫었다. 그걸 치우려고 차를 또 세워야 할 것이었다. 비가 온 뒤라 주차장 아스팔트에서 김과 함께 열기가 올라왔다. 조조는 미카엘라를 안은 채 두 발을 땅에 딛고 뒷좌석에 비스듬히 걸터앉아 있었다.

"눕고 싶지, 케일라?" 그가 물었다. "누우면 좀 나을 거야."

조조는 두 손을 미카엘라의 겨드랑이로 집어넣고 아이를

떼어내 좌석에 눕히려고 했지만, 미카엘라는 밤송이처럼 착 달라붙어 있었다. 팔다리가 가시라도 되는 듯 찰싹 달라붙어 있었다. 조조는 포기하고 아이의 등을 문질렀다.

"네가 아파서 오빠가 미안해." 조조가 말하자, 미카엘라가 울기 시작했다. 그는 아이의 등을 토닥였고 아이는 그의 등을 토닥였고, 나는 서로 위로하는 내 아이들을 보며 거기 서 있었다. 내 두 손은 뭐라도 하고 싶어 근질거렸다. 나도 팔을 뻗어 둘 모두를 토닥일 수도 있었지만 그러지 않았다. 조조는 당혹스러운 것 같기도, 마음을 굳게 먹은 것 같기도, 울음을 터뜨릴 것 같기도 했다. 담배가 당겼다. 나는 콘크리트 블록 위 미스티 옆에 쪼그리고 앉아 담배를 한 개비 얻었다. 멘톨이 척추를 따라 차곡차곡 모래주머니를 쌓아 올리며 나를 떠받쳐주는 느낌이었다. 나에게는 이게 있었다. 나는 니코틴이 잔잔한 호수의 잔물결처럼 내 안에서 퍼지기를 기다렸다가 차로 갔다.

"음료 더 먹여." 나는 조조에게 말했다.

30분 뒤 미카엘라는 그대로 게워냈다. 15분 후 조조에게 다시 말했다. "음료 더 먹여." 이제 미카엘라는 오빠 손에 들린 컵을 보고 당혹스러워하며 줄기차게 칭얼대고 있었지만, 조조는 내가 하라는 대로 했다. 20분 뒤 미카엘라는 다시 토했다. 미카엘라는 처량하게 조조에게 매달린 채, 이온 음료를 더 많이 들고 차 문 안쪽에 서 있는 나를 보고 눈을 깜빡거렸다. "더 먹여." 내가 다시 말했지만, 조조는 내 말을 못 들은 양 귀가 어깨에 닿도록 등을 구부리고 그대로 앉아 있었다. 마치 내 인내심이 바닥났다는 걸 아는 것처럼, 내가 그를 때리고 싶어 한다는 걸 아는 것처럼. "조조." 내가 말했다. 그는 몸을 움찔하고는 내 말을 못 들은 체했다. 미카엘라는 콧물과 침 범벅이 된 얼굴을 조조의 어깨에 문질렀다. "조조, 싫어." 미카엘라가 말했다. 종업원이 담배에 불을 붙인 채로 포치에서 걸어 나왔다.

"괜찮아요?" 그녀가 물었다.

"토하는 데 듣는 거 있어요? 애들 거?"

그녀가 고개를 저었다. 스트레이트파마를 한 그녀의 머리칼이 관자놀이에서 곤충의 안테나처럼 좌우로 흔들렸다.

"아뇨. 주인이 그런 건 안 갖다 놔요. 필수품만 갖다 놓으래요. 사실 여기 멀미하면서 오는 사람들이 얼마나 많은데 말이에요. 펩토 비스몰(미국에서 대중적인 위장약) 찾는 사람들이요."

주유소 주변의 덤불 속에 꽃이 핀 잡초들이 있었다. 보라, 노랑, 흰색 꽃들이 소나무 숲 가장자리에서 고개를 끄덕이고 있었다. 나는 조조에게 푹 쓰러져 있는 미카엘라의 뒷목을 손으로 감싸 쥐었다. 조조는 이제 내 차 트렁크 위에 앉아 다리를 떨면서 찡그린 얼굴로 나와 미스티를 쳐다보고 있었다.

"잠깐 있어봐." 나는 말하고, 주차장에서 나와 줄지어 선 소나무를 따라 걸었다.

엄마는 충분히 주의 깊게 들여다보면 세상에는 필요한 것이 다 있다고 늘 말했다. 내가 일곱 살 때부터 엄마는 나를 집 근처 숲으로 데리고 나가서, 식물들을 손가락으로 가리키며 땅에서 파거나 이파리를 뜯어내 그것들이 어떻게 약이 되거나 독이 될 수 있는지 가르쳐줬다. 나무들 사이에서 바람은 높은 데서 불었고, 아래서는 엄마와 나 빼고 모든 것이 고요했다. 엄마는 말했다. 저기, 저게 바로 어수리란다. 어린잎은 요리할 때 셀러리처럼 쓸 수 있는데, 뿌리가 더 요긴하지. 달여서 감기나 독감에 먹으면 좋단다. 찜질 약으로 만들면 멍이나 관절염이나 종기 가라앉히는데 좋아. 엄마는 가져온 꽃삽으로 식물의 뿌리 주변을 살살 파고 이파리까지 통째로 뽑아 반으로 접어서, 둘러메고 온 자루 안에 넣었다. 엄마는 땅을 샅샅이 살피다가 또 다른 식물을 발견하고 말했다. 이건 명아주. 약으로는 별 쓸 데가 없지만 요리해 먹을 수 있어. 시금치 비슷하게. 비타민이 많아서 몸에 좋단다. 네 아버지는 볶아서 쌀이랑 먹는 걸 좋아하시지. 그리고 아버지 말로는 네 친할머니가 명아주 씨앗을 빻아서 빵도 만드셨다고 하더라. 난 그렇게는 한 번도 안 해봤지만. 그날의 수확물을 이고 집으로 돌아오는 길에 엄마는 퀴즈를 냈다. 나이를 한 살 한 살 먹어가면서 나

는 엄마가 해주는 말을 기억해두었다가 재깍 대답할 수 있게
되었다. 엄마는 나무뿌리 주변을 조심조심 걷다가 퀴즈를 내곤
했다. 시나꽃. 나는 말했다. 음식에 양념처럼 쓰면 기생충 없애는
데 좋아. 하지만 내가 그걸 전부 다 기억하기는 어려웠다. 날마
다 엄마는 특히 여자에게 좋은 식물들을 콕 집어 알려줬다. 엄
마의 기술과 지식이 필요해서 찾아오는 사람들이 왜 대부분 여
자들인지 알 것 같았다. 엄마는 말했다. 이 이파리로 차를 만들어
마시면 생리통에 좋다는 걸 꼭 기억해두렴. 생리를 시작하게 만들 수
도 있지. 나는 딴청을 피우며 괜히 소나무 쪽으로 눈을 흘겼다.
엄마랑 숲속을 터벅터벅 걸어 다니며 생리 이야기나 하고 있지
말고 티브이 앞에 앉아 있고 싶었다. 하지만 나무가 잘려 나간
숲속 공터를 배회하며 박주가리를 찾아 헤매고 다니는 지금,
나는 그때 엄마 말을 새겨들을 걸 싶었다. 꽃이 자줏빛이라는
것 말고 더 생각나는 게 있기를 바랐다. 박주가리는 이런 땅에
서 야생으로 자라고 봄에 꽃을 피우건만, 흰색 구슬 같은 게 알
알이 달린 그 이파리는 어디에도 보이지 않았다.

　　엄마는 몸이 심각하게 잘못됐다는 것을, 몸이 당신을 배신
하고 암세포를 퍼뜨리고 있다는 것을 처음 깨달았을 때 직접
약초로 치료를 하기 시작했다. 그해 봄, 아침에 내가 집에 돌아
오면 엄마 침대는 늘 비어 있었다. 엄마는 숲으로 나가 어린 미

국자리공 순을 한 보따리 따서 느릿느릿 끌고 돌아왔다. 번번
이 엄마는 말했다. 두고 봐, 나을 거니까. 나는 엄마에게서 보따
리를 받아들고, 계단을 오르는 엄마를 부축해 집 안으로 들어
와 부엌 의자에 앉혔다. 나에게는 늘 전날 밤의 약 기운이 남아
있었기 때문에, 약초를 씻고 썰고 끓여 엄마가 마실 차로 몇 주
전자씩 만드는 동안에도 황홀감이 불협화음처럼 혈관을 타고
흘렀다. 하지만 그것으로는 엄마 병이 낫지 않았다. 엄마는 몇
년에 걸쳐 쇠약해지다 결국 완전히 몸져누웠고, 나는 엄마가
가르쳐준 것을 아주 많이 잊어버렸다. 나는 엄마가 믿었던 것
들이 내게서 빠져나가도록 두고 그 자리에 진실을 채웠다. 때
로 세상은 아무리 열심히 찾아도 필요한 것을 주지 않았다. 때
로는 그랬다.

　세상이 좋은 곳이라면, 산 자를 위한 곳이라면, 마이클 같은
남자가 교도소에 가지 않아도 되는 곳이라면 나는 산딸기를 찾
을 수 있을 것이다. 엄마는 박주가리가 보이지 않을 때는 그걸
찾았다. 내일 아침에 마이클을 만나러 올라가기 전까지 그 변
호사의 집에서 묵게 될 테니 거기서 이파리를 끓일 수 있을 것
이다. 설탕을 약간 넣고, 내가 어려서 배탈이 났을 때 엄마가 그
랬듯이 색이 날 만한 음식을 조금 넣은 다음, 미카엘라에게는

주스라고 말할 것이다.

그러나 세상은 그런 곳이 아니었다. 도로변에는 산딸기가 없었다. 여기는 땅이 그만큼 질지 않았다. 하지만 어린아이에게만은 일말의 행운을 베풀어주는 곳, 때로는 조그만 자비를 베풀어주는 곳인지도 몰랐다. 창밖으로 팔을 내밀고 "씨팔, 왜 이래"라고 외치는 미스티를 뒤로하고, 주유소가 더 이상 안 보일 때까지 도로변을 한참을 걷다가 결국 야생 블랙베리를 찾았으니까. 엄마는 속탈이 났을 때 그게 요긴하다고 여러 번 말했었다. 물론 어른한테 해당되는 얘기지만, 달리 아무 방법이 없다면 끓여서 아이에게 먹여도 된다고 했다. 많이는 안 된다고 했다. 이파리, 아니 줄기였던가? 아님 뿌리? 더위가 너무 강렬하게 덮쳐와 제대로 기억이 나지 않았다. 늦봄의 서늘함이 그리웠다.

세상은 이런 곳이었다. 블랙베리 풀을, 흐릿한 기억을, 그리고 아무것도 삼키지 못하는 아이를 주는 곳. 나는 도로변에 무릎을 꿇고, 가시 돋친 줄기를 최대한 땅에 가깝게 잡은 뒤 당겼다. 넝쿨이 손을 찌르며 파고들어 피부에서 진물이 나오더니 조그만 핏방울들이 맺혔다. 핏방울들이 점점 번졌다. 손바닥이 후끈거렸다. 세상은 이런 곳이지, 내가 열두 살에 생리를 시작했을 때 엄마가 말했다. 사람이 살아 있을 때는 실컷 놀리다가 죽으면

성인으로 만드는 곳. 때로는 내내 악마로 만드는 곳. 가혹한 말이었지만 그 말을 하는 엄마 얼굴에는 희망이 있었다. 엄마는 내게 약초 치료법을 힘닿는 데까지 가르치면, 당신이 아는 세상의 지도를, 만물에 깃든 영과 거룩한 질서로 정연하게 짜인 세상의 지도를 알려주면, 내가 세상을 잘 헤쳐 나갈 수 있으리라 생각했다. 하지만 어린 나는 엄마에게 화가 났다. 그런 걸 가르쳐주고 내게 잘못된 희망을 주는 것에 화가 났다. 나중에 커서는, 세상이 엄마에게 암이라는 저주를 내려 엄마를 말라비틀어진 낡은 걸레처럼 일그러뜨리고 결국에는 산산조각 냈는데도 여전히 세상에 좋은 게 있다고 믿는 엄마에게 화가 났다.

나는 무릎을 꿇고 있다가 쭈그려 앉은 채로 몸을 뒤로 젖혔다. 피가 솟구치는 동맥처럼 한낮이 고동쳤다. 눈가를 훔쳤다. 얼굴이 흙 범벅이 되어 앞이 보이지 않았다.

05.

조
조

케일라는 뭐라도 먹어야 했다. 계속 우는 걸로 보아, 계속 몸을 구부렸다가 머리를 뒤로 젖히고, 차가 출발한 이후로 의자에서 등을 떼고 몸을 뻗대고 있는 것을 보아 알 수 있었다. 그리고 악을 쓰며 우는 것을 보면 분명하다. 배에 탈이 난 것이다. 그게 계속 배를 아프게 할 것이다. 배 속에 뭐든 집어넣어야 했다. 나는 기분이라도 좀 나아지라고 케일라를 벨트에서 빼내 내 무릎에 앉혔지만, 소용없었다. 내지르는 소리가 약간 더 작아지고, 새된 울음이 아주 조금 낮아지고 덜 날카로워졌을 뿐이다. 고통의 칼날은 이제 좀 무뎌져 있었다. 그러나 케일라는 여전히 내 가슴팍에 머리를 찧고 있었다. 내 뼈에 닿는 케일라의 두개골, 내 갈비뼈들이 만나는 단단한 지점에 닿는 그 두개골은 언제라도 깨질 사기그릇처럼 얇게 느껴졌다. 레오니는 뽑아온 풀을 자기 자리와 미스티 자리 사이의 팔걸이에 올려두었다. 시간이 지날수록, 차가 앞으로 나아갈수록 블랙베리 이파리들은 점점 더 시들었고, 뿌리는 흙을 덩어리째로 매단 채 더욱더 말라비틀어졌다. 케일라는 앓는 소리를 내며 울었다. 레오니가 케일라에게 저걸 먹이지 않으면 좋겠다. 레오니는 그렇게 해야 한다고 생각하고 있었지만, 그녀는 엄마가 아니다. 그녀는 아빠가 아니다. 그녀는 살면서 그 무엇도 낫게 해본 적도 길러본 적도 없었건만, 본인은 그걸 몰랐다.

여섯 살 때 레오니가 베타 물고기를 사준 적이 있었다. 내가 학교 교실에 있던 어항 이야기를 매일같이 했기 때문이다. 빨강과 보라, 파랑과 초록의 화려한 색깔로 어항 안을 유유히 헤엄치던 베타 물고기들. 레오니는 어느 일요일, 주말 내내 밖에 있다가 물고기 한 마리를 가지고 집에 왔다. 금요일, 엄마에게 우유와 설탕을 사오겠다고 말하고 나간 이후로 처음 나타난 것이었다. 피부는 버석버석하고 입가에 각질이 일어나 있고 머리칼은 부스스하게 산발을 한 레오니에게서 젖은 건초 냄새가 났다. 물고기는 솔잎 같은 초록색에, 꼬리까지 붉은 진흙색 줄무늬가 있었다. 나는 온종일 거품을 뿜어내는 녀석에게 버비 버블이라는 이름을 붙여주었다. 어항으로 몸을 기울여, 녀석이 레오니가 덤으로 받아온 먹이를 아작아작 먹는 소리를 들었다. 나는 벌써부터 상상하고 있었다. 어느 날 어항 위로 몸을 숙이면 아작아작 소리 대신 짤막한 낱말들이 수면 위로 거품처럼 올라오겠지. 큰 얼굴. 빛. 그리고 사랑. 그러나 덤으로 얻어온 먹이가 다 떨어져서 레오니에게 더 사달라고 부탁을 했는데도, 레오니는 그러겠다고만 하고 자꾸 잊어버렸다. 그러다가 어느 날 레오니가 말했다. 오래된 빵 쪼가리 줘. 나는 오래된 빵은 버비가 좋아하는 것처럼 아작아작 먹을 수 없을 것 같았기 때문에 계속 졸랐다. 버비는 점점 말라갔고 뿜어내는 거품도 더 적어졌다. 어느 날 부엌으로 들어갔을 때, 버비는 눈에 지방처럼 끈적한 막이 하얗게 덮인 채 물 위에 둥둥 떠 있었다. 거품에서는 목소리가 들리지 않았다.

레오니는 뭐든 죽였다.

• • •

차창 밖으로는 나무들이 가늘어지며 풍경이 달라지고 있었다. 몸통이 더 짧고, 이파리는 더 통통하고 싱싱한 초록색이 되었다. 짙은 색 날카로운 솔잎이 아니라, 부옇게 보일 정도로 풍성한 이파리였다. 나무들은 키 작은 식물들이 빽빽한 쑥색 들판 사이에 얇은 선을 이루며 심겨 있었다. 하늘이 어두워졌다. 주위의 숲과 들판이 검어졌다. 나는 케일라의 귀에 입을 갖다 대고 이야기를 들려줬다.

"저기 저 나무들 보이지?" 케일라가 끙 소리를 냈다. "저 나무들 밑 땅을 보면 구멍이 하나 있어." 케일라가 칭얼거렸다. "그 구멍에 토끼들이 살아. 그중에 한 마리는 애기 토끼, 가장 어린 애기 토끼야. 털은 갈색이고, 조그만 이빨은 얼음사탕처럼 하얘." 케일라가 잠깐 잠잠해졌다. "걔 이름은 케일라야, 너처럼. 걔가 뭐 하는지 알아?" 케일라가 어깨를 으쓱 들어 보이고 내게로 풀썩 쓰러졌다. "걔는 굴을 최고로 잘 파. 가장 깊이 그리고 가장 빨리 파지. 어느 날, 날이 어두워지고 큰 폭풍이 와서 토끼네 가족 굴에 물이 차기 시작했어. 그래서 케일라가 땅을 파기 시작했지. 파고, 파고. 또 파고. 그러고는 어떻게 했는지 알아?" 케일라는 딸꾹질을 한 번 하고는 고개를 돌려 나를 보고, 내 티셔츠에 입을 갖다 대고 공기를 빨아들였다. 나는 케일라의 등을 둥글게 문질렀다. 복통을, 상처를, 뭐가 됐든 케일라를 아프게 하는 것을 문질러 떼낼 수 있을 것처럼. "케일라가 땅을 파고 파고 또 파서 굴이 점점 더 길어졌어. 그렇게 판 곳까지 물이 들어올 수 없었는데도 케일라는 땅을 계속 팠고, 그러다가 땅 밖으로 나오고 말았어. 그래서 어떻게 됐게?" 케일라가 내 팔뚝을 손톱으로 꾹 누르고는 몸을 조금 일으켜 세워 창밖 어두워진 들판을 손가락으로 가리켰다. 밑에 토끼굴이 있는, 가늘게 줄지어 선 나무들을 가리켰다. "어두워." 케일라가 말했다. 그러고는 내게 다시 쓰러지듯 기댔다. "있지, 애기 토끼가 회색 헛간하고 뚱뚱한 돼지하고 빨간 말하고 엄마하고 아빠를 봤어. 땅을 쭉 파가지고 우리 집까지 온 거야, 케일라. 그리고 엄마하고 아빠를 보니까 좋아져서 거기 계속 살기로 했어. 그래서 우리가 집에 가면 케일라가 우리를 기다리고 있을 거야. 케일라 보고 싶지?" 내가 물었다. 하지만 케일라는 잠들어 있었다. 케일라가 움찔거렸다. 순간 나는 케일라가 무슨 꿈을 꾸는지 알 것 같았지만, 상상을 멈춰버렸다. 케일라에게서 땀과 토사물로 시큼한 냄새가 나도 머리카락에서는 코코넛 머릿기름 냄새가 풍겼다. 전에는 엄마가 발라줬고 지금은 내가 머리통 양옆으로 조그만 목화솜 뭉치처럼 머리를 묶어줄 때 쓰는 것이었다. 나는 축축한 땅속에서 굴을 파고 있는, 토끼만 한 케일라의 모습을 떨쳐버렸다. 그 꿈은 알고 싶지 않았다.

우리가 고속도로를 벗어나 다시 뒷길로 들어섰을 때 하늘은 남색이 되어 있었다. 우리에게 등을 돌리고 검은색 이불을 어깨까지 끌어 올린 듯 어두웠다. 세상이 차에서 나오는 헤드라이트 불빛으로 조그맣게 줄어들었다. 헤드라이트는 어둠을 뚫고 앞장서는 한 쌍의 뿔, 차는 늙은 짐승이 되어 숲속 또 다른 공터로 절뚝절뚝 가고 있었다. 아빠는 늘 동물은 믿어도 된다고 말했다. 진흙 속을 파헤치는 것이든, 들판을 내달리는 것이든, 나는 것이든 정확하게 자기가 해야 할 일을 한다고 했다. 아무리 사람 손에 길들여진 동물이라도 그 야생의 본성이 나올 거라고 아빠는 말했다. 내 품속에서 케일라의 동물 자아는 기생충에 시달리는 고양이였다. 차가 마침내 숲속을 헤치고 마당으로 들어섰는데 여기는 달랐다. 여기는 포레스트 카운티의 부락 같지 않았다. 여기에는 집이 딱 한 채뿐이었고 그 집은 넓었다. 정면에 줄줄이 달린 창문들에서 따뜻한 노란빛이 환하게 쏟아져 나왔다. 레오니는 차를 세웠다. 미스티가 먼저 나가 우리에게 따라오라고 손짓을 했다. 나는 내 품 안에서 코를 골며 입을 벌리고 잠들어 있는 케일라를 안고 포치로 걸어갔다. 가까이서 보니 페인트가 얇은 조각으로 벗겨져 그 밑으로 얇은 회갈색 선들이 보였다. 창문은 내 물고기가 죽었을 때 어항 물처럼 좀 탁해 보였다. 현관 계단 양쪽으로 근육질 남자의 팔뚝만큼 두툼한 등나무가 뿌리를 내리고 있었다. 그것은 난간을 휘감으며 타고 올라가 포치 앞면으로 두꺼운 커튼처럼 드리워져 있었다. 여기서 동물이 나오리라. 미스티가 문을 두드렸다.

"들어와요." 남자의 목소리는 노래하는 듯했고 그 뒤로 음악 소리가 들렸다.

그는 거구였다. 부엌에서 스파게티 면을 삶고 있었다. 내 입에서 군침이 돌았다. 나는 태어나서 그렇게 배가 고파본 적이 없었다.

"냄새 좋지 않아요?" 그가 우리 쪽으로 걸어오면서 말했다. 리듬을 타는 걸음걸이가 꼭 발가락 끝으로 걷는 듯했다. 긴팔 흰색 셔츠 차림의 그는 팔꿈치까지 소매를 걷어붙이고 있었다. 셔츠는 목 부분이 해어져 나달거리는 게 초록색 페인트 조각들이 떨어져 내린 이 집 포치 같았다. 이 집 부엌도 초록색이었다. 나는 초록색 부엌은 한 번도 본 적이 없었다. 내가 소스 냄새를 맡은 것은 그때였다. 소스가 옆으로 튀며 졸여지는 중이었고, 소스를 휘젓는 남자의 팔에도 튀었다. 그는 그것을 핥아 먹었다. 냄비에 집어넣은 면은 천천히 풀어지며 가라앉았다가 아래로 사라졌다. 그가 그 털북숭이 팔을 핥을 때 나는 얼굴을 찡그렸다. 뒤로 넘겨 묶은 꽁지머리가, 케일라의 머리처럼 톡 튀어나와 있었다. "다들 배가 고플 것 같아서." 그가 말했다. 그는 내가 본 백인 중 가장 하얬다.

"귀신이네요." 미스티가 이렇게 말하며 그 남자를 끌어안고는 그의 나달거리는 셔츠에 얼굴을 묻고 말했다. "여자애가 아파서 오는 데 더 오래 걸렸어."

"아 그렇구나, 여자애!" 그가 말했다. 레오니는 그의 입을 틀어막고 싶은 것 같았지만 그렇게 하지는 않았다. "아이가……." 그가 말을 멈추었다. "끈적끈적하네." 이제 레오니는 그를 한 대 치고 싶은 얼굴이었다. 그 황소고집 같은 얼굴, 아빠는 그렇게 말했다. "청년도 아픈가?" 나는 그가 마음에 들었지만, 나를 보는 그 얼굴에서 슬픔 같은 게 보였다. 왜인지는 나도 알 수 없었다.

"아니요." 레오니가 말했다. 그렇게 말할 때 팔짱을 끼고 있었다. "우린 배 안 고파요."

"말도 안 돼." 남자가 말했다.

"레오니." 미스티가 레오니를 바라보았다. 말로 설명하지는 않지만 뭔가가 담긴 한마디였다. 하지만 레오니의 눈썹과 입술, 그 기다란 앞머리가 눈앞을 다 가리도록 주억이는 고갯짓이 무슨 뜻인지 나는 읽을 수 없었다. 미스티가 뭐라고 했든 레오니는 알아들었고 고개를 끄덕여 보였다.

"우리도 먹을 거예요." 레오니가 헛기침을 했다. "스토브 좀 쓸 수 있을까 해서 그렇게 말한 거예요. 요리할 걸 좀 갖고 왔거든요."

"물론이죠, 얼마든지. 그럼요."

가까이 가니 남자에게서는 며칠은 샤워를 안 한 듯한 냄새가 났는데, 퀴퀴한 냄새는 아니었다. 독주를 뜨거운 데 놔둬서 식초가 되기 시작한 것처럼 달큰하면서도 동시에 이상한 냄새였다.

"이런 말 써서 미안한데요, 알. 난 배고파 뒈질 거 같아." 미스티가 미소를 지어 보였다.

나는 거실에 앉아 있었고, 케일라는 내 티셔츠에 대고 그 작은 입으로 뜨거운 숨을 폭폭 내뱉으며 계속 잠들어 있었다. 집은 천장이 높았고 사방에 책장이 있었다. 티브이는 없었다. 부엌에 라디오가 있었고, 지금 거기서 미스티가 높은 의자에 앉아 알이 유리잔에 따라준 와인을 마시고 있었다. 요란한 바이올린과 첼로 음악이 큰 폭풍 직전 멕시코만의 물처럼 방 안에서 커졌다가 잦아들었다. 레오니가 차에 가서 풀을 한 손에 들고 나타났는데, 들어오다가 빨간색과 오렌지색, 흰색이 섞인 닳아빠진 카펫에 걸려 넘어졌다. 그 바람에 티셔츠 밑에 숨겨서 온 꾸러미가 카펫으로 떨어지면서 그 구깃구깃한 갈색 봉지 안에 든 것들이 쏟아져 나왔다. 봉지에는 깨진 유리 조각 같은 투명한 것들이 잔뜩 들어 있었다. 전에 이걸 본 적이 있었다. 그게 뭔지 나는 알았다. 미스티가 무슨 말을 했는지 남자는 크게 웃고 있었고, 레오니는 나를 쳐다보지 않으려고 애쓰면서 떨어진 것들을 주워 봉지 안에 담았다. 그리고 조리대로 쓰러지다시피 하면서 그 봉지를 슬쩍 미스티에게 건넸다. 미스티는 그것을 알에게 건넸다. 그가 봉지를 집어 들어 휙 던져 올리자 그것은 마술처럼 사라졌다.

알은 마이클의 변호사였다.

"딱 저 또래 남자애야." 그가 팔뚝의 소매를 걷어 올리며 나를 가리키더니 얼굴을 찡그렸다. "사람들이 그 아이가 학교에서 마리화나를 팔고 있다고 생각한 거야."

미스티가 술을 벌컥벌컥 들이켰다.

"그들이 그 아이에게 어떻게 했는지 알아?"

그녀는 슬쩍 어깻짓을 했다.

"다른 남자애들 두 명이랑 같이 교장실로 데려갔어. 친구들이었지. 그러고는 바지까지 옷을 벗게 해서 서로를 수색하게 했어."

미스티가 고개를 젓자 양 볼에서 머리칼이 좌우로 흔들렸다.

"열나 쪽팔렸겠네." 그녀가 말했다.

"불법이지, 어찌 됐든지. 내가 그 아이를 무료로 변호하는데, 학교는 아마 징계 같은 것만 받고 말 거야. 그래도 맡지 않을 수가 없더라고." 그가 어깨를 한번 들어 올리고는 술을 마셨다. "그놈의 도덕법칙인지 뭔지 때문에."

미스티는 무슨 말인지 안다는 듯 고개를 끄덕였다. 그녀는 묶었던 머리를 풀어 늘어뜨리고 있어서 세차게 고개를 끄덕이거나 가로저을 때마다 머리칼이 등 위에서 스페인 이끼처럼 살랑살랑 흔들렸다. 티셔츠 목선이 축 내려뜨려져 있어서 거실 조명을 받은 어깨가 반짝거리는 구체 같았다. 알은 조명을 모두 켜두었다. 술을 마시면 마실수록 미스티의 머리칼은 더 세게 흔들렸다.

"할 수 있는 건 해야지." 알이 싱긋 웃고는 미스티의 어깨를 만지며 자기 와인 컵을 들어 올렸다. "와인 어때? 좋지 않아? 좋은 연도 산이더라고."

"내 남자는 어떻게 해줄 건데요?" 미스티가 그에게 몸을 숙이고 눈썹을 들어 올리며 미소 지었다.

"알았어, 알았다고." 알이 말하고는 몸을 뒤로 빼며 소리 내어 웃더니 다시 그녀 쪽으로 몸을 기울여, 어떻게 비숍이 나오도록 도울 것인지 손짓을 해가며 설명했다.

레오니는 케일라의 주스 컵을 손에 쥐고 내 옆에 앉아 있었다. 레오니가 블랙베리 풀을 자르고 그 뿌리와 잎을 끓이는 데 30분 정도가 걸렸다. 그녀가 뿌리를 한 솥에, 잎은 다른 솥에 끓이는 동안 나는 접시 위에 웅크려 스파게티를 씹지도 않고 입안으로 퍼 넣었다. 레오니는 끓인 것을 식혔다. 조리대에 서서

팔짱을 끼고 눈을 가늘게 뜨기도 하고 혼잣말을 하기도 하다
가, 솥 두 개에 담긴 액체를 각각 반씩 케일라의 컵에 부었다.
회색이었다. 나는 마지막 남은 음식을 입안에 욱여넣고 개수
대로 갔다. 접시를 물에 헹구어 시큼한 냄새가 나는 식기세척
기 안에 넣고는, 레오니가 알에게 식용색소나 설탕 같은 게 있
는지 묻는 것을 지켜보았다. 그런 게 있었다. 레오니가 설탕 두
어 숟가락, 색소 몇 방울을 컵에 떨어뜨리고 잘 섞자 그것은 탁
한 쿨에이드처럼 변했다. 이제 그녀는 긴 소파에 큰대자로 잠
들어 있는 케일라 옆에 앉아 얼굴을 케일라 코에 대고 비비며
아이를 깨우려 하고 있었다. 레오니가 일어나라고 말하며 귀와
목에 입을 맞출 때마다 케일라는 손을 뻗어 레오니를 끌어당겼
다. 레오니의 목에 팔을 두르고 같이 누워 있고 싶다는 듯이, 같
이 잠들고 싶다는 듯이. 깨어 있고 싶지 않다는 듯이.

　나는 겁이 났다.

　"자, 미카엘라." 레오니가 말하며 케일라를 끌어당겨 일으
켜 앉혔다. 케일라는 눈을 뜨더니 레오니가 그 꾸러미를 건넬
때 부엌에서 쓰러지다시피 했던 것처럼 푹 쓰러졌다. 칭얼거리
며 다시 누우려고 했다. "목 마르지?" 레오니가 속삭이면서 케
일라 앞에 컵을 갖다 댔다. "자, 마셔." 그녀가 말했다.

　"싫어." 케일라가 빨대 컵을 탁 쳤다. 컵이 레오니의 손에서

날아가 바닥으로 굴러떨어졌다.

"그거 먹기 싫대요." 내가 말했다.

"먹기 싫든 말든 상관없어." 레오니가 나를 흘겨봤다. "이건 필요한 거라고."

나는 말하고 싶었다. 당신은 지금 당신이 무슨 짓을 하는지 몰라. 그다음엔 이렇게. 당신은 엄마가 아니야. 하지만 말하지 않았다. 솥에서 끓어 넘치는 물처럼 마음속에서 걱정이 끓어올랐지만 차마 입이 떨어지지 않았다. 레오니가 나를 때릴 수도 있었다. 더 어렸을 때, 그러니까 여덟 살, 아홉 살 때 나는 사람들 있는 데서 말을 많이 했다. 그러다 어느 날 레오니가 내 따귀를 때렸고, 이후로도 내가 말대꾸를 하려고 입을 열 때마다 내 뺨을 후려쳤다. 너무 세게 때려서 손바닥이 아니라 주먹으로 맞는 느낌이었다. 옆으로 몸이 홱 돌아갔고 나도 모르게 손이 얼굴로 올라갔다. 월마트 한가운데서도 주저앉게 되었다. 그래서 나는 멈췄다. 하지만 그녀는 식물로 약 만드는 법을 모르고, 나는 케일라가 걱정됐다. 2년 전, 내가 배탈이 너무 심하게 나서 소파에서 화장실까지 가기도 힘들었을 때, 엄마는 레오니에게 숲에 나가 식물을 뜯어다가 그 뿌리로 차를 만들라고 시켰다. 레오니는 그렇게 했다. 엄마가 하라는 대로 따른 것이었기 때문에 나는 믿었고, 고무 맛이 났는데도 그걸 마셨다. 레오니는 분명 잘못된 식물을 뜯어 왔거나, 아니면 조리를 잘못한 게 틀림없었다. 레오니가 내게 준 게 무엇이었든 그것을 먹고 나는 더 아팠다. 레오니는 뭔가가 씹히는 쓰디쓴 그 곤죽을 뒷마당 계단에 쏟아버렸고, 며칠 뒤 레오니가 준 그 정체불명의 액체와 기생충이 내 몸속에서 다 빠져나갔을 즈음, 나는 도둑고양이가 뒷마당 계단에서 죽어 있는 것을 발견했다. 고양이는 레오니가 거기 쏟아버려 땅에 고여 있던 것을 마셨던 것이다.

레오니가 컵을 들고 케일라의 입술에 갖다 댔다.

"너 목마르잖아." 그 말은 질문이 아니라 대답이었다. 케일라는 기침을 하면서 컵을 잡았다. 겨드랑이가 따끔거리며 땀이 났고, 나는 그 빨대 컵을 낚아채 내던지고 싶었다. 거실 저편으로 던져버리고 케일라를 레오니의 그 엉성한 품에서 빼내 오고 싶었다. 그러나 그렇게 하지 않았다. 케일라는 빨대를 빨았고 컵을 들어 올려 마셨다. 나는 내가 하고 있는 줄도 몰랐던 게임에서 진 기분이 들었다.

"이제 한숨 푹 자기만 하면 돼." 미스티가 나타나 말했다. "차멀미라니까. 그럴 거야."

케일라는 목이 말라 그 액체를 절반이나 마시고도 입술을 동그랗게 오므려 빨대를 세게 빨고 있었다. 다 마시자 탁 소리가 나게 컵을 내려놓고는, 소파를 가로질러 기어와 내 무릎에

앉아 내 손을 잡고 말했다. "내려." 안아달라는 뜻이었다. 케일
라는 내가 이야기를 들려주기를 원했다. 나는 몸을 숙였다.

"부엌에 더 오래된 게 한 병 있는데." 알이 레오니를 바라보
면서 말했다. "오늘 저녁에 한번 맛볼까요?"

"좋아요." 미스티가 말했다.

"글쎄요." 레오니가 말했다. 레오니는 내 무릎 위에 앉은 케
일라를 바라보고 있었고, 케일라는 내가 아직 이야기를 시작
하지 않자 보채기 시작했다. 케일라가 몸을 비틀다가 아까 차
에서 토하기 전에 그랬던 것처럼 울기 시작했다. "애가 속이 안
좋은 거 같아요."

"내가 장담하는데, 그거 차멀미라니까. 그냥 푹 자게 해. 괜
찮아질 거야." 미스티는 그러고 나서 레오니를 보았는데, 눈으
로는 다른 말을 하고 있는 것 같았다. "너 종일 운전했잖아. 긴
장 풀고 너도 좀 쉬어야지."

레오니의 대답은 아직 읽히지 않았다. 레오니는 팔을 뻗어
케일라의 머리를 가만히 누르며 쓰다듬었지만 머리칼은 다시
튕겨져 올라왔다. 케일라가 레오니를 피해 몸을 구부렸다.

"네 말이 맞겠지." 레오니가 말했다.

"내가 어렸을 때 창밖으로 고개 내밀고 토를 얼마나 많이
한 줄 알아? 셀 수도 없었어. 괜찮아질 거야." 미스티는 말했다.

레오니가 등을 기대고 앉는 것으로 보니 미스티가 이번엔 맞는 말을 한 것 같았다. 그들과 나 사이에는 벽이 있었다.

"마이클이 멀미를 엄청 심하게 하거든. 뒷좌석에 앉아도 늘 토할 것 같다고 해." 이제 레오니는 수긍이 된 것 같았다. "아빠 닮아서 그렇구나."

"맞지?" 미스티가 고개를 까딱했다. 알이 고개를 까딱했다. 셋은 전부 고개를 까딱했고 자리에서 일어나 부엌으로 갔다. 나는 케일라를 데리고 알이 아까 우리에게 지정해준 침실로 갔다. 1인용 침대가 두 개 있었다. 나는 시큼한 냄새가 나는 케일라의 티셔츠를 벗기고, 침실 옆의 욕실에서 수건을 물에 적셔 비누칠을 했다. 그리고 그 수건을 가져와 케일라를 씻겼다. 케일라는 뜨거웠다. 그 작은 발까지, 너무 뜨거웠다. 내가 속바지만 빼고 옷을 다 벗겨 침대에 눕히자, 케일라는 그 작은 팔을 내 어깨에 두르고는 우리가 매일 아침 같이 일어날 때 하듯이 나를 자기 쪽으로 끌어당겼다. "누어, 누어." 케일라가 말했다.

그렇게 누워 있는데 부엌에서 음악 소리가 잦아들더니 그들이 뒤편 포치로 이동하는 소리가 들렸다. 유리잔 부딪치는 소리도, 와인 따르는 소리도 들리지 않았다. 그들이 레오니가 가져온 꾸러미를 열어보고 있는 거라는 생각이 들었다. 나는 한참을 더 누워 있다가 케일라를 욕실로 데려가 케일라 목구멍에 손가락을 집어넣어 토하게 했다. 케일라는 저항했다. 내 팔을 때리고, 내 손에 입이 막힌 채로 울고, 웅얼거리며 흐느꼈지만, 나는 그렇게 세 번을 해서 케일라가 내 손에 토하게 만들었다. 케일라는 그 작은 몸만큼이나 뜨거운 것을 세 번 토해냈다. 달콤한 냄새가 나는 새빨간 것이 게워져 나왔다. 결국 케일라는 비명을 질렀고 나도 울고 있었다. 나는 불을 끄고 방으로 돌아와 내 티셔츠로 케일라를 닦아주고 같이 침대에 누웠다. 레오니가 들어와 욕실의 그 붉은 토사물을 보게 될까봐, 자기가 만든 약을 내가 토하게 만들었다는 것을 알아낼까봐 무서웠다. 하지만 아무도 오지 않았다. 케일라가 코를 훌쩍이다가 딸꾹질을 하면서 잠이 들자, 나는 욕실을 비누와 물로 깨끗이 닦아 전처럼 하얗게 만들어놨다. 그러는 내내 귀에 들릴 정도로 내 심장이 너무 세게 뛰었다. 케일라가 뭐라고 하는지 알아들었기 때문에. 알아들었기 때문에.

사랑해, 조조. 나한테 왜 이래, 조조? 조조! 오빠! 오빠.

나한테는 케일라의 속마음이 들렸다.

잠을 자보려 했지만 네 시간째 잠이 오지 않았다. 내가 할 수 있는 것이라고는 케일라의 숨소리를 들으며 누워 있는 것뿐이었다. 밖에서는 캄캄한 숲속 어디 먼 데서 개가 짖었다. 성이

나 이빨을 드러내고 무섭게 짖어대는 소리였다. 그 소리의 중심에 있는 건 온통 두려움이었다. 어렸을 때 나는 강아지가 갖고 싶었다. 아빠에게 졸랐더니 아빠는 파치먼에 다녀온 이후로 당신은 개를 키울 수가 없게 되었다고 말했다. 출소 후에 키우려고 해봤는데, 어떤 개를 데려오든, 똥개든 사냥개든 1년도 안 되어 죽어버렸다는 것이다. 파치먼에 있었을 때, 탈옥수를 추적하는 데 쓰는 사냥개들을 다루기 시작하면서 밥을 먹든 깨어 있든 잠이 들든 늘 개똥 냄새를 맡아야 했다고 했다. 물어뜯고 싶어서 안달이 난 개들이 낑낑거리고 울부짖고 크르렁거리는 소리가 늘 들려왔다고 했다. 아빠는 리치를 들판에서 빼내주려고 리치가 개들과 친해지게 하려고 노력했지만, 소용없었다고 했다. 나는 눈을 감고 방 한구석 등받이 높은 의자에 앉아 있는 아빠를 상상했다. 곧게 편 등에 두 손은 나무뿌리 같은 아빠는 내게 자라고 말하면서 이야기를 계속 들려주고 있었다.

그러던 어느 날, 햇볕이 너무 강렬해 바싹 타들어갈 것만 같던 날이었단다. 늘 그렇듯 견디기 힘든 하루였어. 여기 남부에선 다르지. 여기는 바다에서 불어오는 바람이 늘 있어서 더위를 한 김 식혀주잖니. 하지만 거기엔 그런 게 없이 그저 끝없이 펼쳐진 들판뿐이었단다. 나무는 너무 작은 데다 이파리도 별로 없고 그늘이라 할 만한 데가 하나도 없었지. 햇볕의 위력에 모든 게 납작 몸을 엎드리고 있었다. 남자든 여자든 노새든, 모든 것이 신 아래 납작 엎드려 있었지. 그 아이가 제 곡괭이를 부러뜨린 건 바로 그런 날이었단다.

그러려고 그랬던 건 아니라고 생각해. 그 아이는 전에도 말했지만 너보다도 작았고, 뼈만 앙상하게 남은 작대기나 다름없었어. 그러니 분명 바위를 내리쳤거나, 아님 곡괭이에 이상하게 기대서 있다 그렇게 됐을 거야. 난 키니가 시켜서 들판을 개들과 함께 뛰고 있었단다. 개들의 후각을 키우려는 훈련이었지. 그때 리치가 있던 들판을 돌고 있었는데 그 애가 손에 두 동강이 난 뭔가를 들고 걷고 있는 게 아니겠니. 손잡이를 땅바닥에 질질 끌며 걸어서 발자국 뒤로 줄이 그어지고 있었지. 선발대에 그날의 작업 속도를 정하는 감독관 비슷한 자가 있었는데, 그가 리치를 보았다. 그는 노새에서 몸을 벌떡 일으켜 그 아이의 등을 바라보았고 점점 더 화가 치솟는 것 같았지. 공격하기 전에 자세를 낮추고 몸을 단단하게 만드는 뱀처럼 말이야. 나는 들판 가장자리로 슬금슬금 움직여서 리치에게 속삭일 수 있을 만큼 가까이 갔어.

"손잡이를 들어. 선발대가 널 보고 있어." 내가 말했어.

"어떻게 해도 팰 텐데, 뭐." 리치는 말은 그렇게 하면서도 손잡이를 들더구나.

"누가 그래?"

"그 사람이."

그 아이는 겁나지 않는 것처럼 걸었지만 초조한 기색이 눈에 역력했다. 리치는 두들겨 맞는다는 게 어떤 건지 알고 있는 것 같았어. 처음 파치먼에 들어왔을 때 이미 맞은 자국이 내 눈에 띄었거든. 허리띠 버클로 그를 후려친 게 그 애의 엄마였는지, 아님 다른 남자였는지 몰라도 말이야. 하지만 나는 그 아이가 아직 채찍질은 감당할 수 없을 거라는 걸 알았다. 그 아이는 흑인 애니(미국 만화 『애니』의 고아 소녀 주인공)가 되기엔 아직 너무 어렸어.

내 느낌은 맞았다. 해가 떨어지고, 저녁 시간이 끝나자 감독관은 그 아이를 수용소 가장자리에 있는 말뚝에 묶었지. 너무 더워서 꼭 아직 해가 떠 있는 것 같았고, 그 아이는 손과 발이 말뚝에 묶인 채 큰 대자로 땅바닥에 엎드려 있었어. 채찍이 공기를 가르며 등 위에 떨어졌을 때 그 아이는 강아지처럼 꺅, 소리를 내며 비명을 너무 크게 질렀어. 계속, 계속 그렇게 소리를 냈어. 채찍이 갈겨질 때마다 번번이 그렇게 울었고, 등을 둥그렇게 구부리면서 하늘을 보고 싶다는 듯 고개를 돌렸어. 익사하는 개처럼 소리를 질렀어. 그들이 그 애를 풀어 줬을 때 등에서는 피가 철철 흘렀고 깊은 상처 일곱 개가 살을 발라낸 생선처럼 입을 벌리고 있었단다. 감독관은 나에게 약을 발라주라고 말했지. 그래서 땅바닥에 얼굴을 묻고 토하고 있는 그 아이를 씻겼다. 나는 그 애에게 그만하라고 말하지 않았어. 감독관은 상처가 아물도록 아이를 하루 쉬게 하라고 했지만, 그들이 그를 다시 들판으로 내보냈을 때 등의 깊이 파인 상처는 아물 기미도 보이지 않았다. 웃옷에 고름과 피가 배어 나왔어.

어둑한 방에서 아빠의 목소리가 들리는 듯했다. 방은 케일라의 토하는 소리를 덮으려고, 또한 토사물을 닦아내려고 내내 틀어놓았던 뜨거운 물 때문에 후텁지근하게 느껴졌다. 아빠가 자세를 바꾸어 팔꿈치를 괴며 몸을 앞으로 숙이자, 그의 목소리가 어둠 속에서 연기처럼 솟아올랐다. 나는 케일라의 머리카락을 이마에서 쓸어줬는데 케일라는 땀을 흘리고 있었다. 아빠는 채찍질을 당한 리치에 대해 말할 때마다 사냥개를 담당했던 그의 우두머리, 키니 이야기를 했다. 키니는 리치의 등가죽이 벗겨진 그 다음 날 탈옥했다.

키니 와그너는 그날 마지막 탈옥을 감행했어. 1948년이었다. 군수품 창고에서 훔친 기관총을 들고 파치먼 정문으로 똑바로 걸어 나갔지. 교도소장은 잔뜩 약이 올랐어.

"날 바보로 볼 거 아냐." 교도소장이 말했지. "저 빌어먹을 놈이 세 번째로 탈옥을 하게 놔둔 교도소장이라고. 계속 일하고 싶으면 좋은 말로 할 때 놈을 잡아 와. 개들을 풀어." 그가 감독관에게 말했어.

감독관은 나를 보았고 나는 무리 중 최고로 뛰어난 개들만을 뽑았다. 액스와 레드와 생크와 문. 다 키니가 붙여준 이름이었지. 나는 개들을 풀어 추적을 시작했단다. 그러나 개들은 자기에게 밥을 준 사람을, 처음으로 자기를 만져준 사람을, 자기를 키운 사람을 뒤쫓으려고 하지 않았어. 숲속을 계속 느리게 힘없이 맴돌면서 무겁게 내려앉은 하늘 아래 가느다란 나무들 사이를 미적미적 움직였지. 나는 개들을 따라가다가 키니의 선명한 발자국을 발견했지만 개들 때문에 덩달아 느려졌어. 결국 돌아가서 감독관에게 개들이 제 주인을 추적하려 하지 않는다고 말해야 했지.

그와 또 다른 감독관 두 명, 그리고 모범수 사수들 한 무리가 그 다음 날 나와 함께 나섰지만, 그래도 상황은 똑같았어. 사냥개들은 그의 냄새를 맡았지만 그를 지들 아빠라고 생각했거든. 그를 무참히 공격할 수가 없었지. 잘 때 개들은 그의 꿈을 꾸었으니까. 꿈에서 그 커다란 붉은 손과 입가의 회색 수염을 보았으니까. 그의 지독한 땀 냄새가 개들에게는 지들 엄마 귀에서 나는 냄새만큼이나 소중했으니까.

나는 레오니가 잠을 자지 않았다는 걸 알 수 있었다. 어젯밤에 그녀는 방에 들어오지 않았다. 오늘 아침, 음악은 주방에 있는 알의 스테레오에서 여전히 흘러나오고 있었고 그들은 셋 다 쭈글쭈글해 보였다. 옷이며 머리카락, 얼굴까지 다. 레오니는 식탁 맞은편 빈 의자를 바라보고 있었는데 그래서인지 내가 고개를 떨군 케일라를 안고 서성거리는 것도 보지 못했다. 케일라는 아침으로 핫도그 먹는 걸 좋아해서 평소라면 도그를 달라고 하거나, 바깥을 가리키며 내 손을 잡아끌고 아빠라고 말했을 것이다. 하지만 내 눈가를 만지는 손길에 잠에서 깼을 때 케일라는 웃고 있지 않았고 아주 심각해 보였다. 작대기 같은 그 작은 손이 불덩이처럼 펄펄 끓었고, 지금도 열을 훅훅 내뿜고 있었다. 내가 주방으로 들어갔을 때 케일라는 내 목에 대고 쌕쌕 숨을 내뱉었다. 나는 케일라의 등을 문질러줬고 레오니는 그제야 우리를 보았다.

"스토브에 오트밀 만들어놨다." 레오니가 말했다. 그들 셋은 모두 새카맣고 진한 커피를 마시고 있었다. "또 토했니?"

"아니요." 나는 말했다. 레오니는 다시 그 텅 빈 의자 쪽을 바라보았다. "그런데 열이 나요."

레오니는 고개를 끄덕였지만, 나를 보지 않았다. 의자를 보고 있었다. 누가 놀라운 말을 한 것처럼 눈썹을 치켜세웠지만, 알과 미스티는 서로에게 기대 낮게 속삭이고 있을 뿐이었다. 레오니는 그 대화에 끼어 있지 않았다. 솥 앞으로 가보니 옆면이 딱딱하게 눌어붙고 가운데는 식어 젤리같이 된 오트밀이 있었다.

"네 남자 데리러 가자." 미스티가 말하자 셋이 다 일어났다.

"하지만 애들이 아직 안 먹었잖아." 알이 말했다. "배고플 거야."

"안 고파요." 내가 말했다. 입에선 죽이 되도록 씹은 오래된 껌 맛이 났다. 나는 교도소로 올라가는 길에, 훔친 음식을 뒷좌석에서 먹으면서 끝없이 보채는 속을 진정시켜야겠다고 생각했다. 받아먹는다면 몰래 케일라에게도 조금 줄 것이다. 그 작은 턱을 내 쇄골에 폭 묻고 품 안에 안겨 있는 케일라는 불덩이였다. 다리가 갈고리에 걸린 시체처럼 생명력 없이 달랑거렸다.

"네 아버지 데리러 가자." 레오니가 말했다.

교도소는 전부 낮은 콘크리트 건물들에, 들판 전체가 철조망 담장으로 둘러싸여 있었다. 도로는 저 멀리까지 끝없이 뻗어 있었고, 우리는 그 안에 살고 있을 남자들을 찾아 한참을 고개를 돌리고 있었다. 이 들판에 다른 흔적은 전혀 없었다. 소도, 돼지도, 닭도. 싹을 틔우는 작물들, 새순이 있었지만, 결코 자라지 않을 것처럼 모두 작고 주접이 들어 보였다. 다만 거대한 새 떼가 하강하고 퍼덕거리고 해파리처럼 우아하게 이동하면서 하늘을 선회하고 있었다. 새 떼를 보고 있는데 케일라가 내 귀에 대고 우는 소리를 냈다. 차창 밖으로 파치먼에 오신 걸 환영합니다라고 쓰인 낡은 나무 표지판이 지나갔다. 그다음에는, 코카콜라로 주세요!라고 쓰인 표지판이. 우리가 주차를 하고 차 밖으로 나왔을 즈음 새들은 북쪽으로 방향을 돌려 지평선 너머로 날아가고 있었다. 새들의 재잘거림, 한꺼번에 외쳐대는 그 목소리들이 희미하게 들려왔다. 나는 새들의 흥분을, 하늘로 솟구쳐 오르는 그 위대한 비행의 기쁨을, 귀향의 기쁨을 느낄 수 있기를 바랐지만, 장에서 망치처럼 묵직한 뭔가가 딱딱하게 뭉치는 느낌뿐이었다.

교도소 건물에 들어갔을 때 레오니와 미스티가 방명록에 이름을 적었고, 우리는 콘크리트 블록 벽에 노란색 페인트칠이 된 공간으로 안내받았다. 미스티가 간수를 따라 방 맞은편에 있는 문으로 들어갔고, 우리는 거기 남아서 낮은 벤치들이 빙 둘러진 테이블에 둘러앉았다. 마치 마이클을 기다리는 동안 소풍이라도 열어야 할 것 같았지만, 우리에겐 음식도 돗자리도 없었고 머리 위에는 하늘이 아니라 얽은 자국이 있는 흰색 천장이 있었다. 레오니가 팔뚝을 문질렀지만, 실내는 더웠고 심지어 바깥보다 더웠다. 에어컨이 없는 것 같았다. 몸을 앞으로 기울이고는 눈가를 문지르고 머리카락을 쓸어 넘기는 레오니에게서 순간 나는 아빠를, 그의 평평한 이마와 코, 뺨을 보았다. 내 안의 그 망치가 꿈틀거렸다. 레오니가 얼굴을 찡그리고 머리카락이 다시 이마를 덮자 그녀는 그저 레오니였다. 케일라가 또 칭얼거렸고 나는 집에 가고 싶었다.

"주스." 케일라가 말했다. 나는 말은 하지 않았지만 물어보는 얼굴로 레오니를 바라보았다. 눈썹을 치켜세우고 눈을 크게 뜨고 얼굴을 찡그렸다. 레오니가 고개를 저었다.

"여기 있어야 해."

레오니가 손을 뻗어 케일라의 뒷목을 쓸었지만, 케일라는 싫다면서 내 품으로 파고들었다. 레오니의 손에 잡히지 않으려고 내 가슴팍에 얼굴을 세게도 파묻었다. 나는 레오니의 인상쓴 얼굴을 너무 뚫어지게 보느라 마이클이 양쪽에 간수를 한 명씩 대동하고 문간에 나타나는 것도 보지 못했다. 간수들이 마이클을 들여보내고 문이 철컹 소리를 내며 닫히자, 순식간에 그가 우리 앞에 서 있었다. 마이클이 여기 있었다.

"애기야." 그가 말했다. 나는 그게 나나 케일라가 아니라 레오니에게 한 말이라는 것을 알 수 있었다. 팔을 내리고 몸을 돌린 것은 레오니였으니까. 자리에서 일어나 뻣뻣하게 그에게 걸어간 것은 레오니였으니까. 그가 껴안은 것은 레오니였으니까. 그의 팔이 뒤엉킨 이불처럼 그녀를 점점 더 꽉 휘감아서 거기 서 있는 것은 둘이 아니라 한 사람 같았다. 내 기억 속의 그보다 목과 어깨와 팔뚝이 더 두꺼웠다. 경찰이 그를 데려갔던 때보다 몸집이 더 커져 있었다. 둘 다 떨면서 서로에게 너무 낮은 목소리로 말하고 있어서 나는 그들이 뭐라고 하는지 들을 수 없었다. 바람에 흔들리는 나무처럼 떨면서 속삭이고 있었다.

마이클의 퇴소 수속은 생각처럼 오래 걸리지는 않았다. 그가 서류 작업을 미리 다 마쳐놓은 것 같았다. 미스티가 아직 다른 방에서 비숍과 이야기하고 있었지만 마이클은 말했다. "난 단 1분도 여기 더 못 있겠어. 가자." 순식간에 우리는 약한 봄 햇살 속으로 걸어 나오고 있었다. 레오니와 마이클은 서로의 허리에 팔을 두르고 있었다. 주차장으로 왔을 때는 멈춰 서서 입을 한껏 벌리고 서로의 혀를 밀어 넣으며 키스하기 시작했다. 마이클은 겉모습은 떠날 때와 많이 달라 보였지만 사람은 여전했다. 그는 비스킷 반죽을 주무르던 엄마의 손길처럼 익숙한 솜씨로 레오니의 등을 주무르고 있었다. 케일라가 안개에 뒤덮인 들판을 가리키며 말했다. "조조." 나는 케일라와 함께 주차장을 가로질러 들판 가까이 걸어갔다.

"뭘 보는 거야, 케일라?" 내가 물었다.

"새들." 케일라가 대답하고는 기침을 했다.

나는 들판을 내다보았지만 새는 보이지 않았다. 눈을 가늘게 떠서 보자, 순간 줄줄이 허리를 숙이고 서서 땅에서 뭔가를 줍고 있는 남자들이 보였다. 땅에 내려앉아 재잘거리며 벌레를 집어 먹고 있는 거대한 까마귀 떼 같았다. 그중 한 사람, 나머지보다 키가 더 작은 사람이 몸을 일으켜 나를 똑바로 바라보았다.

"저 새 보여?" 케일라가 말하고는 얼굴을 내 어깨에 파묻었다. 눈을 깜빡이자 남자들은 사라졌고, 눈앞엔 그저 끝없이 뻗어 있는 들판 위로 피어오르는 안개뿐이었다. 그때 나는 파치먼 이야기의 마지막 부분을 들려주던 아빠의 목소리를 들었다.

감독관에게 매질을 당한 리치에게 나는 말했지. "등을 깨끗하게 관리해야 된다." 깨끗한 넝마를 가져다가 등에 올려줬고, 개를 돌보면서 창고에서 훔쳐 온 천으로 갈아주기도 했어. 긴 천으로 리치의 가슴팍을 칭칭 동여매줬지. 리치의 피부는 뜨거웠고 진물이 흘렀다.

"흙이 너무 많아." 리치가 말했어. 이가 딱딱 부딪히고 있어서 말이 더듬더듬 나왔지. "온통 흙 천지야. 저기 들판에도 있고. 내 등에만 있는 게 아냐, 형. 입속에도 있어서 난 아무 맛도 안 느껴지고, 귓속에도 흙이 들어가서 소리가 하나도 안 들리고, 콧속에, 코랑 목구멍에도 한가득이라 숨을 잘 못 쉬겠어."

그러고서 리치는 가쁜 숨을 몰아쉬더니, 모범수 사수 무리가 자고 있는 건물에서 뛰쳐나가 땅 위에다 속을 게워냈지. 그때 나는 그 애가 얼마나 어린지를 다시 한 번 떠올렸단다. 입안 어디선가는 아직 커다란 이빨이 잇몸을 뚫고 나오고 있을 거란 걸.

"나 꿈을 꿔. 커다랗고 긴 은 숟가락으로 푹푹 떠먹는 꿈을 꿔. 그런데 삼키면 잘못 들어가서 폐로 들어가. 들판에 온종일 나가 있었더니 머리가 어떻게 됐나봐. 몸이 계속 떨려."

나는 그 아이의 가녀린 등에 손을 올렸다. 고름이 나오는지, 혹시 감염이 돼서 오한과 열에 시달리는 건지 알아보려고 상처 하나를 눌러보았지만, 고름이 조금 나올 뿐이었다.

"뭔가 잘못됐어." 나는 혼잣말을 했지만, 그 아이는 땅 위에 게워낸 토사물 위로 엎드린 채 내가 뭐라도 물었다는 듯 고개를 좌우로, 좌우로 흔들고 있었다. 순찰 도는 모범수 사수들이 서로에게 외치는 소리가 들려왔지. 리치가 말했어.

"나 집에 가."

* * *

"새들 보여?" 케일라가 물었다.

"응, 케일라. 보여." 내가 말했다.

"새들이 다 가네." 케일라가 말하고 몸을 앞으로 기울여 두 손으로 내 얼굴을 문지르기에, 순간 나는 케일라가 놀라운 비밀, 신의 말씀 같은 것을 말해주려나 보다 생각했다. 그러나 케일라는 말했다. "나 배. 조조, 배가 아파."

나는 케일라의 등을 문질렀다.

"너희들한테 인사할 시간도 없었네." 목소리가 들려 돌아보니 마이클이 있었다. 그는 케일라 쪽을 보고 있었다.

"안녕." 그가 말했다.

케일라가 잔뜩 긴장해서 그 작은 두 다리로 나를 꽉 휘어 감고 내 양쪽 귀를 붙들고 잡아당겼다.

"싫어." 케일라가 말했다.

"내가 네 아빠란다, 미카엘라." 마이클이 말했다.

케일라가 내 목덜미에 얼굴을 묻고 몸을 떨기 시작했고, 내 온몸에서도 작은 진동이 일어나는 것 같았다. 마이클은 손을 떨어뜨렸다. 나는 어깨를 한번 들어 보이고는, 눈 밑이 퍼렇고 이마 윗부분이 햇볕에 탄, 깔끔하게 면도한 그 창백한 얼굴 말고 다른 데로 눈을 돌렸다. 그가 케일라의 눈을 들여다보았다. 뒤에서 레오니가 잡고 있던 손을 놓고 그의 허리에 팔을 둘렀다. 그는 등 뒤의 레오니에게로 팔을 뻗어 문질렀다.

"좀 익숙해져야 돼요." 내가 말했다.

"그러게." 그가 말했다.

. . .

차로 돌아오자 레오니는 작은 아이스박스를 꺼내, 케일라와 내가 일어나기 전에 그 변호사가 만들어둔 게 틀림없는 샌드위치를 나눠줬다. 견과류가 수북하게 박힌 갈색 빵 사이에

꼬리꼬리한 냄새가 나는 치즈 몇 장과 크리넥스 티슈처럼 얇은 칠면조 고기가 들어 있었다. 나는 숨도 안 쉬고 허겁지겁 먹다가 크게 베어 문 조각이 목구멍에 걸려 딸꾹질이 나기 시작했다. 레오니가 날 보고 인상을 썼지만, 정작 입을 연 건 마이클이었다.

"천천히 먹어라, 아들."

그는 너무도 편하게 그렇게 말했다. 아들. 그는 운전석 뒤편으로 팔을 걸쳐 손으로 레오니의 뒷목을 문지르며 감싸 쥐었다. 내가 어렸을 때, 엄마가 나랑 같이 식료품점을 마음껏 걸어다닐 수 있었던 때 엄마가 내 뒷목을 감싸 쥐던 것과 비슷했다. 계산대에서 갖가지 사탕을 보고 내가 너무 흥분하거나 했을 때 엄마는 내 목덜미를 그렇게 쥐고는 했다. 너무 세지는 않게. 우리가 가게 안에 백인들 한가운데에 있고, 내가 예절에 신경 쓸 필요가 있다는 것을 상기시켜줄 수 있을 정도로만. 그때는 엄마가 내 등 뒤에 있었다. 나와 함께 있었고, 내게 사랑을 보내고 있었다. 하지만 지금 여기서는.

딸꾹질을 하지 않았다면 나는 마이클을 한번 쳐다보았겠지만 딸꾹질이 너무 심해서 숨을 쉴 수가 없었다. 리치가 떠오르면서 그 먼지 자욱한 밭고랑에서 그의 기분이 이랬을까 하는 생각이 들었다. 자기 앞에 펼쳐진 밭고랑이 끝도 없는 것 같고,

파치먼이란 이곳이 영원히 계속될 것 같았을까 궁금했다. 하지만 음식을 넘기고 숨을 쉬려고 힘주어 침을 삼키는 동안에도, 또 한 번의 딸꾹질에 몸을 떨면서도, 나는 그 소년에게는 상황이 훨씬 더 끔찍했을 거라는 것을 알 수 있었다.

약한 분무기로 뿌리듯 비가 아주 가늘게 오기 시작해 앞이 부옇고 모든 게 흐릿해 보였다. 나는 샌드위치를 하나 더 먹고 싶었지만, 마이클이 미스티가 앉았던 자리에 앉아 샌드위치 속을 헤집으며 천천히 먹고 있었다. 그건 마이클이 우리와 같이 살러 집으로 들어왔을 때 아빠가 지적했던 마이클의 버릇이기도 했다. 마이클은 음식을 참 깨지락거려, 아빠는 엄마에게 말했다. 엄마는 고개를 절레절레 젓고는 피칸 하나를 더 깨뜨려 알맹이를 빼냈다. 그때 우리는 포치의 그네에 나란히 앉아 있었다. 나는 여전히 배가 고파서 그때 그 피칸 맛까지 떠올릴 수 있었다. 과육에 묻은 먼지에선 쓴맛이 났지만 피칸은 촉촉하고 달콤했다. 엄마는 내가 피칸을 몰래 집어 먹은 걸 알면서도 모른 척하고 그냥 먹게 두었다. 이제 봉지에는 변호사가 만든 샌드위치가 한 개 남아 있었고, 아직 미스티가 자기 것을 먹지 않았기 때문에 나는 침만 삼켰다.

"물 좀 있어요?" 내가 물었다.

레오니는 분명 변호사가 챙겨줬을 물병을 하나 건넸다. 플라스틱은 두꺼웠고 앞면에 산 그림이 그려져 있었다. 물이 미지근했지만 나는 너무 갈증이 나고 목이 막혀서 그것도 상관없었다. 딸꾹질이 멈췄다.

"네 동생은 다 먹었니?" 레오니가 물었다.

케일라는 카시트에서 잠들어 있었고, 나는 카시트를 가운데로 옮겨야 했다. 뒤늦게 돌아온 미스티는 이제 마이클이 있어서 내 옆에 앉아야 했다. 케일라가 반절짜리 샌드위치를 손가락으로 꼭 감아쥐고 있었다. 뒤로 툭 떨군 케일라의 머리통은 뜨거웠다. 콧잔등에 땀방울이 맺혔고 곱슬머리가 땀에 젖어 더 꼬불거렸다. 케일라의 손아귀에서 샌드위치를 잡아당기자 빠지기에 그 남은 것을 내가 먹었다. 케일라가 침을 묻혀놓은 부분이 질척거렸다.

"거의요." 내가 말했다.

"훨씬 좋아진 것 같네." 레오니는 거짓말을 하고 있었다. 케일라는 훨씬 좋아 보이지는 않았다. 조금은 나아졌을지 모르지만 그리 많이는 아니었다. "블랙베리가 들을 줄 알았다니까."

"왜, 뭔 일 있어? 아파?" 마이클이 물었다. 그의 손이 움직임을 멈추었고 그가 고개를 돌려 우리를 보았다. 나는 우물거리던 걸 멈췄다. 안개가 껴 어둑한 좁은 차 안에서 그의 눈은 나무에서 솟아나는 새순의 연두색으로 보였다. 레오니는 그가 자기를 만져주지 않자 실망했는지 마이클 쪽으로 몸을 기울였다.

"그냥 장염 같은 걸 거야. 아님 차멀미나. 내가 엄마의 민간요법을 해줬어. 그랬더니 나아졌네."

"진짜야, 자기?" 마이클이 케일라를 가까이 들여다보았고, 나는 케일라의 샌드위치 마지막 조각을 삼켰다. "내가 보기엔 아직 좀 얼굴이 노란데."

레오니는 살짝 어색하게 웃더니 케일라 쪽에 대고 손을 흔들었다.

"당연히 노랗지. 우리 앤데." 그러고서 레오니는 소리 내어 웃었지만 전혀 웃음으로 들리지 않았다. 그 안에는 행복이 없었고, 풀이 결코 자라지 않을 딱딱한 붉은 점토와 마른 공기뿐이었다. 레오니는 몸을 앞으로 돌려 우리 모두를 못 본 체하며 짓눌려 죽은 벌레들로 끈적거리는 차 앞 유리를 내다보았다. 그래서 케일라가 두 눈을 번쩍 뜨고 토하는 것도 보지 못했다. 갈색과 노란색의 걸쭉한 토사물이 케일라의 입에서 뿜어져 나와 앞좌석 뒷면에, 케일라의 작은 다리에, 빨갛고 하얀 스머프 티셔츠에 쏟아져 내렸다. 케일라를 카시트에서 빼내 무릎 위에 올려놓고 있었기 때문에 나도 토사물을 뒤집어썼다.

"괜찮아, 케일라. 괜찮아." 내가 말했다.

"네가 애한테 뭘 줄 때 그럴 것 같더라니." 미스티가 말했다.

"자기, 내가 안 좋아 보인다고 했잖아." 마이클이 말했다.

"아, 진짜, 썅." 레오니가 말했다. 그때 듬성듬성한 아프로 머리에 목이 길고 짙은 색 피부의 깡마른 소년이 차창 밖에 서서 케일라를 바라보고, 그다음에 나를 바라보았다. 케일라가 울면서 끙끙거렸다.

"그 새, 그 새." 케일라가 말했다.

소년이 창문으로 몸을 수그리자 그 가장자리가 흐릿해졌다. 그가 말했다. "나 집에 가."

06. 리치

그 소년은 리버의 아이다. 나는 안다. 그가 들판에 들어서자마
자, 그 작고 녹슨 붉은색 차가 방향을 틀어 주차장에 나타나자
마자 나는 그의 냄새를 맡았다. 내가 냄새로 그를 발견했을 때,
뒷좌석의 그 짙은 피부의 곱슬머리 소년을 발견했을 때 온 천
지의 풀이 떨며 신음했다. 그에게서 강바닥에서 진흙과 하나가
되어가는 나뭇잎 향이 나지는 않았지만, 물과 침전물과 게, 물
고기, 뱀, 새우, 조그만 죽은 생명들의 뼈가 가득한 늪지 바닥의
향이 나지는 않았지만, 그래도 나는 그가 리버의 아이라는 것
을 알 수 있었다. 날카로운 콧날. 늪의 바닥만큼 새카만 눈. 리
버처럼 곧고 진실하게 뻗은, 사이프러스 나무처럼 꼿꼿한 뼈

대. 그는 리버의 아이다.

차로 돌아온 그에게 나를 소개했을 때 나는 그가 리버의 아이라는 걸 또 한 번 알 수 있었다. 그가 아픈 금발 소녀를 안고 있는 모양을 보고 알았다. 자기가 소녀를 감싸 안아 막아줄 수 있다고 생각하는 것처럼. 자기 뼈와 살을 방패 삼아 어른들로부터, 광활하게 펼쳐진 하늘과 풀이 무성하고 무덤들이 있는 드넓은 땅으로부터 소녀를 보호해줄 수 있다고 생각하는 것처럼. 그는 리버가 보호하듯이 소녀를 보호했다. 나는 말해주고 싶었다. 얘, 넌 못 해. 하지만 말하지 않았다.

대신 몸을 접어 차 바닥에 앉았다.

• • •

처음에, 나는 흐리고 어스름한 날, 어느 어린 소나무 군락에서 깨어났다. 내가 어떻게 하다 멧돼지 털처럼 보드랍고도 날카롭게 내 다리에 와 닿는 솔잎 위에 웅크리고 있게 됐는지는 기억이 나지 않았다. 거기엔 온기도 냉기도 없었다. 걷는 게 미지근한 회색 물속을 헤엄치는 것 같았다. 나는 원을 그리며 서성거렸다. 내가 왜 계속 그곳에 있는지, 어린 나무 군락이 끝나는 곳에 닿을 때마다 왜 번번이 돌아오는지, 소나무가 더 높고 굵고 짙어지면서 초록색 따가운 덩굴을 늘어뜨리고 있는 곳에 도착할 때마다 왜 매번 되돌아오는지 나도 알 수 없었다. 끝도 없이 그러고 있던 그날에도, 나는 나무들 꼭대기가 흔들리는 것을 보면서 내가 어떻게 여기 있게 됐는지를 기억해내려 애쓰고 있었다. 여기 오기 전에, 이 조용한 아지트 같은 곳에 오기 전에 나는 누구였을까. 하지만 기억이 나지 않았다. 그래서 내 팔뚝만큼 굵고 기다란 흰 뱀이 나무 그늘에서 기어 나오는 것을 보았을 때, 나는 그 앞에 무릎을 꿇었다.

너는 여기 있어, 그것이 말했다.

솔잎들이 내 무릎으로 파고들었다.

떠나고 싶어? 그것이 물었다.

나는 어깨를 한번 들어 보였다.

내가 널 데려가줄 수 있어. 하지만 네가 원해야만 해.

어디로? 내가 물었다. 내 목소리가 나를 놀라게 했다.

저기 위 멀리로. 그것이 말했다. 먼 데로.

왜?

네가 봐야 할 것들이 있어. 그것이 말했다.

그것이 그 하얀 머리를 들어 올려 몸을 흔들자, 천천히, 물속에서 퍼져나가는 물감처럼 비늘이 한 줄, 한 줄 검은색으로 변하더니 이내 별들 사이의 공간 같은 색깔이 됐다. 조그만 손가락들이 양옆에서 돋아나 점점 커지더니 검은 비늘이 뒤덮인 완벽한 날개 한 쌍이 됐다. 발톱이 있는 두 발이 배를 찢고 나와 땅을 그러쥐었고, 꼬리는 줄어들어 부채 같은 꽁지가 됐다. 그것은 새였지만, 새가 아니었다. 깃털이 없었다. 온통 검은 비늘뿐. 비늘 덮인 새. 뿔 달린 콘도르.

그것은 날아올라 가장 어린 소나무 묘목의 꼭대기에 자리잡고, 몸을 한껏 부풀려 까악까악 울었다. 날것의 소리가 정적의 공간을 갈랐다.

자. 그것이 말했다. 날아.

나는 일어섰다. 비늘 하나가 밀려나와 깃털처럼 가벼이 땅 위로 떨어졌다.

그걸 주워. 손에 꼭 쥐어. 그것이 말했다. 그러면 넌 날 수 있어.

나는 비늘을 꽉 쥐었다. 1페니짜리 동전만 했다. 손바닥이 화끈거렸고, 나는 발가락 끝으로 서는가 싶더니 갑자기 더 이상 땅 위에 있지 않았다. 날고 있었다. 나는 비늘 덮인 새를 따라갔다. 위로, 위로 더 멀리로. 하늘의 급류 속으로.

나는 것은 굽이쳐 흐르는 강물 위를 떠가는 것과 같았다. 그 새는 이제 내 어깨쯤에 있다가, 그다음에는 지평선의 시끌벅적한 얼룩이 됐다가, 때로는 왕관처럼 내 머리 위에 있었다. 나는 두 팔과 다리를 폈고 내 안에서 웃음이 가득 차오르는 것을 느졌다. 하지만 웃음은 목구멍 안에서 잦아들었다. 기억이 났기 때문이다. 나는 이전이 기억났다. 내가 땅 위에 큰대자로 엎드려, 몰려든 남자들에게 둘러싸여 있었던 것이 기억났다. 그리고 기다란 그림자들 속에 키 큰 10대 소년이 우뚝 서 있었던 것이 기억났다. 리버. 남자들이 내 등을 후려갈길 때, 내가 흐느끼고 토하며 흙을 진창으로 만들고 있을 때 거기 서 있었던 리버. 나는 거기 있는 그를 느낄 수 있었고, 그들이 나를 땅에서 풀어주면 그가 나를 데리고 가리란 것을 알았다. 뼈가 다 녹아내리고 폐는 고장이 난 것 같았다. 그가 나를 침상으로 데려가 내 위로 몸을 숙였을 때 가슴 속에서 요동치는 해파리처럼 보드라운 것이 파닥거렸다. 내 심장이었다. 그는 내 형이었다. 그는, 내 아버지였다.

나는 떨어졌다. 기억이 나를 땅으로 끌어당겼다. 새는 화가 나 고함을 질렀다. 나는 끝없이 펼쳐진 목화밭에 떨어졌고, 몸을 숙이고 소라게처럼 허둥거리며 목화를 따는 등이 굽은 남자들을 보았다. 총을 들고 그들 주위를 맴도는 다른 남자들도 보았다. 그 들판 맨 끝에, 그리고 또 다른 들판들 끝에도 빽빽하게 들어선 건물들이 보였다. 그 새가 남자들의 머리 위로 훅 내려앉았다. 남자들은 사라졌다. 여기는 내가 노역을 당한 곳이었다. 채찍질을 당한 곳이었다. 리버가 나를 보호해준 곳이었다.

그 새가 땅으로 떨어져 검은 흙 속에 부리를 묻었고, 나는 내 이름이 기억났다. 리치. 나는 그곳이 기억났다. 파치먼 교도소. 그리고 나는 그 남자의 이름이 기억났다. 리버 레드. 그러자 나는 땅으로 곤두박질쳤고 땅은 파도처럼 갈라졌다. 나는 단단하게 처박혔다. 차라리 흙의 어두운 손아귀에 붙들려 있는 편이 나았다. 위에 있는 남자들을 보지 않도록. 기억을 보지 않도록. 그러나 기억은 어떻게든 찾아왔다. 나는 더 이상 거기 없었고 그리고 다시 거기 있었다. 내 손안에서 비늘이 뜨거웠다. 나는 잠들었다가 깼고 일어나 교도소 들판으로 조심조심 발걸음을 옮겨서, 막사에 숨어 있다가, 남자들 위를 맴돌았다. 리버를 찾고 싶었다. 그는 거기 없었다. 남자들이 떠났고, 남자들이 돌아왔고, 다시 떠났다. 새로운 남자들이 왔다. 나는 땅속으로 파고 들어가 잠을 잤고 희뿌연 빛에 깨어났다. 내게 시간은 그 수많은 검은 얼굴들을 훑고 다시 흙으로 돌아오는 것으로 가늠됐다. 그 비늘 덮인 새가 돌아와 나를 그 차로, 뒷좌석에 앉아 있는 나와 동갑인 그 소년에게로 데려가주었을 때까지. 조조에게로.

나는 소년에게 그를 낳은 사람을 내가 안다고 말해주고 싶었다. 내가 그를 소년보다 더 먼저 알았다고. 그가 리버 레드라고 불리던 시절에 내가 그와 알고 지냈다고. 총받이들은 그를 그의 부모님이 지어준 대로 리버라고 불렀다. 그들은 또 그가 강처럼 쓰러진 나무와 그루터기를 넘어 폭풍이 불 때나 해가 비칠 때나 모든 것과 함께 흘러간다고 말했다. 그러나 그들은 그의 피부색 때문이라면서 레드라는 성을 붙였다. 그의 색깔은 강둑의 붉은 점토색이라면서.

조조가 모르는 것이 너무나 많다. 내가 들려줄 수 있는 이야기가 너무나 많다. 나와 파치먼 이야기는 리버 말대로 가닥이 다 드러난 좀먹은 티셔츠와 같아서, 형태는 남아 있지만 세부는 지워졌다. 내가 그 구멍들을 메울 수 있다. 이 옷을 새것처럼 만들 수 있다. 끄트머리만, 그 끝만 빼면. 하지만 나는 이 소년에게 내가 리버와 개들에 대해 알고 있는 것을 말해줄 수 있다.

교도소장과 감독관이 키니가 탈옥했으니 이제부터 리버가 개들을 맡게 될 거라고 말했을 때, 리버는 그렇게 되든 말든 별 상관 없다는 듯이 대수롭지 않게 받아들였다. 개들을 맡을 사람으로 리버가 지목됐을 때, 나는 남자들, 특히 거기 오래 있었던 남자들이 하는 말을 들었다. 그들이 여기 있는 동안 늘, 그들이 기억하는 한 언제나 개 담당자는 나이가 있는 백인이었다고 했다. 그 백인들 중 몇은 키니처럼 탈옥을 했다가 붙잡혀 왔거나, 사람을 죽이거나 강간하거나 불구로 만들어서 파치먼에 들어온 사람들이었는데도, 감독관은 여전히 그런 사람들을 골라

개 훈련을 맡겼다. 개 훈련에 소질이 아주 조금만 있어도 그들은 그 임무를 맡았다. 탈옥의 위험이 있었는데도, 파치먼 안팎에서 끔찍한 짓을 저지른 사람들이었는데도 가죽 목줄은 그들의 것이었다. 그들이 형편없고 위험천만한 백인 남자들이었는데도, 고참 수감자들은 리버가 추적꾼이 되리라는 것을 알았을 때 훨씬 더 불쾌해했다. 수감자들은 리버가 개를 맡는 걸 좋아하지 않았다. 그건 다르지, 그들은 말했다. 흑인이 총을 가진 모범수 사수가 되다니. 그들은 말했다. 그건 자연스럽지 않잖아. 하지만 여긴 파치먼이니까. 그러나 유색인이 개를 맡는 건 좀 이상한 일, 잘못된 일이긴 했다. 개와 흑인 사이에는 언제나 악감정이 있었다. 그 둘은 애초부터 적수였다. 침을 흘리며 쫓아오는 사냥개들에게서 달아나는 노예들. 혹은 개들을 피해 달아나는 수감자.

그러나 리버는 동물을 잘 다뤘다. 감독관은 그것을 알아보았다. 리버가 사냥개들이 키니를 물어뜯게 만들지 못했다는 것도, 감독관 눈에는 문제 될 게 없었다. 감독관은 개들을 다룰 수 있는 다른 백인 수감자는 없으며, 리버가 개들을 훈련시키고 예민하게 만드는 일에 적임자라는 것을 알았다. 개들은 리버를 사랑했다. 개들은 그가 주변에 있으면 순해지면서 어리광을 부렸다. 리버가 그들에게 부탁해 나를 들판 일에서 빼내 자기 조수로 삼았기에 나는 그걸 직접 봤다. 그는 채찍질을 당한 뒤 내가 얼마나 아파하는지를 알았다. 그는 내가 등도 빨리 아물지 않고 계속 절망에 빠져 있으면 어리석은 짓을 저지를 거라고 생각했다. 넌 똑똑하잖아, 리버가 말했다. 어리고 빠르지. 그는 감독관에게 내가 밭일을 하는 건 낭비라고 말했다.

하지만 나는 리버처럼 개들과 잘 어울리지 못했다. 내 안에는 개들을 싫어하고 겁내는 마음이 있었던 것 같다. 그리고 개들은 그걸 알았다. 개들은 나와 있을 때는 어리광 부리는 순한 강아지들이 아니었다. 꼬리를 빳빳이 세우고 등을 곧게 펴고 미동도 없이 서 있었다. 개들은 새벽 어스름 속에서 리버를 보면 경중경중 뛰어오르며 컹컹 짖어댔지만, 나를 보면 돌처럼 굳었다. 리버가 두 손을 뻗을 때 개들은 흡사 목사를 따르는 신도들 같았다. 개들은 귀를 기울이며 조용히 있었지만 그는 아무 말도 하지 않았다. 개들이 파란 새벽 어스름 속에 일제히 정지해 있는 모습에는 숭배 비슷한 느낌이 있었다. 그러나 리버가 말해준 대로 내가 개들에게 손을 뻗고, 개들이 내 냄새에 익숙해지도록, 내 말에 귀 기울이도록 기다리고 있으면 개들은 이를 드러내며 으르렁거렸다. 리버가 말했다. 인내심을 가져, 리치. 잘될 거야. 나는 과연 그럴까 싶었다. 하지만 개들이 나를 싫어해도, 내가 여전히 해가 지평선에 어슴푸레 떠오를 때 일어나 온종일 물과 먹을 것을 지고 개들 뒤를 쫓아다녀야 해도 나는 전보다 훨씬 행복했다. 몸도 훨씬 가뿐해져서 심지어 멀쩡해진 것 같았다. 리버가 조조에게 이 이야기는 해주지 않았을 것이다. 달려갈 때 바람이 나를 안아 올리는 것 같았다는 말은 리버에게 한 번도 하지 않았으니까. 꼭 바람이 나를 허공으로 힘껏 던져 올려 그 똥 천지 개 우리에서, 상처투성이 들판에서, 총받이들과 모범수 사수들과 감독관에게서 멀리 저 높은 하늘로 띄워줄 것 같았다. 그렇게 나를 멀리로 데려가줄 것 같았다. 리버가 밤에 침상에서 내 상처를 닦아줄 때면, 그런 순간들이 내 주변에서 어둠 속 반딧불처럼 반짝거렸다. 나는 그 기억들, 그 한 줌의 금빛을 내 손안에 가두어두었다가 꿀꺽 삼켰다.

나는 조조에게 이렇게 말해줄 것이다. 거긴 희망을 가질 수 있는 곳이 아니었어.

돼지턱이 파치먼으로 돌아오면서 모든 것이 걷잡을 수 없이 나빠졌다. 300파운드짜리 돼지 같은 창백한 거구의 그를 사람들은 돼지턱이라고 불렀다. 그의 턱은 진짜로 네모났다. 입은 길고 얇은 선이었다. 그에게는 상대를 들이받을 수 있는 돼지의 턱이 있었다. 그는 살인자였다. 모두가 알았다. 그는 파치먼에서 한 번 탈출했지만, 나가서 누군가를 총으로 쐈는지 칼로 찔렀는지 또 끔찍한 범죄를 저지르고 다시 들어왔다. 백인 남자가 파치먼으로 다시 들어오려면 탈옥을 했다 한들 그 정도

범죄는 저질러야 했다. 백인 남자는 살인을 해야 여기 들어왔다. 돼지턱은 살인을 숱하게 했는데도, 그가 돌아오자 교도소장은 그에게 개들을, 그리고 리버를 맡겼다. 교도소장은 말했다. "유색인이 개들을 다스린다는 건 순리에 맞지 않아. 유색인은 다스릴 줄을 모르지. 애초에 타고나지 않았으니까." 그는 말했다. "깜둥이가 할 줄 아는 것이라고는 노예 짓뿐이지."

나는 더 이상 가뿐하지 않았다. 심부름하러 달려갈 때도 바람을 가르는 느낌이 들지 않았다. 어둠 속 반딧불처럼 반짝거리는 순간들도 더는 없었다. 돼지턱은 냄새가 지독했다. 오물처럼 시큼했다. 그가 나를 보는 눈길에는 뭔가 잘못된 게 있었다. 개들과 달리기 훈련을 하고 있던 어느 날에야 그가 날 그렇게 보고 있다는 것을 알았다. 그날 돼지턱은 말했다. 나랑 좀 가자, 꼬마. 그는 개들에게 나무 타는 훈련을 시킬 거라면서 숲속으로 자기를 따라오라고 했다. 돼지턱은 리버에게는 감독관에게 다녀오라는 심부름을 시키며, 훈련은 우리끼리 하겠다고 했다. 돼지턱은 내 등에 부드럽게 손을 얹었다. 그는 늘 그 돼지발처럼 딱딱한 손으로 내 어깨를 붙잡았는데, 매번 너무 꽉 움켜쥐어서 나는 몸을 웅크리다 못해 무릎을 꿇고 쓰러질 것만 같았다. 리버는 그날 돼지턱을 차갑게 쳐다보고는 나를 가로막고 서서 말했다. 감독관님이 저 아이를 부르십니다. 돼지턱은 교도소 구내 쪽으로 고개를 갸웃했다가 나를 보고 말했다. 가라, 꼬마. 어서. 나는 뒤돌아 있는 힘껏 달렸다. 내 발이 어둠 속으로 달리고 있었다. 다음 날 아침, 리버는 나를 깨워 내가 더 이상 그의 조수가 아니라고 말했다. 나는 들판으로 돌아가야 했다.

차 안의 소년에게 이 말을 해주고 싶다. 그의 아빠가 나를 자꾸자꾸 구해주려고 했었다고, 하지만 그럴 수 없었다고. 조조는 금발의 소녀를 품에 안고서 그의 귀를 갖고 노는 소녀에게 속삭였다. 뱃전을 핥는 잠잠한 만의 물결 같은 목소리로 웅얼거렸다. 나는 그의 피 속에 또 다른 향이 있다는 것을 깨달았다. 이게 바로 리버와 다른 점이었다. 그 향은 강바닥의 진흙 향보다 더 짙었다. 짜디짠 바다의 소금 향이었다. 그 냄새가 소년의 혈관 속에서 고동쳤다. 그래서 저 꼬마 소녀 빼고 다른 이들은 나를 볼 수 없는데, 그가 나를 볼 수 있는 것이었다. 나는 계속 앞으로 흘러가는 강물 위 엔진도 노도 없는 배에 실린 어부처럼 속수무책으로 그 고동에 이끌렸다.

하지만 소년에게 그런 것은 조금도 말하지 않았다. 나는 차 바닥에 널브러진 구겨진 종이들과 플라스틱 조각들 속에 자리를 잡았다. 비늘 덮인 새처럼 웅크리고 앉았다. 불타는 비늘을 주먹 속에 쥐고, 기다렸다.

우리는 냄새 때문에 창문을 전부 내려야 했다. 토사물을 닦아내
느라 자동차 앞좌석 사물함에 쑤셔 넣어둔 냅킨을 다 썼는데도
미카엘라는 여전히 물감을 칠한 듯했다. 미카엘라는 그것을 조
조에게 죄다 문지르고 있었다. 아기를 내려놓으면 제 몸에서 토
사물을 닦아낼 수 있는데도, 조조는 도무지 그러려고 하지 않았
다. "난 괜찮아요." 그가 말했다. "난 괜찮아요." 하지만 그 말을
계속하는 것으로 보아 전혀 그렇지 않았다. 마이클 생각뿐인 내
머리로도 조조의 말이 사실이 아님을 알 수 있었다. 미카엘라가
너무 걱정돼서 조조는 괜찮지 않았다. 냄새난다고 투덜대면서
창밖으로 몸을 절반쯤 내밀고 있는 미스티를 조조는 계속 흘긋

거렸다. ("이 냄새 죽어도 안 빠지겠다." 미스티는 말했다.) 조조가 미스티를 화난 얼굴로 보고 있을 거라고 예상하며 백미러를 올려다봤지만, 거기엔 다른 게 있었다. 휘둥그레진 눈과 잔뜩 오므라든 그 입술에는 뭔가 다른 게 있었다.

· · ·

마이클이 현관문을 두드렸다. 알이 문을 열었을 때 우리는 토사물과 소금과 사향 냄새를 풍기며 포치에 옹송그리고 앉아 있었다. "안녕하세요. 그쪽에서 이렇게 빨리 일을 처리하다니 놀랍네요!" 알이 말했다.

그는 한 손에 못 보던 국자를 쥐고 어깨에는 행주를 스카프처럼 걸치고 서 있었다. 이 집에 혹시 가정부가 있다면 누구일지 모르지만 가여운 마음이 들었다. 장담컨대 그는 자기가 쓴 솥을 개수대에 그대로 둘 뿐 절대로 씻지 않는 사람일 것이다.

"미카엘라가 아직 아파요." 미스티가 우리 모두를 어깨로 밀치며 집 안으로 들어갔다.

"음, 그거 곤란한데." 알이 말하고는 우리가 한 줄로 지나갈 수 있도록 문간에서 한 걸음 물러섰다. 조조가 마지막으로 들어왔다. 미카엘라가 조조를 놔주려 하지 않았고, 조조도 미카엘라를 내려놓으려 하지 않았기 때문이다.

"복도 벽장에 깨끗한 수건 있어요." 알이 말했다. "다들 씻어야겠네요. 같이 가서 약 사 오게 내가 미스티 좀 잠깐 빌려갈게요." 미스티가 토사물이 다 튄 차를 타지 않아도 되어서 다행이라는 얼굴로 고개를 끄덕였다. "찬장에 빵과 진저에일이 있어요." 알이 말했다. "왜 어제는 그 생각을 못 했는지 모르겠네." 알이 카펫을 살피다가 고개를 들더니 어깨 너머로 수건을 건넸다. "아, 그래. 기억났다." 그가 나와 마이클을 보고 씩 웃었다. "이 손님들하고 이분들이 갖고 온 선물 때문에 정신이 하나도 없었거든요."

마이클이 한 손을 뻗었다. 파치먼에서 농장 일을 하느라, 젖소와 닭을 돌보고 채소밭을 일구느라 손에 굳은살이 박여 있었다. 마이클은 교도소장이 수감자들에게 다시 농장 일을 시키기로 결정했다고 했다. 이렇게 건장한 장정들이 수두룩한데 그들을 다 놀리면서 이 훌륭한 델타 토양을 버려두는 건 못할 짓이라고 했다는 것이다. 그러나 농장 일은 마이클에게 영감을 줬다. 그는 농장 일이 좋았다고 편지에 썼다. 나중에 출소하면 어디가 될지 몰라도 정착하게 될 곳에 텃밭을 가꾸고 싶다고, 하다못해 콘크리트 슬라브 판 위에서 화분 몇 개라도 키우고 싶다고 했다. 흙 속에서 손을 놀릴 때는 아무 근심 걱정도 들지 않더라고. 꼭 내 손으로 신과 대화를 하고 있는 것처럼. 편지에서 그는 그렇게 말했었다. 알의 손은 커다랗고 부드러워 보였다. 악수하는 그 두툼한 손은 마이클의 손을 넉넉하게 감쌌다.

"고맙습니다." 마이클이 말했다. "제 가족과 저에게 해주신 것들 전부 다요."

알은 맞잡은 손을 내려다보며 어깨를 한번 들어 올렸다. 이미 붉은 얼굴이 더 붉어졌다.

"내 일인걸요." 알이 말했다. "그것도 보상을 두둑하게 받는 일이요. 제가 고맙죠."

미스티와 알이 떠나고 나서 나는 미카엘라의 옷을 다 벗기고 조조도 셔츠를 벗게 한 다음 옷가지를 전부 알의 세탁기 안에 던져 넣었다. 워낙 고급스러운 물건이어서 작동법을 알아내기까지 5분 동안 버튼을 누르고 다이얼을 돌려봐야 했다. 미카엘라는 욕조에 있는 내내 조조를 흘겨보며 비명을 질렀고, 나는 그 조그맣고 가느다란 배와 다리, 등에 필요 이상으로 거칠게 비누칠을 했다. 머리칼 속에서 음식 덩어리들을 골라내면서도, 목욕 수건으로 얼굴을 문질러 침이며 말라붙은 콧물, 눈물을 닦아내면서도 내 손에는 필요 이상으로 힘이 들어갔다. 너무 화가 났기 때문이다. 엄마는 조그만 오렌지색 구슬을 매단 오렌지색 실 팔찌를 늘 가지고 다녔다. 실 팔찌를 만들어서 매일같이 치마 주머니에 넣고 다니다가 나나 기븐이 멍청한 짓을 할 때, 가령 기븐이 난생처음 취해 입에 토사물을 가득 물고 나타나서 포치에 있는 엄마의 약초에 모두 토해버렸을 때, 아니면 내가 엄마 텃밭의 약초를 잡초인 줄 알고 뽑아버렸을 때 그작은 오렌지색 조각을 붙들고 기도를 시작했다. 테레사 성녀님, 내 귀에 들렸다. 칸델라리아 성모님(페루 안데스 지방 푸노시의 수호성인), 엄마는 읊조렸다. 그리고 오야 여신님(아프리카 서부 요루바족의 폭풍의 여신). 나는 불어는 여기저기서 주워들은 단어 몇 개밖에 몰랐지만, 가끔 엄마가 영어로 말하기도 했기 때문에 간간이 이해할 수 있었다. 바람과 번개와 폭풍의 신이시여. 우리의 마음을 되돌리소서. 세상을 당신 폭풍으로 정화하시어, 당신 치맛자락의 바람으로 부수고 새로 지으소서. 그게 무슨 뜻이냐고 물으면 엄마는 말했다. 화가 난다고 매질을 해서는 좋을 게 하나 없단다. 폭풍이 불어닥쳐 진실이 드러나게 해달라고 기도를 해야지.

　"테레사 성녀님, 오야 여신님." 나는 그렇게 중얼거리며 미카엘라의 머리 위로 물을 한 바가지 부어 비누를 씻어냈다. 미카엘라가 울부짖었다. 나는 미카엘라 몸에 수건을 둘렀고, 수건 밑부분은 미카엘라를 욕조에서 들어 올리기도 전에 물에 젖어 무거워졌다. 미카엘라가 발버둥을 쳤다. 나는 그 애를 때리고 싶었다. 제가 헛짓거리 했다고 느끼게 하지 말아주세요. 나는 생각했다. 저한테도 진실을 좀 보여주세요. 그러나 내가 미카엘라의 몸을 말리는 동안 진실 같은 것은 나타나지 않았다. 미카엘라가 진저리를 치는 바람에 로션은 건너뛰고 조조의 어깨를 밀치고 욕실 밖으로 나가는 동안에도, 그런 건 나타나지 않았다. 조조는 세면대에서 가슴팍을 씻고 있었는데, 큰어치 어미 새처럼 내가 미카엘라에게 조금이라도 잘못하면 당장이라도 달려들어 쪼아버릴 태세로 나를 지켜보고 있었다. 내가 행여 화를 못 참고 아직 물기와 열로 축축한 미카엘라의 엉덩이를 후려친다면 자기가 대신 맞으려고 준비하고 있었다. 조조 나이의 남자애들은 깡말랐다가 갑자기 키가 훌쩍 크면서 호리호리하고 탄탄해지거나, 그게 아니면 호르몬 때문에 살이 붙으면서 커진 덩치를 애써 움직이게 된다. 조조는 둘 다였다. 배에는 살이 붙었지만 가슴팍과 팔과 얼굴은 아니었다. 티셔츠를 걸치고 있으면 어렸을 때처럼 여전히 호리호리해 보였다. 하지만 혼자 씻는 모습을 보면서 나는 조조가 제 몸을 부끄러워하고 있다는 것을 알 수 있었다. 그는 2, 3년 후면 키가 더 커지고 근육이 붙으면서 뱃살이 차츰차츰 없어질 것이라는 사실을 모르고 있었다. 마이클처럼 쭉 뻗은 팔다리를 갖게 되고, 아빠처럼 훤칠해질 거란 것을.

"저 휴지는 네가 다 치워." 내가 말했다. 조조는 내가 자기를 치기라도 한 듯 움찔했다. 주춤거리며 거울로 더 가까이 가붙었다. 못되게 구니까, 내가 차마 때릴 수 없는 아기 대신 그화를 다른 사람에게 퍼부으니까 속이 후련했다. 어차피 그 사람에게 난 절대로 좋은 사람이 될 수 없었다. 난 절대로 엄마가 될 수 없었다. 난 엄마에게서, 아빠에게서, 심지어 기븐에게서까지 평생 들어왔던 바로 그 실망스러운 이름, 그저 레오니였다. 나는 수건에 싸여 울부짖는 미카엘라를 침대 위에 내팽개치고 아직 몸에 남은 물기를 닦기 시작했다. 미카엘라는 계속 발길질을 하고 고함을 지르며 끙끙대다가 이제는 "조조"라고 외치고 있었다. 나는 미카엘라를 한 대, 혹은 두 대 제대로 따끔하게 후려치고 싶었지만, 멈출 수 있을지 자신이 없었다. 테레사 성녀님, 저는 멈출 수 없을 겁니다, 도와주세요. 나는 경기를 일으키는 미카엘라를 놔두고 문 쪽으로 걸어가 욕실에 대고 소리쳤다. 조조가 미식축구 어깨 보호대를 두른 것처럼 두 손으로 팔짱을 끼고서 우리를 지켜보며 서 있었다.

"쟤 옷 입혀. 낮잠 재우고. 이 방에서 나오지 마."

나는 문을 쾅 닫았다.

복도로 나와 부연 빛을 받고 서 있는 마이클을 보자 화는 너무도 빨리 사랑으로 바뀌었다. 나는 아무 말 없이 그대로 서 있었다. 내가 할 수 있는 것이라고는 집 안 구석구석 돌아다니고 있는 그를 지켜보는 것뿐이었다. 마이클이 어깨를 으쓱 들어 올렸다.

"이 사람은 티브이가 없네. 이렇게 커다랗고 오래된 좋은 집이 있으면서 티브이가 없어."

나는 소리 내어 웃었다. 꼭 저 아랫동네에서 티브이를 망가뜨렸던 그 심술쟁이 꼬마가 지금 이 방에 같이 있는 기분이었다. 그 꼬마가 제 사악함에 느꼈을 기쁨의 전율이 내 안을 휩쓸고 지나갔다.

"더 좋은 게 있거든." 내가 말했다.

벽난로는 커다랬고, 테두리가 거뭇거뭇하게 때가 탄 데다 페인트칠은 뱀 껍질처럼 이미 오래전에 벗겨져 있었다. 벽난로 선반 위에는 뚜껑이 덮인 파란색 사기그릇이 세 개 있었는데, 각기 미묘하게 다른 색조가 족히 다섯 가지는 되어 보였다. 바다 같죠. 알이 어젯밤에 말했었다. 당신네 바다 말고요. 정말로, 그건 하수구 구정물 색깔이라서 심지어 만(灣)이라고 부를 수도 없지. 나는 진짜 바다를 말하는 겁니다. 자메이카나 세인트루시아, 인도네시아나 사이프러스 같은 데 말이에요. 그는 모욕적인 말을 해놓고도 그냥 웃어넘기고는 선반 양쪽 구석의 좀 더 커다란 단지 두

개를 가리켰다. 어머니와 아버지. 그는 말했다. 그러고는 검댕이 묻은 나무 선반 가운데 있는 조그만 단지를 끌어와 품에 안았다. 그리고 내 애기, 내 사랑. 알이 꾸러미를 꺼내고 이제 파티를 시작해볼까요, 라고 말했을 때 미스티는 흥분해 비명을 질렀다. 내가 꾸러미를 꺼내자 마이클은 뒤돌아 도망가고 싶은 얼굴이 됐다가, 이내 내 손에 들린 게 마치 그가 가장 좋아하는 마카로니 앤드 치즈라도 되는 양 먹고 싶어 하는 얼굴이 됐다. 그는 내 손을 잡고 나를 끌어당겼다. 나를 품에 안고 관자놀이의 머리카락이 펄럭거리도록 숨을 크게 불어넣었다. 5분 뒤 우리는 취했다.

. . .

처음엔 약 때문이었고 그다음엔 약이 아니었다. 마이클은 눈이고 손이고 이고 혀였다. 마이클의 이마가 내 이마에 맞닿았다가 밑으로 내려갔다. 그는 기도하듯 웅얼거렸는데 너무 작아서 귀에 들리지는 않았지만, 이내 촉감처럼 느껴졌다. "레오니, 로니, 오니, 오." 그가 말했다. 그의 목소리가 들렸다가 사라졌고 그의 손가락이 있었다가 없어졌다. 나는 피부가 간지럽고 따끔거리고 화끈거리고 후끈거렸다. 이렇게 하는 게 너무 오랜만이었다. 내 가슴은 텅 비었다가 다시 꽉 차올랐다. 먼지 날리는 버썩 마른 도랑이었다가, 갑작스러운 세찬 봄비로 물이 콸콸 흐르는 도랑이 됐다. 홍수. 말이 필요 없었다. 나를 온통 감싸고, 그다음엔 관통하며, 기도하는 남자, 침묵하다가, 기도하다가 침묵하는, 남자 그 이상인 남자, 반들거리는 꽁지머리와 맑은 눈을 가진 남자, 온통 불인 남자. 입안에 불이, 손에 불꽃이, 엉덩이 골에 이글거리는 석탄이 있는. 불과 물. 깨끗한 익사. 다시 태어남. 축복. 이거야, 그래. 이거야. 그래.

나는 이 집의 춥고 하얀 화장실에서 오줌을 누고 애들에게 귀를 기울여보았지만 아무 소리도 들리지 않았다. 거실로 돌아오니 창문으로 들어오는 빛에 공기 중의 먼지가 금가루로 보였다. 뭔가 이상했다. 마이클은 나를 보고 웃고는 내가 입으로 빨았던 목덜미를 문지르면서 말했다. "자국 남은 거 같아." 그리고 검은 티셔츠를 입은 기븐 아닌 기븐이 소파 반대편 끝에 널브러져 앉아 있었다. 그가 그 사이에 앉으라며 내게 손짓했다. 짜릿한 느낌이 나를 휩쓸고 올라오다 사라졌다. 내가 앉자 마이클이 그 따뜻한 손으로 내 얼굴을 감쌌다. 그의 입술이 내 입술에 맞닿았고 나는 모든 것을 다시 열고 있었다. 언어를, 말을 잃었다. 그 느낌 속에서, 누군가 나를 원하고 필요로 하고 만지고 안는 느낌 속에서 나를 잃었고, 그렇게 하고 있는 그 사람도 같은 걸 원하고 있었다는 사실에 내내 황홀했다. 이건 기적이야, 나는 생각하면서 눈을 감고 기쁜 아닌 기쁨을, 슬픈 얼굴로 입을 약간 일그러뜨린 채 거기 앉아 있는 그를 잊어버렸다. 대신 마이클을, 내 앞에 있는 마이클을 떠올리며 아기를 하나 더 가질까, 그렇다면 미카엘라보다 훨씬 더 아빠를 닮지 않을까 생각했다. 하나 더 낳는다면 우리는 잘할 수 있을지도 몰랐다.

마이클의 입에서 내 입을 뗐을 때 기쁜 아닌 기쁨이 사라졌기를 기대했지만, 그는 이제 소파 대신 벽난로 선반 옆에 서 있었다. 그는 내가 지금 올라타 있는 마이클처럼 몸이 있는 것 같으면서도 선반 위 단지들처럼 정지한 듯 보였다. 마이클이 신음 소리를 내며 한 손으로 얼굴을 쓸었다. 목과 가슴이 붉어지고, 주근깨가 개미 물린 자국처럼 부풀어 올라 있었다.

"여보 자기, 나한테 무슨 짓을 하는 거야?" 그가 말했다.

기쁜 아닌 기쁨이 나를 뚫어지게 보며 내 대답을 기다리고 있었기 때문에, 나는 뭐라고 말해야 할지 알 수 없어서 아무 말도 하지 않고 고개를 저었다. 그리고 마이클의 목에 얼굴을 파묻으며 그의 체취를 들이마셨다. 이토록 살아 있었다, 바로 여기에. 몸을 일으키면 기쁜 아닌 기쁨이 나를 따라다니며 괴롭히지 않을 때 지내는 곳으로 돌아가 있기를 바랐다. 그게 어디든 내가 약에 취했을 때 그를 불러내는 내 뇌 속의 이상한 한구

석으로, 텅 빈 허구로 돌아가 있기를 바랐다. 그러나 기븐은 여
전히 거기에 있었고, 애들 방 앞 복도에 서 있다가 등을 벽에 기
대고 바닥에 앉았다. 그는 두 손으로 얼굴을 문질렀다.

"사랑해." 내가 말하자 마이클은 나를 감싸 안고 다시 키스
했다. 기븐 아닌 기븐이 인상을 쓰고 고개를 절레절레 저었다.
마치 내가 틀린 답을 말했다는 듯. 나는 내 아래에 있는 마이클
을 바라보았고, 유령은 무시하고 애들 방 쪽으로는 눈길도 주
지 않았다. 미스티와 알이 나가 있던 한 시간 반 동안 기븐 아닌
기븐은 내 곁눈질로나 보이는, 애들 방 앞에 앉아서 애들을 지
키는 옅은 얼룩에 불과했다. 마이클이 내 등과 뒤통수를 어루
만지고 있었고 중요한 것은 그것뿐이었다.

그들은 하나가 되어 자고 있었다. 미카엘라는 얼굴을 조조
의 겨드랑이에 파묻고, 팔은 조조의 가슴팍에 올리고, 다리는
배에 올린 채 온몸을 조조에게 칭칭 감고 있었다. 조조는 미카
엘라를 자기 품에 꼭 끌어안고 있었다. 한쪽 팔뚝이 미카엘라
의 고개 밑으로 들어가 목을 두르고, 다른 팔은 미카엘라가 바
닥에 딱 붙어 있도록 빗장처럼 배 위를 가로지르고 있었다. 그
손은 아기를 보호하느라 벽널처럼 빳빳했다. 둘의 얼굴을 보
며 두 가지 감정이 교차했다. 둘이 서로를 마주 본 채 통통한 젖

먹이들처럼 무방비 상태로 여리고 편안한 얼굴을 하고 있어서, 나는 둘을 그대로 좀 더 자게 내버려두고 싶었다. 기븐도 분명 나를 저렇게 안아준 적이 있었고, 우리가 얼굴을 맞대고 같은 공기를 들이마셨던 적이 있다는 생각이 들었다. 그러나 몸을 숙이고 소리를 질러서 조조와 미카엘라를 흔들어 깨우고 싶기도 했다. 둘이 깜짝 놀라 벌떡 일어나서, 해를 따라가는 식물처럼 서로를 향해 있는 모습을 내가 안 봐도 되기를 바랐다. 그들은 서로에게 햇볕이었다.

"일어나." 내가 말하자 조조가 미카엘라를 품에 안은 채로 몸을 일으켜 세웠다. 기븐 아닌 기븐은 미스티와 알이 돌아올 때까지 문밖에 앉아 있었다. 조조의 어깨가 미카엘라 쪽으로 둥글게 말려 있는 모습에서 기븐이 겹쳐 보이다니 이상했다. 휘둥그레진 눈으로 방 안을 휘 둘러보다가 서랍장 하나에서 눈길이 멈추는 그 모습에서, 별안간 미동도 없이 굳어지는 모습에서 기븐이 겹쳐 보이다니 이상했다. "갈 시간이야." 내가 말했다.

"집으로요?" 조조가 말했다.

차 트렁크 문을 닫기 위해 마이클이 그 위에 올라타고 있어야만 했다. 뒤에 세 사람이 앉아야 하니, 짐을 둘 데가 없어서 전부 트렁크로 옮겨야 했다. 조조가 우는 소리를 했지만 나는 알이 가는 길에 먹으라고 싸준 샌드위치까지 트렁크에 넣었다. 그러고는 조조가 아직도 뿌루퉁한 입술과 찡그린 눈썹을 하고 앉아 있는 뒷좌석에 몸을 집어넣고는 조조의 얼굴을 찰싹 때렸다. 조조는 댓 발 나온 입으로 미카엘라에게 동요를 불러줬다. 아기는 두 손으로 손뼉을 치면서 손가락을 조그만 거미처럼 놀렸고, 지루해 보이다가도 또 금방 신이 나는 듯했다. 아기는 노래 한 소절마다 한 번씩 조조의 코를 만졌다. 미스티는 차에서 아직 토사물 냄새가 난다며 한 시간은 족히 불평을 하다가 잠이 들었다. 나는 운전하는 마이클의 피부 위로 점점 더 밝은 한낮의 햇살이 내려앉는 것을 바라보다가, 그러지 않을 때는 아이들을 바라보았다.

마이클에게 샌드위치를 건넬 때 알은 날양파 냄새를 풍기며 온통 축축하게 땀을 흘리고 있었다. 그는 옆면에 시메이 상표가 박혀 있는 조그만 휴대용 아이스박스에 샌드위치를 담아줬다. "이 아이스박스는 갖고 가고 싶지 않습니다." 마이클이 말했다. "받아줘요." 이렇게 대답하는 알은 숨이 가쁜 듯 호흡이 고르지 않았고, 눈길은 숲으로, 마당으로, 완만히 주저앉고 있는 집으로 갈 곳을 모르고 방황했다. 알은 다시 취해 있었다. "제공하신 서비스에 대한 답례로." 그는 말하고 나를 보고 웃었다. 고르지 않은 그의 이 사이사이에 더러운 욕조처럼 검은 때가 끼어 있었고 잇몸은 붉었다. 그는 이를 절대로 닦지 않는구나, 나는 생각했다. 두 남자는 악수를 했고, 마이클은 알이 그에게 건네는 것 위로 느슨하게 주먹을 말아 쥐었다. 마이클은 그것을 주머니로 슬쩍 집어넣었다.

"이리 와." 마이클이 말했다. 내 귀 밑에서 따뜻한 그의 팔뚝에서 툭툭 뛰는 맥박이 느껴졌다. 길은 들판과 숲 사이로 저 아래 멕시코만까지 내내 뻗어 있었고, 창문을 통해 들어오는 빛이 사방에서 일렁였다. 멕시코만에 다다르자 길은 수 마일을 바다를 끼고 이어졌다. 내가 본 사진 속의 플로리다키스(플로리다주 남부에 일렬로 늘어선 마흔두 개의 군도) 다리를 달리듯, 차가 물 위로 곧장 달렸으면 싶었다. 이 콘크리트 도로가 끝도 없이 이어져, 세상이라는 폭풍우 치는 푸른 바다 위를 달려 지구를 한 바퀴 돌았으면 싶었다. 마이클 팔뚝의 잔털을 느끼며 이렇게 영원히 누워 있을 수 있도록. 아이들은 조용하고 심지어 여기 있지도 않고, 그의 손가락들이 내 팔 위에서 원과 선을 그리고, 그가 내 위에 자기 이름을 쓰고, 나를 원하고 있는 이 순간이 영원하도록. 세상은 빙글빙글 돌며 빛을 뿜어내는 황금과 보석의 덩어리였다. 나는 이미 집에 와 있었다.

이런 것을 충분히 누려본 적이 한 번도 없었다. 마이클과 고등학교 때 사귀기 시작한 지 1년도 안 되어 나는 조조를 임신했

다. 내 나이 열일곱이었다. 그때 이후로 쭉 우리 곁에는 늘 조조
와 미카엘라가 있어서 우리 사이의 거리는 더욱 벌어지기만 했
다. 나와 마이클 둘만 있던 그 느낌을 나는 잠깐씩만, 대개는 약
에 취했을 때 기억해냈다. 그와 있을 때 내가 슬픔으로부터 헤
엄쳐 나와 수면 위로 올라오던 느낌을, 그와 있으면 모든 게 훨
씬 생기 있게 살아나던 그 느낌을. 우리는 별빛 아래 들판에 그
의 픽업트럭을 세워놓고 그 안에 있었다. 우리는 그의 부모님
집 풀장으로 몰래 들어가 수영을 했고, 뿌연 파란색 물속 깊은
데서 입을 맞췄다. 근처 해변, 저 멀리서 축제 차량의 불빛이 깜
빡거리고 대형 스피커에서 형편없는 자이데코 음악이 흘러나
오는 해산물 축제에서 마이클은 나를 빙글빙글 돌렸고 결국 우
리는 걸려 넘어지며 모래 위로 쓰러졌었다.

"이건 정상이 아냐." 내가 마이클을 처음으로 집에 데려온
날 엄마가 말했다. 그날 마이클과 나는 같이 소파에 앉아 티브
이를 봤는데, 아빠는 집 안을 가로질러 지나갈 뿐 우리에게 눈
길도 주지 않았다. 마이클이 가고 나서 엄마는 요리를 시작했
다. 나는 식탁에 앉아 내 손에 잘 어울릴 것 같은 연분홍 솜사탕
색깔로 손톱을 칠하고 있었다. 그 색깔을 보고 마이클이 내 손
가락을 자기 입으로 가져가서 말하기를 바랐다. 이 달콤한 것 좀
먹어야겠다.

"뭘 듣든, 뭘 보든 그 녀석이구나." 엄마가 말했다.

"다른 것도 많이 봐." 내가 말했다. 나는 항변하고 싶었지만 그건 거짓말이었다. 아침에 일어나면 마이클의 웃음소리를, 그가 담배에 불을 붙이기 전에 담배를 한번 퉁겨 올리는 모습을, 그와의 키스를 떠올렸으니까. 그때 기분이 생각났다. 그 생각을 하자 죄책감이 들었다.

"넌 무슨 말을 할 때마다 강아지같이 그 녀석을 쳐다보더라. 그 녀석이 너를 쓰다듬어주기를 기다리는 것처럼."

"엄마, 난 강아지가 아니야."

"딱 그렇던걸."

나는 오른손 손가락을 후후 불며 얼굴 앞에서 흔들고 부엌의 뜨거운 공기를 들이마셨다. 스토브 위에서 끓고 있는 콩, 식고 있는 옥수수빵, 그리고 매니큐어 냄새. 매니큐어 냄새에 속이 뒤틀렸지만 난 그게 맘에 들었다. 조조를 임신하기 전에 나는 부모님이 늘 집을 비우는 마이클 친구들의 집 헛간에서 무릎을 꿇고 헐떡거리곤 했다. 세상이 기울어져 빙글빙글 돌았고, 뇌가 두개골에서 빠져나가 둥둥 떠다니는 것 같았다. 마이클은 내 어깨를 움켜쥐었고, 내 안으로 들어왔고, 나를 나 자신으로 돌아오게 해줬다.

"그래, 엄마는 그 사람이 싫어?" 내가 물었다.

엄마는 숨을 길게 내뱉고 식탁 맞은편에 앉았다. 엄마는 매니큐어 칠을 하지 않은 내 손을 붙잡고 손바닥이 위로 가게 뒤집더니 톡톡 두드리며 말했다.

"엄만 말이야…… 거기서 태어난 게 그 아이 잘못은 아니지. 거기서." 엄마는 한숨을 길게 내쉬었다. "그 집에서." 엄마가 한 번 더 숨을 훅 내뱉었다. 잔뜩 주름이 졌다 펴지는 그 얼굴에서 나는 엄마가 기분을 생각하고 있다는 것을 알 수 있었다. "그 아이도 그냥 남자애지. 그 나이 또래 다른 애들처럼. 처음으로 자기 오줌 냄새를 맡고 아랫도리로 생각을 하고." 네 오빠처럼, 엄마는 그렇게 말하지는 않았다. 하지만 난 그 문장이 생략되어 있다는 걸 알았다.

"나 이상한 짓 같은 거 안 했어."

"이미 그 아이와 섹스하지 않았다면 곧 하게 될 거다. 처신 잘해라." 엄마 말이 맞았지만, 나는 그 말을 듣지 않았다. 열 달 뒤, 나는 임신을 했다. 마이클이 사 온 임신 테스트기로 확인한 뒤 나는 엄마에게 그걸 가져가서 말했다. 아빠는 토요일마다 일을 했는데 아빠가 있는 데서 말하기는 싫었기 때문에 토요일을 골랐다. 끔찍한 날이었다. 초봄, 비가 밤새, 그리고 오전 내내 퍼부었다. 가끔은 천둥이 너무 가깝게 내리쳐서 목구멍이 떨리고 기도가 막힌 듯 숨을 쉬기 힘들었다. 나는 늘 번개를 무서워했다. 언젠가 번개가 거대한 푸른 호처럼 공기를 가르며 날아와 나를 칠 것 같았다. 나를 향해 날아오는 창처럼 직선으로 그 날카로운 대가리가 내게 박히면, 나는 속수무책일 것만 같았다. 나는 점점 편집증적으로 되어, 차 안에 있을 때나 내 방 창문이 흔들릴 때면 꼭 번개가 나를 따라온다는 생각이 들었다. 엄마는 아빠가 거실 전체에 지그재그로 걸어놓은 줄에 약초를 널고 있었다. 약초가 번쩍거리는 허공에 줄지어 매달려 있었다. 엄마가 웃는 듯 중얼거리는 듯 약초를 너는 동안 그 보드라운 팔뚝 뒷면이 일순간 빛을 받아 하얗게 빛났다가 어두워졌다. 자기 배를 보여주는 아기 고양이처럼.

"드디어 오는구나. 몇 주 동안 노래를 부르더니만."

"엄마?"

엄마는 아빠가 만들어준 소나무 발판에서 내려왔다. 아빠는 발판 윗면에 엄마 이름을 새겨 넣었다. 연기 같은 글자들. 필로멘. 그것은 오래 전 엄마가 받은 어머니날 선물이었다. 그때 나는 너무 어려서 내가 줄 수 있는 도움이라고는 엄마의 이름 옆에 조그만 별과 가운데서 겹쳐지는 선 네 개를 긋는 것이 전부였다. 기븐은 지금은 엄마의 발에 닳아 흐릿해졌지만 그땐 진창 웅덩이처럼 진한 색이었던 장미를 새겨 넣었었다.

"네가 나에게 말할 용기가 생기려면 얼마나 걸리려나 하고 있었다." 엄마는 발판을 가지고 멀리 가버릴 것처럼 옆구리에 끼더니, 부엌으로 가서 소파에 앉아 발판에 두 다리를 꼬아 올렸다.

"엄마?" 나는 물었다. 천둥이 내리쳤다. 누군가 뜨거운 기름을 내 얼굴과 가슴에 끼얹은 것처럼 목과 겨드랑이가 뜨거워졌다. 나는 주저앉았다.

"너 임신했어." 엄마가 말했다. "두 주 전에 봤다."

엄마는 무릎께 나무 발판에 손을 올렸다가 내게 손을 얹었다. 번개처럼 무자비한 손이 아니라 건조하고 따뜻한 손, 열심히 일해 부드럽게 무뎌진 손이었다. 그 손이 보풀을 한 개 털어내려 아주 잠깐 내 어깨에 닿았다. 나는 놀라서 몸을 움츠리며 발판 위로 고개를 떨어뜨렸고, 엄마의 손은 내 등을 둥글게 문지르고 있었다. 나는 울고 있었다.

"미안해." 내가 말했다. 발판의 나무가 딱딱하게 내 입에 부딪혔다. 단단한 나무에 내 눈물이 스며들었다. 엄마가 나에게로 몸을 숙였다.

"이제 미안해할 건 없단다, 아가." 엄마가 내 어깨를 붙잡더니 나를 일으켜 세우고 눈을 바라보았다. "어떻게 하고 싶니?"

"무슨 말이에요?" 가장 가까운 낙태 수술 병원이 뉴올리언스에 있었다. 학교에서 잘 사는 애들 중에 변호사 집 딸이 임신

했을 때 간 적 있어서 나는 그 병원이 거기 있다는 것을, 그리고 비싸다는 것을 알고 있었다. 나는 우리에게 그럴 돈은 없다고 생각했다. 내가 맞았다. 엄마는 널어놓은 약초들을, 머리 위 서늘하게 번쩍거리는 허공에 정글처럼 꽉 들어차 있는 그것들을 가리켰다.

"내가 줄 수 있는 게 있는데." 엄마가 말끝을 흐렸다. 엄마는 얼룩이 져 읽기 힘들어진 책을 보듯 나를 보고는 헛기침을 했다. "내가 훈련받던 초창기에 배운 거지. 나는 많이 마셔본 적이 없는 차야." 엄마는 보푸라기를 하나 더 찾아낸 내 무릎에 부드럽게 손을 올렸다. 그러고서 다시 등을 뒤로 기대자 엄마의 통바지가 무릎 부분에서 팽팽하게 당겨졌다. 몇 년 뒤, 엄마가 암의 통증을 처음으로 느낀 곳이 바로 거기였다. 무릎. 통증은 그다음 엉덩이로, 허리로, 척추로, 두개골로 올라왔다. 그것은 엄마의 뼈를 타고 기어 올라오는 뱀이었다. 가끔 나는 엄마가 소파에 앉아 나를 그 약한 손길로, 나를 어느 방향으로도 돌리려는 마음 없이 약한 손길로 어루만지던 그날을 떠올렸다. 기쁜을 잃은 슬픔으로 생명에 허기를 느끼고 있었으니 엄마 역시 조조를 원했을 텐데도. 때로 나는 암이 바로 그 순간에도 우리와 함께 있었을까 궁금했다. 다른 형태의 수정란인 그것이, 슬픔이 엉기고 총알구멍이 숭숭 뚫린 그것이 엄마의 골수에서 꿈틀거리고 있었을지 궁금했다. 그날, 엄마는 연노랑 꽃무늬가 가득한 천으로 직접 만든 블라우스를 입고 있었다. 꼭 장미 같았다. "너 이 아기를 원하니, 레오니?"

채찍이 훑고 지나간 듯 번개가 집 안을 밝혔고, 나는 천둥이 내리칠 때 놀라 펄쩍 뛰었다.

목에 메어 기침을 하는 내 등을 엄마가 도닥여줬다. 엄마의 덩굴손 같은 머리칼은 습기 때문에 동글동글 말리고 사방으로 뻗쳐서, 얼굴을 감싼 그 머리칼이 꼭 살아 있는 것 같았다. 번개가 다시 한 번, 이번에는 집을 휘어 감으며 바로 우리 위로 꽂히듯 내리쳤다. 엄마의 피부가 돌처럼 하얗게 보이고 머리카락이 넘실대는 것 같은 게, 어렸을 때 옛날 영화에서 봤던 초록색 비늘의 메두사가 떠올랐다. 그런 게 아니었구나. 메두사는 엄마만큼 아름다웠어. 바로 그래서 남자들이 얼어붙었던 거야. 세상에서 너무도 완벽하고 강렬한 것을 본 충격으로.

"응, 엄마." 나는 말했다. 그 생각을 하면 지금도 내 안에서 뭔가가 뒤틀린다. 내가 망설였다는 사실, 그 번갯불 속에서 엄마 얼굴을 보며 나도 엄마가 되고 싶은 마음, 세상에 아기를 내보내고 싶은 마음, 평생 아이를 안고 살고 싶은 마음을 억누르려 했던 사실을 생각하면. 엄마와 무릎을 딱 붙인 채 등을 구부리고, 고개를 떨어뜨리고 그 소파에 앉아 있으니 나는 거울이 떠올랐다. 또 내가 얼마나 다른 여자가 되고 싶어 했는지, 얼마나 어디 먼 곳으로 가서 살고 싶어 했는지가 떠올랐다. 서쪽 캘리포니아로 마이클과 함께 가고 싶었다. 그는 늘 서쪽으로 가서 용접공으로 일하며 살겠다는 이야기를 했다. 아기가 있으면 그러기는 어려울 것이었다. 나를 빤히 보는 엄마는 더 이상 돌이 아니었다. 엄마의 눈가에 주름이 지고 입은 일그러졌다. 그건 내가 무슨 생각을 하는지 엄마가 정확히 알고 있다는 뜻이었고, 나는 엄마가 독심술도 할 수 있는 게 아닌지, 엄마 눈을 피하려고 하는 나를 꿰뚫어 본 건 아닐지 걱정이 됐다. 그러나 그러고서 마이클을, 그가 얼마나 행복해할지를 떠올리자, 내가 그의 한 조각을 늘 갖고 다니게 된다는 사실을 떠올리자 내 불안은 주물 솥 위에서 비계가 녹듯 사라졌다. "원해."

"난 네가 학교를 먼저 마치기를 바랐는데." 엄마가 말했다. 이번엔 내 정수리 쪽 머리칼에서 보푸라기를 또 하나 털어냈다. "하지만 이제 이렇게 됐으니, 해야 할 일을 하자꾸나." 그러고서 엄마는 웃었다. 이가 보이지 않는, 입술이 일직선이 되는 웃음이었고, 나는 고개를 숙여 다시 엄마 무릎에 이마를 갖다 댔다. 엄마는 두 손으로 척추를 따라 내 등과 어깨를 쓸어주었고, 목 밑부분을 꼭 눌러주었다. 그러는 내내 흐르는 시냇물처럼 쉬 소리를 냈다. 바깥에서 쏟아지는 물을 전부 자기 안으로 끌어들였다가, 나를 위로하기 위해 그것을 조금씩 흘려보내고 있는 것처럼. Je suis la fille de l'océan, la fille des ondes, la fille de l'écume('나는 바다의 딸이다, 파도의 딸이다, 포말의 딸이다'라는 뜻의 프랑스어). 엄마가 중얼거렸고, 나는 알았다. 엄마가 레글라 성녀님을 부르고 있다는 것을. 그 바다의 별을. 엄마는 그 쇳소리와 말로 대양과 바닷물의 여신 예마야를 소환하고 있었고, 그 여신처럼 나를 붙들고 있었다. 생명을 주는 세상의 모든 물인 엄마의 팔로.

나는 나도 모르게 잠들었다가, 마이클의 손가락이 내 어깨로 파고들며 날 흔들어 깨웠을 때에야 깼다. 입안이 몹시도 버석거렸고, 입술은 딱 붙어 떨어지지 않았다.

"경찰이야." 마이클이 말했다. 우리 뒤로 도로는 텅 비어 있었지만, 긴장한 손과 커다래진 눈을 정신없이 굴리는 그 모습에 나는 상황이 심각하다는 것을 알 수 있었다. 경찰은 눈에 보이지 않았고 사이렌도 들리지 않았지만 거기 있었다.

"자기 면허증 없잖아." 내가 말했다.

"자리 바꾸자." 그가 말했다. "운전대 잡아."

나는 운전대를 잡고 발로 차 바닥을 꽉 지탱하며 엉덩이를 좌석에서 떼어, 그가 한쪽 다리를 조수석으로 두고 미끄러져 들어올 수 있게 했다. 그가 액셀에서 발을 떼자 차가 느려지기 시작했다. 내가 왼발을 액셀 페달 근처에 두자, 나는 별안간 차 한가운데서 그의 무릎 위에 앉게 되었다.

"썅, 썅, 썅." 그가 소리 내어 웃었다. 겁먹었을 때 하는 행동이었다. 내가 진통에 들어갔을 때, 세인트저메인에 있는 편의점 과자 칸에서 양수가 터졌을 때 그는 나를 품에 안고 트럭으로 옮기면서 욕을 하며 동시에 웃고 있었다. 그는 전에 한번 말한 적이 있었다. 어렸을 때 한밤중에 손전등을 들고 소 넘어뜨리기 장난을 하러 나갔는데, 소 한 마리가 친구를 발로 찼다고. 씹는담배를 씹으면서도 이를 몇 년 동안 닦지 않아 입 한가득 썩은 이가 가득했던 그 빨강 머리 친구는, 넘어질 때 힘을 꽉 주는 바람에 연필처럼 가는 팔이 나뭇가지처럼 분질러지고 말았다. 팔꿈치의 뼈 한 조각이 삐쭉빼쭉한 굴 껍질처럼 팔 거죽 밖으로 튀어나왔다. 진주색이었다. 마이클은 그때 자기 웃음소리에 자기도 놀랐다고 했다. 여자애들처럼 숨이 넘어가는 듯한 날카로운 웃음. 마이클은 자기 무릎에서 나를 들어 올려 조수석으로 미끄러져 들어갔고, 내가 운전석에 앉았을 때 2차선 고속도로에서 파란색으로 번쩍이는 불빛이 사이렌을 울리며 빠르게 따라붙었다.

"갖고 있어?" 내가 물었다.

"뭘?"

"그 망할 거. 그거, 알이 준 거."

"씨팔!" 마이클이 주머니를 더듬었다.

"뭐야?" 미스티가 뒷좌석에서 깨어나 몸을 틀어 뒤를 보았다. 나는 속도를 줄였다. "아, 썅." 그녀는 불빛을 보고 내뱉었다.

백미러를 보니 조조는 나를 똑바로 쳐다보고 있었다. 영락없는 아빠였다. 밑으로 처진 입가, 매부리코, 흔들림 없는 눈빛, 미카엘라를 안고 있는 어깨. 이제 미카엘라는 자다 깨 울고 있었다.

"시간이 없어." 마이클이 말했다. 그는 차 발판을 더듬거리면서 바닥의 작은 틈새로 그 투명한 작은 비닐봉지를 쑤셔 넣으려고 했지만, 주유하는 동안 편의점에서 내가 사준 티셔츠 뭉치며, 알이 준 돈으로 산 감자칩과 닥터페퍼와 사탕이 든 비닐봉지며 바닥에 뭐가 너무 많았다. "여기 씨팔, 구멍까지 났어." 투명 비닐봉지 아래쪽이 터져 흰색과 노란색의 결정이 양끝에 건조하게 바스러져 있었다.

나는 봉지를 뺏었다. 입안에 쑤셔 넣었다. 침을 좀 모아서, 삼켰다.

경찰관은 젊었다. 나만큼, 마이클만큼 젊었다. 말라서 모자가 너무 커 보였고, 차 안으로 몸을 수그린 그의 얼굴 위로 앞머리에 바른 젤이 말라서 가루가 떨어지기 시작하고 있었다. 그가 말을 하자 계피 민트 냄새가 났다.

"차선 넘은 거 알고 계셨나요, 부인?" 그가 물었다.

"몰랐습니다, 경찰관님." 봉지가 목구멍을 목화솜 뭉치처럼 꽉 채웠다. 나는 숨을 쉴 수 없을 것 같았다.

"무슨 일 있습니까?"

"없습니다." 마이클이 나 대신 말했다. "운전을 한 지 몇 시간이 되어서요. 이 사람이 좀 피곤한가봐요."

"선생님." 경찰은 고개를 가로저었다. "면허증과 보험증서 가지고 차에서 좀 내려주시겠습니까, 부인?" 그에게서 냄새가 또 훅 끼쳐왔다. 땀과 향신료 냄새.

"네." 나는 말했다. 자동차 앞좌석 사물함은 냅킨과 일회용 케첩 봉지와 물티슈로 엉망이었다. 경찰관이 몇 걸음 떨어져서 잡음 섞인 목소리로 무전기에 대고 말을 하는 동안, 마이클은 몸을 숙여 내 등에 손을 얹었다.

"괜찮아?"

"건조해." 나는 기침을 했고, 보험증서를 꺼냈다. 나는 지갑을 통째로 들고 차 밖으로 나와 경찰관이 돌아오기를 기다렸다. 미카엘라만 빼고 다들 차 안에 얼어붙은 듯 앉아 있었다. 미카엘라는 도리질을 하며 울어댔다. 늦은 오후, 나무들은 도로 양쪽에 나란히 정렬해 있었다. 갓 부화한 봄의 곤충들이 쉭, 틱 소리를 냈다. 갓길 도랑에 가득 고인 물속에는 헤엄치는 올챙이들이 그득했다.

"왜 아기가 카시트에 있지 않습니까?"

"아파서요." 내가 말했다. "우리 아들이 동생을 카시트에서 빼낼 수밖에 없었어요."

"차에 있는 저 남자분과 다른 여자분은 누군가요?"

내 남편이요, 그렇게 하면 우리 관계가 입증이라도 된다는 듯 나는 말하고 싶었다. 하다못해 내 약혼자요, 라고라도. 그러나 진실을 간신히 말하기도 힘든 마당에, 목구멍에 이 덩어리를 넣고 거짓말을 하면 틀림없이 목이 멜 거라는 걸 나는 알고 있었다.

"제 남자친구요. 그리고 같이 일하는 친구고요."

"어디로 가고 있었습니까?" 경찰이 물었다. 그의 손에는 교통 위반 딱지가 들려 있지 않았고 나는 겁이 났다. 배 속에서 끓어오르던 두려움이 위산처럼 화끈거리며 목구멍을 타고 올라, 위 속으로 천천히 내려가던 봉지를 밀어 올리고 있었다.

"집으로요." 나는 말했다. "연안으로."

"어디서 오시는 겁니까?"

"파치먼이요."

그 순간 말을 잘못했다는 것을 알았다. 다른 데를 댔어야 했다. 그린우드나 이타 베나나 내치즈를. 그러나 벌써 나온 말은 파치먼이었다.

니은 받침을 다 발음하기도 전에 내 손에 수갑이 채워졌다.

"앉으세요."

나는 앉았다. 목구멍 속 덩어리는 젖은 솜이 되어, 내려가면서 점점 더 묵직해졌다. 경찰이 차로 다시 걸어가서 마이클을 내리게 하고, 그에게 수갑을 채우고 그를 걷게 해 내 옆에 앉혔다.

"자기?" 마이클이 말했다. 나는 가만있으라고 고개를 저었다. 봄비로 습한 공기가 또 다른 젖은 솜뭉치인 양 모든 게 나를 숨 막히게 했다. 조조가 차에서 나왔고, 미카엘라가 두 다리로 그를 꽉 붙들고 매달려 있었다. 두 팔은 조조의 목에 단단하게 감겨 있었다. 미스티가 두 손바닥을 앞으로 향하게 들고 입술을 움직이면서 뒷좌석에서 나왔지만, 나는 그녀가 뭐라고 하는지 하나도 알아들을 수 없었다. 경찰은 둘을 번갈아 보다가 결정을 내리고 조조 쪽으로 갔고, 경찰의 손에 세 번째로 수갑이 들렸다. 미카엘라가 울부짖었다. 경찰이 미스티에게 미카엘라를 데려가라는 손짓을 했고, 미카엘라는 미스티가 조조에게서 저를 떼어내려 하자 조조의 목에 얼굴을 파묻고 발길질을 해댔다. 미카엘라는 미스티라면 질색을 했다. 전에 담배를 사러 주 간고속도로에 있는 편의점에 다녀오다가 미카엘라를 미스티 집에 데려간 적이 있는데, 미스티가 차로 몸을 숙여 인사하자 미카엘라는 고개를 돌리고 못 들은 체하며 물었다. "조조는?"

"숨 좀 쉬어봐." 마이클이 말했다.

조조가 얼마나 어린지를 너무 쉽게 잊고 있었다는 걸 나는 지금 경찰 옆에 선 모습을 보고서야 깨달았다. 그 멀쑥한 키, 두 툼한 배를 보면 다 컸다고 생각하기 쉬웠다. 하지만 아직 아기 였다. 조조가 주머니에 손을 뻗으려는 순간 경찰이 총을 꺼내 들고 조조의 얼굴에 겨누었을 때, 조조는 포동포동한 무릎으로 아장아장 걷는 아기에 지나지 않았다. 나는 소리를 질러야 했 지만, 그럴 수 없었다.

"썅." 마이클이 내뱉었다.

조조가 십자가처럼 두 팔을 들어 올렸다. 경찰의 거친 고함 소리가 공기를 갈랐고, 쉬지 않고 머리를 떨며 휘청거리는 조 조에게 경찰은 다리를 걷어차 벌리게 했다. 이제는 총구를 약 간 내려 조조의 등 한가운데를 겨누고 있었다. 나는 눈을 깜빡 였고 총알이 부드러운 버터 같은 조조의 몸을 둘로 쪼개는 것 을 보았다. 몸이 떨렸다. 다시 눈을 떴을 때 조조는 아직 멀쩡했 다. 이제는 무릎을 꿇고 있었고, 총구가 머리에 겨누어져 있었다. 미카엘라가 미스티에게서 벗어나려 몸부림을 쳤다.

"아이, 씨팔!" 미스티가 고함을 치며 미카엘라를 떨어뜨리자, 미카엘라는 조조에게 달려가 그의 등으로 몸을 던져 온몸으로, 팔과 다리로 조조를 감쌌다. 크레용과 구슬 같은 그 작은 뼈로. 방패처럼. 나는 무릎을 꿇었다.

"안 돼." 마이클이 말했다. "안 돼. 레오니. 자기, 그러지 마."

나는 무너졌다. 경찰관의 목에 꽂힌 내 이를 상상했다. 그의 목을 뜯어버릴 수도 있었다. 손이 필요치 않을 것이다. 나는 그의 두개골을 발로 차서 뭉개버릴 수 있었다. 조조가 앞으로 고꾸라졌고, 경찰이 고개를 내저으면서 한 손으로 조조에게 수갑을 채웠다. 그리고 미카엘라를 안아 들려고 손을 뻗었지만, 미카엘라는 발길질을 해댔다. 경찰이 손짓을 하자 미스티가 달려나와 미카엘라를 붙잡았지만 악어와 드잡이하듯 씨름을 해야 했다.

"조조!" 미카엘라가 소리를 질렀다. "조조한테 갈래!"

경찰이 다시 내 앞에 와서 섰다.

"차 수색에 허락이 필요합니다, 부인."

"이 수갑 좀 풀어주세요." 그가 조금 더 가까이 오면 나는 그를 들이받아 앞이 안 보이게 만들 수 있었다.

"허락한다는 뜻인가요, 부인?"

나는 침을 삼켰다. 숨을 쉬었다. 공기가 희박했다.

"네."

조조는 오로지 미카엘라만 보고 있었다. 목을 꺾어 미카엘라를 보며 뭐라고 말했는데, 그의 목소리는 바람에 흔들리는 나무들처럼 흩어졌다. 거대한 회색 파도 같은 구름이 하늘을 가로질러 미끄러져가고 있었다. 공기는 이미 축축하게 느껴졌다. 미카엘라는 미스티의 목을 때리고 있었고, 틀림없이 미스티가 욕을 하고 있다는 걸 알 수 있었다. 알아들을 수는 없었지만, 그 음절들이 철로 나무 판에 박히는 철심처럼 날카롭게 공기를 갈랐다.

"쟤 지금 총을 든 거야, 자기?" 마이클이 물었다.

내가 고개를 끄덕이고 신음했다.

경찰이 온통 쓰레기뿐인 트렁크 쪽으로 가고 있었다. 이제 수갑이 채워진 채 질식해가면서 보니 그게 보였다. 낡고 구겨진 옷들이 담긴 비닐봉지. 알이 싸준 샌드위치 가방. 타이어 레버. 자동차 배터리 충전 케이블. 빈 감자칩 봉지와 탄산음료 병으로 너저분한, 가장자리가 삭은 오래된 아이스박스. 비닐봉지가 목구멍에서 아래로 내려가 위 속으로 사라졌다. 나는 있는 힘껏 숨을 들이마셨고, 숨은 쉴 수 있게 됐지만 필로폰의 도취감은 빨리 찾아왔다. 그것이 나를 거대한 손으로 그러쥐고 흔들었다. 다른 종류의 질식이었다. 내가 몸을 덜덜 떨며 눈을 감았다 떴을 때, 유령 기븐이 조조 옆에 앉아 조조를 실제로 만질 수 있다는 듯 손을 뻗고 있었다. 기븐 아닌 기븐이 손을 떨어뜨렸다. 조조의 얼굴은 절반이 흙에 파묻혀 있었지만, 그 떨리는 입꼬리와 일그러진 입이 보였다. 아기 때, 금방이라도 울고 싶은 걸 꾹 참고 있을 때 짓던 표정이었다.

"조조한테 갈래!" 미카엘라가 소리를 꽥 질렀다. 경찰이 차에서 나와 미스티에게 걸어갔고, 미스티는 버둥거리는 미카엘라를 공중으로 들어 올렸다. 유령 기븐이 일어나 경찰관에게, 미카엘라와 미스티에게 걸어갔다.

"괜찮아, 자기?" 마이클이 물었다.

나는 아니라고 고개를 저었다. 기븐 아닌 기븐이 이번엔 미카엘라에게 손을 뻗었는데, 꼭 미카엘라가 그를 보고 있는 것 같았다. 기븐이 미카엘라를 실제로 만질 수 있을 것만 같았다. 순간 미카엘라의 몸이 굳어버렸고, 입에서 금색 토사물이 뿜어져 나와 경찰 제복의 가슴팍을 뒤덮었다. 미스티가 미카엘라를 떨어뜨리고는 등을 구부리고 구역질을 했다. 유령 기븐이 소리 없이 손뼉을 쳤고 경찰은 얼어붙었다.

"쌍!" 경찰이 소리쳤다.

미카엘라가 조조에게 기어갔다. 경찰관은 조조의 바지 호주머니를 잡아당겨 조조가 갖고 있던 조그만 주머니를 꺼내 들여다보고는, 썩은 바나나 껍질처럼 그것을 조조의 얼굴에 던졌다. 그는 성큼성큼 걸어와서 다시 우리 앞에 섰다. 우리의 수갑을 풀어주는 그의 옷에 파란색 섬광 같은 담즙이 번들거렸다.

"귀가하세요." 그가 말했다. 계피나 콜로뉴 향은 더 이상 없었다. 위산 냄새뿐이었다.

"고맙습니다. 경찰관님." 마이클이 말했다. 마이클이 내 팔을 붙잡고 나를 차 쪽으로 데려갔는데, 나는 기쁨의 떨림을 숨길 수 없었다. 필로폰이 혀를 날름거리고 있었고, 마이클의 손가락이 나를 붙잡고 있었고, 경찰이 조조의 수갑을 풀어주었다.

"아이가 호주머니에 웬 돌멩이를 갖고 있었네요." 경찰이 말했다. "귀가하시고, 될 수 있는 대로 아기는 카시트에 앉혀주십시오."

조수석으로 들어가는 나를 보며 유령 기븐이 인상을 썼다. 나는 몸이 축 늘어졌다. 눈을 깜빡일 수 없었다. 눈이 자꾸, 자꾸 번뜩 떠졌다. 마이클이 조수석 문을 쾅 닫았을 때 기븐 아닌 기븐은 고개를 내저었다.

"씨발, 씨발, 씨발, 씨발, 씨발." 미스티가 뒷좌석에서 숨을 몰아쉬었다. 조조가 미카엘라의 다리를 카시트에 묶고 카시트 통째로 미카엘라를 안았다. 플라스틱 등받이와 좌석 쿠션까지.

미카엘라는 훌쩍이며 조조의 머리칼을 한 움큼 쥐고 있었다. 나는 조조가 미카엘라에게 다 괜찮다고 말할 줄 알았는데, 그는 말이 없었다. 그저 눈을 감은 채 미카엘라에게 제 얼굴을 문지를 뿐이었다. 내 척추를 누가 밧줄로 위로 당겼다가 다시 아래로 당기는 것 같았다. 마이클이 차에 기어를 넣었다.

"우유를 마셔야 할 거야." 마이클이 말했다. 유령 기븐이 손으로 입을 훔쳤을 때에야 나는 내 입에서 코같이 질긴 침이 줄줄 흘러나오고 있다는 걸 깨달았다. 기븐 아닌 기븐이 차에서 멀어져 사라졌다. 그제야 나는 깨달았다. 유령 기븐이 시계의 중심에 있었다는 것을. 그가 떠나자 도로가 펼쳐지고, 나무가 휘청거리고, 빗물이 흐르고, 와이퍼가 좌우로 움직이며 나머지 세상이 째깍째깍 돌아가기 시작했다는 것을. 나는 몸을 반으로 접어 팔꿈치와 무릎에 얼굴을 묻고 신음했다. 그게 엄마의 무릎이기를 바랐다. 턱이 딱딱 부딪히며 갈렸다. 나는 침을 삼켰다. 숨을 쉬었다. 빌어먹게도 황홀한 맛이었다.

08.

조조

나는 그를 똑바로 볼 수 없었다. 그는 차 바닥, 케일라의 카시트와 앞좌석 사이에 끼어 앉아 나를 똑바로 쳐다보고 있었다. 팔을 무릎에 두르고 입을 손목에 갖다 댄 채 아무 말도 없었다. 한 손은 주먹을 쥐고 있었다. 나는 그런 무릎은 본 적이 없었는데, 꼭 커다랗고 낡아빠진 먼지투성이 테니스공 같았다. 팔다리도 테니스 라켓처럼 얇고 비썩 마르기는 했지만, 그래도 몸을 접어 그 공간에 들어와 있기엔 그는 너무 컸다. 말랐으니 몸 선이 날카롭긴 했어도 그게 너무 심해서 그를 보았을 때 나는 이 생각밖에 들지 않았다. 뭔가 잘못됐어. 그 문장이 다락방 구석에서 퍼덕거리는 박쥐처럼 머릿속에서 계속 날아다녔다. 나는 잠이

든 줄도 몰랐다가 차가 멈추고 전조등이 우리를 비출 때에야 깼다. 경찰이 창가에서 레오니에게 차 밖으로 나오라고 말했을 때, 소년은 더 깊이 안으로 파고들며 두 손으로 귀를 막았다.

"그들이 너를 묶을 거야." 그가 말했다.

경찰이 차 뒤쪽으로 와서 "밖으로 나와"라고 말했을 때, 소년은 공벌레처럼 더 작게 몸을 웅크리고 얼굴을 찡그렸다.

"내가 뭐랬어." 그가 말했다.

경찰에게 심문을 받은 건 처음이었다. 케일라가 고래고래 소리를 지르며 내게 팔을 뻗었고, 미스티는 투덜거리고 있는데 티셔츠가 어깨에서 한껏 더 내려가 가슴 윗부분이 다 보였다. 나는 그걸 볼 겨를이 없었다. 내 눈은 오로지 몸부림치는 케일라에게 가 있었다. 경찰은 개에게 명령하듯 내게 앉으라고 말했다. "앉아." 그래서 앉으면서도 나는 케일라처럼 저항하지 않았다는 것에 죄책감이 들었지만, 그때 리치가 생각났고 바지 호주머니에 있는 아빠의 주머니가 생각나 손을 뻗었다. 그 이빨과 깃털, 쪽지를 만진다면 내 안에 흐르고 있다는 뭔가를 느낄 수 있을지도 모른다고 생각했다. 울지 않을 수 있을지도 모른다고. 내 심장이 달리는 차에 부딪혀 정신이 나간 듯 비틀거리는 새처럼 요동치지 않을지도 모른다고. 그러나 그때 경찰이 총을 꺼내 나를 겨눴다. 나를 발로 찼다. 내게 풀밭에 엎드리라고 소리 질렀다. 내게 수갑을 채웠다. "주머니에 든 게 뭐야?" 하면서 아빠의 주머니로 손을 뻗었다. 케일라가 아주 빠르게, 작지만 맹렬하게 움직여 내 등에 올라탔다. 나는 케일라를 달래며 미스티에게로 어서 돌아가라고, 내려와서 나를 놓아달라고 말해야 했지만, 그럴 수 없었다. 그 새가 내 목구멍 안에서 미친 듯이 날개를 떨며 기어 올라왔다. 그가 케일라를 쏘면 어떡해? 나는 생각했다. 우리 둘 다 쏘면 어떡해? 그때 나는 수갑에 손목이 쓸리면서도 차창 밖을 내다보고 있는 리치를 느꼈다. 순간 후텁지근한 날씨도, 케일라를 데려가는 미스티도 잊을 뻔했지만, 잠시뿐이었고 다시 정신을 차리지 않을 수 없었다. 케일라의 갈색 팔과, 두려움을 잉태한 듯 썩어빠진 그 검은색 총 때문에.

총의 이미지가 떠나질 않았다. 케일라가 토한 뒤에도, 경찰이 내 바지 호주머니를 확인하고 살을 쏠어버린 그 수갑을 풀어준 후에도, 심지어 우리 모두 차로 돌아와 아파서 몸을 구부린 레오니를 앞좌석에 태운 채 도로를 내달리기 시작한 이후에도, 그 검은 총은 그대로 있었다. 나는 뒤통수가 따끔거렸고 어깨가 근질거렸다. 케일라는 내게 파고들어 금세 잠이 들었고 차 안은 모든 것이 축축하고 더웠다. 미스티는 이마에서 땀을 흘리고 있었고, 코를 고는 케일라의 콧잔등에는 송글송글 땀방

울이 맺혔다. 내 갈비뼈와 등을 따라서도 물줄기가 흐르는 게
느껴졌다. 내가 수갑에 짓눌려 옴폭 팬 손목을 쓰다듬으며 다
시 총을 떠올렸을 때 그 소년이 입을 열었다.

"그를 아빠라고 불러." 리치가 말했다. 그건 질문이어야 맞
을 건데, 그는 평서문처럼 말했다. 위를 올려다보니 미스티가
손가락을 물어뜯으며 창밖을 내다보고 있었다. 나는 고개를 끄
덕였다.

"네 할아버지." 소년이 말하고는, 눈을 치켜떠서 하늘에 그
가 말한 글자들이 적혀 있다는 듯 차 지붕을 올려다봤다. 마이
클은 뒷좌석에서 일어나는 어떤 일에도 관심이 없었고, 그저
차를 몰며 레오니의 등을 문지르고 있었다. 레오니는 몸을 반
으로 접고 신음하고 있었다. 나는 다시 고개를 끄덕였다.

"내 이름은?" 그가 물었다.

리치, 내가 입 모양으로 말했다.

그는 웃고 싶은 것 같았지만 웃지 않았다.

"그가 내 이야기 했어?"

나는 고개를 끄덕였다.

"나를 어떻게 알게 됐는지도 말했어? 우리가 파치먼에 같
이 있었다고?"

나는 짧게 숨을 내뱉으며 다시 고개를 끄덕였다.

"이제는 너처럼 어린 사람들은 거기 보내지 않아."

손목이 그칠 줄 모르고 쑤셔왔다.

"가끔은 거기가 변했단 생각도 들어. 하지만 자고 일어나서 보면, 아무것도 변한 게 없지."

수갑이 뼛속까지 들어갔다 나온 것 같았다.

"허물을 벗는 뱀 같아. 비늘이 바뀌면 모양은 다른데, 안은 늘 같아."

골수에도 멍이 들 수 있을 것 같았다.

"너 리버와 닮았다." 리치가 말했다. 그는 턱을 팔뚝에 괴고, 장거리달리기를 막 마친 듯 거칠게 숨을 몰아쉬었다. 케일라를 무릎에 앉힌 터라 나는 너무 더워졌다. 나는 차 바닥에 몸을 접고 앉아 있는, 어딘가 잘못된 것만 같은 이 소년으로부터 눈을 돌려야 했기에, 창밖으로 쏜살같이 지나가는 키 큰 나무들을 바라보면서 총을 떠올렸다. 총이라고 하면 아주 차가운 게 연상됐지만, 왠지 만지면 뜨거울 것이라는 생각이 들었다. 너무 뜨거워서 내 지문을 태워버릴 것 같았다.

그 길게 뻗은 도로를 족히 두 시간은 나무만 보며 달려 마침내 주유소가 나오자 마이클은 차를 댔다. 소년은 조용히 앉아 있었고, 나는 케일라에게 계속 노래를 불러주고 있었고, 미스티는 핸드폰으로 놀고 있었다. 차가 주차장에 들어갔을 때 우리는 일제히 고개를 들었다. 해가 꾸준한 한낮의 천공 드릴처럼 내리쬐고 있었다. 레오니는 앞좌석에서 계속 몸을 구부리고 있었지만 더 이상 신음 소리는 내지 않았다. 그 소년처럼 조용하기는 했어도 그처럼 가만히 있지는 않았다. 레오니는 가슴팍 앞에서 팔짱을 끼고, 혼자서 애무하는 흉내를 내듯 갈비뼈 사이사이로 손가락을 집어넣어 배와 옆구리, 등을 문지르고 있었다. 그리고 한 5초마다 누군가에게 농구공으로 얼굴을 얻어맞는 것처럼 고개를 획획 돌렸다. 나는 일곱 살 때 공원에서 몸풀기 경기를 하다가 그렇게 맞은 적이 있었다. 사촌 레트가 공을 내게 던지고는 받아, 라고 너무 늦게 외친 것이었다. 나는 사실 사촌이나 경기에 집중하고 있지 않았다. 추운 겨울 공기 속에 허벅지를 맞대고 외야석에 앉아 있는, 재킷 속으로 입김을 호호 불며 둥지 튼 암탉들처럼 옹송그리고 있는 레오니와 마이클을 보고 있었다. 나는 공 쪽으로 몸을 돌리다가 입과 코를 정면으로 맞았는데 어찌나 세게 맞았는지 별이 다 보였다. 공에는 침 자국을 남겼다. 사람들이 모두 웃었고 나는 그것이 재밌으면서 동시에 끔찍하다고 생각했다.

마이클이 레오니의 지갑을 탈탈 털어 1달러짜리 열 장을 꺼내 흔들었다.

"두 개 사 와. 우유하고 숯."

"케일라 자는데요."

"네 엄마가 아파. 위 때문에 그게 필요해."

나는 그녀가 케일라에게 먹이려고 나뭇잎으로 끓였던 회색 물, 혹은 검은 죽이 생각났다.

"직접 뭐 만들어서 케일라에게 준 적이 있어요. 그러니까 케일라가 더 안 아팠고요. 그건 더 없대요?"

나는 레오니가 만든 약이 지금 본인에게도 도움이 되지 않을까 궁금해졌다. 그녀를 아주 아프게 만들어서 안에 있던 독이 밖으로 나오게 하지 않을까.

"케일라 다 줬잖아." 미스티가 말했다.

"숯은 왜 필요해요?"

"조조, 너는 누가 뭐 시키면 꼭 이렇게 말이 많더라?"

그는 지금 나를 한 대 칠 수도 있었다. 때리는 건 대개 레오니였지만, 나는 마이클도 때릴 수 있다는 것을 알고 있었다. 그래도 주먹을 꽉 쥐고 때리지는 않았다. 늘 손바닥을 쫙 펴고 때렸지만, 그의 손이 내 얄따란 어깨며 올록볼록한 가슴팍, 타격의 통증을 흡수할 근육이 아직 생기지 않은 팔을 칠 때마다 그건 꼭 작은 삽 같았다.

"케일라가 잠들었어요." 나는 단호함을 내비치려고 다시 한 번 말했지만, 웅얼거림처럼 작게 나온 말소리는 내가 원하던 게 아니었다. 마이클이 들은 것은 우린 당신이 필요 없어요가 아니었다. 나는 약해요였다.

"카시트에 옮겨."

"그럼 깰 거예요." 내가 말했다. 케일라는 업어 가도 모르게 자는 아이였다. 게다가 몸이 좋지 않았으니 십중팔구 계속 잘 것이었다. 하지만 난 내려놓고 싶지 않았다. 리치가 저 발치에 있는데 케일라를 카시트에 두고 가고 싶지 않았다. 리치의 머리 곁에 케일라의 발가락이 있었다. 그의 입가에서 케일라의 작은 발이 달랑거리고 있었다. 케일라가 그를 보면 어쩌나?

"제기랄, 내가 사 올게." 미스티가 차 문을 열었다.

"안 돼." 마이클이 말했다. "조조, 발딱 일어나서 가게에 가서 내가 말한 거 사 와. 지금 당장."

"저 사람이 널 칠 거야. 얼굴을." 리치는 그렇게 말할 뿐 계속 고개를 수그리고 있었다. "동생에겐 손 안 댈게."

"케일라." 내가 말했다.

마이클이 돈을 내게 던지며 손을 칼날처럼 날카롭게 세웠다. 다른 손은 레오니를 진정시키느라 그녀의 어깨에 올려놓고 있었다.

"걔는 너무 어려서 내게 도움이 안 돼." 리치가 말했다. "나에게 필요한 건 너야."

"갈게요." 내가 말했다.

마이클은 돌아보지 않았다. 그는 내가 케일라를 카시트에
앉히고, 케일라가 앞으로 고꾸라지지 않도록, 그 작은 턱이 가
슴을 찍어 누르지 않도록 고개를 고정시키고, 바닥의 리치를
흘긋 보는 것을 백미러로 지켜보았다. 리치는 손가락을 흔들어
인사했지만 고개를 들지는 않았다.

"나 아무 데도 안 가." 리치가 말했다.

가게 안은 너무 시원한데 바깥 공기는 너무 뜨겁고 습해서
창문에 김이 서렸다. 우리 차는 안은 보이지 않고 얼룩진 잿빛
창문만 보였다. 계산원은 덥수룩한 갈색 수염이 사방으로 뻗친
남자였는데, 그것 말고는 마르고 노랬고, 심지어 대머리를 가
리려고 빗으로 빗어 넘긴 머리칼까지 노란색이었다. 두피도 다
른 데처럼 노래서 어디까지가 피부고 어디부터가 머리칼인지
분간하기 어려웠다. 대머리를 가리는 데는 성공한 셈이었다.

"그게 다니?" 내가 우유 1리터짜리와 작은 조개탄을 계산
대에 올려놓자 그가 말했다. 그는 엿가락 늘이듯 길게 끌며 말
했는데, 그게 무슨 뜻인지 이해하기 위해서는 번역이 약간 필
요했다. 나는 몸을 앞으로 숙였다. 그가 잘라낸 손톱만큼 약간,
한 발 뒤로 물러났다. 움찔거림이었다. 순간 내 피부가 갈색이

라는 것을 떠올리고 나도 뒤로 물러섰다.

"네." 나는 돈을 계산대 위로 내밀었다.

내가 봉지를 들고 차로 왔을 때 마이클은 실망한 얼굴이었다.

"다시 갔다 와." 그가 말했다. "망치나 스크루드라이버, 그런 걸 갖고 와. 가정용품이나 자동차 용품 파는 데 다 찾아봐. 분명 그런 게 있을 거야. 그런 게 없으면 내가 숯을 어떻게 깨겠냐?"

"그게 다가 아니었나 보네?" 내가 카운터 위에 타이어 공기압 측정기를 올려놓자 남자가 물었다.

"네." 내가 말했다. 그가 날 보고 씩 웃었는데 이가 회색이었다. 잇몸은 붉었다. 수염 속에서 깜짝 놀래키듯 튀어나온 빨간색. 그 입은 그에게서 유일하게 선명한 부분이었다. 나는 진열대 사탕 통에서 막대 사탕을 하나 꺼냈다.

"얼마예요?"

"75센트." 남자가 말했다. 그의 눈은 다른 걸 말하고 있었다. 할 수 있으면 그냥 주고 싶은데, 그럴 수가 없구나. 여기 카메라가 있어서.

"알겠어요." 내가 말했다. "영수증은 안 주셔도 돼요."

차 창문으로 마이클에게 측정기를 건네는데 잔돈이 주머니 속에서 차갑게 느껴졌다.

"잔돈 가져왔어?"

그가 잊어버렸기를 바라고 있었다. 다음 주유소에 들르면 케일라와 몰래 가게로 들어가서 소고기 육포와 음료수를 사 먹을 심산이었다. 내 안이 다시 공기만 가득 찬 풍선이 된 것 같았다. 나는 아빠가 준 부적 주머니 옆에 있던 잔돈을 꺼냈다. 내가 뒷좌석으로 들어가자 마이클은 레오니가 운전석 밑에 쑤셔 넣어둔 더러운 접시와 조개탄 한 덩어리, 측정기를 내게 건넸다.

"망할, 조개탄이 더럽게 비싸네." 그가 말했다. "부셔."

"사탕." 케일라가 말하며 내게 손을 뻗었다.

"미카엘라, 네 오빠 귀찮게 하지 마라." 마이클이 말했다. 그는 레오니의 머리칼을 매만지면서 몸을 숙여 그녀의 귀에 대고 속삭이고 있었다. 내 귀에도 몇 마디 들렸다. "숨 쉬어, 자기. 숨 쉬어봐."

"쉬이." 나는 케일라에게 말하고, 무릎을 차 문에 대고 접시와 조개탄 위로 몸을 구부렸다. 나는 측정기 때문에 접시가 깨지지 않도록 조개탄을 살살 쳤다. 케일라가 칭얼거렸고 칭얼거림은 점점 커졌다. 케일라가 곧 사탕, 사탕 소리를 지르겠지 생각하며 돌아보았을 때 케일라는 손가락 두 개를 입에 집어넣고 가만히 있었다. 그 구슬처럼 동그란 작은 눈으로 카시트에 차분하게 앉아 다른 한 손으로 카시트 버클을 문지르며 나를 살피는 케일라를 보고, 그 아이에게도 그 능력이 있음을 알 수 있었다. 내가 그렇듯이 케일라도 마음을 읽을 수 있었다. 게다가 벌써 그 방법을 알고 있으니 나보다 더 잘하는 셈이었다. 케일라는 내가 무슨 생각을 하는지 알았다. 케일라, 너 줄 사탕 가져왔는데 내가 이거 다 할 때까지만 기다려. 그러면 먹을 수 있어. 약속해. 착하지, 내 동생. 케일라가 젖은 손가락을 입에 물고 그 쌀알처럼 작고 고른 이를 내보이며 웃었고, 나는 케일라가 내 말을 알아들었음을 알 수 있었다.

"마이클, 이거 효과 있는 거 확실해요?" 미스티가 물었다.

"병원 가면 이렇게 줘요." 마이클이 말했다.

"이런 거 쓴다는 이야기는 한 번도 못 들어봤는데."

"으음." 마이클이 말했다.

"더 나빠지면 어떡해요?"

"레오니가 무슨 짓을 한지 알기나 해요?"

"네." 미스티의 목소리가 기어 들어가듯 누그러졌다.

"그러면, 뭐가 필요한지도 알겠네요."

"알죠."

"그래서 이거 사 왔잖아요." 마이클이 말했다. 그의 목소리는 콘크리트처럼 굳어 있었다. 질문에 답을 했고, 그걸로 끝이라는 것처럼.

249

"다 했어요." 내가 말했다.

"한 조각 다?"

나는 그가 황 냄새를 지독하게 풍기는 잿빛 가루 더미를 볼 수 있도록 접시를 들어 올렸다. 질 나쁜 흙 같았다. 수위가 낮을 때, 달이 뜨고 물이 빠져나갔을 때의 늪지처럼. 비가 오지 않아 가재가 굴을 파고 들어가는 진창 바닥이 파란 하늘 아래서 검고 끈적끈적해져 악취를 풍길 때의 늪지처럼. 마이클은 가루를 가져갔다. 그는 우유 통 입구의 비닐을 뜯어내고 뚜껑을 열어 두 모금을 크게 들이켰다. 나는 너무 배가 고파서 그의 숨결에서 우유 냄새를 맡을 수 있었고, 그가 석탄을 가져가서 우유 안에 넣고 뚜껑을 닫고 흔들 때도 차 안에서 우유 냄새를 맡을 수 있었다. 우유는 회색이 됐다. 마이클이 뚜껑을 튕겨 다시 열자 차 안에는 새로운 냄새가 퍼졌다. 목구멍 안쪽에서 욕지기가 올라오게 만드는, 침을 삼키고 싶게 만드는 냄새였다. 나는 침을 삼켰다.

"세상에, 맙소사, 냄새 왜 저래!" 미스티는 티셔츠 아랫부분을 끌어 올려 베일처럼 얼굴을 가렸다.

"냄새는 안 좋을 거예요, 미스티." 마이클이 말했다. 그가 레오니의 몸을 젖히자 고개가 뒤로 꺾어졌다. 나는 레오니의 눈이 감겨 있으리라 생각했지만 그렇지 않았다. 휘둥그레 뜬 눈에, 속눈썹은 벌새의 날개처럼 빠르게 퍼덕거리고 있었다. 새하얀 흰자위가 충격적이었다. "자, 자기. 이거 마셔봐."

레오니는 뼈가 없는 것처럼 몸을 배배 꼬았고 몸은 벌레처럼 구불거렸다.

"사탕?" 케일라가 물었다.

마이클이 콧구멍을 벌름거렸고 입술은 웃고 싶은 것처럼 쫙 펴져 있었지만, 거기에는 말려 올라간 곡선이 없었다. 그의 이는 개의 이빨처럼 누렇게 번들거리며 축축했다. 그의 신경은 온통 레오니에게, 그 구불거리는 목과 그를 뿌리치려는 손에만 집중되어 있었다.

나는 사탕 봉지를 깠다. 빨갛고 반들거리는 그것을 손안에 둥그렇게 말아 쥐고 케일라에게 건넸다. 마이클이 어디서 났냐고 물으면 차 바닥에서 주웠다고 말할 참이었다.

"그게 뭐야?" 리치가 물었다.

"와서 나 좀 도와줘요, 미스티." 마이클이 말했다. 우유가 그의 팔뚝을 타고 흘러내렸다. 레오니가 그를 거부하고 있었다. "코를 잡아요!"

"쌍!" 미스티가 내뱉고는 차에서 나와 앞좌석으로 옮겨 갔고, 그들은 함께 레오니를 뒤로 젖혔다. 마이클이 레오니의 목구멍으로 우유를 부었지만, 레오니가 우유를 삼키다가 숨을 쉬는 바람에 사레가 들려 잿빛 우유가 사방에 튀었다.

"나 안아줘!" 케일라가 내 무릎으로 올라왔다. 아기의 보드라운 머리칼이 내 얼굴에 닿았고 케일라의 숨결에서 지나치게 달고 시큼한 사탕 냄새가 났다. 케일라가 고개를 돌리자 나는 커다랗고 달콤한 솜사탕을 안고 있는 것 같았다.

"막대 사탕이야." 나는 속삭였다. 리치가 고개를 끄덕이고 머리 위로 두 손을 뻗었다.

"저게 너네 엄마야?"

"아니." 나는 대답했고, 더 설명하지 않았다. 마이클이 레오니를 차에서 끌어내 같이 주유소 옆 풀밭에 무릎을 꿇었다. 레오니가 성난 고양이처럼 등을 잔뜩 구부린 채 지독하게 속을 게워내고 있었다.

레오니가 토하는 동안 나는 케일라가 나만 보았으면 싶었기 때문에 동요를 불러줬다. 레오니가 등을 구부리고 토하는 것을 케일라가 보게 하고 싶지 않았고, 금방이라도 울 것 같은 그 파리한 얼굴의 마이클을 보게 하고 싶지 않았다. 미스티가 주유소에서 물컵을 들고 달려 나와 상기된 얼굴에 새된 목소리로 그들에게 가는 것을 보게 하고 싶지 않았다. 그러나 나는 동요를 다 틀리게 부르고 있었다. 레오니가 그 동요를 나에게 불러준 게 너무 오래전이라 기억은 온전하지 않았다. 그 시절 나는 레오니의 무릎에 앉아 있곤 했고 우리는 부엌에서 같이 노래를 불렀었다. 부엌에는 양파와 피망과 마늘과 셀러리를 익히느라 김이 잔뜩 서려 있었고, 공기까지 먹고 싶을 만큼 맛있는 냄새가 났다. 엄마는 내가 소를 토라고 하거나, 고양이를 도양이라고 발음하면 소리 내어 웃곤 했다. 그때 나는 지금의 케일라 나이 즈음이었을 텐데도 레오니의 냄새가 기억났다. 내 귓가에 노래를 불러줄 때 레오니에게서는 씹고 있던 붉은색 계피 껌 냄새가 났다. 내가 좀 더 커서 더 이상 레오니가 나에게 입을 맞춰주지 않게 됐을 때도, 누군가 그 껌을 씹을 때마다 나는 레오니가, 내 뺨에 닿던 그 부드럽고 건조한 입술이 떠올랐다. 케일라는 그 노래들이 내 기억 여기저기서 이어 붙인 엉성한 퍼즐 조각이어도 상관하지 않았다. 늙은 맥도널드에겐 라마가 한 마리 있어요, 버스에는 소가 한 마리 탔어요, 바퀴가 굴러가면 음매 음매, 쪼그마한 거미는 뿌루퉁 입이 나와 기어가지요. 나는 가사마다 판토마임을 덧붙였고 케일라가 가장 좋아한 것은 위로 기어가는 거미였다. 내가 양손 엄지를 걸고 손가락을 쫙 펴서 마디마디 움직이면, 케일라의 얼굴 바로 앞에 비를 맞으면서 위로 올라가고 있는 거미가 생겼기 때문이다. 단순했다. 나는 속삭이듯 노래를 불러주었고, 케일라는 그게 재밌다고 생각했는지 자기도 속삭이듯 따라 불렀다. 내가 자기 노래를 조용히 듣고 있으면 케일라도 노래를 멈추고 조용해졌다. 하지만 내가 노래를 멈추면 케일라가 팔을 내두르며 칭얼댔기 때문에 나는 다시 노래를 했다. 소년이 다시 입을 연 건 그때였다.

"리버는 늙었나?" 리치가 물었다.

나는 고개를 끄덕이고 흥얼거렸다.

"그는 너보다 더 말랐었는데. 키는 더 크고. 언제나 자기만의 뭔가가 있었지. 눈에 띄는 사람이었어. 비단 젊기 때문이 아니라, 바로 리버이기 때문이었지."

해가 하늘을 가로질러 살금살금 움직이고 있었다. 해가 소년의 얼굴을 건너뛰고 케일라에게 떨어져 내려 아기의 눈이 반짝거렸다.

"거기 있는 사람들은 대부분 그리 친절하지 않았어. 그때나 지금이나. 나쁜 사람들이 득시글거리지. 남에게 나쁜 짓을 했을 때 기분이 좋아지는 그런 사람들. 그렇게 하면 자기들 속이 풀리기라도 하는지."

해가 소년의 얼굴에 떨어져 얼굴을 환하게 해줘야 했건만, 햇살은 그의 얼굴을 더 짙은 갈색으로 만들어놓는 것 같았다.

"거기 사람들은 두들겨 패. 어떤 이들은 우리 또래 애들을 보면 더럽힐 수 있다고 생각하지. 속이 보드라운 분홍색일 거라고 생각해. 리버는 내가 그런 일을 당하지 않게 막아주려고 애썼어. 하지만 그는 다 막을 수 없었고, 나는 너무 작았지. 나는 참을 수가 없었어. 내 동생들이 밥은 잘 먹고 있는지 계속 생각이 났지. 아침에 눈을 뜨면 가시덤불이 내 안에 자라나 있는 기분이었어. 그렇지 않은 아침이 어떤 느낌일지 난 알고 싶었어."

이제 그의 얼굴은 검은빛이 드리워진 갈색이었다.

"나는 그렇게는 살 수가 없었어. 그래서 도망가기로 했지. 리버가 그 이야기도 해줬어?"

내가 고개를 끄덕였다.

"난 내가 해내지 못한 줄 알았는데." 리치가 웃었지만 힘없는 쓴웃음이었다. 그러고는 밝은 햇살 속의 새까만 밤처럼 심각한 얼굴이 됐다. "하지만 어떻게 도망갔는지를 모르겠어. 그걸 알아야겠는데." 그가 차 지붕을 향해 고개를 들었다. "리버는 알 거야."

나는 그 이야기를 더는 듣고 싶지 않았다. 나는 고개를 저었다. 그가 아빠에게 말을 걸고 그 시절에 대해 캐묻는 것을 원하지 않았다. 아빠는 도망을 친 뒤 리치에게 무슨 일이 일어났는지 한 번도 이야기해준 적이 없었다. 내가 물어볼 때마다 화제를 바꾸거나 마당 일을 도와달라고 부탁했다. 그리고 나는 아빠가 시선을 멀리로 던지거나, 내가 따라오겠지 생각하며 다른 데로 가버릴 때 그 마음을 이해했다. 아빠가 하려던 말이 무엇인지 나는 알았다. 그 이야기는 하고 싶지 않구나. 내게 상처가 된다.

"왜 그래?" 리치가 물었다. 그는 혼란스러운 얼굴이었다.

"조용히 해." 내가 작게 말했다. 그러고는 허공에서 손가락을 꼼지락거리고 있는 케일라를 보고 고개를 끄덕였다. "거미, 거미." 케일라가 말했다.

"꼭 다시 만나야 돼." 리치가 말했다. "난 알아야겠어."

마이클은 한 팔을 레오니의 무릎 밑으로, 다른 팔은 어깻죽지로 밀어 넣어 그녀를 아기처럼 들어 안았다. 레오니의 고개가 맥없이 뒤로 꺾였다. 레오니를 차로 옮기는 동안 마이클은 그녀의 목덜미에 대고 말하고 있었다. 그녀는 고개를 저었다. 미스티가 키친타월로 레오니의 이마를 닦아주었다. 리치가 자기에게도 몸이 있다는 듯, 피부와 뼈와 근육이 있다는 듯, 다시 그 비좁은 바닥으로 돌아가기 전에 스트레칭을 좀 해야겠다는 듯 약간 일어섰다.

"이렇게 내가 집에 가는구나."

오후였다. 구름은 없어지고, 거대한 파란 막 같은 하늘이 사방에 은은한 흰빛을 드리우며 케일라를 금빛으로, 나를 붉은 빛으로 물들이고 있었다. 모든 것이 빛을 빨아들이고 있는데 리치만 그것을 떨쳐내고 있었다. 나무들이 우수수 소리를 냈다.

"너는 부아 소바주 출신도 아니잖아." 나는 마치 기정사실 처럼 말했지만, 그건 질문이었다.

리치는 숨을 내쉬면 그 악취가 내 얼굴을 덮칠 것 같을 정 도로 몸을 앞으로, 내게 가까이 숙였다. 1940년대의 칫솔을 사 진에서 본 적이 있었다. 머리빗만큼 크고, 칫솔모는 쇠 같아 보 였다. 나는 파치먼에 그런 게 있기나 했을지, 아니면 아빠가 자 랄 때 그렇게 했다고 했던 것처럼 나무 잔가지를 솔처럼 부드 럽게 될 때까지 물어뜯어서 그걸로 이를 문질렀을지 궁금했다.

"네가 알지 못하는데 안다고 생각하는 것들이 있지."

"예를 들어?" 미스티가 차 앞문을 열고 있었고, 마이클이 레오니를 앞좌석에 눕히고 있었기 때문에 나는 재빨리 물었다. 앞으로는 조용히 말해야 했다.

"집이 꼭 어떤 장소여야 하는 건 아냐. 내가 자란 집은 없어 졌지. 들판에 나무 몇 그루밖에 남지 않았어. 하지만 집이 그 자 리에 그대로 있다고 해도 그게 꼭 집이 아닐 수도 있어." 리치 가 손가락 마디를 문질렀다. "모르겠어."

나는 그에게 오른쪽 눈썹만 들어 보였다. 엄마는 그렇게 할 수 있었고 나도 할 수 있었다. 아빠와 레오니는 못했다.

"집은 땅이 중요해. 땅이 너에게 자기를 열어주느냐 아니냐

가. 땅이 너를 가까이 끌어당겨서 둘 사이 거리가 없어져 둘이
하나가 되어 땅이 네 심장박동으로 뛰느냐가 중요해. 동시에
뛰는 거 말이야. 내 가족이 살았던 곳은…… 벽이었어. 딱딱한
바닥, 나무였지. 그다음은 콘크리트. 열리지 않았어. 심장박동
도 없고. 공기도 없고."

"그래서 뭐?" 내가 속삭였다.

마이클이 차를 출발시켜 주유소 옆 좁은 주차장에서 빠져
나갔다. 바람이 내 살갗에 세게 부딪혔다.

"이건 그걸 찾는 길이야."

"뭘 찾아?"

"노래. 그곳은 노래고 나는 노래의 일부가 될 거야."

"도대체 이해가 안 되네."

미스티가 나를 흘긋 보았다. 나는 창밖을 보았다.

"될 거야." 리치가 말했다. "그래서 네가 동물의 말을 알아
듣고, 눈앞에 없는 것을 볼 수 있는 거니까. 그건 너의 일부분이
야. 네 안과 네 밖에 있는 모든 것이지."

"또 뭐?" 나는 손과 입을 낮추었다.

"뭐가?"

"그거 말고 내가 뭘 또 몰라?"

리치가 소리 내어 웃었다. 바람 빠지는 소리가 나는 늙은이

의 웃음이었다.

"너무 많지."

"가장 큰 거." 내가 입술 모양으로 말했다.

"집."

나는 눈을 치켜떴다.

"사랑."

나는 케일라를 가리켰다. 리치가 어깨를 으쓱 들어 보였다.

"그거 말고 더 있지." 그가 말했다. 그는 바닥이 너무 단단하다는 듯, 사랑에 대해 말하고 싶지 않다는 듯 꼼지락거렸다. 그러고서 나를 쳐다보는 그의 눈빛은 일곱 살 때 우리 학교 서무 선생님의 눈빛 같았다. 내가 오줌을 쌌는데 레오니가 깨끗한 옷을 갖고 학교에 나타나지 않아서, 나는 교무실의 딱딱한 오렌지색 플라스틱 의자에 한 시간을 떨며 앉아 있었다. 결국 한 시간 만에 연락이 된 엄마가 와서 나를 시원한 교무실에서 뜨거운 폭염 속으로 데리고 나갔었다. 그때 서무 선생님은 내가 안쓰럽다는 듯, 내가 그 일로 알게 된 무언가가 안타깝다는 듯 나를 쳐다보았다.

"그리고 시간." 그가 말했다. "넌 시간이 뭔지 눈곱만큼도 몰라."

09. 리치

나는 조조의 그 흉터 없는 통통한 몸에서 그가 순수하다는 것을 읽을 수 있다. 젖살이 통통한 그 매끈한 얼굴, 둥그렇게 볼록 나온 배, 여동생의 손발만큼이나 보드라운 손과 발. 그는 잠들어 있으면 훨씬 더 어려 보인다. 어린 여동생은 오빠에게 온몸을 내던졌고, 둘은 모두 새끼 길고양이들처럼 입을 벌리고 팔다리를 늘어뜨리고 목젖을 내보이며 잠들어 있다. 내가 열세 살이었을 때 나는 그보다 아는 게 훨씬 많았다. 나는 쇠고랑이 살갗을 파고들 수 있다는 것을 알았다. 가죽에 살점이 버터처럼 썰릴 수 있다는 것을 알았다. 허기가 아플 수 있다는 것을, 내 속을 움푹 파내 조롱박처럼 텅 비게 만들 수 있다는 것을 알았고, 내 형제들이 굶어 죽어가는 것을 보면서 내 다른 부분 역시 움푹 파일 수 있다는 것을 알았다. 심장이 필사적으로 가슴을 뚫고 나올 것 같을 수 있다는 것을. 나는 조조와 케일라가 팔다리를 아무렇게나 늘어뜨리고 자는 것을 바라보면서 내가 어렸을 때 저렇게 자본 적이 있었던가 궁금해졌다. 리버가 나를 바라볼 때, 자기 옆에서 자고 있는 내게서 천방지축의 순진한 꼬마를 보았을지 궁금했다. 그가 동정심을 느꼈을지 궁금했다. 혹은 그것보다는 사랑이 더 많았을지. 조조가 콧방귀를 뀌듯 코를 골다가 멈추었고, 나는 내 가슴속에서 뭔가가, 내가 아직 살아 있었다면 심장이 있었을 자리에서 뭔가가 보드라워지는 것을 느꼈다.

· · ·

나 역시 어렸을 때는 시간을 이해하지 못했다. 내가 죽은 이후에 파치먼이 나를 하늘에서 끌어당길 거라고 내가 어떻게 알았겠는가? 파치먼이 나를 끌어당기고 놓아주지 않으려 할 거라고 어떻게 상상이나 했겠는가? 파치먼이 과거이고 현재이며 동시에 미래이기도 하다는 것을 내가 어떻게 생각이나 할 수 있었겠는가? 그 척박한 데서 쌓은 역사와 감정이 내게 시간이

방대한 대양이라는 것을, 모든 게 동시에 일어난다는 것을 알려주리라고 어떻게 상상이나 했겠는가?

　나는 내가 깨어난 소나무 군락에 갇혀 있었던 것처럼 그곳에도 갇혀 있었다. 흰 뱀, 검은 콘도르가 나를 찾아오기 전에 그랬던 것처럼 갇혀 있었다. 파치먼은 나를 다시 감금했다. 나는 밤마다 새 감옥을 서성거렸다. 그곳은 콘크리트 블록과 시멘트로 막힌 곳이었다. 나는 남자들이 누가 누구인지 분간할 수도 없이 뒤엉켜 어둠 속에서 섹스하고 싸우는 것을 바라보았다. 새 파치먼의 흙이 갈아엎어지는 것을 너무나 여러 번 보았다. 그 검은 새를 기다렸지만 새는 없었다. 나는 절망했고, 땅속으로 파고 들어가 잠을 잤고, 일어났을 때는 새로운 파치먼의 탄생을 목도했다. 사슬에 묶인 남자들이 땅을 고르고 총받이와 모범수 사수들을 위한 첫 막사를 짓기 위해 첫 통나무를 놓는 것을 바라보았다. 나는 악몽을 꾸고 있다고 생각했다. 땅속으로 들어가 잠을 자고 다시 깨어나면 새 파치먼으로 돌아와 있을 줄 알았지만, 자고 일어났을 때 나는 감옥이 생기기 전 시절의 델타 땅에 있었다. 원주민들이 사냥을 하고, 쉬는 동안 나무 막대로 공놀이를 하고 담배를 피우면서 그 비옥한 땅 위를 돌아다니고 있었다. 어리둥절해져 나는 다시 땅속으로 들어가 잠을 잤고, 일어나 다시 새 파치먼을 마주했다. 머리를 길게 땋아

내린 남자들이 창문도 없는 작은 방에 몇 시간이고 앉아, 꿈을 흘려보내는 커다란 검은 상자들을 뚫어지게 바라보고 있었다. 파란 불빛을 받은 그들의 얼굴은 송장처럼 굳어 있었다. 나는 몇 번이고 땅으로 들어가 잠을 자고 깨어나다가 이것이 시간의 속성이라는 것을 깨달았다.

내가 옛날 파치먼에서, 리버와 같이 살았던 그곳에서 다시 잠을 깨지 않은 것은 작은 축복이었다. 그 파치먼에는 기억 속에서만, 늪의 수면에서 부글거리는 거품처럼 올라오는 내 기억 속에서만 방문했다. 리버는 파치먼에 여자가 있었다. 잠들면 나를 둘러싸는 어두운 기억의 장막 속에서도 금빛으로 빛이 나는 여자였다. 그녀는 감옥 안 흑인들에게 몸을 파는 매춘부였고 나처럼 마르고 까맸다. 눈동자는 밤이 찾아왔을 때의 나무처럼 칠흑 같은 것이 내 엄마라고 해도 좋을 것 같았다. 그녀는 노란색을 많이 입었다. 한번은 리버에게 왜 그녀를 좋아하냐고 물었더니 내가 좀 더 크면 알게 될 거라고 말했다. 그녀를 사랑하느냐고 물었을 때는 고개를 저었다. 나는 저 아래 멕시코만에 그가 사랑하는 사람이 있는지, 바다의 소녀가 있는지 궁금했다.

나와 리버에게 그 살인 사건에 대해 말해준 것은 노란색 옷을 입는 여자, 다른 남자들이 햇살 여인이라 부르던 그 여자였다. 그날은 파치먼에서 그녀의 마지막 날이었지만 리버와 나는 둘 다 알지 못했다. 그녀는 팔짱을 끼고 한 손으로 입을 가리고 앉아서 모범수 사수들을 바라보고 있었다. 셋이 같이 마당 한 구석 창고 그늘에 앉아 있었는데, 그녀가 얼마 전 목이 매달려 죽었다는 남자 이야기를 해줬다. 내치즈 외부에서 온 흑인이었지. 그가 어느 날 자기 여자와 읍내에 나갔다가, 백인 여자가 지나 갈 때 보도에서 내려가지 않은 게 화근이었다고 했다. 그 여자와 너무 가까이 걸었던 거야. 진짜 아슬아슬하게 스쳐 지나갔지. 여자의 옷 아래에 있는 보드라운 살결이 느껴질 정도로. 햇살 여인이 말했 다. 백인 여자는 흑인 여자와 남자에게 침을 뱉고 욕을 퍼부었고, 흑 인 여자는 미안하다고 말했어. 자기 남자가 일부러 그런 건 아니라 고. 사실 그 남자는 비가 엄청 오면서 깊은 물웅덩이가 생겨 있 었기 때문에 자기 여자가 보도에서 내려가는 게 싫었던 거라 고, 그리고 그 흑인 남자는 자기 여자가 깨끗하게 걸을 수 있도 록 지켜줬기에 스스로가 자랑스러웠을 거라고, 햇살 여인은 생 각했다. 여자는 가장 예쁜 드레스를 입고 있었거든. 햇살 여인이 말했다. 그 백인 여자는 집에 가서 남편에게 흑인 남자가 자기 를 추행했고 흑인 여자는 자기에게 무례하게 굴었다고 말했다. 그 흑인 남자와 여자는 집으로 가는 길에 군중에 둘러싸였다. 저 사람들이에요. 백인 여자가 말했다. 바로 저기 있는 사람들요.

햇살 여인은 모여든 이들이 백 명이 넘었다고 말했다. 마을 사람들은 횃불이며 등불이며 마을의 모든 불이 밤부터 새벽까지 타오르는 것을 보았다.

바로 그때부터 햇살 여인이 목소리를 낮추기 시작했다. 다음 날 사람들은 숲에서 그 흑인 연인을 발견했다고 했다. 군중에게 너무 심하게 두들겨 맞아 눈이 안 보일 정도로 얼굴이 부어 있었다. 땅에는 파라핀지와 소시지 포장지와 다 먹고 버린 옥수숫대가 지천이었다. 남자 몸에는 손가락과 발가락과 생식기가 없었다. 여자에게는 이가 없었다. 둘 모두 나무에 목이 매달려 있었고, 군중이 둘을 불에 태우는 바람에 나무 주변의 땅도 불에 타버렸다. 사람이란 안전하지 않아. 햇살 여인이 말했다. 그래서 여기서 날 보는 게 오늘이 마지막일 거야, 리버. 나는 이모와 삼촌이 사는 시카고로 가. 그리고 여기서 나와서 그리로 오지 않으면 자기는 바보인 거야.

리버는 뭔가 끔찍한 것을 삼킨 얼굴, 밥을 먹다가 벌레나 돌을 씹은 얼굴이 됐다. 아니, 햇살 여인. 나는 남쪽으로 돌아가요. 리버가 나를 흘긋 보고 말했다. 우리에게 그 이야기는 하지 말았어야 했는지도 모르겠네요. 좀 기다려야 했는지도 모르겠어요.

여기 들어올 정도면 저 아이도 다 컸어, 리버. 햇살 여인이 말했다. 그 정도 알 만큼은 컸다는 뜻이야.

리버는 여자의 팔에서 팔짱을 풀고 햇빛 속으로 한 발 내디 뎠다.

저 아이가 여기 있다고 해서 그런 걸 감당할 수 있다는 뜻은 아니에요. 그래야 할 필요가 없어요. 리버가 말했다.

햇살 여인은 리버에게 실망하고 화가 난 것 같았는데도 그에게 팔짱 끼고 있던 팔을 풀지 않았다. 그리고 말했다. 미안해, 리버. 미안하다, 꼬마야. 그녀는 리버를 끌고 저만치 갔다. 둘은 나만 혼자 건물 그늘에 세워두었다. 나는 녹슨 양철 지붕을 올려다보면서 뒤늦게 생각했다. 햇살 여인에게 내가 그런 일을 당신 얘기를 듣고 처음 안 게 아니라고 말할걸. 그렇게 말했으면 리버가 그녀에게 화를 덜 냈을까. 예전에 숲속에서 동생들과 놀다가 나무에 매달린 사람 형체를 발견한 적이 있었다. 키가 나만큼 작은 남자였는데, 썩어서 흐물거리며 악취가 났고 입은 씩 웃고 있는 듯 벌어져 있었다. 그 웃음은 악마의 웃음이었다. 내 어린 동생들은 소리를 지르며 집으로 달려갔고, 내가 걸어서 집에 도착하자 엄마는 따귀를 때렸다. 첫째인 내가 동생들을 가면 안 되는 곳으로 끌고 갔다면서. 그러나 나는 리버가 햇살 여인을 책망하고, 나를 보호하기 위해 여자에게서 한 발 물러났던 것을 떠올리면서 사랑을 이해하기 시작했다. 나는 리버와 햇살 여인의 행동이 사랑이 아니라, 리버가 나를 위해 햇빛을 받으며 서 있던 게 바로 사랑이라는 것을 이해하기 시작했다. 나는 땅에 주저앉아버렸다. 나는 햇살 여인을 불러서 내가 그렇게 하겠다고, 내가 석방되면 북부로 가겠다고 말하고 싶었다. 나를 돌아보던 리버의 눈은 말갛고 새카맸다. 꼭 내 생각을 들은 것 같았다. 내가 하고 싶은 말을 아는 것 같았다. 햇살 여인이 리버를 데리고 멀어지는 것을 보면서 나는 발가락이, 발바닥이, 다리가, 엉덩이가, 등줄기가 따끔거렸다. 그 따끔거림이 뼛속에서 불로 타올라 내 갈비뼈를 태우는 것을 느꼈다. 강렬한 감정이 솟구치고 목구멍에서 목소리가 트이듯 외마디 절규가 내 온몸에서 터져 나오는 것을 느꼈다. 바로 그때 나는 내가 도망칠 거라는 것을 알았다.

나는 리버가 나와 나란히 자면서 어둠 속에서 이야기를 들려줬을 때 집이라는 것을 이해하기 시작했다. 한번은 리버가 바다 이야기를 해준 적이 있었다. 내 고향에는 물이 진짜 많아. 강줄기를 타고 북부에서 내려오는 거지. 고여서 늪지가 돼. 바다로 흘러 들어가서 더 이상 보이지 않는 저 끝까지 펼쳐지지. 색깔이 바뀌어. 그가 말했다. 작은 도마뱀처럼. 때로는 폭풍우 몰아치는 파랑. 때로는 서늘한 잿빛. 이른 아침엔 은빛. 그걸 바라보면 거기 신이 있다는 걸 알 수가 있어. 다른 총받이들이 기침을 하고 뒤척일 때 그가 내게 말했다. 아마 언젠가, 너와 내가 여기서 나가면 너도 와서 직접 볼 수 있을지도 모르지. 리버가 말했다.

케일라가 조조의 목에 팔을 두르자 조조는 동생의 등 뒤로 팔을 둘렀고, 나는 그들이 같은 꿈을 꾸고 있을지 궁금했다. 그들이 집 꿈을 꾸고 있을지 궁금했다. 하늘의 무게를 떠받치고 있는 우거진 나무들을. 바다로 흘러드는 강을. 강으로 내달리는 시내들을. 조조가 오기 전에 내가 파치먼을 떠날 수 없었던 건 그곳이 내게 집 같은 곳이었기 때문이 아닐까 하는 생각이 들었다. 개를 묶어두는 쇠사슬처럼 끔찍하고 훈육적인 집. 개들을 신경질적으로 짖게 만들고, 제자리를 맴돌며 풀뿌리를 파게 만들고, 작은 동물들을 무참히 공격하게 만들고, 살아 있는 것은 손 닿는 족족 죽이게 만드는 집.

조조가 파치먼에 온 오늘, 나는 그 흰 뱀의 속삭임에 깨어났다. 뱀은 내게 귓속말을 해주려고 저 땅 밑에 둥지를 짓고 나와 같이 있었다. 어둠 속에서 내 머리 위에 또아리를 틀고 있다가 내게 속삭일 수 있도록. 일어나면, 내가 너를 이 세상의 바다를 건너 다른 세상으로 가게 해줄 수 있어. 이곳이 너를 묶어두고 있어. 이곳이 네 눈을 가리고 있어. 날 수 없어도 비늘을 간직해. 남쪽으로 가. 리버에게, 물의 얼굴에게로 가. 그가 너에게 알려줄 거야. 남쪽으로 가. 뱀은 내 목을 휘감아 나를 놀라게 해서 땅 위로 올라가게 했다. 올라가 활짝 핀 거미백합의 향기처럼 짙디짙은 리버의 핏줄의 냄새를 맡게 했다. 내가 주차장에서 조조와 케일라를 보았을 때 뱀은 내 어깨에서 새로 변해 바람을 타고 홀로 남쪽으로 날아갔다. 케일라가 자다가 칭얼거려 조조가 등을 쓸어주며 달랠 때 그림자 하나가 날아와 그들 위를 지나갔다. 저기 하늘 위, 비늘 덮인 새가 어두운 빛을 뿜으며 날아가고 있었다.

내가 따라갈게. 내가 말했다. 새가 내 말을 들었기를 바랐다. 나는 말했다. 나 집에 가.

10.
레오니

처음 데이트를 시작했을 때 마이클과 나는 늪지의 방파제에 그의 차를 세워두고, 한 달 내내 매일 밤을 같이 보냈다. 열린 창문으로 짭짤하고 달콤한 바람이 들어오는 차 안에서 부드러운 살결을 맞대며 키스했다. 한 달을 킬에 있는 그의 집만 빼고 어디든 차를 타고 돌아다니다, 동이 트기 한 시간 전이 되면 그는 나를 우리 집 앞에 내려줬다. 그러다가 한번은 내가 강가 벼랑에서 떨어진 적이 있었다. 나는 울퉁불퉁한 강기슭을 건너뛰려고 힘껏 내달렸고, 솜털같이 보드라운 새카만 물속으로 떨어져 바닥까지 내려갔다. 강바닥은 흙이 모래 알갱이보다 고운 진흙 같았고 끈적거리며 풀어진 썩은 나무들이 여기저기 가라앉아 있었다. 나는 헤엄쳐 올라가지 않았다. 떨어지면서 팔과 다리가 감각을 잃었기 때문이다. 천둥소리를 내며 물에 부딪힐 때 팔다리가 마비됐기 때문이다. 대신 물에 나를 맡겼다. 그러자 뿌연 빛을 향해 천천히 위로, 더 위로 떠올랐다. 마비된 듯 떠밀려 올라오던 그 느낌이 무서워서 두 번 다시는 그러지 않았기 때문에, 나는 그 느낌을 선명하게 기억하고 있었다. 덜컹거리는 차 안, 차창으로 비스듬하게 잘려 들어오는 빛을 받으며, 내 머리칼 사이에 있는 마이클의 손가락을 느끼며 그의 무릎 위에서 잠을 깨는 것이 꼭 그런 기분이었다. 어둡고 깊은 곳에서 솟아오르는 기분이었다. 나는 몸을 조금 일으켜 이마를 마이클의 허벅지에 대고 끙 소리를 냈다.

"어이." 톤이 올라간 그의 목소리에 웃음기가 묻어 있었다. 내가 그의 사타구니에 너무 붙어 있었다.

"어이." 내가 말하며 몸을 일으켰다. 몸을 다 일으켜 세웠을 때 뭔가 잘못된 느낌이 들었다. 척추뼈 전체가, 연결된 조각들 하나하나가 와르르 무너졌다가 비뚤어지게 다시 세워진 것 같았다.

"기분이 어때?"

"뭐가?"

마이클이 내 이마의 머리칼을 쓸어 넘겼고 나는 그 손길에 눈을 감았다. 목구멍이 불에 타는 것 같았다. 마이클이 백미러를 한번 보고는 나를 끌어당겨 자기 어깨에 기대게 하고 내 귀에 입술을 갖다 댔다.

"경찰이 우리 차 세웠잖아, 기억나? 알이 준 그 빌어먹을 걸 버릴 시간이 없어서 자기가 삼켰고. 망할 놈의 차 바닥이 엉망진창이 됐어. 세차해야 할 거야, 레오니." 그렇게 말하니 그는 꼭 엄마 같았다.

"알아, 마이클. 그리고 또?"

"내가 주유소에서 우유랑 숯 사다가 자기에게 먹였어. 자긴 다 토했고."

침을 삼키자 혀뿌리가 아파왔다.

"입안이 아파."

"너무 많이 토해서 그래."

차창 밖 세상은 흔들리며 뭉개지는 초록색, 마이클의 눈동자 색, 봄이 되어 생명을 밀어 올리는 나무들의 색이었다. 어둠속에서 천천히 떠오르던 기억, 그 절벽에서 떨어졌던 기억도 강렬한 초록이었지만, 지금 내 안에 그런 것은 하나도 없었다. 그저 바싹 마르고 이끼에 뒤덮인 떡갈나무 나뭇가지들, 그것들이 검게 타들어간 잿더미뿐이었다. 나는 어딘가 잘못된 것 같았다.

"집까지 얼마나 남았어?"

"한 시간쯤."

늘 같은 초록색인 소나무조차 더욱 밝아 보였다. 그 사이로 곧 해가 질 것이다.

"깨워줘."

나는 잿더미 위에 누워 잠들었다.

깨어보니 마이클은 창문을 전부 열어놓고 있었다. 나는 몇 시간이고 꿈을 꾸었는데, 끝없이 펼쳐진 멕시코만, 사람보다 큰 물고기가 사는 저 먼 바다 한가운데서 공기가 빠진 고무보트에 타고 고립되어 있는 꿈이었다. 조조와 미카엘라와 마이클이 팔꿈치를 맞대고 같이 배에 타 있었으니 나는 혼자는 아니었다. 그러나 공기가 빠진 걸 보아 보트에 구멍이 난 게 틀림없었다. 우리는 모두 가라앉고 있었고, 우리 밑으로 만타가오리가 미끄러져가고 상어들이 머리를 들이밀고 있었다. 나는 물에 가라앉지 않으려고 안간힘을 쓰면서도, 모두를 물 위에 떠 있게 하려고 애를 쓰고 있었다. 나는 물속으로 들어가 조조가 파도 위에서 숨을 쉴 수 있도록 조조를 밀어 올렸지만, 그러면 미카엘라가 가라앉았고, 내가 미카엘라를 밀어 올리면 마이클이 가라앉았다. 나는 가라앉으면서도 기를 쓰고 그들을 공중으로 떠밀었지만, 그들은 위에 머물러 있지 않았다. 그들은 돌처럼 가라앉고 싶어 했다. 나는 그들을 살리려고 수면 위로, 조각난 하늘을 향해 그들을 밀어 올렸지만, 그들은 계속해서 내 손에서 미끄러졌다. 꿈이 너무도 생생해서 내 손바닥에 닿던 그들의 흠뻑 젖은 옷의 감촉까지 느껴졌다. 나는 그들을 구하지 못하고 있었다. 우리는 모두 익사하고 있었다.

"좀 나아?" 마이클이 물었다.

하늘이 분홍색으로 변해 있었고, 모두들, 미스티조차 녹초가 된 것 같았다. 미스티는 창문에 얼굴을 짓뭉개며 이마 위로 다 쏟아진 머리칼을 코와 볼까지 덮고서 잠들어 있었다. 노란색 두건 같았다.

"그런 거 같아." 내가 말했다.

꿈만 빼면 실제로 그랬다. 꿈은 만지면 아픈 기억 속의 멍처럼 여운을 남기고 있었다. 나는 미카엘라가 어떤지 보려고 고개를 돌렸다. 차갑고 축축한 티셔츠가 그 작고 뜨거운 몸에 걸쳐져 있었다.

"애들 먼저 내려줄까봐. 집에 가기 전에 먹을 거라도 좀 사가게."

"집에?"

"당신 엄마 아빠 집." 마이클이 말했다.

우리가 거기로 가고 있고, 우리에게 갈 데가 거기 말고 없다
는 것은 알고 있었다. 미카엘라를 직접 본 적도 없는 그의 부모
님 집으로 갈 수는 없었다. 환영받지 못하는 곳으로 갈 수는 없
었다. 그러나 내 머릿속에는 아파트가 한 채 있었다. 일단 경제
적으로 독립을 해야 갈 수 있겠지만, 얼마나 머릿속으로 그렸
는지 우리가 집에 간다고 할 때 내 눈에는 그곳만 보였다. 걸프
코스트의 꽤 번화한 시내에, 철과 콘크리트 계단으로 층층이
이어지는 3층짜리 건물에 사는 상상을 했다. 우리는 흰 회반죽
이 발린 벽에 카펫이 깔린 커다란 방들, 넓은 공간, 자유와 고요
를 누릴 것이다.

"어." 내가 말했다.

"그렇게 하자고?"

미카엘라가 내 좌석을 발로 찼다. 미카엘라는 떡 진 머리로
막대 사탕의 막대를 씹고 있었는데, 막대의 종이 재질이 다 녹
아서 종이 죽 같은 조각이 아기 입가에 붙어 있었다. 나는 미카
엘라를 보고 웃었고 아기도 나를 보고 웃어주기를 기다렸지만,
미카엘라는 그러지 않았다. 미카엘라는 다시 발을 까불며 막대
를 물고 이를 보였지만 그건 웃는 게 아니었다.

"미카엘라, 엄마 의자 그만 차."

"오니." 미카엘라가 말하고는 막대를 빨면서 두 손을 허공

에 대고 흔들었다. 조조가 창밖을 보다가 눈을 돌려 아이 발을 내려다보고 인상을 썼다. "오니!" 미카엘라가 소리를 질렀다.

"쟤가 당신 이름을 부르고 있네." 마이클이 말했다.

"엄마야." 내가 미카엘라에게 말했다.

"오니." 미카엘라가 말했고, 잠시 나는 다시 익사하는 꿈속으로 들어가 내 손바닥이 밀어 올리던, 자꾸자꾸 미끄러지던 뜨겁고 축축한 그 등을 느껴보았다.

"그래. 애들 내려주자." 내가 마이클에게 말했다.

마이클이 나무가 무성한 좁은 길에서 다른 길로 차를 돌리자, 나뭇잎에서 물이 떨어져 차 앞 유리에 점점이 튀었다. 나뭇가지를 보니 부아 소바주에 돌아왔다는 것이 실감났다. 저 멀리서 두 사람이 걷고 있었는데, 나무들의 짙푸른 터널을 천천히 지나가며 보니 땅딸막한 근육질의 남자가 검은 개를 사슬에 묶어 끌고 가고 있었다. 그 옆에는 작고 마른 여자가 걷고 있었는데, 흑담비같이 새카만 그녀의 곱슬머리는 변화무쌍한 나비떼처럼 팔랑거렸다. 바로 앞을 지나기 전까지는 그들이 누구인지 몰랐다. 스키타와 에셸, 이 동네에 사는 남매였다. 그들은 둘다 리듬을 타듯이 발을 맞추어 걷고 있었다. 에셸이 뭐라고 말을 하자 스키타가 소리 내어 웃었다. 길에 어스름이 내려앉고 있었고 우리는 그들을 지나쳐갔다.

미카엘라가 내 좌석을 다시 차기에, 나는 몸을 돌려 아이의 다리를 내 손바닥이 따끔할 만큼 세게 때렸다. 저 쌍둥이가 부러워 화가 났다. 저 여자는 운이 너무 좋았다. 오빠들이 전부 다 있었다.

집은 꼭 물에 가라앉은 것 같았다. 처마에서 물이 뚝뚝 들었다. 조조가 문손잡이를 돌려 어두운 집 안으로 사라지는 모습이, 꼭 떠날 때보다 홀쩍 큰 것 같았다. 그러나 조조는 곧 차 쪽으로 다시 걸어왔는데, 이제 너무 어두워져 아이 얼굴은 보이지 않았다. 조조가 창문 쪽으로 몸을 숙이자 마이클이 실내등을 켰는데도, 그 얼굴에는 검은 막이 계속 드리워져 있었다.

"안 계세요." 조조가 말했다.

"엄마 아빠가?" 내가 물었다.

"네."

"쪽지 안 남겼어?"

조조가 고개를 저었다.

"차에 타." 마이클이 말했다.

"뭐 하게?" 내가 물었다. 나는 얼마나 피곤한지, 누가 내 뇌에 젖은 수건을 올려놓아 생각이란 것이 질식되어버린 느낌이었다.

"우리는 여기서 기다릴게요." 조조가 서 있었다.

"차에 타." 마이클이 말했다.

조조는 입술을 일직선으로 만들며 차 뒷좌석으로 들어갔다. 미카엘라가 다시 조조의 목에 얼굴을 파묻고 손가락으로 그의 머리칼을 잡아 빙빙 돌렸다. 마이클은 텅 빈 거리로 후진했다.

"우리 어디 가는 건데요?" 조조가 물었다.

"네 할머니 할아버지 만나러."

내 가슴이 올가미에 걸린 다람쥐같이 얼어붙었다. 팔의 잔털이 곤추서 떨렸다. 땀을 흘리던 그 뚱뚱한 마이클의 아빠가, 그의 제초기에 느슨하게 걸려 있던 라이플총이, 내 차로, 내게로 오려고 너무 빨리 몰던 제초기의 그 굉음이 떠올랐다. 운전대를 붙잡고 있던, 뼈마디가 얇은 까만 내 손이 떠올랐다. 내 손만큼이나 얇지만, 활시위를 당기느라 동전만 한 굳은살이 박여 단단하던 기븐의 손이 보였다.

"왜 지금이야?" 내가 물었다.

"나 집에 왔잖아." 마이클이 말했다. "알잖아, 부모님이 파치먼에 한 번도 오지 않은 거."

"그분들은 신경도 안 썼으니까." 난 그게 사실이 아니라는 걸 알면서도 그렇게 말했다.

"신경 써. 어떻게 표현할지를 모르실 뿐이야."

"나 때문이지. 애들하고." 내가 말했다.

우리가 말다툼하는 단골 주제였다. 마이클은 새로운 레퍼토리를 시도했다.

"게다가 조조가 열세 살이니까. 때가 됐어."

"조조는 열세 살이고 두 분은 재나 미카엘라나 만나보고 싶은 마음이 눈곱만큼도 없어." 내가 말했다.

마이클은 내 말을 무시하고 차를 북쪽으로 몰았다. 킬로 가는 길은 집이 훨씬 적었고, 짙어지는 하늘 아래 잠자고 있는 어두운 땅이 더 많아서 공기가 더 시원했다.

"우리 생각과는 다를지도 몰라, 레오니." 마이클이 말했다.

입에서 토사물 맛이 났다.

"자기야."

"싫어."

마이클이 갓길에 차를 댔다. 귀뚜라미들이 미친 듯이 날뛰었다.

"제발." 마이클이 말했다. 그가 내 목덜미를 부드럽게 잡았다 놓았다. 나는 차창 밖으로 뛰쳐나가 사라지고 싶었다.

"싫어."

"그분들이 나를 만들었어, 자기. 그리고 우리가 애들을 만들었고. 두 분도 조조와 미카엘라를 보면 그 생각을 할 거야."
마이클이 말했다. 내 어깨에서 힘이 빠지며 긴장이 풀리고 차분해지기 시작하는 것이 느껴졌다.

"당신이 두 분에게 뭐라고 말했어?" 내가 물었다.

마이클이 차 앞 유리에서 수면 위의 잠자리처럼 통통 뛰어다니는 벌레들을 바라봤다.

"때가 됐다고 말했어." 마이클이 말했다. "나를 사랑한다면 애들도 사랑해야 한다고. 애들은 나의 일부분이니까." 그러고는 나를 보았다. 그 초록색 눈동자가 어스름 속에서 갈색으로, 그 금발이 짙은 색으로 보였다. 운전석에 낯선 이가 앉아 있었다. "당신처럼." 그가 말했다.

나는 내 목덜미에 있는 그의 손을 쳐내고, 그가 만졌던 곳을 모기에 물린 것처럼 문질렀다.

"좋아." 나는 말했고, 마이클은 킬로 차를 몰았다.

"케일라 배고파요." 조조가 말했다.

"칩!" 미카엘라가 외쳤다. 창밖은 어두워져 들판과 나무가 칠흑같이 까맸다. 나는 금이 간 창문을 올려 닫았다. 차가 미스티 집의 울퉁불퉁한 진입로로 들어서자 내가 미스티를 깨웠다. 그녀는 발치에 있던 가방을 집어 들고 허둥지둥 내리면서 빈정

대듯 한마디 던졌다. "음, 재밌었네요, 친구들." 그녀는 하루 이틀은 나를 미워할 테지만, 빨래를 다 하고 코끝에서 토사물 냄새가 가시면 전화할 것이다. 차 문을 닫은 뒤 내 자리로 몸을 숙여 마이클을 한번 노려보고는 "행운을 빌어"라고 말하는 걸로 보아. 미스티가 얼굴을 뭉개며 잤던 창문을 올리려고 뒷좌석으로 몸을 뻗는데, 조조가 뭔가를 잃어버린 듯 바닥을 보고 있었다.

"거기 뭐 떨어졌어?"

"아니요."

"우리 너희 할머니 할아버지네 집에 갈 거야." 마이클이 말했다.

"칩." 미카엘라가 말했다.

"곧 먹게 해줄게, 미카엘라." 내가 말했다. "애기 이리 줘, 조조."

조조는 미카엘라를 카시트에서 빼내 앞으로 넘겼다. 카시트에 눌린 아기의 머리칼이 뒤통수에서 뭉쳐 꼬불거렸다. 나는 정수리 부분이 볼록하게 되도록 머리카락을 매만져줬지만, 미카엘라는 고개를 저으며 다시 감자칩을 달라고 떼를 썼다. 나는 가방을 뒤졌다. 가방에는 잔돈과 내가 바에서 가져온 박하사탕 하나뿐 아무것도 없었다. 내가 사탕을 까서 주자 아이는 사탕을 빨면서 조용해졌다. 차에서 설탕처럼 달콤한 박하 향과 아기 머리칼 냄새가 났다. 기차선로를 건너려고 마이클이 속도를 늦췄을 때였다. 갑자기 남자 둘을 합친 것만큼 커다랗고 어금니까지 있는 검은 털북숭이 멧돼지 한 마리가 숲에서 튀어나와 도로를 쏜살같이 지나갔다. 마이클이 핸들을 꺾었고, 내가 미카엘라를 움켜잡았지만 아이는 내 손을 빠져나가 앞으로 날아가면서 대시보드에 머리를 부딪혔다. 마이클이 핸들을 돌려 차를 세웠다. 미카엘라는 튕겨 올랐다가 내 발치로 미끄러졌는데, 조용했다.

"미카엘라." 내가 아기를 붙들고 안아 올렸을 때 이마의 보라색 상처에서 붉은 진물이 스며 나오고 있었다. 눈을 뜨고 있고 이제 막 울려고 목구멍에서 시동을 걸고 있는 걸 보니, 살아 있었다. 아기의 울음이 터졌다.

"케일라!" 조조가 외쳤다.

"조조!" 미카엘라가 머리로 나를 들이밀고 내게서 떨어지려고 안간힘을 쓰면서 다시 조조를 찾고 있었다. 헤드라이트 불빛이 그 어마어마하게 큰 멧돼지와 함께 어둠 속으로 자취를 감추고 있었고, 나는 갑자기 해파리 같은 연체동물이 된 듯 맥이 풀렸다. 미카엘라와 씨름할 기력이 바닥나버렸다.

"쉬이." 나는 입으로는 달래려 노력하고 있었지만 어느새 아기를 뒷좌석으로 넘기고 있었고, 미카엘라는 다시 조조의 품

안에 있었다. 조조가 팔로 제 목을 휘어 감은 미카엘라의 등을 토닥거렸다. 마이클과 나는 서로를 바라보았고 나는 얼굴을 찡그렸다. 우리는 정면을 향하고 차 앞 유리를 가로막고 있는 옅은 안개를 바라보았다.

"조조, 애 카시트에 앉혀." 나는 그의 얼굴을 보고 싶지 않았기 때문에 돌아보지 않고 말했다. 그의 표정에서 아빠의 굳은 얼굴을, 비난하는 얼굴을 볼까 두려웠다. 혹은 더 나쁘다면, 엄마의 살짝 떨리는 그 동정하는 얼굴을 보게 될까봐.

"괜찮겠어?" 마이클은 떨고 있었다. 그가 손가락 반사 신경을 시험이라도 하듯 운전대를 잡았다가 놓고 다시 잡았다가 놓는 것을 보고 알 수 있었다. 벌레 한 마리가 빛에 취한 듯 타닥 소리를 내며 앞 유리에 부딪혔다. 그리고 한 마리 더.

"자기가 가고 싶잖아." 내가 말했다.

"어."

"그럼 가."

라디오도, 이야기도 없었다. 차의 엔진 소리와 길을 오르는 소리, 타이어에 자갈돌이 깔리는 소리, 숲속 연못 혹은 마당 웅덩이에서 개구리 떼가 시끄럽게 울어대는 소리뿐이었다. 마이클의 부모님 집은 밤에는 또 달라 보였고, 깜깜한 밤에 여기 온 것은 너무 오래전이라서 눈으로 보고 있으면서도 기억이 가물

가물했다. 달빛을 받아 노랗게 빛나며 길게 뻗어 있는 자갈길 진입로로 들어서자 너른 밭을 지나 집으로 이어졌다. 밤공기 속으로 쏘아 올린 폭죽의 잔광처럼 자갈돌 위로 불빛이 일렁거렸다. 집의 양쪽 끝 창문에 불이 하나씩 켜져 있었다. 마이클이 헤드라이트를 끄고 얌전히 진입로로 들어서는 동안 타이어가 자갈 위를 굴러가면서 조그맣게 퍽퍽 터지는 소리가 났다. 우리는 빅 조지프의 픽업트럭과 후드가 짧고 몸체도 뒷면도 네모난 파란색 승용차 옆에 차를 세웠다. 백미러에 묵주가 걸려 있었다. 차 문을 천천히 여는데 갑자기 오줌이 너무나 마려웠다. 여기 있고 싶지 않았다. 마이클이 손을 내밀었지만, 나는 차 안으로 다시 들어가 차 문을 쾅 닫고 아직 뒷좌석에 그대로 앉아 있는 아이들과 함께 출발하고 싶었다. 멀리서 개 한 마리가 짖었다.

"자." 마이클이 말했다.

"가자." 내가 조조에게 말했다. 조조는 차 밖으로 나와 어둠 속에 섰다. 키가 나만 하거나 나보다 조금 더 커 보였는데, 두세 해만 지나면 아빠만큼 클 것이 내 눈에는 보였다. 조조는 미카엘라를 들어 올려 가슴팍에 안았다. 아기의 등이 자기 방패라는 양. 미카엘라가 붉은색의 짙은 별 무리가 생긴 이마를 만지다가 조조에게 물었다.

"엄마야? 아빠야? 엄마? 아빠?"

"아니." 조조가 말했다. "여기엔 새로운 분들이 있어."

그러나 조조는 그들이 누구라고는 말하지 않았고, 내가 대신 대답해주고 싶었다. 내가 엄마가 되어 대답해주고 싶었다. 네 다른 할머니 할아버지야. 네 다른 가족, 네 다른 엄마 아빠야. 그러나 나는 뭐라고 해야 할지, 어떻게 설명해야 할지 몰라서 아무 말도 하지 않았고 마이클에게 대답을 넘겼다. 하지만 그 역시 아무 말도 하지 않았다. 대신 그는 현관 포치의 나무 계단을 올라 덧문을 젖히고 노크했다. 아스팔트에 부딪치는 말발굽 소리처럼 단단하고 확실하게 두 번. 내가 뒤따랐고 조조가 어둠 속에서 자갈길에 발을 끌며 따라왔다. 어둠 속에서 하얀 유령 같은 마이클이 계단에서 내려와 내 손을 잡았고, 나를 끌고 가 제 옆에 세웠다.

마이클이 다시 문을 두드리자 집 안에서 움직이는 소리가 들렸다. 조조는 동물처럼 귀를 기울이고 있다가 차 쪽으로 한 걸음 물러섰다.

"이리 와, 조조." 마이클이 말했다.

문이 열렸을 때 빛이 너무 밝아서 나는 내 발로, 그리고 무쇠처럼 단단하게 내 손을 잡고 있는 마이클의 손으로 시선을 떨어뜨렸다. 마이클이 너무 세게 쥐어서 분명 내 손가락은 푸르스름해졌을 것이다. 그러나 내 눈은 그 사람을, 빅 조지프를 보았다. 너무 꽉 끼는 티셔츠에 통짜 작업복 차림, 거뭇거뭇한 턱수염에 팔뚝에는 살집이 두둑한 빅 조지프. 노랗게 쏟아지는 빛 속에 모든 게 너무 과해 보이는 그가 서 있었다. 나는 한 발 물러났다. 마이클이 날 잡아당겼다.

"아빠." 마이클이 입을 열었다.

"아들아." 빅 조지프가 내 앞에서 말하는 걸 듣기는 이게 두 번째였는데, 그의 목소리가 너무 하이톤이라서 나는 깜짝 놀랐다. 땅에 아주 단단하게, 아주 낮게 뿌리박힌 것 같아 보이는 그의 인상과는 영 딴판이었다. 처음에 그의 목소리를 들은 건 법정에서였지만, 그때 나에게 그는 내 오빠를 죽인 소년의 삼촌일 뿐이었다.

"우리 왔어요." 마이클이 말했다. 그리고 우리의 꽉 움켜쥔 손을 들어 보였다. 빅 조지프의 몸이 지독한 바람을 맞는 늙은 참나무처럼 한쪽으로 기울어졌지만, 그는 움직이지도 물러서지도, 그렇다고 들어오라는 말을 하지도 않았다. 우리 뒤 어둠 속에서 미카엘라가 울었다.

"맘마." 미카엘라가 말했다. "나 맘마, 조조!"

발자국 소리가 들렸다. 빅 조지프처럼 둔중하지는 않지만 한결같고 견고한 울림. 그것이 마이클의 엄마, 매기라는 것을 알고 있었는데도, 나는 담배에 전 그 두껍고 걸걸한 목소리가 들려왔을 때 움찔했다. 문을 홱 열어젖힌 그녀는 토끼 같아 보였다. 크림색 털이 달린 잠옷에, 새하얀 동물의 발 같은 실내용 슬리퍼를 신고 있었다. 그녀를 이 집 밖에서 두 번 본 적 있는데, 옷 아래 그녀의 몸 역시 토끼 같다는 걸 나는 알고 있었다. 팔과 다리는 얇고 배는 둥그런 공 같았다.

"치즈, 조조!" 미카엘라가 소리를 질렀다.

"들었지, 조지프." 매기가 말했다. 그녀의 얼굴 한편이 파르르 떨리다 이내 잠잠해졌다. 매기의 빨간 머리칼은 모자 같았고 눈은 깊이를 알 수 없이 검었다. "저녁상을 차려야겠네."

"우린 이미 먹었잖아." 빅 조지프가 숨을 몰아쉬며 말했다.

미카엘라가 칭얼거렸다.

"쟤가 안 먹었다잖아." 매기가 말했다.

"이 집에서 누가 쟤들을 반긴다고."

"조지프." 매기가 조지프에게 인상을 쓰고 그의 어깨를 밀쳤다.

빅 조지프가 끙 소리를 내며 다시 휘청거렸을 때 나는 그를 떠미는 바람이 매기라는 것을 깨달았다. 빅 조지프는 전에 무릎에 올려두었던 그 총을 원한다는 얼굴로 나를 바라보았지만, 이내 문간에서 물러났다. 그들이 이런 이야기를 이미 나눴다는 것을 알 수 있었다. 매기가 남편 이름을 부르는 말투에서, 오래 같이 살고 또 오래 사랑한 남자의 이름을 부르는 그 말투에서 알 수 있었다. 남편 이름을 부르며 말을 끊는 매기의 행동이 다 말해주고 있었다. 나는 그들이 나에 대해, 조조에 대해, 미카엘라에 대해 이미 이야기했다는 것을 알 수 있었다. 매기가 덧문을 밀어 열었다. 그녀는 들어오라거나 잘 왔다는 말도 없이 그저 거기 비스듬하게 서 있었다. 그 옆을 지나갈 때 로션과 비누와 연기 냄새가 났는데, 담배 연기는 아니었고 참나무 낙엽을 태운 냄새 같았다. 그녀의 얼굴에는 마이클이 있었다. 좁은 턱, 우뚝한 코. 나는 흠칫 놀랐다. 다른 여자에게서 마이클의 얼굴을 보는 기분이 너무 이상했다. 하지만 눈은 영 달랐다. 그녀의 눈동자는 초록색 구슬처럼 단단했다. 집 안으로 들어간 뒤 우리는 가구들에서 멀찌감치 떨어져, 불안에 떠는 동물 한 무리처럼 한데 옹송그리고 서 있었다. 빅 조지프와 매기는 나란히, 그러나 서로 닿지는 않게 서 있었다. 그녀는 사진에서 본 것보다 컸고, 그는 더 작았다.

"우리한테 소개할 거니?" 매기가 마이클을 바라보다가 묻자 마이클이 아주 짧게, 겨우 고개를 끄덕였다.

"네, 엄마. 여기는……."

"조조요." 조조가 말했다. 그리고 미카엘라를 들어 올렸다.

"케일라요." 미카엘라는 그 아름다운 녹색 눈동자로 매기를 바라보았고, 곧 나는 그 눈이 매기의 눈이기도 하다는 것을 깨달았다. 나는 마이클의 손을 꽉 쥐었다. 여기서 내 아이들은 이방인처럼 보였다. 조조에게 매달려 있는 금발의 갓난쟁이 미카엘라는 고개를 갸우뚱 기울였다. 그 맑은 눈동자가 꼭 어른의 눈빛처럼 가차 없고 단도직입적이었다. 그리고 키가 마이클만 한 조조, 빅 조지프와도 키가 비슷해 보이는 조조는 쇠기둥처럼 탄탄한 등과 어깨를 반듯하게 펴고 서 있었다. 조조가 지금처럼 아빠와 똑같아 보인 적은 없었다.

"만나서 반갑구나." 매기는 말했지만, 그 말을 할 때 웃지 않았다.

조조는 고개조차 까딱이지 않았다. 그저 그녀를 바라보면서 미카엘라를 다른 쪽으로 둘러업었다. 빅 조지프는 고개를 저었다.

"내가 너희 할머니다." 매기가 말했다.

주방에는 커다란 벽시계가 있었고, 분침이 똑딱거리며 지나가는 소리가 이 불편한 침묵 속에서 너무 크게 들렸다. 나는 초를 세기 시작했다. 마이클의 손을 더 꽉 잡았다. 맞잡은 그 손은 그가 인상을 쓰며 자기 엄마에게서 아빠로 시선을 옮기는 동안 느슨해지고 있었다. 조조는 어깨를 한번 들썩였고, 미카엘라는 두 손의 가운뎃손가락을 입에 넣고 쪽쪽 빨았다. 집에서는 레몬 향 세제와 튀긴 감자 냄새가 났다.

빅 조지프가 안락의자에 털썩 앉으며 의자를 티브이 쪽으로 홱 돌렸다.

"버릇없을 거라 짐작은 했다." 그가 말했다.

"아빠." 마이클이 말했다.

"네 어머니에게 인사도 하지 않잖니."

"부끄러워서 그래요." 마이클이 말했다.

"괜찮다." 매기가 말했다. 그녀의 말은 짧게 끊어졌다.

나는 분명 땀을 삘뻴 흘리고 있을 것이었다. 가슴속에서 불이 젖가슴을 따라 올라왔다. 배 속, 그 불의 맨 밑에는 돌덩어리가 있었다. 나는 두 다리를 꽉 오므렸다. 토하고 싶은 건지 오줌이 마려운 건지 알 수 없었다.

"인사 드려." 내가 잠긴 목소리로 말했다.

조조는 나를 바라보았다. 반항하는 눈빛. 그의 양 입꼬리가 일그러지고 눈은 감길 듯 가늘어졌다. 조조가 미카엘라를 흔들어주며 문 쪽으로 몇 발 물러났다. 내가 왜 그런 말을 했는지 알 수 없었다. 미카엘라가 아무 말도 못 들었다는 듯이 나를 쳐다보았다. 누가 보면 귀머거리라고 생각할 것 같았다.

"쟤 손에 컸는데 뭘 기대하겠어, 매기?"

"조지프." 매기가 말했다.

나는 모든 것을 게워내고 싶었다. 전부 다. 음식이며 담즙이며 위며 장이며 식도며 모든 장기와 뼈와 근육까지, 거죽만 남을 때까지 전부 다. 그렇게 해서 거죽을 뒤집으면 나는 더 이상 그 무엇도 아니리라. 이 피부도, 이 몸도. 마이클이 내 심장을 밟고 올라서서 박동을 멈추게 할 수도 있으리라. 그런 다음 모든 게 재가 되도록 태워버릴 수도 있으리라.

"제길. 절반은 저 아이, 절반은 그 작자 리버 아냐. 그 나쁜 피. 빌어먹을 피부색." 끝으로 가면서 너무 높아진 빅 조지프의 목소리는, 놀라운 가격 인하라며 떠드는 티브이 속 열정적인 자동차 세일즈맨 소리에 묻혀 거의 들리지 않았다. 매기의 입은 봉제선 같았다. 그녀는 두 손을 만지작거리고 있었는데, 갑자기 그녀는 걸을 수 있고 우리 엄마는 걸을 수 없다는 이유로 그녀가 증오스러웠다. 그리고 우리 아빠를 그 작자라고 부른 빅 조지프가 증오스러웠다. 그가 우리 아빠에 대해 뭘 알기나 하는지 궁금했다. 아빠 얼굴의 곧은 선들, 그 걸음걸이, 내뱉는 말 한 마디 한 마디, 어딜 봐도 진짜 남자인 아빠를 알고나 있는지 궁금했다. 아빠는 빅 조지프보다 적어도 스무 살은 많았다. 빅 조지프가 기저귀에 오줌을 지리고 있을 때 성인이었다. 그런 빅 조지프가 어떻게 알 수 있단 말인가. 아빠가 돌 같다는 것을, 세상의 모든 고난을 짊어지고 그렇게 차츰차츰 굳어가다 결국 석화된 나무가 되었다는 것을, 그렇게 진짜 남자가 됐다는 것을 빅 조지프가 어떻게 알겠는가? 아빠는 그의 엉덩이를 후려갈겼을 것이다. 그리고 내 상상 속에는 기븐을 내려다보고 서 있는 빅 조지프가 있었다. 그는 기븐의 완벽한 아름다움을, 당겨진 활시위 같은 긴 팔과 죽은 눈동자 위 훤칠한 이마를 못 본 체하고, 도로에서 수없이 동물을 치었을 때처럼 숨을 몰아쉬며 기븐을 내려다보고 서 있었다.

"제기랄, 아빠!" 마이클이 외쳤다.

빅 조지프는 안락의자로 몸을 던지던 것만큼이나 순식간에 벌떡 일어서서 우리 쪽으로 걸어왔다. 하지만 마이클을 마주보지는 않았다.

"쟤들은 이 집 사람 아니라고 내가 말했다. 검둥이 계집애와는 무슨 일이 있어도 자지 말라고 내가 말했어."

마이클이 빅 조지프를 머리로 들이받았다. 뼈 부딪치는 소리가 허공에 울리며 빅 조지프의 코에서 피가 쏟아졌다. 이제 둘은 바닥에서 뒹굴고 있었지만 마이클은 그에게 주먹을 날리지는 않았다. 그들은 서로를 밀치고 찍어 누르려고 기를 쓰면서 아이들처럼 데굴데굴 구르고 있었다. 거칠게 숨을 몰아쉬고 땀을 흘리면서, 어쩌면 울면서. 마이클은 연신 외쳤다. "제기랄, 아빠. 제기랄, 아빠." 빅 조지프는 씩씩거리기만 할 뿐 한마디도 내뱉지 않았지만, 그건 꼭 흐느끼는 소리로 들렸다.

"그만들 해!" 매기가 소리쳤다. "그만들 하라고!" 그러고는 자리를 떴다. 나는 그녀가 주방에서 싸우는 그들을 그대로 두고 사라졌다는 게 믿기지 않았지만, 그녀는 곧 빗자루를 들고 나타나 마이클의 어깨를 때리기 시작했다. 이제 마이클은 빅 조지프의 위에 올라타 외치고 있었다. "일어나, 일어나보라고." 나는 아직 몸이 아팠고, 추웠고, 게다가 여기 이 소동 속에서 아무런 존재감도 없었기 때문에, 저들이 싸우든 말든 조조의 손을 잡고 이 집에서 나가고 싶었다. 또 한편으로는 이 모든 게 너무나, 너무나 말도 안 됐기 때문에 큰 소리로 웃고 싶기도 했다. 조조도 분명 이 모든 게 너무도 어리석게 느껴져 웃고 있을 거라 생각하며 그 아이 쪽을 흘긋 보았다. 그러나 조조는 드잡이하는 남자들을 보고 있지 않았다. 나를 보고 있었다. 순간 나는 지금까지 조조에게서 한 번도 본 적 없는 얼굴을 보았다. 꼭 내가 늪에 사는 독사이고 방금 자기를 물었다는 눈으로, 내 이빨이 그의 뼛속까지 파고들어 발목을 부어오르게 하고 있다는 눈으로 나를 보고 있었다. 내 머리를 밟고 올라 두개골을 부숴버릴 것처럼, 붉은 진흙에 대고 짓이겨 내 온몸의 틈새로 뼈와 거죽과 진흙이 스며 나오게 만들 것처럼. 절대로 내 아이가 아닌 것처럼. 미카엘라가 제 오빠 몸을 오르고 또 올라 어깨에 앉으려고 하고 있었고, 그래서 나는 생각한 대로 했다. 조조에 게 성큼성큼 걸어가 뿌리칠 거라는 걸 알면서도 조조의 손을 붙잡고, 문 쪽으로 끌어당겼다.

"만나 뵈어 반가웠어요." 두 남자가 아직 드잡이를 하고 있 고 매기가 빗자루를 휘두르고 있는 풍경 속에서 카랑카랑한 내 목소리는 우스꽝스럽게 들렸다. 이제 빅 조지프가 올라타 마이 클의 목을 조르고 있어서 나는 돌아가 마이클을 도와주고 싶었 지만, 그러지 않았다. 나는 문을 열고 조조와 미카엘라를 잡아 끌었다. 마지막으로 한번 뒤돌아보았을 때 마이클은 아버지의 목에 주먹을 날리고 있었다. 우리는 문밖으로 나왔다. 킬의 하 늘은 별이 쏟아질 듯 탁 트여 드넓고 차가웠다. 우리는 포치 계 단을 내려와 차 옆에 서서 집 안에서 나는 우당탕 소리를 들으 며 떨며 서 있었다. 쾅음, 그리고 불이 나갔다.

"차에 타." 내가 말했고, 조조가 미카엘라와 같이 뒷좌석으 로 들어갔다.

"쌍." 미카엘라가 혀 짧은 소리로 말했다. 그것은 땅, 으로 들렸다.

"그런 말 하지 마." 내가 말했다. 우리는 어둠 속에서 차 안 에 앉아, 더워지는 계절에 처음 나온 귀뚜라미와 여치 울음소리를 들었다. 쌀쌀한 공기에 떨면서, 무정한 별들을 바라보면서 기다렸다.

. . .

몇 분이었다. 혹은 몇 시간이었다. 아니, 며칠인지도 몰랐다. 어쩌면 우리가 해가 떠서 질 때까지 자다 깨기를 몇 번이고 반복하는 동안, 그들은 여전히 집 안에서 뒹굴며 물건을 부수고 있었던 것인지도 모른다. 아빠와 아들이. 드디어 마이클과 그의 엄마가 문간에 나타났다. 마이클은 덧문을 걷어차며 나오고 있었고, 매기는 황급하게 뒤따라 나오며 그의 어깨를 붙잡았다. 그녀는 마이클을 자기 쪽으로 돌렸다. 고함을 쳤고, 타일렀고, 그다음에는 뭐라고 웅얼거렸다. 마이클은 숨을 몰아쉬며 엄마 쪽으로 몸을 기울이다 결국 엄마의 어깨에 고개를 떨궜고, 그녀는 아기를 달래듯 그의 등을 문질렀다. 그녀의 잠옷은 마이클의 피 묻은 손이 닿는 데마다 검은색이 됐다. 마이클은 흐느꼈다. 벌레들이 잠잠했다.

"그냥 갔어야 했는데." 조조가 중얼거렸다.

"닥쳐." 내가 말했다.

"케일라 배고프다고요." 조조가 말했다.

나는 그냥 갔어야 했다. 마이클을 그의 가족에게 남겨두었어야 했다. 내 딸을 데리고 집으로 가서 밥을 주고, 허기진 속을 채워주고, 훌쩍거림을 달래줘야 했다. 그러나 난 그러지 않았다. 그럴 수 없었다. 매기가 문을 열고 집 안으로 사라져서 나는 마이클이 차로 걸어올 거라 생각했지만 그는 그러지 않았다. 그저 몸을 숙이고 팔짱을 꼈다가 다시 팔을 포치 난간에 올리고 구부정하게 서서 기다리고 있었다. 그의 엄마가 다급하게 다시 문을 열고 나와 먹을 것이 든 종이 봉지를 건네고 마이클을 와락 끌어안고 다시 뭐라고 말을 했다. 한 마디 한 마디 할 때마다 손바닥으로 그의 등을 토닥였다. 그는 다시 아기가 됐고, 그 광경은 흡사 그녀가 그를 트림시키는 모습 같았다. 나는 무릎으로 시선을 떨궜다. 그러다가 운전석 창밖으로, 저 멀리 숲의 윤곽선으로 시선을 옮겼다. 현관문이 쾅 닫히는 소리가 들리고 삐걱 소리와 함께 마이클이 차 문을 열고 조수석으로 들어왔다. 벌레 소리가 커졌다가 잦아들었다. 봉지가 부스럭거렸다.

"괜찮아?" 내가 물었다. 어리석은 질문이라는 걸 알았지만, 그래도 그렇게 물었다.

"가자." 마이클이 말했다.

차는 막혔던 숨을 토해내며 달릴 채비를 했다. 나는 진입로

의 움푹 팬 진창들을 피하며 차를 천천히 출발시켰다. 벌레들
이 우리에게 길을 터주느라 분주히 달아났다. 도로로 나왔을
때 집은 온통 어두웠다. 모든 창문이 어둑했다. 벽널과 대들보
와 현관의 유리가 무표정한 얼굴처럼 잠잠하고 고요했다.

우리가 진입로로 들어섰을 때 아빠는 집에 있었다. 포치에
앉아 있었는데 마치 그네나 문 양옆의 화분같이 미동도 없었
다. 아빠는 빛을 가로막고 있어서 어둠 속에서도 더 어두웠다.
내가 아빠를 알아볼 수 있었던 것은 불꽃이 펄럭이도록 라이터
를 연신 켰다 끄는 손동작 때문이었다. 아빠는 내가 어렸을 때
는 담배를 피웠다. 담뱃잎을 직접 말아 피웠다. 그러나 내가 헛
간 뒤편에서 아빠가 피우다 버린, 담뱃잎이 손톱만큼밖에 남
지 않은 꽁초에 불을 붙이는 것을 들킨 이후로, 아빠가 그 꽁초
와 성냥을 내 손에서 낚아채 간 이후로, 나는 아빠가 다시 담배
피우는 것을 본 적도 없었고, 아빠에게서 담배 냄새를 맡은 적
도 없었다. 담배가 땅으로 떨어질 때 나를 보던 아빠의 표정. 실
망과 화로 휘둥그레진 눈. 내가 기억하기로 아빠가 나를 그렇
게 바라본 건 그게 처음이었다. 나는 가슴이 봉긋하게 솟아오
르고 있는 열한 살이었고, 학교 친구들은 벌써 마리화나를 피
우고 더 나쁜 것도 피웠기 때문에 나도 담배 정도는 피워보고

싶었다. 하지만 아빠의 그 얼굴, 자책하면서도 동시에 화가 난 것 같던 그 표정을 떠올리면, 손으로 만 그 담배꽁초를 절대 줍지 말걸, 그 성냥을 절대 훔치지 말걸, 거기에 절대 불을 붙이지 말걸, 결국 아빠에게 걸려버린 그곳에 숨어들지 말걸 그랬다고 후회가 되었다.

이제 아빠는 뭔가를 골똘히 생각할 때, 하지만 뭘 생각하고 걱정하는지 아무에게도 들키고 싶지 않을 때 그렇게 했다. 펄럭, 불이 켜졌다 꺼지고, 켜졌다 꺼졌다. 킬에서 망설이는 쪽이 나였다면, 이제 기가 죽어 몸을 웅크리고 내 옆에 서 있는 건 마이클이었다. 똥개의 목에 맨 짧고 나달거리는 목줄을 내가 쥐고 있는 기분이었다. 마이클이 미카엘라를 차에서 내려주려고 했지만, 그가 미카엘라 쪽으로 갔을 때 조조가 차에서 나왔다. 미카엘라는 "맘마, 맘마"라고 말하면서 조조의 얼굴을 톡톡 건드렸고 둘은 벌써 어둠 속에 있는 아빠에게 걸어가고 있었다. 마이클과 나는 식료품 봉지를 들었다. 우리가 포치 계단에 다다랐을 즈음 미카엘라는 아빠의 팔에서 내려와 조조와 함께 집 안으로 들어가고 있었다. 여기서 아빠는 거무스름한 얼룩으로밖에 보이지 않았다. 라이터 불빛 속에서 아빠 팔뚝의 문신이 보였다가 다시 사라졌다. 어렸을 때 나는 긴 의자에서 낮잠을 자는 아빠에게 몰래 다가가서 아빠 냄새를 맡곤 했다. 그 담배 냄새며 박하 냄새, 사향 냄새를 맡으면서 검지로 아빠의 문신을, 살에 대지는 않고 그림 모양만 따라갔다. 배 한 척, 구름옷을 입고 손에 화살과 소나무 가지를 들고 있는, 엄마를 닮은 여자. 그리고 두루미 두 마리. 하나는 내 것, 하나는 기븐 것. 기븐의 것은 발로 습지 풀을 스치며 내려앉고 있는데, 내 것은 진창에 부리를 박은 모습이었다. 내가 다섯 살 때 아빠는 내 것을 가리키면서 말했다. 이건 널 위해서 한 거란다. 두루미는 행운의 상징이지. 모든 게 균형이 잘 맞는다는 뜻이야. 비가 잘 내리고 있고, 물고기가 있고, 습지 진흙 밑에 꼼지락대는 것들도 있다는 뜻이지. 늪지 풀이 곧 푸르게 될 거라는 뜻이야. 생명의 상징이란다. 불빛이 펄럭거렸고 두루미들은 어둠 속에서 지워졌다. 아빠가 입을 열자 하얀 이가 보였다.

"엄마가 네 소식을 계속 물었다."

"장인어른." 마이클이 말했다. 그 말은 귀로 들릴 뿐 아니라 감촉으로도 느껴졌다. 내 어깨를 어루만지는 뜨거운 입김이었다.

"마이클." 아빠가 말했다. 헛기침을 했다. "집에 오니 좋겠구나."

"그렇습니다."

"네 엄마가……." 아빠의 목소리가 갈라졌다.

"저희 집 얻을 겁니다." 마이클이 말을 끊었다. "곧이요."

아빠가 불을 켰고 순간 얼굴이 나타났다. 아빠 얼굴은 일그러져 있었고 곧 불꽃은 사그라들었다.

시골의 밤은 캄캄했다.

"내일까지는 괜찮겠지." 아빠가 일어섰다. "레오니, 가서 엄마에게 인사 드려라."

엄마는 얼굴을 벽 쪽으로 돌리고 침대에 누워 있었다. 가슴엔 움직임이 없었다. 가죽만 남아 움푹 팬 쇄골은 꼭 망가진 바비큐 화덕에 얹힌 녹슨 쇠살대 같았다. 팔은 뼈만 앙상했다. 뼈를 덮은 피부와 얇은 근육이 엉뚱한 곳으로 밀려나, 팔꿈치에는 너무 없고 목 가운데에는 너무 뭉쳐 있었다. 엄마가 침을 삼키자 안도감이 내 온몸을 휩쓸고 지나갔다. 그제야 내가 엄마가 숨을 쉬고 있는지, 움직이고 있는지, 아직 여기 있는지 지켜보고 있었다는 것을 깨달았다. 뜨겁고 마른 땅에 단비가 내린 듯했다.

"엄마?"

엄마의 고개가 몇 센티미터 움직이고, 그다음 조금 더 움직이고, 그러고 나서야 나를 향했는데, 그 얼굴에서 살아 있는 것은 눈뿐이었다. 통증이 검은 홍채에서 번들거렸고 흰자위 위로 연기처럼 지나갔다. 온몸에 윤기를 잃은 엄마에게서 유일하게 반짝이는 것이었다.

"물." 엄마가 말했다. 속삭임처럼 갈라진 그 목소리는 열린 창문으로 들어오는 밤 곤충들의 울음소리 속에서 거의 들리지 않았다.

나는 아빠가 엄마 침대 머리맡에 갖다 둔 컵과 빨대를 들었다. 나는 집에 있었어야 했다.

"마이클이 집에 왔어." 내가 말했다.

엄마가 빨대를 빨고 물을 삼켰다. 고개를 뒤로 젖혔다. 얇은 하얀 이불 위에 놓인 손은 병약한 환자의 손처럼 오그라져 있었다.

"때가 됐어."

"응?" 내가 물었다.

엄마가 헛기침을 몇 번 했지만 속삭임은 조금도 커지지 않았다. 너무 긴 바짓단이 땅 위에 끌리는 소리 같았다.

"때가 됐어."

"무슨 때, 엄마?"

"내가 갈 때."

"무슨 말이야?"

나는 컵을 침대 옆 탁자 끄트머리에 내려놓았다.

"이 고통." 엄마가 인상을 쓰듯이 눈을 깜빡이려 했지만, 눈은 움직이지 않았다. "내가 이 침대에 더 누워 있다간 고통이 내 심장을 불태워버리고 말 거야."

"엄마?"

"내가 할 수 있는 건 다 해봤다. 온갖 약초를 끓여 먹어봤고 약도 먹어봤어. 신비(mystère)에도 나를 활짝 열어봤지. 유다 성인께도, 마리 라보(흑인들의 민간신앙 부두교의 대표적 인물)께도, 로코(부두교 최초의 사제로, 남자 사제들의 수호자로 여겨지는 인물)께도 기도했다. 하지만 그분들이 들어오실 수가 없구나. 몸이 허락하려 들지를 않으니까." 엄마가 말했다.

엄마의 손은 마디마디 상처투성이였다. 칼이 미끄러져서, 접시가 깨져서, 빨래가 너무 많아서 난 상처들. 나는 엄마의 손에 코를 갖다 대면 엄마가 오랫동안 당신 제단에 놓아두고 치유에 썼던 그 온갖 제물들의 냄새가 날지 궁금했다. 후추, 감자, 참마, 부들, 거미백합, 도깨비바늘, 수레갈퀴, 오크라. 엄마 손 안에 있던, 땅의 온갖 초록들. 그러나 사포처럼 건조한 엄마의 손바닥에서는 겨울 해에 바래버린 탈곡된 건초 냄새가 났다. 죽은 것의 냄새. 엄마는 손에 힘을 주려 했지만, 측은할 뿐이었다. 내가 꼬마였을 때 엄마는 내 머리를 감겨줬다. 내가 턱을 무릎에 괴고 욕조에 앉아 있으면 엄마는 내 머리통을 손톱으로 닦어주고 마사지해줬다. 나는 울고 싶었다. 엄마가 무슨 말을 하는 건지 알 수 없었다.

"하나가 남았어." 엄마가 말했다.

"무슨 말이야?"

"마지막 신비. 마망 브리지트(부두교 죽음의 신). 그분을 영접할 거야. 내 안에 들어오시도록. 그분은 죽은 자의 어머니이시지. 심판자. 그분이 오시면 아마 나를 데려가실 게다."

"다른 건 없어? 낫게 해주는 건 없어?" 내가 물었다.

"내가 너에게 가르쳐주지 않은 게 많다. 너는 그분들을 달래드리지 못할 거야."

"노력해볼게." 내 입에서 나온 그 말이 길게 늘어지며 느슨한 낚싯줄처럼 허공에 걸렸다. 어느 물고기도 물려고 하지 않는 갈고리를 달랑거리면서. 밤 벌레들이 서로를 부르며 짝짓기하고 싸우고 노래하고 있었다. 나는 아무것도 이해할 수 없었다. 엄마가 나를 보았고, 순간 보름달처럼 저 멀리서 환하게 희망이 빛났다.

"아니." 엄마가 말했다. "넌 몰라. 너는 신비를 만난 적이 한 번도 없지. 그분들 눈에 너는 아기일 뿐이야."

나는 엄마에게서 손을 뺐고, 엄마는 지나치게 촉촉하고 커다란 눈으로 그대로 누워 있었다. 눈꺼풀이 바르르 떨렸다. 엄마는 눈을 깜빡이지 못했다.

"나를 위해 좀 모아다오. 돌이 필요하다. 묘지에서 가져온 돌. 쌓아 올릴 수 있을 만큼 충분하게. 그리고 면 천."

나는 방에서 나가고 싶었다. 현관문 밖으로 나가고 싶었다. 늪지까지, 물까지 쭉 걸어 나가서 그 안으로 들어가고 싶었다. 발바닥 밑에서 일렁이는 풀들을 밟고 계속 걸어가 수평선 너머로 사라지고 싶었다.

"옥수숫가루. 그리고 럼주."

"그게 다야? 그렇게 가려고? 그분만 찾으면 바로 가는 거야? 그런 거야?"

내 목소리가 갈라졌고 얼굴은 젖어 있었다.

"아빠가 하면 왜 안 돼?" 내가 물었다.

"넌 내 아기잖니." 엄마가 숨을 몰아쉬었다. 쇠살대가 부서지며 녹슨 침묵으로 떨어져 내렸다. "내가 장막을 걷어서 네가 이 생으로 들어올 수 있었던 것처럼, 내가 다음 생으로 넘어갈 수 있도록 네가 장막을 좀 걷어다오."

"엄마, 안 돼……."

"준비하게 도와다오." 엄마는 물기 어린 한숨을 쉬었고, 나는 손을 뻗어 엄마의 얼굴을 닦아줬다. 눈물 밑의 살갗은 따뜻하고 축축했고, 소금과 물과 피로 살아 있었다. "의미 없이 숨

만 쉬고 있기는 싫다. 뼛속까지 쓰라려. 엄만 그건 싫다, 레오
니."

"엄마."

탁자의 컵이 떨어져 내 발치에서 물웅덩이가 퍼졌다. 여치
들이 박수갈채인지 야유인지 요란하게 울어댔다.

"아가, 제발."

엄마의 눈이 커다랗게 이글거렸다. 엄마는 신음했다. 고통
이 엄마의 온몸을 휩쓸고 지나가 이불 밑의 다리가 한차례 요
동쳤다. 거센 바람이 겨울의 앙상한 나뭇가지들을 훑고 간 것
처럼. 모르핀으로는 충분하지 않았다.

"조금이라도 내가 온전할 때 떠나게 해다오. 부디."

나는 고개를 끄덕였다. 내가 엄마의 뜨거운 머리에 손을 얹
어 엄마가 나에게 해줬듯이 두피를 주무르고 긁어주자 엄마의
입이 기쁨으로, 또 고통으로 열렸다 닫혔다. 흐느낌 비슷하게
입을 벌렸다 오므리면서도 엄마는 소리는 내지 않았다. 다시
한 번 편안함이, 이번에는 마른 평원 위의 홍수처럼 흘러넘쳤
다. 내 손이 엄마의 머리에서부터 수척한 얼굴, 힘줄이 튀어나
온 목, 쭈글쭈글하고 납작한 가슴, 푹 꺼진 배, 텅 빈 단지 같은
엉덩이, 검은 선처럼 길쭉한 부어오른 두 다리, 그리고 평평한
발까지 쓰다듬었다. 나는 기다렸지만 엄마의 몸은 어디도 변하

지 않았다. 엄마의 누운 몸이 느슨하게 풀어지기를 기대했지만, 그런 일은 일어나지 않았다. 둥그런 눈두덩이가 편안해지는 것을 보고서야 엄마가 잠들었다는 것을 알았다. 나는 방에서 나와 문을 닫았다. 마이클은 씻고 있었다. 아빠는 어둠 속에서 라이터 불을 밝히며 아직 포치에 있었다. 누군가 거실에 등을 켜놓았는데, 기븐의 사진들이 나를 내려다보고 있었다. 세월이 아무리 지났어도 금방이라도 달음박질할 것 같은 자세로 슬며시 웃고 있는 기븐의 사진들이 나를 내려다보고 있었다. 수많은 기븐들. 지독하리만치 그가 여기 있었으면 싶었다. 나 어떻게 해야 해? 묻고 싶었으니까.

미카엘라가 거실의 짧은 소파에 있었다. 과자 부스러기를 옷에 다 흘리고 입을 벌리고 자고 있었다. 손에 쥐고 있던 반쯤 먹은 크래커가 바닥에 떨어져 있었지만, 나는 줍지 않았다. 내 방에 들어오니 더블베드가 엄마의 침대처럼 좁고 작아 보였다. 나는 엄마처럼 벽을 보고 누웠다. 벽 너머에 있는 엄마가 느껴졌다. 엄마가 나를 그슬고 있었다. 전에는 몰랐지만 이제는 느낄 수 있었다. 알코올에 흠뻑 적신 장작과 숯이 가득 찬 엄마의 가슴은 더 이상 텅 비어 있지 않았다. 그 안엔 모든 걸 태워버릴 거대한 불길 같은 고통이 있었다.

11

나는 케일라를 차에서 데리고 나와 아빠의 라이터 불빛이 어둠 속에서 등대처럼 번쩍이는 포치로 달려갔다. 계단을 몇 개씩 건너뛰어, 해 질 무렵 집 주변을 살금살금 돌아다니는 토끼들처럼 단숨에 아빠 앞에 섰다. 풀을 먹다가도 뚝 멈추고 그러다가도 내달리다 또다시 멈춰 서는 토끼들처럼. 토끼들은 나에게 말했다. 너무 맛있어, 맛있어, 하지만 가만, 가만. 그래. 난 네가 보여. 그러고는 다른 녀석에게 소리쳤다. 뛰어, 뛰어, 뛰어, 멈춰.

"아들." 아빠가 말하며 커다랗고 따뜻한 손으로 내 목덜미를 쓰다듬었다. 나는 손목이 쓰라렸다. 입을 벌리고 숨을 들이마셨다. 가래가 목구멍에 낀 것 같은 소리가 났다. 눈시울이 붉어졌지만 울지 않으려고 입을 꾹 다물고 이를 악물었다. 다시 숨을 쉬자 흐느낌 같은 소리가 났다. 그러나 나는 울지 않을 것이다. 케일라랑 같이 아빠 품에 안겨서 숨도 쉬지 못할 만큼 세게 얼굴을 파묻고 싶었지만, 나는 그러지 않았다. 아빠의 손길을 느끼면서 그 손이 나를 더 세게 내리누를 수 있도록 까치발로 섰다. 그 손가락의 열기가 느껴졌다. 아빠는 손을 내 등으로 내려뜨렸고, 나는 아빠 손가락 끝의 지문까지, 그 살갗 아래서 고동치는 맥박까지 느낄 수 있을 것 같았다.

"아빠."

아빠는 고개를 저으며 내 등을 살짝 문질러줬다.

"가서 동생 재워라. 이야기는 내일 하자."

나는 케일라와 함께 크래커와 피멘토 치즈와 아빠가 스토브 위에 올려놓은 양념 닭다리를 먹었고, 물을 들이켰다. 케일라를 욕조에서 씻길까 생각했지만 샤워실에서 소리가 들렸는데, 방에서 엄마와 레오니의 목소리가 들리고 포치에서 아빠의 라이터 불빛이 보이는 걸로 보아 그 안에 있는 건 마이클이었다. 케일라가 내 어깨에 기대 내 곱슬머리를 국수처럼 손가락에 돌돌 말고 있었다.

"엄마? 아빠?"

숨소리가 느려지고 이내 내 목덜미에 침을 흘리는 걸로 보아 케일라가 잠이 든 게 분명했지만, 나는 내려놓지 않았다. 깜깜한 마당에서 저기 멀리 도로를 내다보고 있는 아빠를, 그리고 그를 보고 있는 리치를 보고 있었기 때문이다. 라이터 불빛 속에서 나타난 그 소년의 얼굴은 내가 지금껏 한 번도 본 적 없는 얼굴이었다. 리치가 아빠를 보는 눈길로 누군가를 쳐다보는 사람은 한 번도 본 적이 없었다. 이마에 주름이 지도록 눈을 휘둥그레 뜨고, 숨길 마음도 없이 입을 쩍 벌리고 모든 희망을 그러담은 얼굴. 아빠에게 한 발, 한 발 다가가는 그는 젖을 찾는 갓 태어난 아기 고양이 같았다. 없으면 죽을 것 같은 그 사람에게 살금살금 다가가고 있었다. 나는 케일라를 소파에 눕히고 포치로 나갔다. 리치가 따라왔다.

"리버." 그가 말했다.

아빠가 라이터를 켰다가 불이 꺼지게 두었다가 다시 켰다.

"리버." 리치가 다시 말했다.

아빠가 헛기침을 하며 포치 바닥에 가래를 뱉었다. 손을 내려다보았다.

"너희들 없으니 집이 조용하더구나." 아빠가 말했다. "너무 조용했어." 라이터 불길에 설핏 아빠의 미소가 비쳤다가 사라졌다. "돌아들 오니 좋구나."

"난 안 가고 싶었어요." 내가 말했다.

"안다."

나는 손목을 문지르고 불빛 속에서 나타났다 사라지는 아빠의 옆얼굴을 바라보았다.

"찾았니?" 아빠가 물었다.

리치는 한 발을 앞으로 내디뎠고 표정이 바뀌었다. 약간의 씰룩거림. 그는 나와 아빠를 번갈아 보고 얼굴을 찡그렸다.

"그 주머니요?"

"그래."

나는 고개를 끄덕였다.

"효험이 있었니? 그건 부적 주머니였단다."

나는 어깨를 으쓱 들어 보였다.

"그랬던 거 같아요. 결국 잘 다녀왔으니까. 경찰에 붙잡히긴 했지만요. 그리고 케일라가 내내 아팠고요."

아빠가 라이터를 켰고, 순간 불꽃이 환하게 차가운 오렌지색으로 타올랐다가 사그라들었다. 아빠는 라이터를 귀에 대고 흔들었다가 다시 켰다.

"리버가 왜 나를 못 봐?" 리치가 물었다.

"너희에게 나를 조금이라도 보낼 수 있는 방법이 그것뿐이었다. 엄마는." — 아빠는 헛기침을 했다 — "아프고. 그리고 거긴 내가 다시 갈 수 없는 곳이니까. 파치먼은."

리치가 아빠 코앞에 와 있었다. 나는 고개를 끄덕일 수도 없었다.

"매일 형 얼굴이 보였어. 해처럼." 리치가 말했다.

아빠가 라이터를 주머니에 넣었다.

"형이 나를 떠났잖아." 리치가 말했다.

나는 슬쩍 아빠에게 더 가까이 갔다. 리치가 손을 뻗어 아빠의 얼굴을 만지고 손가락으로 아빠의 눈썹을 훑었다. 아빠가 한숨을 쉬었다.

"조심하는 게 좋을 거야, 꼬마. 저 사람은 나도 저렇게 바라봤었어." 리치가 말했다. 어둠 속에서 그의 이가 하얗게 보였다. 새끼 고양이의 이빨처럼 조그맣고 날카로웠다. "그러고는 나를 떠났지."

나는 리치가 말할 때마다 생기는 침묵을 채우기 위해 무슨 말이라도 해야 했다. 그가 입을 열 때마다 벌레들도 숨을 죽였다.

"엄마는 좀 나아지신 거예요, 아빠?"

아빠는 주머니를 뒤적여 뭔가를 찾는가 싶더니 멈추었다. "가끔 이렇게 잊어버리는구나. 내가 담배를 안 피운다는 걸 잊어버려." 아빠가 말했다. 그리고 어둠 속에서 고개를 저었다. 아빠가 기대앉아 있는 포치 벽에 머리칼이 쓸리는 소리가 들렸다. "더 나빠졌단다, 아들."

"나에게 아빠는 당신뿐이었어." 리치의 목소리는 흐느끼듯 누그러져 있었다. "왜 나를 떠났는지 난 알아야겠어."

리치는 조용했다. 아빠도 그랬다. 나는 포치 벽에 등을 대고 아빠 옆에 앉았다. 아빠의 어깨에 머리를 기대고 싶었지만 그러기에는 내가 너무 커버린 것 같았다. 아빠의 어깨가 내 어깨에 맞닿는 것으로 충분했다. 아빠는 한 손으로 얼굴을 쓸어내리고, 가끔 칼을 가지고 그러듯이 손가락 사이로 라이터를 돌리기 시작했다. 눈에 보이지는 않지만 어둠 속에서 나무들이 속삭이고 있었다. 레오니가 달리기를 하고 난 것처럼 거칠게 숨을 몰아쉬면서, 아픈 듯이 숨을 들이쉬면서 엄마 방에서 나오는 소리가 들렸을 때, 나는 별이 반짝이는 하늘을 올려다보며 아빠가 가르쳐준 별자리들을 찾고 있었다.

"유니콘이다." 내가 말했다. 외뿔소자리. "토끼." 토끼자리. "큰 뱀." 바다뱀자리. "황소." 황소자리. 나는 학교 도서관에 있던 책을 읽어서 정식 이름을 알고 있었다. 레오니는 분명 아빠와 내가 어둠 속에서 뭘 하는지 궁금해 포치를 내다보고 있을 것이다. "쌍둥이." 내가 말했다. 쌍둥이자리. 레오니 방의 문이 열렸다가 닫혔고, 내 눈에는 아픈 레오니를 아기처럼 안고 있던 마이클이 보였다. 경찰이 내게 수갑을 채웠을 때 아무것도 하지 않던 레오니가 보였다. 리치가 내가 무엇을 떠올리고 있는지 안다는 듯 나를 바라보았다. 그러고는 우리 맞은편에 웅크리고 앉아 팔로 자기 등을 감싸 안고 우는 것 같은 소리를 내며 제 날갯죽지를 손으로 쓰다듬었다.

"상처가 여기 있었어. 바로 여기. 내가 흑인 애니였던 때. 그리고 당신이 그 상처를 낫게 해줬잖아. 하지만 당신은 떠났고 이제는 나를 보려고 하지도 않아."

나는 아빠의 어깨에 머리를 기대버렸다. 상관없었다. 아빠는 깊이 숨을 들이쉬고 무슨 말인가 하려는 듯 헛기침을 했지만, 아무 말도 하지 않았다. 그러나 나를 떨쳐내지도 않았다.

"사자를 빠뜨렸구나." 아빠가 말했다. 나무들이 한숨을 토해냈다.

우리가 자러 들어갈 때도 리치는 그대로 앉아 있었는데 더이상 제 몸을 쓰다듬고 있지 않았다. 대신 아주 약하게 몸을 앞뒤로 흔들고 있었고, 얼굴은 낙담한 표정이었다. 아빠가 현관문을 닫았다. 나는 소파에서 자는 케일라를 뒤에서 안고 가만히 누웠다. 포치에 있는 낙담한 소년은 잊어버리려고 한참을 애쓰다가 어느새 잠이 들었다. 내 척추, 갈비뼈, 등은 벽이었다.

"조조." 케일라가 내 뺨을, 그리고 코를 두드렸다. 눈꺼풀을 잡아당겼다. 내가 잠이 깨 벌떡 일어나면서 소파에서 떨어지자, 케일라가 이제 막 제 다리로 넘어지지 않고 달리는 법을 터득한 강아지처럼 밝고 환하게 웃었다. 그렇게 행복하게. 내 입에선 굴 껍질처럼 비릿하고 분필처럼 텁텁한 맛이 났고, 눈은 모래가 들어간 듯 뻑뻑했다. 케일라가 손뼉을 치며 말했다. "맘마, 맘마." 그제야 나는 베이컨 냄새가 난다는 것을, 그리고 엄마가 아파서 요리를 하지 못하게 된 이후로 그 냄새를 맡은 적이 없다는 것을 깨달았다. 내가 둘러업자 케일라가 꽉 매달렸다. 나는 그게 레오니일 거라고 생각했기 때문에 잠깐 마음속에서 뭔가 누그러지는 느낌이 들었다. 간밤에 레오니에 대해 나쁘게 생각했던 것을 다시 생각해봤고, 내 안의 어떤 목소리가 말했다. 그래도 노력하잖아. 노력하고 있잖아. 그러나 좁은 부엌으로 들어갔을 때 거기 있는 건 레오니가 아니라 마이클이었다. 그는 잘못 빨아서 너무 작게 줄어든 것 같은 티셔츠를 입고 있었다. 글자가 닳아 없어진 그 티셔츠는 내 거였다. 엄마가 어느 부활절에 입으라고 사줬던 오래된 셔츠. 그가 조리대에 있는 풍경은 너무도 이상했다. 그에게서는 아침 햇살이 너무 많이 반사됐다.

"배들 고프지?" 그가 물었다.

"아뇨." 내가 말했다.

"네." 케일라가 혀 짧은 소리로 대답했다.

마이클이 우리를 보고 인상을 썼다.

"앉아라."

내가 앉자, 케일라가 내 어깨로 기어 올라와 목말을 타고 내 머리를 북처럼 두드렸다.

마이클이 스토브에서 팬을 내려 옆에 놓았다. 베이컨을 뒤 집던 포크를 손에 들고 우리를 돌아보느라, 바닥으로 기름이 뚝뚝 떨어졌다.

그가 팔짱을 끼자 다시 기름이 떨어졌다. 베이컨이 팬에서 아직도 익고 있었고, 나는 뜨거울 때 먹을 수 있도록 그가 어서 베이컨을 꺼내 기름을 뺐으면 싶었다.

"우리 낚시 갔던 거 기억나니?"

나는 어깨를 으쓱 들어 올렸지만, 누군가 내 머리 위에 찬물 을 한 바가지 부은 것처럼 기억이 되살아났다. 남자들끼리만. 마 이클이 말했을 때 레오니는 급소를 한 방 맞은 얼굴로 그를 쳐 다보았다. 나는 그가 농담한 거야, 라고 덧붙이며 레오니를 달래 줄 거라고 생각했지만, 그는 그러지 않았다. 늦은 시간이었는 데도 우리는 부두로 나가서 낚싯대를 던졌다. 낚싯줄에 봉돌을 묶어주고 미끼를 바늘에 꿰는 그 손놀림에서 꼭 그가 나를 아 들이라고 부르는 것 같았다. 그는 벌레를 바늘에 꿰지도 않고 만지지도 않으려고 하는 나를 보고 소리 내어 웃었다. 지금 마이클은 포크를 흔들었는데, 내가 거짓말하고 있다는 것을 알고 있었다. 그는 내가 기억한다는 것을 알았다.

"이제 더 자주 가자."

그는 그날 밤 내게 이야기를 하나 들려줬다. 낚시꾼들이 소형 보트에 불을 켜고 그물망을 싣고 넙치를 잡으러 나가고 있었다. 그가 말했다. 너 기븐 삼촌에 대해 아는 거 있니? 나는 엄마가 삼촌 사진을 보여주고 이런저런 이야기를 들려줬다고 대답했다. 그리고 삼촌은 더 이상 여기 없고 다른 세상에 있다고 말해줬지만, 그게 무슨 뜻인지는 알려주지 않았다고도 했다. 그게 사실이기도 했고, 또 엄마가 한 말이 무슨 뜻인지 마이클이 말해주기를 바랐기 때문이었다. 그때 나는 여덟 살이었다.

"내가 이제 집에 왔잖냐."

마이클은 포크로 베이컨을 찔렀다. 부두에서의 그 밤, 그는 내게 기븐 삼촌이 어떻게 떠났는지 혹은 왜 떠났는지는 말해주지 않았다. 대신 원유 굴착선에서 일했던 이야기를 들려줬다. 그는 밤새 일하는 게 좋았다고 했다. 밤새 일하다가 해가 떠오를 때면 바다와 하늘이 하나인 것 같고, 꼭 완벽한 계란 속에 들어가 있는 느낌이 들었다고 했다. 상어는 물속에서 사냥을 하기 때문에 독수리 같은 새나 다름없다고 했다. 상어들이 굴착선 주변에 있는 암초들에 몰렸고 짙은 색 거죽 밑에 칼을 숨긴

듯 어둠 속에서 하얗게 빛나는 굴착관을 밑에서 세게 쳤다고
했다. 피가 상어들을 따라다녔다고도 했다. 상어들이 가고 나
면 돌고래들이 오는데, 돌고래는 누가 보고 있다는 것을 알면
재잘거리면서 물에서 뛰어올랐다고 했다. 원유 유출 사고가 있
고 어느 날, 돌고래가 모두 죽었다는 말을 들었을 때 그는 울었
다고 했다.

"너랑 동생 먹으라고." 마이클이 쿡쿡 찌르고 있던 베이컨
조각을 집어 들었다. 베이컨이 이미 적갈색이 되어 딱딱해졌는
데도 그는 기름 속에서 베이컨을 뒤집었다.

나 진짜 울었다니까, 마이클은 물을 보며 말했었다. 그렇게
말하면서 부끄러워하는 것 같았지만, 아무튼 말을 이어갔다.
돌고래들이 다 죽어서 플로리다, 루이지애나, 앨라배마, 미시
시피 해변으로 떼로 밀려왔다고 했다. 기름에 새까맣게 녹고
피부에 병이 나고 내장이 다 비워진 채로. 그다음에 마이클은
내가 절대로 잊지 못할 말을 했다. BP(딥워터 호라이즌 호 원유 유출
사고를 낸 영국 굴지의 석유 회사)에서 일하는 어떤 과학자들은 그게 원
유와는 아무 상관 없는 일이라고 했어. 그런 일이 가끔 동물들에게
일어난다는 거야. 예상치 못한 이유로 죽는 거. 때로는 아주 많이. 때
로는 갑자기 한꺼번에 싹. 그리고 마이클은 나를 보았다. 과학자
가 그 말을 하는데 나는 인간이 생각나더라. 인간도 동물이니까. 그

리고 그날 밤 나를 보던 마이클의 눈빛은 그가 모든 인간을 떠올린 건 아니었다고 말하고 있었다. 그가 떠올린 건 나였다. 나는 마이클이 어제 그 총을 보았을 때, 경찰이 나를 꿇어앉히는 것을 보았을 때도 그 생각을 했을까 궁금했다.

마이클은 베이컨을 꺼내 키친타월에 올려놓았다. 부두에서의 그날 밤은 마치 달의 인력이 바닷물을 끌어 올리듯 마이클에게서도 말을 이끌어내고 있는 것 같았다. 그는 말했다. 우리 가족이 늘 옳은 일만 한 건 아니야. 네 삼촌 기븐을 죽인 건 등신 같은 내 사촌이었어. 마이클이 이야기 전체를 들려주고 있는 것 같지는 않았다. 레오나 엄마나 아빠는 기븐 삼촌이 어떻게 죽었는지 이야기할 때마다 말했다. 삼촌은 총에 맞았어. 그러나 마이클은 다른 말을 했다. 어떤 사람들은 그게 사냥하다 일어난 사고였다고 생각해. 그는 낚싯줄을 감아 올려 다시 던질 준비를 했다. 언젠가는 너에게 전체 이야기를 들려주마. 그가 말했다. 이제 숯이 되어버린 베이컨 냄새가 은은하게 풍겨왔고, 마이클은 검게 타 돌돌 말린 베이컨을 한 조각 더 꺼냈다.

케일라가 손뼉을 치면서 풀을 잡아 뜯듯이 내 머리카락을 한 움큼 잡아당겼다.

"난 그냥 내가 왔다는 걸 너와 미카엘라가 알았으면 해서. 나 이제 어디 안 간다. 너희들 모두 보고 싶었어."

마이클은 베이컨을 꺼내 접시에 올려놓았다. 죄다 새카맣고 가장자리는 숯이었다. 부엌에 탄내와 연기가 가득했다. 마이클은 연기를 빼려고 얼른 뒷문으로 가서 문을 열었다 닫았다 하고 있었다. 기름 튀는 소리가 잦아들었다. 나는 그가 내게서 무슨 말을 기대하는지 알 수 없었다.

"우리는 아기를 케일라라고 불러요." 내가 말했다. 나는 케일라를 내 머리 위로 번쩍 들어 올려 무릎에 앉혔다. "싫어, 싫어, 싫어, 싫어." 케일라가 발길질을 하기 시작했다. 나는 두피가 따끔거렸다. 케일라를 무릎 위에서 들썩들썩 튕겨줬지만 화를 더 돋울 뿐이었다. 케일라는 다리미판처럼 몸을 직선으로 펴고는 내 다리를 타고 쭉 미끄러져 바닥으로 내려갔다. 칭얼거림은 점점 커져 사이렌 소리가 됐다. 마이클이 고개를 내저었다.

"그만하세요, 아가씨. 그 망할 놈의 바닥에서 일어나세요." 그가 말했다. 마이클이 계속 문을 열었다 닫았다 하고 있었지만 그다지 도움이 되지는 않았다.

케일라가 새된 소리로 울었다.

나는 그 옆에 무릎을 꿇고 몸을 숙였다. 케일라의 귓가에 입을 갖다 대고 내 말이 잘 들릴 만큼 큰 소리로 말했다.

"네가 화났다는 거 알아. 네가 화났다는 거 알아. 화났다는 거 안다고, 케일라. 하지만 밖에는 조금 있다가 데리고 나갈게, 알겠지? 우선 앉아서 먹자, 응? 네가 화났다는 거 알아. 이리 와. 이리 와." 이렇게 말한 건 가끔 내가 그 울음소리 사이로 케일라의 말을, 생각을 듣기 때문이었다. 왜 안 들어주는 거야, 내 기분이 어떤지 왜 안 들어줘! 내가 두 손을 케일라의 겨드랑이 밑으로 끼워 넣자 케일라가 몸을 비틀면서 울어대기 시작했다. 마이클은 뒷문이 쾅 닫히게 두고 우리 쪽으로 걸어와 섰다.

"지금 당장 그 바닥에서 일어나지 않으면 내가 때려줄 거야, 알아들어? 알아들어, 케일라?" 마이클이 말했다. 마이클은 문을 열었다 닫았다 하느라 귀와 목까지 빨개져 있었다. 연기는 그가 늘 두르고 다녔던 담요처럼 그를 따라왔다. 그래서 그는 더욱 달아올라 있었다. 나는 그가 포크로 케일라를 때리는 건 원하지 않았다.

"자, 케일라, 가자." 내가 말했다.

"이런, 씨팔." 마이클이 소리 질렀다. "미카엘라!"

그러고서 그는 우리에게로 몸을 숙였고 팔을 거칠게 휘둘렀다. 포크를 떨어뜨리고 케일라의 허벅지를 한 번, 또 한 번 세게 내리쳤다. 그의 얼굴은 창백했고 꽉 묶은 매듭처럼 단단했다. "내가 뭐라 그랬어?" 그는 구두점을 찍듯이 한마디 뱉을 때마다 주먹을 휘둘렀다. 케일라는 입을 떡 벌렸지만 울지 않았

다. 아파서 휘둥그레진 눈으로 얼어붙어버렸다. 이것이 울음이
라는 것을 나는 알았다. 나는 케일라를 번쩍 들어 마이클의 손
에서 떼어내 내 쪽으로 돌렸다. 내 손에 닿는 아기의 등이 뜨거
웠다. 진정시키려고 내는 내 소리는 아무 의미가 없었다. 다음
에 무엇이 올지 나는 알았다. 케일라는 숨을 내쉬며 천둥 같은
울음을 길게 토해냈다.

"그렇게까지 할 필요 없었잖아요." 나는 마이클에게 말했
다. 휘두른 손에 감각이 없어졌는지 그는 손을 흔들면서 뒷걸
음질 치고 있었다.

"내가 말했잖아." 그가 말했다.

"아니요."

"너희들이 말을 안 듣잖아."

케일라가 온몸을 비틀며 새된 비명을 질렀다. 나는 마이클
에게 등을 돌리고 뒷문으로 달려 나갔다. 케일라는 얼굴을 내
어깨에 문지르며 소리를 질렀다.

"미안해, 케일라." 나는 마치 내가 때린 것처럼 용서를 구했
다. 케일라가 그 울음소리 너머로 내 말을 들을 수 있다는 것처
럼. 나는 연신 미안하다고 말하면서 해가 높이 떠올라 우리 위
에서 내리쬐고 진창 웅덩이 물을 다 말려버릴 때까지 뒷마당을
서성였다. 해가 땅을 바싹 태우고 나와 케일라까지 바싹 태워,

케일라는 땅콩버터 색이 되고 나는 녹 색깔이 됐다.

나는 케일라가 딸꾹질을 하며 잠잠해질 때까지, 케일라가 내 말을 듣고 있다는 게 느껴질 때까지 계속 미안하다고 말했다. 그 작은 팔이 내 목을 감싸기를, 아기의 머리가 내 어깨로 떨어지기를 기다리고 기다렸다. 거기에만 정신이 팔려 있어서 나는 크고 풍성한 소나무 그늘에서 그 소년이 우리를 응시하고 있는 것도 보지 못했다. 케일라가 내 팔을 꼬집으면서 말했을 때에야 알아챘다. "싫어. 싫어, 조조." 한낮의 환한 빛 속에서 그는 어둠에 푹 잠겨 있는 것 같았다. 서늘하고 어두운 늪지의 물속, 미지근하고 끈적거리는 진창의 색깔. 그가 움직였다. 그는 어둠의 한 조각이었다.

"그가 돼지들 밥 주고 있어. 네 아빠 말이야."

나는 나도 모르게 콧방귀를 세게 뀌고는, 그것이 그에게 아무 의미도 아니기를 바랐다. 그가 그것을 내가 자기랑 이야기하고 싶어 하는 표시로 읽지 않기를 바랐다. 이야기하기 싫어하는 표시로도 읽지 않기를 바랐다.

"그가 나를 못 봐. 왜 못 보는 거야?"

나는 어깨를 한번 들어 올렸다. 케일라가 말했다. "맘마, 맘마. 조조." 집 안은 쥐죽은 듯 조용했다. 순간 나는 마이클이 케일라를 때린 걸 두고 왜 레오니와 싸우고 있지 않은지 의아했는데, 멍청한 생각이었다. 기억이 났다. 그들은 우리에게 신경 쓰지 않았다.

"네가 좀 물어봐줘." 리치가 말했다. 그늘에서 걸어 나오는 그는 빛을 받아 번들거리며 숨을 쉬려고 수면 위로 올라온 사람 같았다. 빛을 받으니 그는 지방이 있어야 할 자리에 앙상한 뼈만 남은 그저 깡마른 소년이었다. 측은하다는 마음이 드는 순간 그가 눈을 부릅떴고, 내가 갑자기 그러쥐는 바람에 케일라가 울음을 터뜨렸다. 그의 얼굴은 허기와 갈망으로 파리했다.

나는 고개를 저었다.

"내가 가려면 그 방법밖에 없어." 리치가 말을 멈추고 하늘을 올려다보았다. "그가 이제는 나를 알지 못하고 나에게 관심도 없다고 해도, 가려면 나는 이야기가 필요해." 그의 아프로 머리는 너무 길어서 머리통에서 솟아 나온 스페인 이끼 같았다. "그 뱀-새가 말했어."

"뭐?" 나는 말하고, 말한 걸 후회했다.

"여긴 달라." 그가 말했다. "공기에 습기가 아주 많아. 소금. 그리고 진흙 냄새. 나는 알 수 있어. 저편의 물이 가까이 있어."

나는 그가 무슨 말을 하는 건지 알 수 없었다. 케일라가 말했다. "안에. 조조, 안에."

리치는 내가 자기를 어떻게 보는지 안다는 듯 나를 바라보았다. 아빠가 돼지를 잡을 때 잡는 시간과 고기 양을 가늠하며 돼지를 바라보는 눈길이었다. 그는 고개를 끄덕였다.

"네 아빠가 그 이야기를 하게 만들어. 내가 여기 있는 동안." 그가 말했다.

"싫어." 나는 말했다.

"싫어?" 그가 말했다.

"싫어."

케일라가 내 귀를 잡아당기면서 작게 우는 소리를 내고 있었다. "맘마 먹을래, 조조." 케일라가 말했다. "너를 데려와줬으면 됐잖아. 너를 여기로 데려왔으면. 아빠가 그 이야기를 하고 싶지 않을 수도 있잖아? 아빠가 말하고 싶지 않은 이야기면 어떻게 해?"

"그가 뭘 어떻게 하고 싶은지는 상관없어. 나에게 뭐가 필요한지가 중요해."

나는 케일라를 얼렀다. 발을 풀밭 진창에 빠뜨리며 케일라를 잡고 빙글빙글 돌았다. 소 한 마리가 근처에서 울었고, 내게는 들렸다. 시원해, 저 푸른 것들 좀 봐. 새로 난 풀이야. 돌다가 멈추었을 때 나는 다시 리치의 맹렬한 눈빛과 마주쳤다.

"내가 그 이야기를 듣게 해주면 떠나는 거지? 맞지? 멀리

갈 거지?" 끝에 내 목소리는 여자처럼 높아졌다. 나는 헛기침을 했다. 케일라가 내 머리를 잡아당겼다.

"말했잖아, 나 집에 간다고." 리치가 말했다. 그는 내 앞으로 한 발 다가왔지만, 풀을 가르지도 진창을 철벅이지도 않았다. 그 얼굴에는 깊은 고랑이 패 있었다. 말을 숨기고 있는, 얼룩지고 구겨진 종이처럼.

"너 대답 안 했어."

"그래." 그가 말했다.

그는 형체가 없었다. 그에게 뼈와 살이 있었다면 나는 뭔가를 던졌을 것이다. 내 발치의 콘크리트 블록 조각을 집어 던졌을 것이다. 그가 대답하게 만들었을 것이다. 그러나 그는 형체가 없었고, 나는 그에게 구실을 만들어주고 싶지 않았다. 그가 모든 빛을 훔쳐 뒤틀린 거울처럼 빛을 왜곡시키면서 이 집에, 동물들 주변에 숨어들 이유를 주고 싶지 않았다. 동네의 덥수룩한 검은 똥개 캐스퍼가 집 한 귀퉁이에서 성큼성큼 걸어가다 우뚝 멈춰 짖어댔다. 넌 수상한 냄새가 나. 나는 들었다. 물에서 기어 나온 뱀. 한 입 거리! 피! 리치가 어둠 속에서 두 손바닥을 펴 보이며 뒤로 물러났다.

"좋아." 내가 말했다.

나는 캐스퍼가 나를 맴돌며 계속 짖게 두었다. 개 때문에 리치가 나무 쪽에서 움직이지 못하는 걸 확인하고, 나는 계단을 뛰어 올라가 집 안으로 들어갔다. 리치의 눈길이 내 어깨를 잡아당기는 게 느껴졌다. 레이저처럼 날카롭게, 팽팽하게 당겨진 선이 그와 나를 잇고 있었다.

베이컨이 키친타월을 깐 접시에 놓여 있었다. 나는 케일라를 식탁에 앉히고, 그나마 아직 촉촉하고 갈색빛이 도는 부분을 발라냈다. 조각조각 난 살점을 케일라에게 먹으라고 줬다. 케일라가 너무 잘 먹어서 나에게 남은 것은 숯처럼 탄 부분뿐이었다. 그건 도저히 먹을 수 없어서 나는 다 뱉어내고, 케일라와 같이 먹을 땅콩버터와 젤리 샌드위치를 만들었다. 마이클과 레오니는 문을 닫고 방 안에 있었는데, 고양이가 가르릉거리는 것 같은 대화 소리가 둔탁하게 들렸다. 엄마의 방은 블라인드를 닫아놔서 아직 어두웠다. 나는 방으로 들어가 블라인드를 걷고 창문의 환풍기를 틀었다. 환풍기가 낮게 울리며 공기가 돌았다. 케일라는 자기가 지어낸 옹알이 같은 노래를 부르면서 엄마 침대 주변을 걸어 다녔다. 엄마가 몸을 뒤척이더니 눈을 가느다랗게 떴다. 나는 수도꼭지에서 받은 물과 빨대를 가져와 엄마가 마실 수 있게 받쳐 들었다. 엄마는 두 볼을 풍선처럼 부풀리며 입안에 물을 한참 담고 있다가 겨우겨우 삼켰는데, 물을 마시는 게 아프기라도 한지 얼굴이 일그러졌다.

"엄마?" 나는 의자를 침대로 끌어당겨 앉았다. 깍지 낀 두 손에 턱을 괴고, 엄마가 늘 그러듯이 내 머리에 손을 얹기를 기다리고 있었다. 엄마의 입이 떨리며 얼굴이 일그러졌고, 엄마는 손을 올리지 않았다. 나는 몸을 일으키고 명치에서 뻐근하게 느껴지는 통증을 덮으려고 물었다. 그 뻐근함이 잠을 자려고 제자리를 뱅뱅 맴도는 강아지처럼 맴돌았다. "좀 어떠세요?"

"별로 안 좋구나, 아가." 엄마가 속삭이듯 말했다. 케일라의 옹알이 노래 때문에 엄마의 말이 거의 들리지 않았다.

"약이 안 들어요?"

"내성이 생겼나봐." 엄마가 숨을 몰아쉬었다. 통증이 엄마 얼굴의 모든 선을 아래로 끌어당기고 있었다.

"마이클이 돌아왔어요." 내가 말했다.

엄마는 고개를 끄덕이는 대신 눈썹을 들어 올렸다.

"안다."

"오늘 아침에 그 사람이 케일라를 때렸어요."

순간 엄마가 천장이나 허공이 아니라 나를 똑바로 바라보았다. 나는 엄마가 있는 힘껏 고통을 밀어내고 내 말을 유심히 듣고 있다는 것을 알 수 있었다. 케일라가 화났을 때 내가 케일라의 말에 귀 기울이는 것처럼.

"미안하구나." 엄마가 말했다.

나는 아빠처럼 등을 곧추세워 앉아 얼굴을 찡그렸다.

"아니지." 엄마가 말했다. "너도 이제 다 컸으니 말해줘야겠구나."

"네?"

"쉿, 조용. 그게 내가 뭘 잘못해서인지, 아니면 레오니에게 그럴 만한 이유가 있어서인지는 모르겠다만, 레오니에게는 모성이 없단다. 네가 어렸을 때 같이 쇼핑을 나갔었는데 그때 알았어. 네가 배가 고파서 앉아서 울고 있는데 레오니가 자기 먹을 것만 사서 네 바로 앞에서 먹더구나. 그때 알았지."

엄마의 손가락은 길고 가늘었다. 뼈보다도 약간 더. 만져보니 차가웠지만, 손바닥 한가운데에는 아직 작은 불꽃 같은 따뜻함이 있었다.

"나는 절대로 네가 배를 곯게 하고 싶진 않았단다, 조조. 그래서 내가 노력한 거야. 그 아이가 안 하면 내가 하리라 하고. 하지만 이젠……."

"괜찮아요, 엄마……."

"쉿, 조용."

엄마의 손톱은 전에는 깨끗하고 분홍색이었다. 이제는 소

328

금에 얽은 조개껍데기 같고 누렜다.

"그 아이는 절대 너희를 제대로 먹이지 못할 거다."

전에 엄마의 손은 온갖 밭일과 부엌일로 두툼하게 근육이 잡혀 있었다. 엄마가 손을 뻗기에, 나는 엄마가 이불 속에서도 내 머리에 손을 얹을 수 있도록 그 밑으로 고개를 집어넣었다. 목이 아팠지만 숨을 한껏 들이마셨다. 쇠 냄새와 햇볕에 탄 풀 냄새, 동물 내장 냄새가 났다.

"여기 있는 동안 내가 너를 충분히 먹였기를 바란다. 언제나 지니고 다닐 수 있도록 말이지. 낙타처럼." 목소리에서 엄마가 엷게, 이를 보이며 웃고 있는 게 느껴졌다. "이렇게 말하는 게 맞는지 모르겠지만, 우물처럼 말이야, 조조. 그 물을 네가 필요할 때 길어서 써라."

나는 이불에 대고 기침을 했다. 엄마의 죽어가는 그 냄새 때문이기도 했고, 엄마가 죽어가고 있다는 것이 느껴지기 때문이기도 했다. 내 목구멍 깊숙이 걸려 있는 그것은 흐느낌이었지만, 얼굴을 이불에 파묻고 있어서 아무도 내가 우는 것을 볼 수 없었다. 케일라가 내 다리를 두드리고 있었다. 이제는 노래를 부르고 있지 않았다.

"레오니는 날 증오해요." 내가 말했다.

"아니, 그 아인 널 사랑해. 어떻게 보여줄지를 모를 뿐이야.

그리고 자기에 대한 사랑과 마이클에 대한 사랑…… 음, 그게 방해가 되지. 그게 그 아이를 혼란스럽게 해."

나는 고개를 저어 이불에 눈가를 닦고 얼굴을 들었다. 케일라가 내 무릎으로 올라왔다. 엄마가 나를 똑바로 바라보고 있었다. 엄마는 아픈 뒤로 속눈썹이 다시 자라지 않아서 눈이 훨씬 더 커 보였는데, 엄마가 눈을 깜빡였을 때 나는 우리가 같은 눈을 갖고 있다는 것을 깨달았다. 엄마의 입이 뭔가를 씹고 있는 듯 움직였지만, 엄마는 꿀꺽 삼키고 다시 인상을 썼다.

"그건 절대로 의심해선 안 돼."

엄마가 말하는 동안 나는 엄마에게 그 소년 이야기를 하고 싶었다. 내가 리치를 어떻게 하는 게 좋겠는지 엄마의 생각을 묻고 싶었지만, 엄마를 걱정시키고 싶지는 않았다. 누가 봐도 고통을 감내하는 데 온 힘을 쓰고 있는 엄마에게 고통을 하나 더 얹어주고 싶지 않았다. 엄마는 고통의 바다에 누워 떠다니고 있는 것 같았다. 엄마의 살갗이 따개비에 뒤덮인 선체이고, 지금 거기서 고통이 스며 나오고 있는 것 같았다. 바닷물이 그 안을 가득 채워 엄마를 아래로, 아래로, 아래로 밀어 넣고 있었다. 창밖에서 소리가 났다. 그 소리는 환풍기 날에 조각조각 잘려 방 안으로 들어왔다. 아기가 우는 것 같은 소리였다. 창밖을 내다보니 리치가 작게 울음을 터뜨리고 껑껑대며 창 밑을 지나가고 있었다. 그다음 또 한 번, 이번에는 고양이 울음소리 같은 울음을 내뱉으며 또 껵껵댔다. 그는 나무껍질을 훑으며 소나무 밑을 지나가고 있었다.

"엄마? 다음에……." 나는 차마 그 말이 나오지 않아 괜히 돌려서 말했다. 리치가 신음 소리를 냈다. "다음에, 어디로 가는 거예요?" 리치가 멈추고 몸을 비스듬히 기울였다. 창문을 노려보는 그의 얼굴은 산산이 부서진 접시 같았다. 캐스퍼가 저 멀리서 연신 컹컹 짖어댔다. 리치가 제 목덜미를 문질렀다. 엄마는 나를 보더니 소스라치게 놀랐다. 엄마의 눈꺼풀이 번쩍 들렸다는 건 그런 의미였다.

"엄마?"

"그 개를 내 텃밭에 들인 건 아니지? 그렇지, 조조?" 엄마가 속삭였다.

"아니에요, 엄마."

"개가 고양이를 쫓아내고 있는 소리가 나는데."

"맞아요, 엄마."

케일라가 내 무릎에서 내려가더니 환풍기로 걸어가 거기에 입을 댔다. 리치가 작은 고양이 같은 울음소리를 낼 때마다 케일라는 콧방귀를 뀌었다. 환풍기가 돌아 소리가 드문드문 들어오자 케일라는 소리 내어 웃었다. 리치가 계속 목덜미를 주무르면서 자리에서 일어나더니 절뚝거리며 걸어와 창문 바로 밑에 섰다.

"나중에, 엄마." 내가 말했다. "저세상으로 가면 무슨 일이 벌어져요?"

나는 엄마가 귀신이 된다는 것은 참을 수 없었다. 엄마가 부엌에 앉아 있는데 볼 수 없다는 것은 참을 수 없었다. 엄마가 옆에 있는데도 아빠가 엄마의 볼을 만지지 않고 허리 숙여 목에 키스하지도 않고 그냥 지나치는 것은 견딜 수 없었다. 레오니가 자기가 엄마를 깔고 앉아 있는 줄도 모르고 담배에 불을 붙여, 텁텁한 공기 속으로 도넛 모양의 연기를 내뿜는 것은 차마 볼 수 없었다. 마이클이 엄마의 거품기와 스패출러를 훔쳐서 헛간에서 약을 제조하는 꼴은 차마 볼 수 없었다.

"걸어서 문을 통과하는 것과 같은 거란다, 조조."

"하지만 엄마는 귀신이 되지는 않을 거죠? 네, 엄마?" 나는 말하는 게 엄마에게는 힘에 부친다는 걸 알면서도 물어야 했다. 말을 시키는 게 엄마의 마지막 길을 재촉하고 있는 것 같았는데도 그래야 했다. 죽음이 거대한 입을 벌리고 삼킬 준비를 하고 있었다.

리치가 양손을 옆으로 밀며 방충망을 문지르고 있었다. 케일라가 키득거렸다.

"장담할 순 없지. 하지만 그럴 것 같진 않구나. 나쁘게 죽었을 때만 그렇게 된다고 생각해. 폭력적으로. 옛날 사람들은 늘 말했지. 사람이 나쁘게 죽으면, 때로 너무 끔찍해서 신조차 참고 보기 힘들 정도로 나쁘게 죽으면, 그 영혼의 절반이 여기에 남아 떠돈다고. 목마른 사람이 물을 찾듯이 평화를 찾아서 말이다." 엄마가 찡그리자, 얼굴에 두 개의 낚싯바늘 같은 자국이 움푹 팼다. "그건 내가 갈 길은 아니란다."

내가 엄마의 팔을 문지르자 피부가 내 손가락을 따라 밀려났다. 너무 얇았다.

"그렇다고 내가 여기 있지 않을 거라는 뜻은 아니란다, 조조. 난 문 너머에 있을 거야. 앞서간 모든 사람들과 함께. 네 삼촌 기븐, 우리 엄마, 아빠, 시어머니, 시아버지와 함께 말이야."

집 밑에서, 마룻장 밑에서 물어뜯을 듯 사납게 으르렁거리며 짖는 소리가 들려왔고, 나는 캐스퍼가 돌아와 그 안에 들어갔다는 것을 알 수 있었다. 먼지투성이 어둠 속을 기어 다니는 검은 그림자.

"어떻게 그럴 수 있어요?"

"우리는 직선으로 걷는 게 아니기 때문이야. 모든 건 한꺼번에 일어나고 있단다. 모든 것은. 우리 모두는 한꺼번에 여기 있는 거야. 우리 엄마, 아빠, 그분들의 엄마, 아빠까지." 엄마는 벽을 보더니 눈을 감았다. "내 아들."

리치가 움찔하더니 휘청거리며 창문에서 물러났다. 두 팔을 앞으로 뻗었다. 캐스퍼가 말했다. 수상해! 냄새가 나! 날개 없는 새! 걸어 다니는 벌레. 돌아가! 나는 엄마 팔뚝을 문지르던 손을 멈췄다. 엄마가 아무리 아파도 나를 훤히 알 수 있다는 듯이 내 눈을 바라보았다. 어렸을 적 학교 남자 화장실에서 누가 더 오줌 멀리 누나 내기를 하다가 걸렸을 때 거짓말하던 나를 바라봤던 것처럼.

"그런 걸 본 적이 있니? 귀신 같은 거?" 엄마가 숨을 몰아쉬었다. "네가 생각하기에 좀 이상하다 싶은 거?"

리치가 밧줄을 잡고 오르듯 나무를 타고 있었다. 발바닥으로 어린 소나무를 세게 밀면서, 손으로는 폭신한 나무껍질을 단단히 짚고서 조금씩 위로 오르고 있었다. 팔다리를 여전히 나무 몸통에 두른 채 다리 한쪽을 차올려 낮은 가지에 앉았다. 나무가 그를 아기처럼 안고 있었다. 리치가 캐스퍼에게 악을 썼다.

"아뇨, 엄마."

"나는 그런 재능은 단 한 번도 없었다. 죽은 자를 보는 거. 엄마는 사람들은 읽을 수 있었지. 그러니까 그들의 몸에서 미래나 과거를. 그들의 노래를 들으면 어디가 잘못됐는지, 뭐가 필요한지 알았어. 식물도, 동물도 마찬가지였단다. 하지만 죽은 자는 본 적이 없어. 기쁜이 죽고 그토록 간절하게 원했는데……."

리치의 악이 콧노래로 바뀌었다. 그는 캐스퍼를 향해 노래를 부르고 있었는데, 가사가 있었지만 앞뒤가 뒤바뀐 언어인 듯 이해할 수 없었다. 거죽이 벗겨진 동물처럼, 뒤집어진 생가죽처럼. 나는 참을 수가 없었다. 내가 지금껏 먹은 음식을 전부 게워 올릴 것 같은 욕지기를 참느라 침을 꿀꺽꿀꺽 삼켰다. 케일라가 리치가 그랬듯이 방충망을 문지르고 있었다. 노래를 부르면서.

"본 적 없어요, 엄마."

"하지만 그럴 수도 있단다. 넌 그런 걸 볼 수 있는 눈을 가졌을 수도 있어."

엄마가 리치의 노래를 듣고 고개를 한쪽으로 돌렸다. 얼굴이 일그러졌는데, 만일 고통 없이 움직일 수 있다면 엄마는 고개를 내저었을 것이다.

"밖에 뭐가 있니?"

나는 엄마를 위해 고개를 저었다. 캐스퍼가 우는 소리를 냈다.

"정말이야?"

환풍기가 돌고 있어 리치의 노래가 잘려서 들어왔다. 그 어두운 흥얼거림이 진동처럼 내 살갗에 와 닿았다. 나쁜 손길처럼. 내 뺨을 후려치던 레오니. 내 가슴에 주먹을 날리던 마이클. 버스 맨 뒷좌석에서 옆에 앉아 내 무릎에 손을 올리고 사타구니를 틀어쥐었던 캘럽이라는 남자. 내가 캘럽의 목을 팔꿈치로 쳐서 그가 캑캑거리며 통로로 나가떨어지자 나를 경찰에 고발했던 버스 기사. 그 모든 나쁜 손들처럼.

"아무것도 없어요, 엄마." 나는 엄마를 침몰시키지 않을 것이다.

12.
리치

리버는 그들과 같은 공간에 있지 않을 때도, 그들과 몸을 맞대고 있지 않을 때도 그들을 안고 있었다. 그 남자애, 조조와 여자애, 케일라. 리버는 둘을 꼭 껴안고 있었다. 그는 그들이 아침에 오트밀과 소시지를 먹는 것을 바라보았다. 버터를 잘게 잘라, 직접 반죽해 구운 김이 나는 비스킷 안에 집어넣었다. 버터가 녹으면서 양옆으로 흘러나왔고, 나는 그렇게 정성스럽게 만든 빵을 맛볼 수 있다면 무엇이라도 내줄 수 있을 것 같았다. 아마도 촉촉하고 바삭할 것이다. 케일라의 얼굴이 버터 범벅이 되자 리버가 웃었다. 조조가 입가에 음식을 묻히고 먹자 리버는 털어내라고 말했다. 그러고 나서 그들은 함께 텃밭으로 갔고,

거기서 해가 중천에 걸릴 때까지 딸기와 블랙베리를 따고 잡초를 뽑았다. 그들은 넝쿨에서 열매를 따 먹었다. 나는 그들 위로 날개 모양 그림자가 지기를 기대했지만 그런 일은 일어나지 않았다. 푸르고 달콤한 텃밭뿐이었다. 생명을 내뿜는 꽃들과, 과일에서 뿜어져 나오는 달콤함뿐이었다. 조조는 쭈그리고 앉아 우물거리고 있었다. 나는 그에게로 몸을 수그렸다.

"말해줘." 내가 말했다. "무슨 맛인지."

그가 나를 무시했다.

"제발."

그는 씹던 걸 삼켰고, 나는 그의 얼굴에서 대답을 읽을 수 있었다. 싫어. 그는 그 감칠맛을 사치스러운 비밀처럼 숨겼다.

"기억해내고 싶어." 내가 말했다. "리버에게 부탁해. 너에게 말해달라고 부탁해."

"그만." 조조가 뿌리가 깊은 잡초를 잡아당기면서 말했다.

"무슨 말이냐?" 리버가 물었다. 리버가 힘을 주자 잡초가 케이크 자르듯 땅을 가르며 뽑혀 나왔다.

"딸기 많이 먹었다고요." 조조가 말했다. "배불러요." 조조는 나를 쏘아보고 몸을 숙여 잡초를 뽑았다.

레오니와 마이클은 텃밭에 들르지 않고 떠났다. 붉은 차가 출발할 채비를 하고 길로 들어섰고 둘은 나무들의 터널 속으로 사라졌다. 나는 그저 그들이 어디로 가는지 보고 싶어서 같이 차를 타고 가볼까도 생각했지만, 그러지 않았다. 대신 조조와 리버와 케일라를 따라다녔다. 조조의 발자국을 따라 걸었고, 지켜보았다. 리버가 그들을 밭이랑과 여물통으로 데리고 다니는 것을, 그들에게 저녁으로 콩 요리를 해주는 것을, 그들이 자러 갈 때 깨끗이 씻었는지 확인하는 것을 지켜보았다. 이 가족을 지켜보고 있으니 누가 내 속을 그러쥐고 비틀어 잡아당기는 것 같았다. 아팠다. 너무 아파서 더는 바라볼 수 없었고, 그래서 보지 않았다. 나는 밖으로 나갔다. 밤은 흐렸다. 나는 땅속으로 들어가 잠을 자고 싶었지만, 이제 거의 다 와 있었다. 거의 다 왔다. 비늘 덮인 새가 바람을 타고 나를 데려가줄 곳, 저 너머 그곳의 물소리가 들려오고 있었다. 그래서 나는 집 밑으로 기어 들어가, 그들 모두가 자고 있는 거실 밑 흙바닥에 누웠다. 그리고 말 없는 노래를 불렀다. 내가 노래를 실어 보내는 바로 그 공기를 타고 물소리가 들려왔다. 나는 입을 벌렸고, 굽이치는 파도 소리를 들었다.

· · ·

나는 이런 것을 보았다.

물의 건너편에 땅이 있었다. 나무가 우거지고 강이 굽이굽이 흐르는 푸르른 구릉이 많았다. 강물은 거꾸로 흘러 바다에서 시작해 육지에서 끝났다. 공기는 언제나 복숭앗빛이었고 해가 뜨고 질 때는 금빛이 됐다. 산꼭대기에, 계곡에, 해변에 집들이 있었다. 새파란 색과 암적색, 흐린 분홍색과 아주 짙은 보라색이었다. 유르트, 벽돌집, 티피(북미 원주민의 원뿔형 천막), 롱하우스(북미 원주민의 전통 가옥), 저택 들이 있었다. 어떤 집들은 모여 작은 마을을 이뤘다. 돔형 지붕의 둥글고 탄탄한 오두막들이 우아하게 모여 있었다. 도시도 있었는데, 광장과 운하, 첨탑과 추녀마루와 박공지붕이 있는 건물, 낮게 웅크린 빌딩과 거대한 마천루가 다 있었다. 마천루들은 희한하게도 하늘을 향해 펼쳐져 꼭 무너질 것 같았다. 하지만 무너지지 않았다.

사람들, 아주 작고 독특한 사람들이 있었다. 그들은 날아다니고 걸어 다니고 물에 떠 있고 뛰어다녔다. 그들은 혼자였다. 그들은 함께였다. 산꼭대기를 돌아다녔다. 강과 바다에서 헤엄쳤다. 그들은 손을 잡고 공원을, 광장을 걸어 다녔고, 건물 안으로 사라졌다. 그들은 조용한 법이 없었다. 노래가 끊이지 않았다. 그들은 입을 움직이지 않았지만 그런데도 그들에게서 노래가 흘러나왔다. 노란 빛 속에서 부드럽게 울려 퍼졌다. 노래가 검은 땅과 나무와 언제나 빛나는 하늘에서 퍼져 나왔다. 물에서도 나왔다. 그것은 내가 들어본 가장 아름다운 노래였지만, 나는 한 마디도 이해할 수 없었다.

그 모습이 눈앞으로 지나갔을 때 나는 숨이 턱 막혔다. 리버의 집, 어두운 구들장 밑이 내 보금자리였다. 위에선 삐걱거리는 소리가 나다 조용해졌다. 오른쪽으로 고개를 돌렸을 때 바다, 강, 황무지, 도시, 사람 들이 스쳐 지나갔다. 그리고 어둠. 왼쪽을 보니 다시 그 세계가 보였지만 이내 없어졌다. 나는 허공을 긁었으나 내 손은 무엇도 할퀴지 못했다. 내 손은 그 금빛 섬으로 가는 입구를 찢어 열지 못했다.

부재. 고립. 나는 울부짖었다.

해가 떠올라 내가 그 집 밑에서 나왔을 때 레오니와 마이클은 차 문을 닫고 집으로 걸어가고 있었다. 파란 새벽빛에 나무들은 미동도 없이 고요했고, 공기는 전날보다 훨씬 축축했다. 나무 사이로 환한 빛의 기색이 조금씩 돌고 있었다. 바다의 소리는 이 시간에 가장 강렬했다. 그 신세계가 눈가에 선했다. 레오니는 마이클과 같이 휘청거리며 걷다가 뒤에, 오른쪽에 누가 있는 듯 어깨 너머를 돌아보았다. 나는 번쩍하는 빛을 보고 쏜살같이 달려 나갔다. 아주 잠깐, 거기 누군가가 있었다. 조조의 얼굴과 비슷하고 리버처럼 멀쑥하고 침대에 누워 있던 바닷물 여인과 같은 눈을 가진 누군가가. 그러고는 사라졌다. 허공 뿐이었다. 레오니와 마이클이 문 앞에서 서로를 껴안고 뭐라고 웅얼거리는 동안 나는 그 빛을 봤던 자리를 맴돌았다. 공기가 바늘처럼 느껴졌다.

"우리 자기 잠을 자야 되는데." 마이클이 말했다.

"잠이 안 와. 아직은." 레오니가 말했다.

"그냥 나랑 같이 누워 있지."

"나 할 일이 있어."

"진짜로?"

"다녀올게." 레오니가 말했다. 그들은 키스했고 나는 고개를 돌렸다. 그녀의 목덜미를 붙드는 마이클의 손에, 그의 얼굴을 감싸는 레오니의 손에 뭔가 절박한 게 있었다. 너무도 절박하고 딱해서 왠지 모르는 척해야 할 것 같았다. 마이클은 집 안으로 사라졌고, 레오니는 갓길로 내려왔다. 나는 레오니를 따라가지 않을 수 없었다. 우리는 아치를 이룬 떡갈나무와 사이프러스, 소나무 밑을 나란히 걸었다. 도로는 너무 닳아서 돌길이나 다름없었다. 이따끔씩 집들이 나타났다. 조용하고 문이 닫혀 있었다. 어떤 집들에서는 사람들이 낮은 목소리로 이야기하고 커피를 내리고 계란을 삶았다. 토끼와 말과 염소 들이 아침으로 풀을 뜯고 있었다. 말 몇 마리가 담장까지 와서 그 너머로 고개를 들자, 레오니는 그 옆을 지나가면서 말들의 축축한 코를 손바닥으로 쓸어줬다. 집들은 다 같이 옹기종기 모여 있었다. 레오니가 길을 건넜을 때 나는 묘지를 보았다. 땅에 절반씩 묻힌 타원형 묘비들. 어떤 것들엔 묻힌 사람의 생전 사진도 있었다. 레오니는 묘지 정문 근처에 있는 어느 묘비 앞에 섰다. 죽은 지 얼마 안 된 사람들이 묻히는 곳이었다. 레오니가 그 앞에 무릎을 꿇었을 때 나는 오늘 아침 그녀의 어깨 너머에서 보았던 그 소년을 보았다. 그 얼굴이 지금 대리석에 새겨져 있었고, 그 밑에는 이름이 써 있었다. 기븐 블레이즈 스톤. 레오니는 주머니에서 담배를 하나 꺼내 불을 붙였다. 검댕과 재의 냄새가 났다.

"오빠는 여기 있지 않지."

새들이 나무에서 깨어나고 있었다.

"오빠가 해줄래?"

새들이 부스럭거리며 고개를 돌렸다.

"엄마가 포기하고 있어."

새들이 쩩쩩거리며 가지에 앉았다.

"그렇게 해줄래?"

새들이 우리의 머리 위로 훅 내려앉았다. 서로를 보고 재잘거렸다.

"엄마가 원하는 걸 오빠가 줄래?"

레오니는 이제 울고 있었다. 눈물이 턱 끝에서 가슴으로 떨어져 내려도 그대로 두었다. 눈물이 쇄골에 튀었을 때야 손을 들어 닦아냈다.

"어쩌면 내가 너무 이기적인지도 몰라."

작은 회색 새 한 마리가 묘지 가장자리에 내려앉았다. 새는 아침거리를 찾아 땅을 두 번 쪼았다. 레오니가 한숨을 내쉬었고, 한숨은 이내 웃음으로 터졌다.

"당연히 오빠가 올 리 없지."

레오니는 몸을 숙여 기븐의 묘비 주변에 박혀 있던 돌을 하나 주웠고, 티셔츠 끝을 붙잡아 늘려 그 위에 돌을 얹었다. 레오니가 일어나 허공에 대고 혼잣말을 하자 새가 폴짝 뛰더니 멀리 날아갔다.

"내가 뭘 기대한 거야?"

레오니는 묘비들 사이를 걸어 다니며 돌을 주웠다. 땅에 묻힌 지 얼마 안 된 묘비에서부터 묘지 뒤편 한가운데, 비석에 새긴 이름이 비바람에 닳아버린 오래된 묘비까지 묘지 구석구석을 다녔다. 새들이 먹을 게 더 많은 땅을 찾아 거대한 무리를 이루며 하늘로 올랐다. 집으로 가는 길, 레오니의 티셔츠 앞섶에는 묵직한 돌이 그득했고 그녀는 울고 있었다. 긴 도로는 고요했다. 눈물이 떨어져 돌이 짙은 색깔이 됐다. 돌은 레오니가 집 안으로 들어가, 거실에서 아직 잠들어 있는 조조와 리버와 케일라를 지나쳐 엄마 방으로 들어갈 때까지도 젖어 있었다. 그 방에서는 소금 냄새가 진동했다. 바다와 피의 냄새. 레오니는 무릎을 꿇어 돌을 바닥에 쏟고 바닷물 여인을 바라보았다. 여인은 깜짝 놀라 깨어났다.

"됐다."

눈물과 바다와 피의 냄새가 코를 찔렀다. 바닷물 여인. 레오니는 "엄마, 엄마"라고 부르며 돌무더기를 넘어 그 여인에게로 기어갔고, 그 여인은 레오니를 몹시도 큰 이해와 용서와 사랑으로 바라보았다. 나에게 그 노래가 다시 들렸다. 내가 아는 노래, 바다 건너 금빛 나라에서 들은 적 있는 노래였다. 내 안에서 거대한 입이 열려 울부짖었다. 나는 텅 빈 위(胃)였다.

그 비늘 덮인 새가 창턱에 내려앉아 까악까악 울어댔다.

13.

조조

간밤에 리치는 우리 집 밑으로 기어 들어가 노래를 불렀다. 마
룻바닥을 뚫고 올라오는 그 노랫소리에 나는 잠을 잘 수 없었
다. 아빠는 우리에게 등을 돌리고 자면서 자꾸자꾸 기침을 했
다. 케일라는 30분마다 칭얼거리며 깼고 나는 그 노래가 안 들
리도록 케일라를 달랬다. 우리는 모두 늦게 잠들었지만, 아빠
는 내가 잠이 깼을 즈음 이미 일어나 있었다. 케일라가 내가 잤
던 자리에 팔을 늘어뜨리고 자고 있었고, 나는 이불을 끌어다
덮어줬다. 정오 즈음 마당으로 나갔을 때, 소년은 엄마 방 창가
에 있는 나무 위에 쭈그리고 앉아 있었다. 집 뒤편 어딘가에서
아빠의 도끼가 나무를 내리찍는 소리가 났다.

"따라와." 내가 속삭였다.

나는 그렇게 말하면서 나무를 올려다보지 않았다. 소년은 조금씩 내려오다가 훅 떨어졌지만 소리가 나지 않았고 먼지도 일지 않았다. 그가 진짜 소년이었다면 나무껍질이 종잇조각처럼 벗겨지고 마른 비처럼 떨어졌을 것이다. 그러나 그러지 않았다. 그는 구부정한 어깨로 내 옆에 서 있었다. 그는 내가 그에게 말하고 있다는 것을 알았다. 나는 그를 햇살이 쏟아지는 마당을 가로질러 그늘진 숲으로, 아빠가 있는 곳으로 데리고 갔다. 망치를 내리치는 소리가 고요 속에서 울려 퍼졌다. 그리고 또 한 번. 아빠가 뭔가를 패고 있었다.

나는 아빠같이 고개를 들고 어깨와 등을 곧게 펴고 걸어보려고 했지만, 고개는 수그러지고 등은 둥글게 굽었다. 내 모든 게 아래로 처지고 있었다. 아빠는 나에게 당신과 리치 이야기를 들려줄 때마다 매번 제자리걸음이었다. 처음 부분을 말하고 또 말했다. 중간을 말하고 또 말했다. 그러나 끝은 죽은 동물 위를 맴도는 커다란 검독수리처럼 제자리걸음이었다. 독수리가 미시시피의 열기 속에 부풀어 썩어가고 있는 주머니쥐나 아르마딜로나 멧돼지나 차에 치인 사슴 위를 맴도는 것처럼.

아빠는 낡은 가축우리를 해체하고 있었다. 아빠가 커다란 망치로 우리 한 귀퉁이를 내려쳐서 우리는 휘어지고 접히며 땅

속에 반쯤 파묻히고 있었다. 내가 걸음을 멈추자 리치는 두 걸음 더 가다 멈추었다. 나는 그가 햇빛을 빨아들이고 있는지 아니면 털어내고 있는지 분간이 되지 않았지만, 어느 쪽이 됐든, 그림자는 검은 마스크처럼 그의 온몸을 에워싸고 그와 함께 걷고 있었다. 그의 머리칼은 내가 본 중에 가장 길게 자라나 머리에서 기생 이끼처럼 솟아 있었다. 아빠의 망치질에 우리가 쪼개지며 지저깨비가 됐다. 아빠의 땀은 유약 같았다.

"흰개미들이 안에 들어갔어. 속을 다 파먹었구나." 아빠가 말했다. "한번 그렇게 되면 그 안에 개미들이 꽉 차서 뭘 빼낼 수도 집어넣을 수도 없지."

"도와드려요?" 내가 물었다.

"이 널빤지들을 발로 차서 한데 모으거라." 아빠가 말했다.

아빠는 망치를 다시 휘둘러 맞물려 있는 나무들을 쪼갰다. 나는 통나무들을 발로 차서 한군데에 쌓아 올렸고, 내 발이 닿는 곳에서 먼지가 피어올랐다. 득실거리는 흰개미들이 공중으로 빙글 날렸다. 그 흰 날개들이 빛을 받아 번쩍거렸다. 아빠는 다시 망치를 휘둘렀다. 신음 소리가 났다.

"아빠?"

"어."

"그 이야기 끝은 한 번도 말 안 해주셨어요."

"무슨 이야기?"

"그 소년 이야기요, 리치."

망치가 땅을 쳤다. 아빠는 절대로 빗나가는 법이 없었다. 아빠는 코를 한번 들이마시고는 무게를 가늠하듯 망치를 골프채처럼 휘둘렀다. 손맛을 느끼듯이. 흰개미 한 마리가 내 볼에 앉아서 털어냈다. 나는 얼굴을 찡그리지 않으려고, 아빠처럼 평온한 얼굴을 유지하려고 애썼다.

"가장 마지막에 말해준 부분이 어디지?"

"그 소년이 아팠다고 했어요. 매질을 당해서 열이 나고 토하고. 그가 집에 가고 싶다고 말했다고 했어요."

리치가 서 있었지만 흰개미들은 그에게 닿을 수 없었다. 흰개미들은 보이지 않는 바람을 타고 리치를 관통해 퍼져나갔다. 우리를 찾아봐, 개미들이 말했다. 나는 손바닥으로 개미들을 털어버렸지만, 아빠는 움찔하고 두 손가락으로 튕겨냈다.

"내가 그랬다고 했잖아." 리치가 너무 작은 목소리로 말했다. 내가 손으로 얼굴을 쓰는 소리, 아빠가 손가락으로 눈썹을 훑어내는 소리만큼 작았다.

아빠가 고개를 끄덕였다.

"그 애는 탈출하려고 했어. 음, 아니, 하려고 한 게 아니지. 했다."

"탈옥을요?"

아빠가 망치를 휘둘렀다. 나무가 산산조각이 났다.

"어." 아빠가 말했다. 아빠는 나무를 발로 찼지만 힘이 들어가 있지 않았다.

"그래서 집으로 갔어요?"

아빠는 고개를 저었다. 그리고 내가 얼마나 컸는지, 손은 얼마만 하고 발은 얼마나 큰지 가늠하려는 듯한 얼굴로 나를 바라보았다. 나는 이제 아빠 신발을 신을 수 있었다. 가끔 아빠가 비 올 때 심부름을 시키면 아빠가 식료품 창고에서만 신는 부츠를 신었다. 나는 아빠를 보며 눈썹을 들어 올렸다. 말하지 않고 말했다. 저 이거 들을 수 있어요. 잘 들을 수 있어요.

"탈옥을 한 건 블루라는 총받이였지. 야구를 하는 일요일이었단다. 손님들이 찾아왔어. 몸을 파는 여자, 남편이 있는 여자도 몇 왔지. 하지만 블루에게는 아무도 없었다. 그를 블루라고 부르게 된 건 그가 워낙 까매서 해를 받고 밭에 서 있으면 자두처럼 푸르스름해 보였기 때문이야. 하지만 그는 머리가 정상이 아니었다. 그래서 여자들도 그에게 말을 걸려고 하지 않았어. 그에게는 아무도 면회를 오지 않았다. 그래서 그는 변소 옆에서 여자 수감자 한 명을 잡아다가 숲속으로 억지로 끌고 갔어."

아빠가 말을 멈추고 고개를 돌려 집 쪽을 보았다.

"그래서 어떻게 했어요?"

"여자를 겁탈했어. 그 여자도 힘이 꽤 세긴 했지. 여자의 손은 숱하게 목화를 따고 바느질을 하느라 거의 블루의 손만큼 굳은살이 박여 딱딱했으니까. 하지만 그에게 상대가 되지는 않았지. 그는 누구든 머리통을 후려갈겨 기절시킬 수 있을 정도였거든. 여자의 얼굴은 알아볼 수 없을 지경이 됐지. 아마 그 여자가 감독관 부인의 총애를 받는 몸종이 아니었다면 블루가 그런 짓을 했다고 한들 아무 일도 일어나지 않았을 거야. 하지만 감독관 부인이 빨래를 널고 바닥을 닦고 아이를 봐달라고 부르는 게 늘 그 여자였거든. 블루도 그걸 알 정도의 머리는 있었다. 그래서 여자의 줄무늬 치마를 머리에 덮어씌우고 그곳을 떠났지. 그 피투성이 얼굴 위로 천이 덮이자 천은 검붉은 색으로 변했어. 여자의 숨에 부글부글 거품이 뿜어져 나왔지. 그는 달렸다. 하지만 얼마 가지도 않아 리치를 발견한 거야. 어디서였는지는 나도 모르겠다. 리치가 부엌이나 화장실에서 서성이고 있었는지, 아니면 여기저기로 연장을 나르고 있었는지, 그건 모르겠지만 아무튼 블루가 도망칠 때 리치가 함께 있었어."

"내가 그들을 발견했거든." 리치가 말했다. "그 남자가 여자를 올라타고 있었어. 커다란 손은 피투성이였지. 그는 힘이 어마어마한 총받이였어. 누구든 때려눕힐 수 있었다고. 그가 내게 말했어. 너 얼굴 저렇게 되고 싶어, 꼬마? 나는 아니라고 말했지. 그러니까 그가 그 큰 손을 흔들면서 말했어. 따라와. 나는 그 사람이 내 얼굴도 그렇게 빨갛게 만들어놓을까봐 무서워서 따라갔어. 하지만 사실은 나도 거기가 지긋지긋하기도 했어. 나도 나가고 싶었다고."

우리를 둘러싼 나무들은 짙푸른 거대한 덩어리였다. 떡갈나무가 낮고 넓게 퍼져 있고, 덩굴식물이 그 몸통을 휘감고 가지에서부터 늘어져 있었다. 독옻나무와 늪 투펠로 나무와 사이프러스와 목련나무가 원형의 벽처럼 우리를 둘러싸고 있었다.

"그들을 아빠가 쫓아갔어요?" 내가 물었다.

리치가 만일 살아 있었다면 고꾸라졌을 정도로 아빠 쪽으로 몸을 너무 많이 기울였다. 리치의 턱이 좌우로 움직였고 이가 뿌득뿌득 갈렸다.

"그래." 아빠는 손가락 마디가 하얘지도록 망치를 세게 움켜쥐었다가 이내 손을 풀었다. 다시 꽉 쥐었고 또 풀었다.

"그래." 리치가 말했다. "그래."

다리에 분홍색 무늬가 있는 회색 두루미 한 마리가 머리 위로 허공을 가르며 날아갔다. 두루미는 소리를 내지도 울지도 않았다. 그것은 아무 말도 하지 않았다.

"어떻게 됐는데요?"

아빠가 나를 다시 뜯어보았다. 나는 어깨를 쫙 펴고 턱 끝에 힘을 단단히 줬다.

"조조?"

나는 고개를 끄덕였다.

"블루라는 사내는 말이다, 돼지턱 같은 남자였다."

돼지턱. 아빠와 개들과 함께 일했던, 잔인한 거구의 백인 남자. 아빠가 망치를 휘둘렀고 우리의 다른 한구석이 무너져 내렸다.

"생명에 대한 감각이 없는 사람이었지. 어떤 생명에도."

리치가 입을 벌렸다가 닫았다. 이 사이에서 혀가 움직였다. 꼭 공기를 먹고 있는 것 같았다.

"나는 그들을 뒤쫓아 가야 했다."

리치는 꼭 아빠의 말을 삼키고 있는 것 같았다.

"일요일의 여자들에게 신경 쓸 겨를이 없었지. 다섯 시간이 지나자 누군가 여자를 발견했고, 사람들은 블루와 리치가 없어졌다는 걸 깨달았어. 그리고 감독관이 모두를 소집했지." 아빠가 말했다. "15마일을 달리면 파치먼 끝이 나오는데, 그들이 거기까지 달려가기에 충분한 시간이었어. 자유의 세상으로 돌아가기에 충분한 시간이었다. 교도소장은 수영을 하다 나온 사람처럼 옷이 다 젖어서는 모두에게 소리쳤어. 다음은 백인 여자다!"

"충분한 시간이었어." 리치가 말했다. 비에 굶주린 개구리 떼 울음소리처럼 왱왱대는 그의 목소리가 거슬렸다. "그는 달리기가 너무 빨랐어. 때로는 소리로 그를 쫓았지. 그는 계속 혼잣말을 했거든. 아니 혼잣말이 아니라 자기 엄마에게, 집에 간다면서 자기를 위해 노래를 불러달라고 했어. 아들을 위해 노래 불러줘요. 그가 말했지. 노래를 불러줘요."

망치가 공기를 가르며 휘파람 소리를 냈다. 흰개미들이 망가진 보금자리 안에서 꼬물거렸다.

"나는 그렇게 빠르지 않았단다. 그사이에 블루는 샘물을 길러 온 소녀와 마주쳤지. 그리고 소녀를 때려눕혔어." 아빠가 말했다. "입고 있던 원피스를 쫙 뜯어버렸지. 소녀는 찢어진 원피스를 손에 쥔 채로 집으로 달려갔어. 붉은 머리의 그 백인 소녀는 자기 아빠에게 웬 미친 검둥이가 자기를 해치려 했다고 말했어."

"내가 그를 막았어." 리치가 말했다. "나뭇가지로 그를 때렸다고. 내가 엄청 세게 때려서 그가 여자에게서 떨어져 나왔어. 내가 엄청 세게 때려서 그가 내 얼굴에 주먹을 날렸다고."

"그즈음엔 이미 말이 다 퍼져 있었다. 해가 지고 있었으니 리치와 블루가 꽤 멀리까지 달아났으리라 보고, 일반인 백인들이 소집됐지. 전부 다 남자들이었다. 리치보다 어린 작업복 차림의 소년들도 픽업트럭 뒤에 올랐어. 수천 명은 되어 보였지. 트럭 불빛을 받아 그들의 얼굴에는 붉은 안개가 덮인 것 같았지만, 그 밖에는 옷이며 머리카락이며 눈빛이며 모든 게 어둠 속에서 새까매 보였다. 그 얼굴에서 나는 볼 수 있었어. 그들 전부 사냥을 나가려고 몸이 달아오른 사냥개들처럼 몸을 앞으로 기울이고 있다는 걸. 그리고 소리 내어 웃고 있었지. 그들은 멈출 수가 없었다. 목표물은 블루와 리치, 둘이었는데 그 사람들에게는 둘 사이에 아무 차이가 없었지. 그들 눈에는 둘 다 백인 여자를 건드린 검둥이, 짐승일 뿐이었으니까."

리치가 그렇게 미동도 없이 조용했던 적은 없었다. 그의 입은 벌어져 다물어질 줄 몰랐다. 눈이 퀭하게 휘둥그레졌다. 그는 돌이 되어버린 것처럼 발가락 끝으로 겨우 균형을 잡고 서 있었다. 하지만 아빠는 모든 부분이 움직이고 있었다. 말하면서 손을 움직였고, 어깨는 한낮 가장 더운 때 시들어진 꽃처럼 부드럽게 앞으로 구부러져 있었다. 나는 아빠의 어깨가 그렇게 된 것을 한 번도 본 적이 없었다. 그의 얼굴, 얼굴의 모든 선들이 균열된 지구의 거대한 단층선처럼 서로를 향해 미끄러져 들어가 있었다. 그것을 단단히 뒷받침하고 있는 것은 바로 고통이었다. 망치가 떨어졌다.

"나는 담장을 지나고 파치먼 경계를 지나 델타로 개들을 몰았다. 너른 평원을 지나면서 땅이 관목 숲으로 바뀌었지만, 검은 손들이 다 따내 관목엔 남은 열매가 없더구나. 검은 손들이 말끔하게 따버렸으니까. 땅은 그 검은 손만큼이나 까맣고 푸석거렸다. 땅 위에 선명한 발자국이 남을 수밖에 없었지. 나는 그 발자국을 따라갔고 개들은 냄새를 따라갔다. 빽빽한 나무 군락을 지나 이파리만 무성한 들판을 넘어 개울과 판잣집들을 지나고 더 많은 들판과 판잣집들을 지나자, 거기에 백인 남자와 소년들이 몰려 있었다. 그들은 한 몸처럼 움직이고 있었지. 오로지 죽이기 위해서."

아빠는 고개를 푹 떨어뜨렸고 어깨의 땀을 닦아냈다. 발길질하기 전에 경고하는 말처럼 발을 몇 번 쿵쿵 굴렀다.

"어떻게 됐는데요?" 내가 재촉했다.

아빠는 고개를 들지 않았다.

"교도소장과 감독관들은 개들을 따라서 차를 몰고 와 차 안에 있었다. 개들은 무섭게 컹컹 짖어댔지. 여기저기 흩어져 있는 남자들도 전부 자기 개를 데리고 나와 있었어. 블루를 발견한 건 어떤 소년이었다. 블루는 서쪽 숲의 어느 나무에 올라가 있었지. 그를 찾아냈을 때 사람들 속에서 함성이 터져 나오는데, 나는 실눈을 떠야만 했다. 그들은 저마다 소총을 쏘아대기 시작했고, 교도소장과 감독관들과 모범수 사수들은 차를 몰고 달려갔지. 나는 내 개들을 따라갔어. 하지만 기다려야 했어. 개들이 서쪽을 가리키고 있지 않았거든. 개들은 북쪽을 가리키고 있었고, 나는 개들이 쫓고 있는 게 리치라는 걸 알았다. 5분도 채 지나지 않았는데 사람들이 모닥불을 피워 올렸고, 나는 무슨 일이 벌어질지 알 수 있었지. 블루의 비명이 들려오기도 전에 나는 알았어."

리치가 눈을 깜빡였다. 그의 손가락들이 새의 날개처럼 쫙 펴졌다. 눈의 깜빡임이 느려지는가 싶더니, 아빠가 말을 잇자 빨라져서 결국 벌새의 날갯짓처럼 되었다. 내 눈에 보이는 거라고는 그의 눈, 위에 얇은 막이 낀 새카만 눈동자뿐이었다.

"모범수 사수 한 명에게 나중에 들었는데, 사람들이 블루를 토막 냈다고 하더구나. 손가락. 발가락. 귀. 코. 그러고서 살갗을 벗기기 시작했다고. 바로 그때 나는 개들을 따라가고 있었다. 개들을 조용히 시키면서, 하늘이 파란색에서 검은색으로 변해가는 들판들을 지나 또 다른 나무 군락으로 갔다. 리치가 그 나무 군락 가장자리에 웅크리고 있었지. 그 검은 눈을 손으로 가리고 울고 있었어. 코를 높이 쳐들고 블루와 군중들의 소리를 듣고 있었어."

리치는 주먹을 쥐었다가 풀었고, 다시 주먹을 쥐었다. 손가락들을 날개처럼 쫙 펼쳤다.

"그들은 그 아이에게도 똑같이 하려고 했다. 블루에게 하고 있는 짓을 마치고 나면 말이지. 그 아이를 찾아내서, 비명을 지르는 그 어린것을 피투성이가 되도록 토막을 내고, 그런 다음 나무에 매달아 죽이려고 했어."

아빠는 나를 보았다. 아빠의 온몸이 떨리고 있었다.

"그는 그저 아이일 뿐이었단다, 조조. 짐승도 그렇게 죽이지는 않아."

나는 다시 고개를 끄덕였다. 리치가 제 두 팔로 몸을 휘감았고, 더욱 꽉 껴안자 팔과 손가락이 믿을 수 없을 만큼 길어졌다.

"내가 말했지. 괜찮을 거야, 리치. 그가 묻더구나. 나를 도와줄 거지? 형, 나 어느 길로 가야 돼? 나는 개들을 조용히 시켰다. 그리고 그 애에게 두 손을 뻗었어. 천천히 쓰다듬으며 진정시켰지. 그리고 말했어. 여기서 빼내줄게. 여기서 나가게 해줄게. 그의 팔을 만져보니 온몸이 불덩이였다. 나 집에 가는 거야, 형? 개들이 계속 낑낑거렸지만, 나는 곁에 쪼그리고 앉아 그를 바라보았어. 이마 가장자리에 잔머리가 나 있더구나, 조조. 엄마 젖 빨면서부터 났을 가느다란 솜털 말이야. 맞아, 리치. 집으로 데려다줄게. 난 말했지. 그러고서 부츠 속에 늘 갖고 다니던 단도를 꺼내 한 번에 그의 목에 꽂았다. 오른쪽 두꺼운 동맥에. 난 피가 더 이상 솟구치지 않을 때까지 그를 안고 있었어. 그는 입을 쩍 벌리고 나를 바라보았다. 꼬마였지. 얼굴은 눈물 콧물 범벅이 되어 한동안 놀라고 겁에 질린 채로 그렇게 있다가, 이내 움직이지 않더구나."

아빠는 당신 무릎에 대고 말하고 있었다. 리치는 고개를 젖히더니 나무들의 능선 너머로 드넓게 펼쳐진 파란 하늘을 바라보았다. 그는 더 휘둥그레진 눈으로 거칠게 팔다리를 휘적거렸고, 더 이상 아빠와 나를 보고 있지 않았다. 우리 너머의 뭔가를, 우리가 차를 타고 달려온 그 길 너머의 어딘가를, 소나무가 목화밭으로, 막 싹을 틔우는 봄 나무들로 바뀌는 지점 너머를, 고속도로와 읍내를 지나 늪과 수백 년 된 나무들 너머에 있는 어딘가를 바라보고 있었다. 처음에는 그가 또 노래를 하려는 줄 알았지만, 그것은 울음소리였고 이내 울부짖음과 비명으로 바뀌었다. 얼굴은 제 눈 앞에 펼쳐진 것에 경악한 표정이었다. 나는 눈을 가늘게 떴다. 리치의 울부짖음 속에서 아빠의 말소리가 잘 들리지 않았다.

"그 아이를 땅에 내려놓았다. 개들을 풀었지. 개들이 피 냄새를 맡더구나. 그리고 물어뜯었어."

리치가 목 놓아 울었다. 캐스퍼가 큰길 어딘가에서 사납게 짖어대기 시작했다. 돼지들이 꿀꿀거렸다. 말들이 축사에서 발을 굴렸다. 아빠는 손을 어떻게 해야 할지 모르는 사람처럼 서 있었다. 손으로 뭘 해야 하는지 모르는 것처럼.

"조조야, 난 날마다 손을 씻었단다. 하지만 그 망할 놈의 피가 절대로 씻겨 나가지 않더구나. 두 손을 얼굴로 들어 올리면 살에서 냄새가 났어. 개들이 끙끙거리며 피를 핥아 먹고 있는 그곳에 교도소장과 감독관이 나타났을 때도 내 손에서는 피 냄새가 났어. 개들은 그 아이의 목을 물어뜯어 동강을 내버렸어. 간수가 내게 잘했다고 말했을 때도 내 손에서는 피 냄새가 났다. 그들이 내가 개들을 잘 이끌어서 리치를 찾아내 죽일 수 있었다면서 휴가를 준 날도 내 손에선 냄새가 났어. 몇 주를 수소문한 끝에 마침내 녀석의 어머니를 찾아내 리치가 죽었다고 전했을 때도 그 냄새가 났다. 리치의 어머니는 굳은 얼굴로 나를 보다가 문을 닫아버렸지. 한밤중에 집에 돌아올 때도 늪지의 시큼한 냄새와 찝찔한 바닷물 냄새 위로 그 냄새가 겹쳤고, 세월이 흐른 뒤 필로멘과 함께 침대에 누웠을 때도 그 냄새가 났다. 네 할머니 품에 얼굴을 묻고 그 향기가 다른 냄새를 다 씻어낼 거라는 듯 숨을 들이마셨어. 하지만 그렇지 않았단다. 기븐이 죽었을 때 나는 그 냄새에 익사당하는 것 같았어. 아무것도 보이지 않았고, 말도 한 마디 할 수 없을 정도로 미쳐버릴 것 같았지. 그건 무엇으로도 누그러지지 않았다. 네가 태어나기 전까지는."

　나는 케일라를 안듯이 아빠를 안아줬다. 아빠는 얼굴을 무릎에 파묻고 등을 들썩였다. 우리가 그렇게 웅크리고 있는 동안 리치는 점점 더 검어져서 마당 한가운데서 검은 구멍이 됐다. 저 먼 곳, 저 먼 과거의 빛과 어둠까지 전부 집어삼킨 것처럼 새카맣게 타올랐고 이내 사라졌다. 그가 있던 곳에, 아빠와 내가 부둥켜안고 있던 풀밭 위에 부드러운 바람과 노란 햇빛, 꽃가루가 떠다녔다. 꿀꿀, 쿵쿵, 낑낑 울어대던 동물들도 잠잠해지고 있었다. 고마워요. 동물들이 말했다. 정말, 정말, 정말 고마워요. 그들이 노래했다.

14. 레오니

내가 묘지의 돌을 한 무더기 안고 집에 왔을 때 마이클은 차 안에 그대로 있었다. 티셔츠에 담긴 돌이 무거워서 조조와 미카엘라가 내 배 속에 있었던 때, 또 다른 생명을 내 배 안에 품고 있었던 느낌이 떠올랐다. 엄마 방에 떨어뜨린 돌들을 줍고 났을 때 나는 유령 기븐을 보고 문에 부딪히고 말았다. 그는 고개를 한쪽으로 기울이고 있었는데, 시선이 벽선을 따라 내려가 거실을 지나 부엌을 지나 뒷문 밖으로 향하고 있었다. 그는 뭔가에 귀를 기울이고 있었다. 나는 그 자리에 멈춰버렸다.

"뭐야?" 그 말이 나도 모르게 튀어나왔다. 분명 전날 삼킨 필로폰의 여파라는 것을 알고 있었지만 그래도 한 대 맞은 듯 정신이 번쩍 들었다. 반들거리는 키 큰 기븐이 여기 거실에 있었다. 그의 입이 누가 말하는 것을 계속 따라 하는 것처럼 움직이고 있었는데, 만일 그가 말을 할 수 있다면 그건 웅얼거림이었을 것이다. 그가 듣고 있는 소리가 무엇인지 몰라도, 따라 하고 있는 말이 무엇인지 몰라도, 그것이 그를 방에서 뛰쳐나가게 했다. 그는 부엌 문턱에서 멈춰서는 문틀을 붙잡고 고개를 숙이고 서 있었다. 내가 여기서 그를 마지막으로 보았을 때 그는 살아 있었다. 그때는 피가 그의 온몸을 북처럼 고동치며 흘렀다. 그와 아빠는 무엇 때문인가로 막 다툰 참이었다. 대학교나 그의 어중간한 점수, 아니면 축구나 활쏘기 말고는 그가 열심히 하는 게 없다는 것 때문이었는지도 모른다. 너에겐 방향성이 좀 있어야겠다, 아들, 아빠가 말했다. 기븐은 긴 소파에 앉아 있다가 아빠가 뒷문으로 나가는 것을 보자 축 늘어지더니, 나를 보고 눈을 찡긋하며 말했다. 아빠는 그렇게 꼬장꼬장하게 굴지 좀 말아야겠어요.

기븐 아닌 기븐의 어깨뼈가 티셔츠 밑에서 한데로 모아졌다. 그가 나를 보고 고개를 한 번 저었다. 그가 무슨 말을 듣고 있는지 나는 알 수 없었지만, 그는 그러고 나서 한 번 더 고개를 저었다.

"내가 미쳐가는 거야." 나는 혼잣말을 했다. "씨팔, 내가 미쳐가고 있어."

나는 기븐 옆을 지나쳐 걸어가 덧문 밖을 내다보았다. 아빠와 조조가 뒷마당 돼지우리 옆에 웅크리고 앉아 이야기를 하고 있었다. 난 이렇게 멀리서는 아무것도 들리지 않았지만, 기븐은 들을 수 있었다. 무슨 이야기를 듣고 있는지 그는 고개를 자꾸 더 빠르게 저으면서 소리도 나지 않는 주먹을 문틀에 휘둘렀다. 한 번, 또 한 번. 아무 흔적도 남지 않았다. 그의 옆을 지나칠 때 그 티셔츠의 감촉이 팔에 느껴지기를 기대했지만 안개 같은 서늘함뿐이었다. 기븐의 입이 움직였고, 나는 그가 소리 없이 하고 있는 말을 알아들을 수 있었다. 아빠, 그의 입 모양이 말했다. 오, 아빠. 나는 눈을 가늘게 떴다. 조조가 아빠의 등을 문질러주고 있는 것 같았다. 아빠를 안아주고 있었다. 그리고 나는 마당에서 땅에 씨앗을 찔러 넣고 있지 않거나, 동물과 씨름을 하고 있지 않거나, 잡초를 뽑고 있지 않는 아빠의 모습을 한 번도 본 적이 없다는 것을 깨달았다.

개 짖는 소리가 삐걱거리는 부엌을 날카롭게 가르자, 기븐이 흠칫 놀라 내 쪽으로 몸을 돌리고 두 손으로 손짓하며 입 모양으로 말했다. 나에게서 대답을 들을 수 있으리라는 듯이. 누구야? 그가 입 모양으로 다시 말했다. 저거 누구야? 그가 덧문으로 달려갔다. 캐스퍼가 다시 짖었는데 겁에 질려 어쩔 줄 모르고 낑낑 우는 소리였다. 아빠가 맥없이 주저앉고 있고, 조조가 그를 떠받치고 있는 것 같았다. 나는 이 상황을 이해하지 못했다. 기븐은 뭔가를 막으려는 듯 앞으로 두 팔을 번쩍 들어 올렸다. 나는 오빠의 이 모습이 어제 내 온몸을 경련하게 만든 필로폰의 여파인지, 아니면 내가 삼킨 그 많은 약이 몸과 마음의 실밥을 뽑아버려 내가 아주 못 쓰게 되어버린 것인지 궁금했다. 기븐이 아직 거기에 있었다. 개가 더 세게 짖어대자 기븐이 피를 흘렸다. 내 눈에 상처는 보이지 않았지만, 그래도 그는 목에서, 가슴에서 피를 흘리고 있었다. 그가 총을 맞은 자리였다. 그는 팔과 다리에 힘을 꽉 주고 닫힌 덧문의 나무 문틀에 버티고 서 있었다. 뭔가가 그를 밖으로 잡아끌고 있었다. 아빠와 조조가 둘이서 부둥켜안고 있었고 개가 아직 짖고 있었지만, 나는 아무것도 보이지 않았다. 아무것도 보이지 않다가 눈을 깜빡였을 때 내 시야 한구석에서 설핏, 마당에서 들끓어 오르는 검은 구름 같은 것이 보였다. 그러나 다시 눈을 깜빡이자 그것은 사라졌다. 기븐은 털썩 주저앉아 두 손으로 문지방을 문질렀다. 그는 살아 있을 때도 꼭 그렇게 했는데, 집 안의 문지방은 모두 그가 하도 문질러서 부드러워지곤 했다. 그는 얼어붙은 채 나를 보았고, 나는 그가 살아 있고 살점이 있는 존재라면 좋겠다고 생각했다. 그를 발로 차주고 싶었다. 말을 할 수 없는 그를 발로 차주고 싶었다. 마당에서 뭘 보거나 듣고 있던 그것을 나에게 전해주지 못해서 발로 차주고 싶었다. 지금, 여기에 있어서, 취하지도 않은 이 말짱한 세상에서 내 앞에 나타나 버티고 서 있어서 발로 차주고 싶었다. 세상을 뒤흔들어놓고서도 ― 새들이 유리창을 향해 날아들고, 개들이 겁에 질려 오줌을 지릴 때까지 짖어대고, 소들이 들판에서 엉덩방아를 찧고 다시 일어나지 못하고 있었다 ― 장난이라는 듯 윙크를 하고, 보조개가 패고 이가 다 보이도록 웃고 있어서 차주고 싶었다. 죽었으니까 발로 차주고 싶었다. 언제나 그 이유였다. 기븐은 다시, 그러나 이번엔 천천히 고개를 저었다. 하지만 그의 얼굴은 계속 흐릿했다. 나는 손을 뻗으며 그에게로 점점 다가갔다. 그를 밀어보려고, 혹시 그 갈색 팔과 콘크리트 같은 굳은살 박인 손이 느껴질까 알아보려고. 하지만 미카엘라의 울음이 공기를 갈랐고, 그는 사라졌다.

미카엘라가 소파 위에 서서 소리를 지르면서 이쪽저쪽으로 걸어 다니고 있었다. 자다 일어나서 머리는 떡이 지고 얼굴은 부어 있었다. 미카엘라는 그 작은 다리로 걷는 게 서툴러서, 발을 헛디디면서 얼굴을 소파에 박고 엎어졌다.

"그 남자애, 검은 새." 미카엘라가 흐느꼈다.

나는 소파 옆에 무릎을 꿇고 앉아 그 뜨겁고 작은 등을 토 닥였다.

"무슨 남자애, 미카엘라?"

"그 검은 새. 그 흑인 남자애."

미카엘라가 일어서더니 나에게서 가장 먼 소파 팔걸이로 달려가 올라타 앉았지만, 미끄러졌다.

"그 애가 날아!"

미카엘라는 언제나 꿈에서 아직 빠져나오지 않은 채로 잠에서 깼다. 아직 졸린 것이다. 나는 아이를 한 팔로 들어 올려 머리를 내 어깨에 기대게 했다.

"좀 더 자." 내가 말했다.

미카엘라가 발길질을 할 때면 발가락들이 내 몸의 가장 보드라운 살을 작은 삽으로 떼어내는 것처럼 내 배를 후벼 팠다. 이렇게 안고 걸어 다니면 아기는 잠이 들곤 했다. 아기는 앞이 안 보이는 자궁 속에서 그 파란 눈으로 꿈을 꾸었었다. 지금 미카엘라는 도리질을 하고 손으로 내 입을 때리면서 내가 자기를 안고 있게 놔두지 않았다.

"쟤가 엄마를 데려가려고 해!" 아기가 비명을 질렀고, 내 팔에 감각이 없어지면서 미카엘라는 쭉 미끄러져 내려갔다. 아기는 발이 바닥에 닿자마자 곧장 엄마 방 쪽으로 뛰어가 그 작은 주먹으로 방문을 두드렸다. 그 작은 손으로 두드릴 때마다 숨소리와 울음이 뒤섞여 나왔다. 잔뜩 겁에 질린 망아지처럼 눈을 희번덕거렸다.

"미카엘라." 내가 무릎을 꿇었다. "엄마를 데려가려고 하는 사람은 아무도 없어." 미카엘라가 문손잡이에 매달려서 제 무게로 문을 돌려 열려고 하는 바람에 그 작은 무릎이 나무에 다 쓸리고 있었다. 내 말은 반쪽짜리 진실이었다. 엄마를 데려가려는 사람은 없었지만, 엄마가 내게 맡긴 임무가 엄마를 데려갈 것이었다. 나는 무릎이 마룻바닥에 쓸리든 말든 미카엘라에게 기어갔는데, 뭔가 이상했다. 두려움이 내 가슴에서 델 듯이 뜨거운 모래알처럼 쏟아졌다. 내 작고 통통한 아기가 발가락이 다 벗겨지도록 방문을 밀고 있는 것도 이상했다. 이제 내 앞에 놓일 미래도, 또 이 아이 앞에 놓일 미래도 이상할 것이었다. 미카엘라의 손가락이 문손잡이에서 미끄러지자, 나는 문손잡이를 돌려 방문을 열고 엄마 쪽을 손바닥으로 가리켰다. "봤지?"

나는 볼 준비가 되어 있지 않았다.

엄마는 발가락을 바닥에 댄 채 몸의 절반은 침대 밖으로 나와 있고, 나머지 절반은 이불에 친친 감겨 침대 속에 남아 있었다. 엄마의 몸은 한쪽은 밧줄처럼 팽팽하게 늘어나 있고, 다른 쪽은 넓고 커다랗게 펼쳐져 있었다. 아직 바닷물의 보드라운 촉감을 간직한 채 공중을 날고 있는, 은빛과 흰빛의 돛새치처럼. 햇빛 속에서 떨며 몸부림치는 돛새치처럼. 보통의 봄날 아침보다 서늘해 11월의 아침 같은데도, 엄마는 방 안에서 땀을 뻘뻘 흘리고 신음하며 발버둥치고 있었다. 미카엘라가 방 안으로 폴짝 뛰어들어 방의 냄새를 맡더니 몇 걸음 주춤거리며 천장을 올려다보았다. 그리고 짧은 한마디를 숨처럼 또 내뱉었다.

"새."

방에서는 엄마의 내장이 다 밖으로 나온 것 같은 냄새가 났다. 오줌과 똥과 피 냄새. 바로 코앞에서 썩어가는 내장 냄새. 엄마의 눈이 이글거렸다. 두 손으로 이불을 단단히 그러쥐고 있었다. 엄마는 뭔가를 떨쳐내려 애를 쓰고 있었다.

"엄마?" 내 목소리는 미카엘라의 목소리만큼이나 작고 높았다. "도와줄게."

"너무 늦었어." 엄마가 말했다. "너무 늦었다, 레오니."

엄마의 손아귀를 풀기 위해 나는 엄마의 팔을 세게 잡아야만 했다. 엄마의 살은 내 손가락이 닿는 곳마다 얕게 파여 자국이 남았다. 엄마가 신음했다. 나는 더 살살, 덜 아프게 만지려고 노력했지만 그렇게 할 수가 없었다.

"무슨 말이야?" 내가 말했다.

엄마는 살갗 밑으로 피를 흘리고 있었다. 내 손이 닿는 데마다 피가 있었다. 바닷물이 꽉 들어찬 모래 속 해자(垓字). 그 밑엔 죽음이 있었다.

엄마는 내가 아니라 미카엘라가 서 있는 방 한구석을 보고 있었다. 미카엘라는 거기 서서 가늘게 뜬 눈으로 엄마를 뚫어지게 보면서 노래를 부르고 있었다. 엄마의 눈이 내 얼굴로, 천장으로, 그리고 당신의 망가져가는 몸으로 정신없이 오갔다. 그리고 멀리, 멀리로.

"들었어." 엄마가 속삭였다. "고양이인가 했는데……." 엄마가 헐떡거렸다.

"누구, 엄마?"

"그들을 본 적은 없었다. 가끔 듣기는 했지만."

"뭘?"

"누군가 저 건넛방에서 말하고 있는 것처럼. 다른 방에서." 나는 한 손을 놓고 동그랗게 주먹을 쥐었다.

"그가 나에게 오겠다고 했어."

피의 꽃잎들.

"신비가 아니었어." 영도, 신도, 신비도 아니었어.

엄마의 팔목에서.

"그는 레 모(Lè mò)야." 죽은 자야.

엄마의 이마에서.

"어려. 기운이 팔팔해."

썩어가는 꽃들.

"얻어맞은 개처럼 복수심에 불타고."

씨앗으로 돌아가는 비옥함.

"역사의 무게를 전부 짊어지고 끌고 가는구나."

엄마의 숨이 신음 소리가 됐다.

"납이 가득 든 자루를 끌고 가듯."

엄마가 맞았다.

"하지만 그래도 애야."

나는 너무 늦었다.

"사랑에 굶주렸어."

암이 엄마를 망가뜨려놓았다.

"나더러 제 엄마가 되어달라고 하는구나."

완전히 망가뜨려버렸다.

"난 늘 생각했는데……."

엄마는 다른 쪽 손을 놓는 내 팔을 할퀴었다.

"그게 네 오빠일 거라고."

나는 얼어붙었다.

"내가 처음으로 보게 될 저세상 사람은……."

나는 숨을 쉴 수 없었다.

"그 아이일 거라고."

기븐이 벽들이 만나는 선에 기댄 채 이 방 한구석에 서 있었다. 그는 아빠처럼 굳어버린 험악한 얼굴로 미카엘라를 내려다보고 있었고, 나는 처음으로 오빠가 무서웠다. 생전에 그의 온몸에는 농담이 배어 있었다. 뼛속 깊이 유머를 타고나서 그의 어깨선에서, 고갯짓에서, 그 미소에서 누구나 읽을 수 있었다. 지금 그런 것은 없었다. 그가 생전에 한 번도 짊어져본 적 없는 시간의 무게가 이제 그를 엄격하게 만들어놓았고, 그는 거무칙칙한 장막에 싸여 아빠처럼 날카롭게 벼려져 있었다. 그는 고개를 내젓고 말했다.

"아냐."

미카엘라의 작은 노래가 잦아들었다.

"너의."

엄마가 몸부림쳤다.

"엄마가."

엄마가 내 너머로, 동굴 천장의 조그만 종유석처럼 곰보 자국이 나 있는 금 간 천장을 올려다보았다. 아빠는 빗자루를 페인트 통에 담갔다가 천장에 쿡쿡 찌르면서 몇 시간을 작업해, 원과 고리와 소용돌이로 별과 혜성을 만들어냈었다. 엄마는 입을 열었다가 닫았지만 아무 소리도 내지 않았다. 나는 엄마의 눈길을 따라가봤는데 천장밖에는, 습기로 잿빛이 되어가는 그 안쓰러운 석고판밖에는 아무것도 보이지 않았다. 그러나 「반짝 반짝 작은 별」을 부를 때처럼 손을 쥐었다 폈다 하면서 작게 노래를 부르고 있는 미카엘라에게는 보였다.

"아냐." 그리고 기븐, 얼굴 면들이 한군데로 모여 칼처럼 날카롭게 변한 기븐에게는 보였다.

"너의."

그리고 엄마에게도 보였다. 엄마는 기븐이 어렴풋이 보이는 그쪽 구석으로 눈을 돌렸다. 엄마는 진짜 웃음인지 억지 미소인지 이를 살짝 보였다.

"엄마가." 기븐이 문장을 마쳤다.

엄마가 내 따귀를 갈겼다. 엄마의 손이 지나간 곳이 욱신거렸다. 엄마는 다른 쪽 뺨을 또 갈겼고 나는 귀가 웅웅 울렸다. 엄마가 오른손으로 내 볼을 잡고 손가락으로 내 눈두덩이를 후벼 팠다. 우리 위에, 내 등 뒤에 뭐가 있는지, 엄마에게 어떤 끔찍한 것이 다가오고 있는지 알 수 없었지만, 엄마는 내 얼굴을 그러쥐고 그것에게 뭐라고 속삭이고 있었다. 내 위에서 속삭이는 소리가 들렸다.

"나랑 같이 가자, 엄마." 그것이 말했다. "가자."

"싫어." 엄마가 말했다.

엄마의 손가락이 내 눈두덩이를 아프도록 찍어 눌렀다.

"내 아들이 아니야." 엄마가 말했다.

엄마가 내 가죽을 벗기고 있는 것 같았다.

"기븐." 엄마가 숨을 토해냈다.

나는 고개를 홱 돌려 뺐다.

"아가. 제발."

나를 침대에서 벌떡 일으킨 건 그 아가라는 말이었다. 엄마의 그 말에 나는 다시 말랑한 잇몸과 촉촉한 눈망울에 살이 토실토실한 엄마의 아기가 된 것 같았고, 건강한 엄마에게서는 단 젖이 나오는 것 같았다. 그러나 엄마의 손은 옥수숫대에서 벗겨지는 겉껍질처럼 내 얼굴에서 떨어져 나와 곧 바스라질 듯 침대 위로 떨어졌다. 엄마는 온 힘을 짜내 두 손바닥이 위로 오게 손을 돌렸다.

"안 돼, 꼬마. 안 돼." 기븐이 말했다.

나는 묘지에서 가져온 돌들을 바닥에서 쓸어 담아, 제단 위에 쏟았다. 내가 이미 거기 모아둔, 욕실에서 가져온 약솜과 찬장에서 가져온 옥수숫가루와 어제 주류 판매점에서 산 럼주 옆에.

"말해." 엄마가 말했다. 엄마의 손이 침대에서 떨어졌다. "연도(煉禱)를 해." 엄마의 숨이 목구멍에서 헐떡거렸다. 엄마는 고개를 돌려 옆을 보지도, 기븐이 서 있는 내 뒤쪽 벽을 보지도 않았다. 기븐은 그를 거기에 붙잡아두고 있는 보이지 않는 무언가와 드잡이를 하고 있었다. 엄마의 입이 열렸다. 소리 없는 울부짖음. 미카엘라도 내가 전에 한 번도 본 적 없는 모습으로 울고 있었다. 입은 움직이고 있는데 소리가 나지 않았다. 시간이 없어졌다. 이 순간이 모든 것을, 과거와 미래를 집어삼켰다. 연도를 해야 할까? 눈을 깜빡였을 때 저기 위 천장에 갓난쟁이 얼굴을 한 소년이 있었다. 눈을 문지르며 다시 깜빡이자 거기엔 아무것도 없었다.

"엄마." 나는 목이 메었다. 조그맣게, 칭얼거리는 아기의 목소리가 나왔다. "엄마아." 내가 울고 엄마가 간청하고 미카엘라가 울부짖고 기븐이 외치는 소리가 방 안을 가득 채워 분명이 안은 바깥만큼이나 시끄러웠을 것이다. 조조가 달려와 바로 내 곁에 섰고 아빠가 문간에 있었다.

"여기 온 목적 이뤘잖아. 이제 끝났잖아." 조조가 말했다.

처음에 나는 조조가 나에게 말하고 있다고 생각했다. 하지만 조조는 위를 보고 있었고 나는 그가 누구에게 말하고 있는지 알 수 있었다. 그 목소리는 무척 힘이 있어서, 나는 울면서도 엄마를 내 품으로 끌어당겨 엄마가 부탁한 기도를 읊조리고 있었다.

"마망 브리지트, 모든 게데(죽은 자를 관장하는 부두교의 신)의 어머니시여. 묘지의 안주인이며 모든 사자(死者)의 어머니시여."
나는 흐느끼듯 숨을 몰아쉬었다.

"안 돼, 레오니." 조조가 말했다. "당신은 몰라." 조조가 천
장을 노려보았다.

"레오니." 엄마가 목이 멘 소리로 나를 불렀다.

"위대한 브리지트, 심판자여. 이 돌의 제단을 당신께 바칩
니다. 우리의 제물을 받아주소서." 나는 말했다. 엄마가 눈을
들어 계속 천장을 보았고, 거기서 살결 고운 소년이 아기처럼
골이 잔뜩 나서 맴돌고 있었다.

"닥쳐요, 레오니. 제발." 조조가 말했다. "당신은 못 봐."

엄마의 눈이 기븐이 드잡이를 멈추고 서 있는 벽 쪽으로 자
꾸 돌아갔다. 엄마의 눈이 애원하듯 내게 향했다. "들어오소
서." 내가 말했다.

"가." 조조가 말했다. 조조는 소년이 설핏 보였던 그곳을 올
려다보고 있었다. "여기 더 이상 널 위한 이야기는 없어. 여기
너에게 빚진 사람은 아무도 없어." 조조가 한 손을 기븐에게 들
어 보였고, 마치 조조가 문을 열고 봉인을 해제한 듯 기븐이 붙
잡고 있던 것을 놓았다.

"너 내 조카 말 들었지." 기븐이 말했다. "가, 리치."

나에게는 아무것도 보이지 않았지만, 기븐이 침대 쪽으로

가만히 걸어가는 걸 보니 무슨 일인가 일어난 게 틀림없었다. 아빠는 벽을 타고 주저앉았다. 엄마를 바라보는데, 마지막으로 딱 한 번 겨우 엄마를 보는데 아빠의 그 곧은 몸이 오롯이 무너져 내렸다. 아빠는 방문을 등지고 소파에서 자고, 마당에서 나무를 하고, 가축우리를 고치고, 기계를 손보면서 달처럼 엄마를 맴돌았다. 당신이 고칠 수 없는 것 대신 무엇이든 고치려는 듯이.

들쭉날쭉한 바람 같은 엄마의 숨이 점점 더 느려졌다. 엄마의 눈이 가느다란 틈으로 얇아졌다. 엄마의 망가진 몸은 고요했다. 조조가 기븐 쪽에 있다가 한 발 물러나더니, "삼촌"이라고 말하며 울고 있는 미카엘라를 안아 올렸다. 조조가 침을 꿀꺽 삼키고 기븐을 똑바로 바라보았다. 조조가 그를 보고 있었다. 그는 기븐을 알아보았다. 그가 고개를 끄덕이자 기븐은 순간 다시 기븐이 됐다. 장난스러운 보조개로 웃어 보이는 기븐이 됐다.

"조카." 기븐이 말했다.

엄마의 숨이 느려지다가 막혔다. 엄마가 일그러진 얼굴로 나를 보았다.

"들어오소서. 우리와 함께 춤추소서." 내가 속삭였다.

침대 옆에 있던 기븐이 그 위로 올라가 엄마를 끌어안고 말했다. "엄마. 내가 엄마를 위해서 왔어, 엄마. 내가 왔어, 엄마."
엄마가 길게 숨을 들이마시자 엄마의 숨과 피와 영혼이 거미줄
에 걸린 나방처럼 미친 듯이 날뛰었다. 기븐이 말했다. "쉬잇.
내가 배를 가지고 왔어, 엄마." 그러고는 숨을 헐떡이는 엄마의
턱에서 벌름거리는 콧구멍을 지나 눈까지 엄마 얼굴 위에서 손
을 움직였다. 엄마는 자꾸만 눈을 떠서 나를, 기븐을, 조조와 미
카엘라와 문간의 아빠를 보았다가 다시 기븐에게로 눈길을 돌
렸다. 기븐의 손은 신부의 면사포를 들어 올리는 신랑의 손처
럼 엄마의 얼굴 위에서 떨렸다. 둘 사이의 공기만큼이나 달콤
하고 깨끗하게, 사랑으로 서로를 바라볼 수 있을 것 같았다. 엄
마의 몸이 한번 솟아올랐다가 고요해졌다.

시간이 밀려드는 폭풍처럼 방 안을 가득 채웠다.

나는 울부짖었다.

• • •

우리는 다 같이 울었다. 문간에 있던 아빠는 기어이 무너져
내렸고, 나는 엄마의 따뜻한 잠옷을 아직 손에 쥐고 있었고, 미
카엘라는 얼굴을 조조의 어깨에 뭉개고 있었다. 하지만 조조는
아니었다. 그의 눈은 반짝거렸지만, 거기서는 아무것도 나오지

않았다. 심지어 이렇게 물을 때도 마찬가지였다.

"뭐라고 말한 거예요?"

나는 말할 수 없었다. 슬픔이 너무 급하게 삼켜버린 음식처럼 목에 걸려서 숨 쉬기조차 힘들었다.

"레오니!"

물 위의 기름처럼 분노가 내 안에서 쫙 퍼졌다.

"엄마가 부탁한 거야." 내가 말했다.

"아니." 조조가 품에서 미카엘라를 쳐들고 엄마를 바라보았다. 마치 엄마가 눈을 뜨고 고개를 돌려 철없는 조조야, 라고 말하기를 기다리는 듯했다. "당신이 한 말, 그 말이 강물을 들어오게 했어. 그게 엄마랑 기븐 삼촌을 데려간 거야."

"그래." 조조는 이해하지 못했다. 처음으로 엄마 말을 잘 들으려고 엄마를 엄마의 신들에게 넘겨줬다는 게, 엄마를 보내줬다는 게 어떤 의미인지 이해하지 못했다.

아빠가 문에 기대고 몸을 일으켜 세웠다. 하지만 아빠의 어깨는 둥그런 대접처럼 아직도 구부정했다. 아빠의 머리가 목 위에서 왔다 갔다 하는 추처럼 맥없이 움직였다. 목이 부러진 것 같았다.

"부탁한 게 맞다, 조조." 지금 아빠에게서 유일하게 단단함을 간직한 것은 목소리였다. 칼집에 들어 있는 칼처럼 단단한 목소리. "네 엄만 그 고통을 견딜 수 없었어."

"엄만 우릴 떠나려고 하지 않았어요. 기븐 삼촌하고 함께라면 더욱이요."

아빠가 잃어버린 것이 조조에게 가 있었다. 그 단단한 허벅지. 사춘기 이전 어린이의 물렁거리는 'O' 자 다리가 감쪽같이 사라지고, 화강암같이 탄탄한 다리가 버티고 서 있었다.

"부탁했어." 내가 말했다.

그리고 가슴팍. 그의 어깨는 쇠 지렛대처럼 곧았다.

"엄마가 그랬어요……." 조조가 말했다.

"그건 자비였다, 아들." 아빠가 말했다.

그리고 얼굴. 젖살이 통통하던 아기 얼굴이 전쟁에 나갈 준비가 된 강철처럼 결연해졌다. 오직 눈만이 그나마 아이의 눈빛을 담고 앞을 살피고 있었다.

"뭘 원하니?" 내가 물었다. "내가 사과라도 할까?"

그 눈.

"나도 그러고 싶지 않았다면서?"

목소리가 마음대로 되지 않았다. 높고 날카로운 쇳소리가 났다. 불타는 밧줄이 내 눈에서부터 콧속을 지나 목구멍 속으로 들어가 배 속에서 올가미 모양으로 똬리를 틀었다. 엄마가 아직 따뜻했다.

"그럴 수는 없어. 난 엄마가 해달라고 한 것을 했을 뿐이야." 내가 말했다.

엄마는 잠을 자고 있는지도 몰랐다. 이토록 긴장 없이 편안한 엄마 얼굴을 오랫동안 본 일이 없었다. 나는 엄마를 철썩 때려 깨워 말하고 싶었다. 왜 내가 엄마를 보내게 만들었냐고. 조조에게도 따귀를 갈기며 말하고 싶었다. 왜 내게 선택권이 있었다는 눈빛으로 나를 바라보느냐고. 그리고 기븐에게도 따귀를 갈기며 말하고 싶었다. 죽은 자들에게서 돌아올 수 있으면서, 다시 살아날 수 있으면서 왜 그렇게 다시 떠났냐고, 왜 엄마를 데려갔냐고. 나무 한 그루가 서 있던 곳의 하늘이 너무 휑하게 텅 비어 있었다. 모든 게 잘못되어 있었다. 내 목에 올가미 줄이 조여오는 것 같았다.

"아무것도." 조조가 말했다. "당신은 내게 아무것도 줄 수 없어."

조조가 눈은 엄마에게 둔 채 나에게 그렇게 말했을 때, 나는 엄마의 고요한 얼굴에서 머리칼을 쓸어 넘기던 손을 멈췄다. 그러고서 조조를 바라보았는데, 나를 보는 그의 시선은 아빠처럼 단단하고 엄마처럼 부드러웠다. 질책과 동정. 나는 책이었고 그는 나를 단어 하나하나까지 읽을 수 있었다. 그가 나를 보고 있었고, 그는 전부 다 알고 있었다.

"딸아." 아빠가 말했다.

올가미 줄이 내 목을 졸랐고, 순간 나는 걷잡을 수 없이 세상이 혐오스러워졌다. 그래서 엄마를 침대에 두고 일어나서 조조에게 한달음에 달려갔다. 조조는 뒤로 물러섰지만 내가 이미 그 앞에 있었고, 그의 뺨을 때리자 내 손바닥은 갈라질 듯 얼얼했다. 한 번 더 그렇게 했다. 그리고 한 번 더. 미카엘라가 조조의 품에서 악을 쓰고 울면서, 조조의 가슴팍을 막무가내로 기어오르면서, 나에게서 멀어지려 애쓰고 있었다. 조조는 아빠처럼 꼿꼿했고, 그 눈에서 작은 소년의 기색은 완전히 가시고 없었다. 바닷물이 빠져나가고 해가 남은 물기까지 말려 콘크리트처럼 딱딱해진 뜨거운 모래처럼. 그리고 아빠가 내 곁에 있었다. 하늘에서 떨어진 연처럼 당신 몸으로 나를 덮으면서, 내 두 손을 잡고 한데 모아 포개줬다.

"그만해라. 더는 안 된다, 레오니."

"아빤 몰라." 내가 말했다. "아빤 모른다고요!" 조조가 미카엘라의 그 조그만 티셔츠에 대고 제 뺨을 문지르고 있었다. 난 너무나 원했다. 조조를 다시 한 번 때리고 싶었다. 그를 다시 내 품에 안고 머리칼도 없는 아기였을 때처럼 그 머리통을 내 손으로 감싸 쥐고 싶었다. 조조에게 말하고 싶었다. 우리는 가족이야. 그리고 묻고 싶었다. 뭘 봤니, 아가? 뭘 봤어? 하지만 나는 그 어떤 것도 하지 않았다. 대신 아빠에게서 빠져나와 조조와 미카엘라 옆을 지나쳐, 엄마를 침대에 남겨두고 나왔다. 엄마는 천장을 향해 눈을 뜬 채로 누워 있었다. 모든 온기가 몸에서 빠져나가 심장이 차가웠다. 시간이 엄마의 굳어가는 혈관을 비집고 흘러가고 있었다.

마이클이 돌아왔을 때 나는 포치에 있었다. 그는 계단을 건너뛰어 내가 앉은 자리로 올라왔다. 그가 발을 내딛는데 나무 바닥에서 삐걱 소리가 났고, 나는 열기에 뒤틀리고 바싹 말라 삭은 바닥이 무너져 내리는 상상을 했다. 나도 앉아 있던 곳에서 그 밑으로 떨어지고 그렇게 열려버린 땅속 구멍으로, 끝없는 우물로 떨어져 내리는 상상을 했다. 처음으로 덥게 느껴지는 봄날이었다. 숨 막히는 여름, 사람이고 동물이고 모든 것을 녹아내리게 할 그 지옥살이의 맛보기였다.

"자기."

"가자."

"뭐? 나 지금 막 왔잖아. 오늘 애들 데리고 강에 갔다 올까 하는데."

"엄마가 가셨어." 그 두 마디를 내뱉으며 내 목소리가 갈라지는 걸 막을 수 없었다. 내 입에서 한숨 대신 울음이 터져 나오는 걸 막을 수 없었다.

마이클이 바닥에 앉아 나를 끌어당겼다. 내 두 팔을, 엉덩이를, 다리를, 모든 것을 품에 안아줬다. 나는 그가 날 받아줄 걸 알기에 큰 아기가 된 것처럼 그 안으로 나를 내던졌다. 그가 날 지탱해줄 테니까. 나는 털이 거칠거칠한 그의 목덜미에 얼굴을 묻었다.

"가자."

"쉬이잇." 그가 속삭였다.

"알의 집으로 가자."

마이클은 알았다. 내가 정말로 원하는 게 뭔지를 알았다. 난 과일의 심장부에 있는 씨앗을 원했다.

"우리 거기서 온 지 얼마 안 됐잖아."

취하는 것. 기븐을 다시 보는 것. 그 생각을 하는 순간 나는 그가 오지 않으리라는 것을 알았다. 그가 엄마와 같이 간 곳이 어디든 거기가 끝이었다. 그러나 식탁 너머에서 나를 측은하게 바라보던 엄마의 그 눈빛, 거기에 희망이 있었다.

"안 돼." 그가 말했다.

"제발." 조그맣게 내뱉은 그 한마디는 트림처럼 시큼했다. 그 말이 우리 사이를 맴돌았다. 마이클은 그 말 속에 담긴 공포와 슬픔의 냄새를 맡은 듯 얼굴을 찡그렸다. 그 모든 게 농축되어 시큼한 그 한마디가 됐다는 듯이.

"애들은."

하늘이 옅은 갈색이 도는 붉은 점토 색깔에서 오렌지 크림 색으로 바뀌었다. 하루 중 가장 뜨거운 때의 시작이었다. 곤충들도 겨울잠에서 깨어났다. 나는 세상을 견딜 수 없었다.

"난 안 돼." 나는 말했고, 그 말 뒤에는 너무나 많은 문장들이 있었다. 난 지금은 엄마가 될 수 없어. 난 딸이 될 수 없어. 난 기억할 수 없어. 난 볼 수 없어. 난 숨 쉴 수 없어. 그리고 마이클은 그 말들을 들었다. 같이 천천히 일어나 나를 안아 들고 차로 데려갔으니까. 그는 나를 조수석에 앉히고 문을 닫고 운전대 앞에 앉았다. 차에 타니 세상은 한층 가벼워졌다. 이 둥근 유리창 안의 나와 마이클로, 저 가증스러운 환한 빛과 주춤거리며 도랑으로 사라지는 개들과 유순한 소들과 빽빽한 나무들로, 내가 뱉은 말들과 엄마의 회색 종이 같던 얼굴과 내게 따귀를 맞은 조조와 미카엘라의 얼굴과 움츠러들던 아빠로, 그리고 두 번이나 떠난 기븐의 기억들로 쪼그라들었다. 우리의 세상은 수족관이었다.

"드라이브나 하자." 마이클이 말했다.

하지만 나는 내가 계속 조른다면, 제발이란 말로 차 안의 공기를 탁하게 만든다면 그가 미스티 집으로 차를 몰 것이란 걸 알았다. 미스터더러 저 위쪽에 사는 친구에게, 알에게 전화하라고 하고, 마지막으로 아빠에게 전화해 며칠만이요, 라고 말할 것이다. 마이클은 그 검은 땅으로, 그를 가두었던 새장 쪽으로 다시 몇 시간을 차를 몰고 올라갈 것이다. 저 멀리 지평선이 굴 껍질처럼 벌어지는 곳까지. 내가 부탁하면 그는 갈 것이다. 그 안의 무엇인가 역시 어머니와의 눈물 어린 포옹을, 아버지와의 싸움을, 죽음이 가득한 우리 집을 버리고 떠나고 싶어 하니까. 우리는 앞으로 나아갔고, 열린 창으로 들어오는 바람에 유리창이 덜덜 흔들렸다. 유리창은 희미한 거품과 모래를 싣고 밀려오는 파도 속에서 퍼덕거리는 연체동물처럼, 살아 움직이는 것 같았다. 타이어에 부딪혀 자갈이 튕겨 나갔다. 우리는 손을 잡았고 다 잊어버린 척했다.

15.

조조

나는 이제 레오니의 방에서 잔다. 그녀가 와서 나를 발로 차버리지 않을까, 등을 후려쳐 깨우지 않을까 걱정은 하지 않아도 된다. 그녀는 이 방에 절대로 오지 않을 테니까. 정말이다. 그녀는 매주 집에 와서 이틀 머물고는 다시 떠난다. 레오니와 마이클은 날씬한 회색 정어리 두 마리처럼 꼭 들러붙어 소파에서 자고 간다. 그들은 아침에 내가 케일라를 헤드스타트 버스에 태워 보내려고 방 밖으로 나와 옆을 지나갈 때도 움직이지 않는다. 어떤 날 아침에는 내가 책가방을 가지러 방으로 들어갈 즈음이면 사라지고 없다. 소파 위 길쭉하게 꺼진 자리만이 그들이 거기 있었다는 걸 알 수 있는 유일한 흔적이다.

그들은 아빠가 이제 엄마 방에서 자기 때문에 소파에서 잔
다. 아빠는 엄마를 묻은 날 그 병원 침대를 갖다 버렸다. 집에서
끌어내 숲속으로 가져가서 태웠다. 절대로 오지 말라고 해서
가보지는 못했지만, 연기를 보았다. 불꽃들이 타들어가는 소리
를 들었다. 가끔 밤에 케일라가 내 품에서 잠들었을 때, 그 머리
통이 캔털루프 멜론처럼 무겁게 느껴질 정도로 깊이 잠들었을
때, 나는 물을 마시러 부엌으로 가다가 방문 너머로 아빠의 말
소리를, 열쇠구멍으로 비집고 나오는 아빠의 목소리를 듣곤 했
다. 한번은 벽 너머로 분명하게 듣기도 했다. 처음엔 기도를 하
고 있는 줄 알았는데, 목소리가 올라갔다 내려갔다 하는 걸로
보아 기도하는 건 아니었다. 누군가에게 말을 하고 있는 것 같
았다. 그다음 날, 학교에서 돌아오니 아빠가 늘 앉는 포치 그네
에 케일라와 함께 앉아 있기에 물어봤다.

　"아빠?"

　아빠는 피칸 껍질을 까고 있었다. 고개를 들어 나를 올려다
보았지만, 손은 계속 껍질을 조각조각으로 부수어 알맹이를 빼
내고 있었다. 아빠는 반쪽짜리 알맹이가 나올 때마다 케일라에
게 건넸고, 그러면 케일라는 통째로 입안에 넣고 깨뜨려 먹으
면서 나를 보고 미소 지었다.

　"어젯밤에 누구랑 이야기하셨어요?"

아빠는 반쪽짜리 피칸 알맹이를 손에 든 채 멈췄다. 케일라가 아빠의 팔을 톡톡 치며 재촉했다.

"아빠." 케일라가 말했다. "주세요, 아빠."

아빠는 피칸을 케일라에게 건넸다.

"레오니가 전화했어요?"

"아니다."

"알았으면 가만있지 않는 건데." 나는 말하고 흙바닥에 침을 뱉었다. 순간 레오니가 거기 있었으면 싶었다. 바로 그녀 옆에 침을 뱉었다면 어떤 기분이었을까 상상했다. 내가 침을 뱉었다는 걸 레오니가 알아채기나 할지 모르겠지만.

"못 쓴다." 아빠가 말하고는 다시 껍질을 깠다. "그래도 네 엄마야."

"마이클이었어요?" 내가 물었다.

아빠는 알맹이에 묻어 있던 쓴맛 나는 먼지를 손에서 털어내며 고개를 저었다. 그 이후로도 나는 문 너머 혹은 벽 너머로 아빠의 목소리가 연기처럼 밤 속으로 올라가는 것을 듣기는 했지만, 다시 묻지 않았다. 목주름이 접히도록 단호하게 고개를 젓는 모습에서, 나는 어둠 속에서 침대에 누워 천장을 뚫어지게 보고 있는 아빠를 보았다. 죽을 때 엄마가 보고 있었던 그곳을 노려보고 있는 아빠가 보였고, 엄마의 이름을 부르는 그 목소리가 들렸다. 암이 발병한 이후로 아빠가 부르는 걸 한 번도 들어본 적 없는 이름, 필로멘. 그다음에는, 필리. 또 나는 우리가 잠들었을 때 아빠가 뭘 하는지도 알았다. 기도 비슷한 것이었지만, 신에게 하는 기도는 아니었다. 아빠는 말하기도 하고 묻기도 하고 천장에 그려진 그림에서 분화구와 산맥을 찾기도 했다. 그리고 엄마도. 케일라가 다시 아빠 팔을 톡톡 쳤지만, 이번에는 피칸을 더 달라는 게 아니었다. 그저 아빠를 강아지인 양 쓰다듬어줬다. 벼룩 때문에 가려워하고 털이 다 빠져버린, 사랑에 굶주린 강아지인 양.

가끔 늦은 밤, 어둠 속을 탐색하는 아빠의 목소리와 내 곁에서 코를 고는 케일라의 숨소리에 귀를 기울이고 있노라면 나는 레오니를 이해할 수도 있겠다는 생각이 들었다. 그녀가 어떤 기분이었을지 조금은 알 수 있을 것 같았다. 엄마가 죽은 뒤 왜 집을 떠났는지, 왜 내 따귀를 때렸는지, 왜 도망갔는지 아주 조금은 알 수 있을 것 같았다. 나도 내 안에서 그것을 느낀다. 손을 가만둘 수 없게 하고 발길질을 하게 만드는, 가슴 한가운데 있는 불안함. 흔들림. 그 안으로 깊숙이 미끄러져 들어가는 것 같을 때마다 나는 뒤척이며 깨어난다. 그 느낌은 나를 허공에 던져 올린 공처럼 붕 띄운다. 새벽 세 시쯤, 그 느낌이 나를 놓아주면 그제야 잠이 든다.

낮에는 그 느낌이 없다. 대개는 그렇다. 그러나 해가 질 때, 해가 바닷속 암초처럼 수평선 밑으로 빠져 들어갈 때, 하늘이 복숭앗빛으로 변해갈 때면 가끔씩 그 느낌이 되살아난다. 그래서 나는 그 느낌이 온다 싶을 때면 산책을 나간다. 하지만 내 미친 큰할아버지처럼 길가로 나가지는 않는다. 나는 숲속으로 들어간다. 아빠가 만들어놓은 부지 경계선을 지나 오솔길을 따라, 소나무 아래 그늘이 져 어스름한 빛 속으로, 붉은 점토 위에 갈색 솔잎이 카펫처럼 깔린 그곳으로, 걸을 때 소리가 나지 않는 그곳으로 들어간다.

하루는 라쿤 한 마리가 쓰러진 나무를 발로 긁으며 나무 몸통에서 유충을 파내고 있었다. 라쿤은 날카로운 소리를 냈다. 내 거야, 내 거, 다 내 거야. 또 어떤 날은 커다란 흰 뱀이 구불구불한 떡갈나무 가지에서 내 앞으로 툭 떨어졌다가 뿌리로 기어가 다시 나무를 타고 올랐다. 뱀은 거기서 갓 태어난 다람쥐와 아직 부리가 무른, 막 부화한 새들을 잡아먹었다. 비늘이 나무 껍질에 부딪혀 거친 쇳소리가 났다. 꼬마가 정처 없이 떠돌아. 아직 갇혀 있어. 그다음에는 검은 깃털에 힘이 센 콘도르가 머리 위를 맴돌았다. 여기야, 꼬마. 나오는 길은 여기야. 아직 비늘을 갖고 있나? 여기라고. 그러고 나면 불만족스러운 느낌, 올라오려는 슬픔이 조금 누그러들었다. 엄마가 보았던 것을 나도 본다는 것을 아니까. 엄마가 들었던 것을 나도 들으니까. 그런 조우들 속에서 엄마는 조금 더 가깝게 느껴졌다. 그 소년이 살아 있는 거대한 떡갈나무 뿌리에 몸을 웅크리고 죽은 듯 잠든 듯 누워 있는 것을 보기 전까지는 그랬다. 수많은 유령들을 보기 전까지는 그랬다.

"안녕." 리치가 말했다.

때로 나는 엄마보다 더 많은 걸 보는 것이다.

"어어." 내가 말했다.

나는 걷잡을 수 없이 화가 났다. 그의 큰 귀와 땅에 떨어진 나뭇가지처럼 곧 부러질 듯 앙상한 팔다리를 보았을 때, 사실 내가 내심 엄마를 기다리고 있었다는 것을 깨달았기 때문이다. 그렇게 걷다 보면 엄마와 마주칠 수 있지 않을까 바라고 있었다는 것을. 그리고 리치를 보았을 때 우리 엄마는 절대로 그러지 않으리라는 것을, 엄마는 절대로 나무 몸통에, 썩은 그루터기에 앉아 나를 기다리고 있지 않으리라는 것을 깨달았다. 내가 엄마를 절대로 다시 볼 수 없으리라는 것을, 혹은 기븐 삼촌이 나를 조카라 부르는 소리를 다시는 들을 수 없으리라는 것을 깨달았다.

바람이 어스름 속으로 들이닥쳐 거대한 날개로 나를 쓸고 올라갔다.

"너 여기서 뭐 해?" 내가 물었다.

"난 여기 있어." 그가 말했다. 그가 손으로 머리카락을 쓸어도 그것은 물 먹은 돌처럼 조금도 움직이지 않았다.

"그건 나도 알아."

"아니." 리치가 거대한 의자 같은 나무 몸통에 등을 기대며 몸을 젖혔다. "생각했어……." 그는 내 뒤의 오솔길을 바라보았다. 우리 집 쪽을 바라보았다. 숨소리 같은 소리를 냈지만, 그는 숨을 쉬지 않았다.

"뭘?"

"일단 알게 되면, 할 수 있을 거라 생각했어. 바다를 건널 수 있을 거라고. 집에 갈 수 있을 거라고. 아마 거기선, 할 수 있을 거라고." 그의 말은 갈가리 찢어진 누더기 같았다. "다른 뭔가가 될 수 있을 거라고. 아마, 될 수 있으리라고. 노래가."

나는 추웠다.

"난 들어. 가끔. 해가 질. 때. 해가 뜰. 때. 노래를. 한 소절, 한 소절. 별들. 레코드판. 하늘. 거대한 음반. 삶. 산 자들의. 혹은 저 너머로 넘어간 자들의. 설핏 봐. 소리를. 저 바다 너머."

"근데?"

"난 못 해."

"그만해……."

"난 못 해. 그 안으로 들어가지 못해. 해봤어. 어제. 뭔가 있어야 하나봐. 부족한 부분이. 열쇠 구멍처럼. 내가 그 안으로 들어가려면. 그러나 결국 네 엄마, 삼촌, 모든 걸 다 해봤는데도. 네 엄마도. 난 못 해. 넌……." 그는 또 숨을 빨아들이는 소리를 냈다. "변했어. 필요가 없어졌어. 적어도 열쇠에는 별 소용이 없어."

말벌이 자리를 잡고 날 빨아 먹고 싶은지 쌩하니 목을 스쳐 갔다. 나는 손을 흔들어 쫓았고, 다시 맴도는 말벌을 손바닥으로 쳐냈다. 작고 단단한 몸체가 더 쉬운 먹이를 찾아 어둠 속으로 튕겨 나가는 것이 느껴졌다.

"너무나 많아." 리치가 말했다. 그의 목소리는 당밀처럼 늘어졌다. "너무나 많아." 그가 말했다. "틀린 열쇠를. 꽂고. 헤매고 다녀. 노래를." 그는 지쳐 보였다. 자기 자리에 드러누워 나를 올려다보고 있었다. 그의 목을 딱딱한 베개처럼 떠받치고 있는 나무뿌리 때문에 그는 고개가 불편하게 꺾여 있었다. "갇혔어. 너도 봤지? 그 뱀. 너도 알아?"

나는 고개를 저었다.

"나." 그가 말을 끌었다. "나도 몰라. 터져 나온 울음이 너무나 많아. 길을 잃고."

그가 막 잠이 들려는 고양이같이 눈을 깜빡였다.

"이제 너도 이해하겠지." 리치가 눈을 감았다. 황소개구리 울음 같은 소리를 냈다. "이제 삶을 이해하겠지. 그리고 알겠지. 죽음을." 그는 잠이 든 듯 조용했지만, 움직이고 있었다. 잔물결같이 흔들리는 기다란 초콜릿색 선. 그리고 그때 나는 보았다. 그가 흰 뱀처럼 나무를 타고 올라가는 것을. 그는 갈지자를 그리며 나무를 타고 올라가, 어느 나뭇가지에 길게 몸을 뉘었다가 다시 웅크렸다. 나뭇가지들은 꽉 차 있었다. 나뭇가지 하나에 둘씩 셋씩, 유령들이 꼭대기까지, 무성한 이파리들마다 그득했다. 여자와 남자와 소년과 소녀 들이 있었다. 심지어 아기들도 있었다. 그들은 쪼그리고 앉아 나를 바라보고 있었다. 검은색과 갈색, 가장 어린 아기는 연기 같은 흰색이었다. 그들 중 누구도 죽음을 드러내지 않았지만 그 눈, 그 커다란 검은 눈동자에서 난 죽음을 볼 수 있었다. 그들은 눈으로 말하고 있었다. 그가 나를 강간하고 목 졸라 죽였어 그는 내가 손을 들었는데도 총을 여덟 발 쐈지 그 여자가 날 헛간에 가두고 마당에서 내 아기들이 노는 소리를 들으며 굶어 죽게 했어 그들은 한밤중에 내 감방으로 와서 글을 읽을 줄 안다면서 나를 목 매달았어 그들은 나를 헛간으로 끌고 가 눈을 찌르고 두들겨 팼어 내가 계속 몸이 아프니까 그는 내가 부정 탔다고 했지 그녀를 낫게 하려면 어린아이들을 잡아다

바치라고 예수님이 말했다고 했어 그가 날 물속에 처넣어서 숨을 쉴
수 없었지. 숲의 능선 아래로 타오르는 햇빛이 스미자, 유령들
은 붉은빛을 받아 색깔을 입고 눈을 깜빡였다. 누더기와 반바
지, 티셔츠와 머릿수건, 페도라와 후드티……. 그들이 입은 옷
은 햇빛에 핏빛 깃털이 됐다. 그들은 나를 내려다보며 하나인
듯 눈을 감았다 떴고, 바람이 그들을 맴돌며 신음하자 하늘을
바라보았다. 그리고 일제히 입을 커다랗게 벌리고는 숨찬 노래
를 뱉어냈다. 맞아.

　　나는 해가 들어갈 때까지 서 있었다. 소금과 유황 냄새 사이
로 소나무 냄새가 날 때까지 거기 서 있었다. 달이 떠오르고 그
들이 입을 다물고 은색 까마귀 떼가 될 때까지 거기 서 있었다.
숲이 검은 무리가 될 때까지 거기 서 있었다. 그렇게 서 있다가
허리를 굽혀 속이 빈 나무 막대를 집어 들었고, 집을 향해 선 다
음 죽은 자들을 쫓아내려 팔을 휘둘렀다. 그때 아빠가 케일라
를 안고 나타났다. 둘은 어둠 속의 유령들처럼 환하게 빛났다.

　　"걱정했잖니." 아빠가 말했다.

　　맞아, 그들이 무리 지어 속삭였다.

　　"이렇게 늦게까지 안 돌아오고." 아빠가 말했다. 어두워서
보이지 않았겠지만 나는 어깨를 한번 들어 올려 보였다. 케일
라가 꼼지락거렸다.

"내려갈래."

"안 돼." 아빠가 말했다.

"내려줘, 아빠. 내려주세요." 케일라가 말했다.

"가요." 내가 말했다. 거기 유령들의 나무가 있다는 걸 생각하니, 개미 수백 마리가 단물을 빨아 먹으려고 척추를 타고 오르는 것처럼 등짝이 화끈거렸다. 그 소년이 물속의 수초처럼 흔들리며 우리를 바라보고 있다는 것을 나는 알았다.

"내려주세요." 케일라가 고집을 부리자 아빠는 케일라를 내려놓았다.

"안 돼, 케일라." 내가 말했다.

"돼." 케일라는 대답하더니 나를 지나쳐 어두운 숲속으로 넘어질 듯 걸어갔다. 그리고 나무를 보고는 고개를 들어 올렸다. 고개를 젖히고 위를 보았다. 케일라는 눈은 마이클의 눈, 코는 레오니의 코, 어깨는 아빠의 어깨, 그리고 나무 길이를 재듯 올려다보는 그 폼은 영락없는 엄마였다. 그러나 그렇게 서 있는 모습은, 모두의 일부분을 조금씩 떼어 한데 합쳐놓은 것 같은 그 모습은 다른 누구도 아닌 케일라였다.

"집에 가." 케일라가 말했다.

유령들은 몸을 떨었지만, 자리를 뜨지 않았다. 또다시 입을 커다랗게 벌리고 무리 지어 흔들렸다. 케일라는 팔을 올리고 캐스퍼를 진정시킬 때 하듯이 손바닥을 들어 보였지만, 유령들은 진정되지도, 하늘로 올라가 사라지지도 않았다. 그들은 그대로 있었다. 그러자 케일라가 노래를 하기 시작했다. 여기저기서 갖다 붙인, 난 한 마디도 이해할 수 없는 엉터리 가사. 낮지만 나무들의 흔들림만큼 크게 들리는 선율. 노래는 유령들의 속삭임을 흩어놓으면서도 동시에 감싸 안았다. 유령들이 입을 더 크게 벌려 얼굴이 우는 것처럼 일그러졌지만, 그들은 울 수 없었다. 케일라는 더 크게 노래했다. 허공에 두 팔을 들어 올리고 흔들며 노래했다. 나는 그게 뭔지 알았다. 우리가 세상에 겁먹었을 때 내 등을 쓸어주고, 케일라의 등을 쓸어주던 레오니의 손길이었다. 케일라가 노래했고, 유령의 무리는 고개를 끄덕이며 몸을 앞으로 숙였다. 그들은 안도감 같은 것으로, 기억 같은 것으로, 편안함 같은 것으로 미소 지었다.

맞아.

나는 내 팔을 잡아당기는 케일라를 들어 올렸다. 그리고 앞장서 가며 라쿤과 주머니쥐와 코요테가 없나 살피고 연신 나뭇가지를 붙잡아주는 아빠를 따라 집으로 향했다. 케일라가 내 어깨 너머에서 흥얼거리면서, 내가 아기이고 자기가 다 큰 오빠인 것처럼 "쉬잇" 소리를 냈다. 레오니 배 속에 있을 때 들은 물소리를, 그 모든 물소리를 기억한다는 것처럼 "쉬잇" 소리를 냈다. 이제 케일라는 노래하고 있었다.

집으로, 그들이 말했다. 집으로.

감사의 말

언제나 꼭 필요한 질문을 던져 내게서 본질적인 대답을 이끌어 내준 편집자 캐시 벨던에게 고마움을 전한다. 캐시가 없었다면 나는 지금보다 형편없는 작가가 되어 있을 것이다. 함께해줘서 감사할 따름이다. 내 건망증을 수습해주고 늘 정리를 맡아준 캐시의 어시스턴트 샐리 하우에게도 고마움을 전한다. 에이전트 제니퍼 라이언스가 없었다면 나는 끝까지 해낼 수 없었을 것이다. 더 많은 독자들이 내 책을 볼 수 있어야 한다며 끊임없이 내 편에서 싸워줬고, 이 책의 맨 처음 시작 단계부터 나를 믿어줬다. 예리하고 이해심 많으며 친절한 스크라이브너 홍보팀 케이트 로이드와 로잘린 마호터에게도 고마움을 전한다. 내 책이 널리 알려질 수 있도록 최선을 다해줬다. 또한 내 책을 지지하고 작가로서의 나를 응원해준 낸 그래엄에게도 고마움을 전하고 싶다. 이 책과 내 말이 세상에 나올 수 있게 해준 원동력, 라이시엄 에이전시 직원들에게도 감사하다. 예전 마케팅 담당

자이자 나의 친구이기도 한 미셸 블랭켄십에게도 마찬가지로 고마움을 전하고 싶다. 내 책들을 여러 권 독자들에게 소개해 줬고 지금도 변함없이 나를 믿어주고 챙겨주고 있다.

툴레인 대학교의 넉넉하고 사려 깊은 마이클 쿠친스키 교수님께도 고마운 마음을 전한다. 교수님을 비롯해 툴레인의 동료들이 없었다면 이 책을 쓰는 데 필요한 시간도 지원금도 얻을 수 없었을 것이다. 툴레인에서 내가 가르치고 있는 학생들은 정말 뛰어나다. 내가 가르치는 것보다 그들이 내게 가르쳐주는 게 더 많지 않나 싶다. 언제나 나를 든든하게 붙잡아주고, 영감을 북돋고, 도전하게 해주는 동료 작가들에게도 고마운 마음을 전한다. 엘리자베스 스타우트, 나탈리 바코풀로스, 새러 프리시, 저스틴 세인트 저메인, 스테파니 솔뢰유, 암미 켈러, 해리엇 클라크, 롭 엘, J. M. 타이어, 레이먼드 맥대니얼스. 모두 많이 사랑한다. 이들이 없었다면 이 소설을 쓰고 또 수정하는 일은 불가능했을 것이다.

마지막으로, 가족에게 고마움을 전하고 싶다. 챙겨 먹이고 꼭 안아주며 사랑을 주시는 어머니, 자유 영혼이 되는 법을 가르쳐주시는 아버지, 좋은 이야기꾼이 되는 법을 보여주시는 할머니 도로시, 내 안에서 타오르는 사랑에 맨 처음 불을 붙여준 동생 조슈아, 나와 함께, 또 나를 위해 싸워주는 자매들 네리사

와 카린, 식물도 사람도 활짝 피어나게 하시는 대모님 그레첸, 내가 잊어버린 기억들까지도 모두 간직하고 있는, 그래서 나까지 기억나게 해주는 꼬마 동생 앨든, 어릴 적 나와 함께 자랐고 지금도 나와 같이 자라고 있는 사촌들 렛과 질. 모두 고맙다. 가구를 고를 때 도움을 주는 친구, 그리고 내가 더 이상 견딜 수 없을 때 나를 지탱해주는 친구 마크, 손을 잡아주고 포기하면 안 된다며 든든하게 곁을 지켜주는 내 친구 마리아, 철없어지는 법을 가르쳐주고 또 희망이라는 것을 주는 조카들―데션, 칼라니, 조슈아 D. 그리고 내게 웃음이 필요할 때 나를 웃게 해주는 파트너 브랜든, 인내심 기르는 법을, 사랑하는 법을, 안는 법을, 그리고 기뻐하는 법을 가르쳐주는 내 아이들―노에미와 브랜도에게 고마움을 전한다. 끝으로, 미시시피 들릴, 내가 사는 이 동네의 모두에게 감사를 표하고 싶다. 내 이야기에 영감을 주고 내게 소속감을 줬다. 이들 한 사람 한 사람 모두에게 깊은 고마움을 전한다.

모두 사랑한다.

묻히지 못한 자들의 노래

초판 1쇄 발행 2019년 8월 5일 **초판 2쇄 발행** 2019년 11월 10일

지은이 제스민 워드
옮긴이 황근하
펴낸이 연준혁

출판 2본부 이사 이진영
출판 7분사 분사장 최유연
디자인 강경신

펴낸곳 (주)위즈덤하우스 미디어그룹 **출판등록** 2000년 5월 23일 제13-1071호
주소 경기도 고양시 일산동구 정발산로 43-20 센트럴프라자 6층
전화 031-936-4000 **팩스** 031-903-3893 **홈페이지** www.wisdomhouse.co.kr

값 15,800원
ISBN 979-11-90065-71-9 03840